VITALIS

BIBLIOTHECA
BOHEMICA

Böhmens alte Sagen

Alois Jirásek

Böhmens alte Sagen

Vitalis

Bibliografische Information der Deutschen Bibliothek
Die Deutsche Bibliothek verzeichnet diese Publikation in der Deutschen Nationalbibliografie; detaillierte bibliografische Daten sind im Internet über http://dnb.ddb.de abrufbar.

 • BIBLIOTHECA BOHEMICA
Übersetzt aus dem tschechischen Original *Staré pověsti české* von Hans Gärtner • Das Umschlagblatt und die Illustrationen stammen von Karel Hruška • Den Druck besorgte die Druckerei Finidr in Český Těšín • ISBN 3-89919-082-3 • • www.vitalis-verlag.com

Inhalt

Sagen aus alter Zeit

Ich denke der alten Zeit...
Psalm 77, 6

Kommet und höret die Sagen aus alter Zeit. Höret die Sagen von unserem Urvater, von unseren Ahnen, wie sie in die Gefilde unserer Heimat kamen und sich niederließen an der Elbe und an der Moldau und an den andern Strömen dieses Landes. Höret, was überliefert ward aus dem Dunkel der Zeiten, was blieb von den wunderbaren Erzählungen vergangener Geschlechter, die Götter anbeteten im Dämmer alter Haine und die in stillen Tälern den Quellen, Seen und Strömen ihre Opfer brachten und dem heiligen, lebendigen Feuer.

Gedenken wir jener frühen Zeiten und auch dessen, wie das Antlitz unserer Heimat war, damals, eh unser Geschlecht sie betrat.

Städte gab es nicht, Ortschaften nur wenige und dünn gesät und nur in manchen Gegenden, wo ein ärmlicher Rest der früheren Bewohner fremder Sprache sich erhalten hatte. Fast aller Boden ruhte unberührt vom Pflug, alles war öde, wild, Berg und Tal.

Urwälder, schwarz und ohne Ende schimmerten auf dem Kamm des Gebirges an der Grenze und dehnten sich von den Hängen dieser Berge in breiten, breiten Streifen, meilenweit ins Land. Auch dort, im Innern, breiteten sich alte dunkle Forste, zwischen denen in hellerem Grün üppige Matten mit hohem, dichtem Gras erglänzten. Schwankende Moorgründe gab's genug – in Wald und Flur viel trügerische Sümpfe, nur vom Geschrei der Wasservögel belebt. In stillen, schwarzen, wie verwunschenen Mooren, spiegelten sich alte Bäume mit mächtigen Stämmen, die mit bärtigem grauem Moos bewachsen waren.

Eine menschliche Fährte war hier selten. Doch Wild gab's überall in Hülle und Fülle. Von niemand gejagt und vertilgt, vermehrte es sich, daß die Erde es kaum trug. In den schwarzen Wäldern hauste der Bär, der in hohlen Stämmen nach den Honigwaben der Bienen suchte, von deren Summen die Wipfel der Bäume erfüllt waren. Der Wildeber wühlte den lockeren Waldboden auf, und durch das dichte, wirre Unterholz bahnten sich Fuchs und Wildkatze ihren Weg. Auf einem Ast lauerte der flinke Luchs, mit scharfem Auge das Waldesdunkel durchdringend, durch das aus der Ferne das Gebrüll eines gewaltigen

Auerochsen erscholl, der sich zur Furt oder zur Tränke begab. Mit seiner Herde von Hindinnen streifte der Hirsch frei in den Wäldern umher.

Auf den Lichtungen weideten viele Rehe, aber auch ganze Rudel von Wölfen strichen durch den Forst und durch Wald und Flur.

Hoch in den sonnigen Höhen, über den Kämmen der Wälder zog der König der Vögel, der stolze Aar, mit seiner Sippe seine Bahn. In den Felsen, in den Forsten nisteten Schwärme von Raubvögeln, Falken und Weihe, Merlins Gefährten, Habichte, Sperber und kleinere Raubvögel von allerlei Art, auch Eulen und Uhus.

Bäche, Flüsse und Seen wimmelten von Fischen, und der Otter, im Dämmerlicht alter Erlen und Weiden hausend, die von wildem Hopfen überwuchert waren, machte reichen Fang. Die Biber bauten ungestört ihre kunstvollen Deiche. In die Stimme des Windes und das Rauschen der Bäume fielen die murmelnden Bäche und brausenden Ströme ein, in deren weißem Sande Körner puren Goldes in der Sonne glitzerten.

Die Tiefen der Erde waren noch verschlossen, und keiner pochte an ihnen, um ihre Schätze an Erz und Edelmetall ans Licht zu heben.

Überall war lenzfrische Kraft und üppiger Reichtum. Das Land, mit Überfluß und Fruchtbarkeit gesegnet, wartete nur auf das Werkvolk, das seine reichen Gaben nutzen würde.

Und es kam und bestellte die jungfräuliche Scholle; es eroberte das Land durch schwere, mühsame Arbeit und heiligte es durch seinen Schweiß und sein Blut, in vielen, vielen Kämpfen vergossen um dies Land, das es mit seiner Sprache zu schützen und zu schirmen suchte.

Aus den mütterlichen Gefilden der Slawenheit kam das Volk hierher, unsre Ahnen mit ihrem Fürsten Tschech.

Vernehmet nun die Sage von ihm!

Die Sage vom Urvater Tschech

I

Hinter der Tatra, in den Ebenen am Weichselstrome, dehnte sich seit Menschengedenken das kroatische Land, ein Teil der großen Urheimat der Slawen.

In dem Kroatenlande hausten viele Stämme, in Sprache, Sitte und Lebensart einander verwandt.

Und es geschah, daß zwischen ihnen Fehden und blutige Kämpfe ausbrachen um Marken und Dörfer. Sippe stand wider Sippe, Geschlecht stritt gegen Geschlecht und sie vertilgten einander.

Zu jener Zeit beschlossen zwei Brüder aus einem mächtigen Geschlechte, die Herzöge Tschech und Lech, ihr Heimatland, unselig durch Kampf und Streit, zu verlassen. Sie sprachen zueinander: „Suchen wir uns neue Wohnstätten, wo unser Geschlecht in Frieden leben und seinem Tagewerk nachgehen kann." Denn sie waren schon von ihren Ahnen her gewohnt, den Boden fleißig zu bestellen, allerlei Arten von Getreide zu bauen, Pferde zu züchten und Rinder- und Schweineherden zu halten.

Und sie taten, wie sie beschlossen. Sie riefen ihr Haus zusammen, brachten den Göttern ein Opfer, trugen die Bilder der Ahnen aus ihren Hütten, nahmen Abschied vom Land ihrer Väter und wandten sich gen Sonnenuntergang in unbekannte Gebiete. Und es zog aus ein Geschlecht nach dem andern, ein jegliches bestehend aus vielen Sippen, alles Freunde und Verwandte.

An der Spitze schritten Späher und gewappnete Mannen, in der Mitte, hoch zu Roß, Herzog Tschech mit grauem Bart, aber noch stattlich und stark, und sein Bruder Lech, beide von Edlen, den Ältesten der Stämme umgeben. Hinter ihnen Greise, Frauen und Kinder auf klobigen Wagen oder zu Pferde, dann Viehherden, zuletzt wieder Waffenträger. So zogen sie vorerst durch die Lande verwandter Völker, bis sie die Grenze des Kroatenlandes überschritten, den Oderfluß durchwateten und ihren Fuß in unbekannte bergige Landschaften setzten.

Auch dort fanden sie noch Ortschaften vor, deren Bewohner ihre Sprache sprachen, und so ging es bis in die Lande am Elbstrom.

Doch als sie die Elbe überschritten hatten, wurde die Gegend zusehends öder, und Siedlungen trafen sie nur noch selten an. Sie lagen weit voneinander entfernt, und ihre Bewohner, Leute von fremder Sprache, in Felle gekleidet, nicht zahlreich, aber kühn und herzhaft, stellten sich ihnen mit der Waffe in der Hand in den Weg. Doch Tschech und Lech und ihr Volk schlugen sie aufs Haupt, zerstörten ihre ärmlichen Behausungen, ihre Hütten und Höhlen und drangen weiter vor, von Forst zu Forst.

Mühsam war ihr Weg durch tiefe Forste, mühsam ihr Zug durch Flur und Moor, das voll Schilf, Riedgras, ausgedehnter Moosbüschel und mit allerlei Buschwerk bestanden war. Des Abends zündeten sie Feuer an und schürten sie bis zum Morgengrauen, damit der Lichtschein, der in das Dunkel des Waldes fiel, die tückischen Raubtiere verscheuche.

So gelangten sie zu einem dritten großen Strome, der Moldau, die durch eine Wildnis floß. Doch als sie auch diesen Fluß überschritten hatten, begann das Volk zu klagen, daß kein Ende sei der mühsamen Wanderung und nirgends stete Rast.

Da wies Herzog Tschech auf einen hohen Berg hin, der vor ihnen über der weiten Ebene blaute und sprach: „Laßt uns zu diesem Berge ziehen, dort wollen wir mit Kind und Kuh rasten."

So taten sie und schlugen am Hange des Hügels, welcher da Georgsberg heißt, ihr Lager auf.

Die Hauptleute und Ältesten erkundeten das umliegende Land, und sie sahen, daß es fruchtbar war. Am nächsten Morgen sodann erhob sich Tschech mit der ersten Morgenröte von seinem Lager und begab sich durch den stillen Hain, der noch im Dunkel der Nacht lag, ganz allein auf den Gipfel des Berges.

Als er den Hügel erklommen hatte, graute schon der Morgen; und siehe, das weite, weite Land dehnte sich vor ihm in unabsehbare Fernen, bis zu den bläulichen Bergen eben und frei, Wald und Busch, Fluren und Wiesengründe. Durch das üppige Grün schimmerten Flüsse, wie vergossenes Silber. Da frohlockte Urvater Tschech über das gesegnete Land und sann darüber nach,

was ihm die Götter wohl in Zukunft beschieden und wie es seinem Volk hier ergehen werde und den kommenden Geschlechtern.

Nachdem er wieder ins Lager hinabgestiegen war, verkündete er, was er gesehen hatte. Andern Tags machten sich viele in die Umgebung des Berges auf, um die Landschaft zu betrachten. Was sie sahen, gefiel ihnen, die Gewässer waren voll von Fischen, der Boden fruchtbar, die ganze Landschaft lieblich in ihrer Art, und sie verkündeten, daß diese Stelle sich als Siedlungsland eigne.

Als am dritten Tage sodann die Sonne über den Wäldern aufging, berief Tschech seinen Bruder und die Ältesten zu sich und befahl, das Volk zu versammeln. Nachdem er mit seinem Gefolge auf den Gipfel des Berges emporgestiegen war, von wo sie weit ins Land sahen, sprach er zu ihnen: „Ihr werdet euch nicht mehr beklagen, denn wir haben ein Land gefunden, wo wir bleiben und unsere Zelte aufschlagen können. Sehet, dies ist das Land, das ihr suchtet. Oft habe ich von ihm gesprochen und euch gelobt, daß ich euch dahin führen werde. Dies ist das gelobte Land, voll von Wildbret und Vögeln, von Honig triefend. Hier werdet ihr alles im Überfluß haben, und es wird uns guten Schutz bieten vor unseren Feinden. Sehet, ein Land nach eurem Wunsche! Doch es hat keinen Namen; bedenkt, wie man es nennen soll."

„Nach dir! Unter deinem Namen sei es gesegnet!" rief wie durch göttliche Eingebung ein Greis mit langem, weißem Barte, der älteste der Ältesten. Gleich riefen alle, die Amtleute und das Volk, wie mit einer Stimme: „Nach dir! Mit deinem Namen!"

„Nach dir soll es heißen!"

Herzog Tschech, über den Willen des Volkes erfreut, fiel auf die Knie und küßte die Erde, die neue Heimat seines Geschlechtes. Und nachdem er sie geküßt, hob er die Hände empor, segnete sie und rief gerührt in das weite Land: „Sei gegrüßt, du heiliges, gelobtes Land! Erhalte uns gesund, erhalte uns ohne Schaden und Unbill und mehre uns von Geschlecht zu Geschlecht in alle Ewigkeit!"

Dann stellten sie die Bilder ihrer Ahnen, die sie – in blütenweiße Gewänder gehüllt – aus ihrer Urheimat mitgeführt hatten, freudig auf die Erde und zündeten ein großes Feuer an. Und sie brachten zum Dank und um den Segen der Götter zu erflehen, ein Brandopfer dar und freuten sich alle.

II

Nun begann für sie eine schwere, mühsame Arbeit. Als sie das Land unter sich aufgeteilt hatten, begannen sie es zu bestellen. Die Wälder fällten sie oder brannten sie nieder, rodeten Lichtungen, gruben Matten und Fluren um, brachen die Scholle im nächsten Jahr mit dem Hakenpfluge.

Zugleich begannen sie auch, sich Unterkünfte zu bauen, grob gezimmerte Katen, mit Stroh gedeckt. Jede Sippe wohnte für sich bei ihren Ackergründen. Gärten, Felder und Wiesen waren Gemeindegrund, das Gemeingut aller Familien einer Sippe, Wälder, Weiden, Flüsse und Seen sodann waren Eigentum des ganzen Volkes. Jede Sippe bildete ein Dorf.

Ihre Häuser mit Vieh- und Pferdeställen, mit Pfahlschuppen und Tennen dahinter, von einer Einfriedung aus Weidengeflecht oder einer Balkenmauer umschlossen, bauten sie um den runden Dorfplatz herum.

Jahr für Jahr wuchs die Zahl der Äcker, welche die Siedlungen umgaben, und Jahr für Jahr gab der Boden reicheren Ertrag. Roggen, Weizen, Gerste, Hafer und Hirse wogten dicht über das weite Gefild, und heller als sie grünten Felder mit zartem Flachs und hohem Hanf bestanden neben Beeten voll bunter Mohnblumen.

Wiesen und Lindenhaine waren vom Summen der Bienen erfüllt, die in Astlöchern im Walde hausten, doch auch in Bienenkörben aus Stroh oder in hohlen Baumstämmen gezüchtet wurden. Jahr für Jahr wurden die Schweine- und Rinderherden größer, und auf den Weidegründen, in den Pferdehürden bei den Dörfern tummelten sich ausgelassene Füllen und grasten prächtige Stuten.

Ein gewählter Starost, ein Amtmann, führte das Regiment über die Sippe und verwaltete ihren Besitz. Er begann und beschloß im Namen des Geschlechts alle Gebete, brachte Opfer dar, begrüßte die Gäste, sprach Recht über die Sippengenossen, die sich miteinander entzweit hatten, und teilte den Leuten die Arbeit zu. Jeder hatte seine Aufgabe, ein jeder sein Tagewerk. Die Frauen besorgten den Haushalt, sie spannen, webten Tuch und Linnen, nähten Kleider und Gewänder, Hemden, Überwürfe, Männer- und Weiberröcke, Hosen, Mäntel, Pelze, Pelzjacken und pelzgefütterte Lederkoller.

Die Männer weideten die Herden, schützten sie gegen die wilden Tiere, schafften auf dem Feld, jagten im Wald und erlegten das Wild auf der Hatz, aus dem Hinterhalt, mit Pfeil, Speer, Fallen und Gruben, in welche sie meist Wölfe lockten, die schlimmsten Schädlinge der Herden.

Ein geschäftiges Treiben herrschte in den Dörfern und in den Fluren.

Von den Weidegründen erscholl der Klang der Flöte oder der Schalmei, in den Gefilden, auf den Auen und in den Gärten erklangen die Lieder des jungen Volks. Nur zur Mittagsstunde sang keiner im Feld, in dieser Stunde voll tiefer Stille flogen die Mittagshexen aus und schwebten in ihrem weißen Gewande wie ein lichter Schatten durch die grünen Gefilde den menschlichen Behausungen zu, zum Verderben der unbehüteten Kinder. Wilde, häßliche Weiber mit schiefen Augen, welche die Menschen wild weinen machten, schwärmten aus, und anmutige Waldfrauen mit goldenem Haar, das Haupt mit Blumen bekränzt, erschienen, von weißen Schleiern umflort. Sie wurden gefürchtet, und auch die bösen Nymphen, die den Menschen einschläfern und ihm das Augenlicht rauben, und die Irrwische, friedlose Seelen, die als blaue Flämmchen über Mooren und Sümpfen geistern. Und voll Furcht mied man auch Seen- oder Waldestümpel, wo im Schatten alter Bäume und Sträucher, sein Äußeres wandelnd, der Wassermann auf der Lauer lag, und wo bleiche Wasserjungfern in grünschillernden Gewändern die Menschen ins Verderben lockten.

Am meisten jedoch fürchteten sie Perun, den Donnergott, den Herrscher des Blitzes, „den göttlichen Boten“, und andere mächtige Geister, die dem Körper des Menschen Schaden zufügten oder die seinen Geist verdunkelten und trübten.

Die flehten sie an, brachten Gaben zu den Quellen und Bornen, schwarze Hühner und Tauben, ihnen brachten sie Opfer dar, vor allem dem Veles, dem Gott der Herden, auf daß er ihr Vieh vor der Pest bewahren und ihre Herden segnen möge.

Freier als draußen in Wald und Flur atmete sich's im Dorfe, wo die Anwesen von Hausgöttern beschützt wurden, den Geistern der Vorfahren, deren Bilder an einem geheiligten Platz neben der Feuerstatt standen. Und ein neckischer Kobold, ein kleiner Hausgeist mit Krallen an Händen und Füßen, brachte Glück ins Haus und desgleichen der Wichtelmann, der den Hof bewachte, das Vieh hütete und fütterte, das Gesinde dafür des Nachts aber im Schlafe zu stören pflegte. Und solange unter dem Herd oder unter der Schwelle die Hausschlange lag, die alte Hauswirtin, wichen Glück und Segen nicht von der Sippe.

Im Herbst, wenn das Laub von den Bäumen fiel und dichte Nebel sich auf das Land senkten, wenn die Erde gefror und der Schnee die ganze Landschaft bedeckte, versammelten sich die Sippen in weiten Hallen mit Balkendecken und geschlossenen Fensterläden.

Der große steinerne Herd erwärmte den Raum, und die Flammen der Feuerstatt erleuchteten ihn. Ihr roter Widerschein huschte über die Wände, an denen Schilde hingen, mit dunklen Fellen bespannt, auch Fangnetze, Bogen, hölzerne Köcher mit Dachsfell bezogen, steinerne Streithämmer und Hirschgeweihe und Auerhörner, die krumme gespenstische Schatten an die Wände warfen.

In dem flackernden Lichte spannen die Frauen, die Männer besserten Ackergerät aus, rüsteten ihre Waffen oder ruhten nach mühsamer Jagd. Oder es wurde erzählt, geplaudert, man führte allerlei Reden und sang so manches alte Lied. Die Jäger erzählten von ihren Kämpfen mit Büffeln und Bären oder von wilden, zottigen Männern, die, selbst unsichtbar, die Jäger über eine Irrwurzel in Waldeseinöden und Moorgründe führen, von wo so mancher Weidmann, derart in die Irre geleitet, nimmer heimkehrte.

Und ein Greis, mit weißem Haar und Barte, schweifte im Geiste durch die fernen Gefilde der Urheimat, gedachte der Fehden und Kämpfe der Vorzeit, tapferer Recken eines mächtigen Herzogs, der einst aufstand um Mitternacht vor der Schlacht und sein Heer verließ und wie ein Wolf zu heulen begann, und ein anderer Wolf gab ihm heulend Antwort, und viele Wölfe fielen in das Heulen ein.

Und es ging die Rede von wunderlichen Erscheinungen und Gesichten in finstern Nächten, in Mooren und Morästen, im weiten Feld und im öden, einsamen Walde, von Lindwürmern, die feurig durch die finstere Nacht brausen, von der bösen Hexe, die Jungbrunnen und Todesquell bewacht, von den weißen Nornen, die an der Wiege des Neugeborenen erscheinen, von Hexen und Feen, von guten und bösen Zeichen, und mit heiligem Grausen lauschten alle den geheimnisvollen Weissagungen ihrer Sippe und ihres Geschlechts.

Wenn das Feuer erlosch, legten sie sich auf ihre mit Fellen gepolsterte Lagerstatt nieder und flehten durch ihr Gebet auf die Gemeinde den Schutz der Ahnen herab, deren Geister sorgsam das Gut der Nachfahren bewachten. Denn es lebte und blühte die Blutsfreundschaft, die Sippenliebe bis ins dritte und zehnte Glied, und sie verband die Lebenden mit den Toten, die verströmende Zeit mit der, die schon längst vergangen.

Still und stumm lag das Dorf, von Zäunen umfriedet, vom Schnee verweht in öder, einsamer Nacht; nur das Gebell der wachsamen Hunde hallte in die Ferne, wann immer sie einen Wolf witterten, der sich, mit seinen grünen Augen funkelnd, heranschlich, oder wenn vom Flusse das kurze Pfeifen des Otters ertönte.

In dieser Zeit, wenn Schnee und Eis das Land bedeckten, in der Zeit langer Dämmerungen und Nächte herrschte die Morana, die Göttin des Todes, bis der Sonnengott wieder länger, freundlicher und wärmer auf das Antlitz der Erde niederzublikken begann. Dann lösten sich die eisigen Bande, die das Wasser festhielten, und es freuten sich alle in den Dörfern, ja das ganze Geschlecht. Singend begaben sie sich an die Ufer der Gewässer, an die nunmehr wieder frei rauschenden Bäche und Ströme, warfen die Bilder der Göttin des Winters und des Todes hinein und grüßten mit freudigem Jauchzen die Vesna, die liebliche Göttin des Frühlings.

Wenn die Sonne auf ihrer Bahn dann am höchsten stand und auf die wogende Saat der weiten Gefilde und die üppig blühenden Wiesen herniederstrahlte, wurde überall die heilige Sonnenwende gefeiert. Die Nacht vor dem längsten Tage war wundersam.

Blumen, die von ihrem Tau benetzt wurden, gewannen Zaubermacht und Heilkraft, verliehen Sehergaben und schützten, wie Beifuß, die Mutter der Kräuter, vor Dämonen und bösen Geistern, die in jener geheimnisvollen Nacht besonders mächtig waren und auch vor den bösen Feen, die auf den Hügeln und in dämmrigen Höhlen ihren Reigen tanzten. In das Dunkel dieser Nacht leuchteten große Feuer von Bergen und Höhen. Ihr Schein loderte in die Ferne, und weit in die Runde hallten die Lieder der bekränzten Jungfrauen und Jünglinge, die sie umtanzten. Sie priesen die Macht der göttlichen Sonne, ihre Kraft, die Leben spendet, und die Liebe, die Sonne des Lebens.

Nach der Sommersonnenwende begann die Erntezeit, dann kam der kühle Herbst, dann der Winter. Jahr um Jahr verging. Die Geschlechter mehrten sich, es mehrte sich das Volk der Tschechen.

Die ferne Sage von den neuen Ländern lockte immer neue Scharen aus der Urheimat herbei, so daß die anfangs besiedelten Gebiete für das viele Volk nicht mehr reichten. Und es trennten sich die Sippen, einige Stämme zogen in verschiedene Richtungen weiter, schieden voneinander: gen Mitternacht und Mittag, Ost und West, längs der Flüsse und Berge, und gründeten neue Siedlungen.

Auch Burgen und Festen bauten sie als Wohnsitz der Ältesten und Edlen, zur Verteidigung der Grenzen und zum Schutz und Schirm, besonders damit sie ihre Frauen, Greise und Kinder dort in Sicherheit bringen und ihre Herden dahin treiben konnten, falls der Feind ins Land einfiel.

Ihre Burgstätten legten sie auf Felsgraten, an den Gestaden der Flüsse an oder in der Ebene, inmitten von Wäldern, Gewässern und Sümpfen, zu denen – außer über schwache Reisigdämme – weder Weg noch Steg führte.

Rings um die Burgstätten schütteten sie, oft sogar in drei Reihen, hohe Wälle auf, mit mächtigen Einfriedungen aus grobbehauenen harten Balken und mit hohen Bollwerken im Inneren und an den Toren.

Auch Tschechs jüngerer Bruder, Herzog Lech, der eine große Sippe hatte, beschloß weiter gen Sonnenaufgang vorzudringen.

Herzog Tschech und sein Volk ließen ihn nur ungern gehen, als er seinen Willen kundgab und Abschied nahm. Sie sagten ihm freundlich Lebewohl und baten ihn, er möge nicht allzuweit fortziehen, auf daß er seinem Volke zu Hilfe eilen könne, falls Gefahr vom Feinde im Anzug wäre.

Und es sprach zu ihnen Herzog Lech: „Oh, meine lieben Brüder und Söhne, ihr Männer des Tschechenlandes! Ich werde nie vergessen, daß ich eures Stammes bin. Darum will ich nicht so weit von euch fortziehen, daß ihr nichts von mir wisset und ich nichts von euch weiß. Ich will euch ein Zeichen geben, damit ihr Kenntnis habt, in welchen Gegenden wir uns niedergelassen haben. Am dritten Tag nach unsrem Abzug steigt auf den Georgsberg, noch ehe der Morgenstern aufgeht. Zu dieser Stunde werde ich im Wald ein großes Feuer entzünden, und wo ihr das Lodern des Feuers und den Rauch der Flamme gewahrt, dort habe ich meine Zelte aufgeschlagen."

Als sie dann an dem bestimmten Tage vor Sonnenaufgang den Gipfel des Georgsberges erstiegen und ringsum Ausschau hielten, erblickten sie in der nebelverhangenen Ferne, zwischen Sonnenaufgang und Mittag, eine rote Glut, die das dichte Dunkel durchbrach und den Himmel überflutete. Als der Morgen graute, gewahrten sie in jener Richtung schwarzdräuende Gewölke unter einem strahlenden Himmel, es war dies der Rauch des gewaltigen Feuers, das der Herzog mit seinem Gesinde angefacht hatte. In jenem Landstrich blieb Lech und begann mit den Seinen sogleich eine Burg zu bauen, die er mit mächtigen Wällen umgab, und nach dem Rauch „Kouřim", die Rauchburg, nannte.

III

Fast dreißig Jahre waren seit jenem Tage vergangen, da Herzog Tschech ins Böhmerland gekommen war, und als der Greis sechsundachtzig Jahre alt geworden, erfüllten sich seine Tage und er starb. Das Volk ehrte ihn mit einer Totenfeier an seinem Grabe, und alle beweinten ihn wie ihren Vater und klagten:

„Du warst unser Herzog und unser Vater, du führtest uns in dieses Land, du warst ein rechter und treuer Verweser deines Stammes und deines Volkes. Ach wehe, wehe, wer wird uns führen und hüten!"

Und keiner war, der seinen Tod nicht betrauert hätte. Seine Seele war ins Paradies eingegangen, so glaubten sie, in die Gefilde des ewigen Frühlings, auf daß sie dort in den gleichen Ehren und Würden lebe, deren sich der Entschlafene auf Erden unter den Seinen erfreut hatte.

Daher kleideten sie seinen Leichnam in ein neues Gewand: in einen faltigen Mantel, in einen Rock mit breitem Gurt, den glänzende Kettchen und eherner Zierat schmückte, und zogen ihm ein prächtiges gefärbtes Beinkleid und Schuhe an. Als sie ihn dergestalt angetan hatten, setzten sie ihn in einem Hain, im Dämmerlicht alter buschiger Eichen und Linden, nah eines Kreuzwegs, wo die Seele ausruhen kann, auf einen hohen Scheiterhaufen, dessen Scheite oben mit gestickten Gewändern bedeckt waren. Auf das Haupt, von dem lang und weiß Haar und Bart herniederwallten, hatten sie ihm eine Zobelmütze aufgesetzt. Dann brachten sie Met, Obst und duftende Kräuter und legten sie vor ihm nieder. Sie nahmen auch einen Laib Brot, Fleisch, einen Bogen und legten sie ihm zu Füßen, brachten auch seine Wehr und Waffen, Speer, Schwert, Schild und Streithammer und legten sie ihm zur Seite. Als sie sodann einen Hahn und ein Hühnchen geschlachtet und auf den Holzstoß geworfen hatten, trat der nächste Anverwandte des toten Herzogs heran, entzündete einen Kienspan, nahm ihn in die Rechte und näherte sich rücklings dem Scheiterhaufen. Solange er ihn nicht in Brand gesteckt hatte, hielt er die Linke auf dem Rücken. Als aber die Scheite Feuer gefangen hatten, kamen auch die übrigen mit lodernden Fackeln und schleuderten sie in den Scheiterhaufen.

Wie ein Sturmwind knisterten die Flammen und schlugen hoch empor, der Rauch stieg gen Himmel und hüllte die ehrwürdige Gestalt des toten Herzogs ein, der zum letzten Mal über der Versammlung seines Volkes thronte. Alle ringsum wehklagten und weinten, und die Frauen sangen Klagelieder.

Als der Scheiterhaufen abgebrannt war, sammelten sie die Gebeine und die Asche, legten sie in eine Urne und senkten sie mit dem Schmuck und den Waffen des Dahingegangenen ins Grab und schütteten darüber ein Grab auf, einen runden, hohen Totenhügel. Als sie in der Dämmerung dann von der Totenfeier heimkehrten, sammelten sie Steine, Zweiglein und Blätter vom Boden auf und warfen sie hinter sich, ohne sich dabei umzusehen.

Das Grabmal wurde für lange Zeiten ein vielbesuchter Ort, hier beteten sie und segneten ihren Herzog; und sein Name ging von Geschlecht zu Geschlecht.

Die Sage vom Herzog Krok und seinen Töchtern

Solange Herzog Tschech regierte, herrschte überall Ordnung und Zucht. Die Menschen waren ehrlich und treu. Sie hatten keine Riegel an ihren Ställen, und ihre Türen verschlossen sie nicht. Kein Verbrechen wog schwerer bei ihnen als Diebstahl und Raub. Denn jedermann in der Sippe war wohlversorgt, und arm wurde nur der, den man, weil er nicht arbeiten wollte, aus der Gemeinde ausgestoßen hatte.

Doch als das verwaiste Volk nach Tschechs Tode keinen Fürsten hatte, verdarb es, und das Recht verfiel. Es begannen Händel und Fehden, zumeist um Dörfer und Marken, Willkür und Unbill geschahen, und viele begannen selbst gegeneinander zu kämpfen. Als diese Zustände von Tag zu Tag schlimmer wurden, kamen die Stammesältesten am Grabmal Tschechs zusammen und sprachen, des Toten gedenkend, untereinander: „Wählen wir uns einen Herzog, der über uns herrschen und uns nach dem Gesetze richten soll."

Und sie berieten miteinander und beschlossen, zu Lech zu senden, dem Bruder Tschechs, und ihn zu bitten, daß er die Herrschaft über das Volk übernehmen möge. Lech aber, der nicht die Absicht hatte, in Kouřim zu bleiben, lehnte ab, riet ihnen aber, Krok, den Ältesten eines mächtigen Geschlechtes, zu ihrem Herzog und Richter zu küren.

Krok hauste auf einer Burg in den Wäldern über dem Flusse Mies, unweit des Dorfes Zbečno. Er war reich mit Gütern gesegnet, doch überragte er die anderen auch an Weisheit und Geist, so daß nicht nur die Leute aus seinem Hause, sondern aus der ganzen Umgebung wie die Bienen zum Bienenkorb kamen, auf daß er ihre Händel schlichte. Und die Tschechen folgten dem Rate Lechs und wählten Krok einhellig zum Richter des ganzen Volkes.

Auf dem Gipfel des Hügels, der Tschechs Grab deckte, hoben sie ihn auf den Hochsitz und setzten ihm die Herzogsmütze aufs Haupt, gaben ihm auch den Stab in die Hand, den Herzog Tschech weiland getragen, und erwiesen ihm alle Ehren.

Indessen hatte Lech Boten in die Lande gen Sonnenaufgang gesandt, auf daß sie sie erkundeten. Als sie zurückkehrten, verkündeten sie, sie hätten hinter den Bergen, hinter dem Oderfluß, weite fruchtbare und menschenleere Gefilde gefunden. Als Lech das Lob dieser Länder hörte, nahm er Abschied von Krok und wandte sich, sein Haus und sein Volk mit sich führend, nach den von den Spähern bezeichneten Landen. Und er ließ sich dort nieder und blieb dort und baute die mächtigen Burgen Hniezdno, die er nach den vielen Adlernestern, die es dort gab, benannte, und Krakau, der er den Namen seines Sohnes gab.

Krok sodann herrschte über das Tschechenland, sprach Recht und lehrte es Weisheit. Als Herzog wohnte er auf der Burg Budeč. Zu seiner Zeit war hier eine Schule, wo die Anbetung der Götter, alte Gesänge, Weissagung und Zauberei gelehrt wurden. Damals galt die Magie als die größte Kunst, und wer sich des Sehergeistes rühmen konnte, war ein auserwählter Liebling der Götter. Auch der weise Krok sah im Geiste in das Dunkel künftiger Zeiten.

Einmal, als er die vergangenen und die künftigen Dinge erforschen wollte, befahl er, daß man ihn drei Tage lang allein lasse.

Einsam trat er in die weite Halle des großen, hölzernen Palastes auf Budeč, betete hier und opferte den Göttern des Waldes, den Göttern der Berge und den Göttern des Wassers. Es war in der geheimnisvollen, heiligen Sonnenwendnacht, da Feuer loderten auf den Hügeln und Höhen und die Lieder der Jünglinge und Jungfrauen von ihren Gipfeln durch die nächtliche Stille hallten.

Krok betete und rief die Götter und alle Geister an, damit sie ihm Kunde geben von den künftigen Dingen. Und ihm ward manche Weissagung in jener Stunde, und er verzeichnete die geheimnisvollen Offenbarungen, klare und dunkle, auf Tafeln aus Birkenrinde und verwahrte sie für seine Töchter. Dann rief er die Ältesten und Amtleute zusammen und gab auch ihnen kund, was durch die Eingebung der Götter seinem Geist und Sinn in jener Nacht erhellt worden war aus dem Dunkel der Zukunft und sprach: „An diesem Orte hier wird nicht lange mehr meine Wohnung sein, denn Budeč wird nicht standhalten und nicht lange dauern. Einen andern Wohnsitz müssen wir uns suchen."

Alle stimmten bei, und Krok wählte sogleich Sendboten aus und befahl ihnen: „Morgen vor Sonnenaufgang macht euch auf den Weg und lenkt eure Schritte in das Land zwischen Mittag und Sonnenaufgang, bis ihr zum Moldaustrom kommet, dort sucht, bis euch die Götter an einen passenden Ort führen."

Und sie gingen in jene Gegenden und suchten, bis sie auf dem rechten Ufer der Moldau auf einer felsigen Landzunge inmitten tiefer Wälder standen. In ihrem bläulichen Dunkel wälzte sich still verströmend der breite Fluß dahin. In ihm spiegelte sich ein hoher Felsen, auf dem die Kundschafter vor Sonnenuntergang standen, in ihm spiegelten sich die rasenbestandenen Matten am andern Ufer und die dunklen Forste jenseits auf steiler Höh.

Zu ihren Füßen wand sich der Strom gen Osten, und seine Katarakte brausten und tosten durch die tiefe Stille des Urwalds. Als die Späher die Landzunge und die waldige Landschaft rundum erkundet hatten, riefen alle auf dem Felsen wie durch Eingebung der Götter im gleichen Augenblick und wie aus einem Munde: „Das ist der erwählte Ort!"

So meinte auch Krok und die Ältesten, als sie später auf flinken Rossen geritten kamen, um Ort und Landschaft zu beschauen. Und sie bauten hier eine Burg, aus mächtigen Stämmen alter Eichen und Fichten meisterlich gezimmert, ein Bauwerk mit weiten Hallen, mit mächtigen Säulen und stillen Kammern, eine weite Burg mit Höfen und einem Platz für Volksthing und Tagsatzung, wo das Volk sich versammeln konnte, um den Göttern zu opfern, einen neuen Herzog auf den Schild zu heben oder dessen Urteil und Willen zu vernehmen.

Wo keine steilen Felsen waren, hoben sie tiefe Gräben aus zum Schutze der Burg und schütteten Wälle auf, die durch Palisadenmauern und Bollwerke erhöht wurden. Durch Bollwerke befestigten sie auch das starke Tor, das mit einer schweren Tür verschlossen und nur zur Nachtzeit mit einem Balken verriegelt war.

In einem Haine, unweit der Burg, sprudelte unter alten Buchen ein starker Born hervor, aus dem sie reichlich klares Wasser schöpften. Diesen Bronnen nannten sie Jezerkaquell, die Burg sodann, weil sie auf einem hohen Felsen stand – Vyšehrad, Hohe Burg. Die Burg aber war heilig und berühmt im ganzen Böhmerland, und die Kunde von ihr gelangte auch zu den Nachbarstämmen und weiter bis in ferne Länder fremder Sprache.

Auf diese Burg führte das Volk im Triumph Krok und sein Geschlecht und erwies ihnen große Ehre. Denn die Tschechen liebten den weisen Herzog, unter dessen Regierung in allen Gauen wieder der Segen eingezogen war. Überall konnten die Menschen friedlich ihrem Tagewerk nachgehen, Speer und Pfeil und alle Wehr und Waffen vertilgten nur wilde Tiere. Ansonst bebaute das Volk fleißig das Land, rodete den Wald oder brannte ihn nieder, so daß der Felder und Dörfer immer mehr wurden.

Überall herrschte Überfluß, in den Scheuern wie in den Ställen, und der Friede blieb erhalten, solange Krok im Land regierte, und das währte mehr denn dreiundzwanzig Jahre.

Nachdem er sodann zu seinen Vätern eingegangen, betrauerte ihn das ganze Volk. Seine Asche und seine Wehr wurden neben dem Grabmal Tschechs zur letzten Ruhe gebettet. Der weise Richter hinterließ drei Töchter: Kazi, Teta und Libuša. In ihrer zarten Jugend lebten sie auf Budeč, wo sie mit andern Jünglingen und Jungfrauen ihres Stammes Weisheit lernten und auch mit jenen, die aus andern Stämmen hierhergekommen waren, wie Přemysl aus dem Geschlecht der Stadicen.

Doch so wie schlanke Lilien die Blumen des Wiesengrundes überragten, so überragten Kroks Töchter alle an Weisheit und Edelsinn, Schönheit des Antlitzes und Anmut der Gestalt, denn sie waren von herrlich hohem Wuchs und wurden von allen bewundert.

Kazi, die älteste der drei Töchter Kroks, kannte viele Kräuter und Gewürze und ihre Heilkraft und Zaubermacht. Damit heilte sie alle Arten von Gebrechen, ja, sie wußte sogar mit dem bloßen Wort Schmerzen zu stillen und sie mit dem Namen mächtiger Götter und Geister zu bannen. Oft zwang sie mit ihrem Machtwort und ihren Beschwörungen sogar den Parzen ihren Willen auf und erweckte wieder das Leben, wo es schon mit dem letzten Atemzug zu entweichen drohte. Nach dem Tode ihres Vaters wohnte sie zumeist auf einer Burg, die auf dem Berg Osek, unweit der Mies stand, und nach ihr Kazín hieß.

Die zweite Tochter war Teta, die nach ihrem Namen die Burg Tetín erbauen ließ, eine gar feste Burg auf der Spitze eines steilen Felsens ob der Mies. Götter und Geister fürchtend, führte sie allerlei Riten zu ihrer Verehrung ein, lehrte das Volk, sie anzubeten und mancherlei Opfer darzubringen. Sie selbst sodann pflegte von der Burg gen Sonnenuntergang auf den Berg Pohled hinaufzusteigen und hier zu einem finsteren Götzen zu beten, der unter alten Eichen auf dem Gipfel des Felsens stand. Hier brachte sie Brandopfer dar, am Tage und in der trüben Dämmerung.

Mit der größten Ergebenheit aber sahen alle zu Libuša auf, obwohl sie dem Alter nach die jüngste war. Sie war so lieblich, so keuschen Leibes, von so leutseligen Sitten, dabei ernst in ihrer Rede, sicher und rechtschaffen, daß auch rauhe, streitbare Männer ihre Stimmen dämpften und ihre Worte mäßigten, wenn sie, lieblich über alle Maßen, vorüberging, ja, daß auch Greise, weise und vom Alter gebeugt, sie priesen und sagten, daß sie „anmutiger als unsere Mutter, weiser als unser Vater“ sei.

Und mit heiligem Grausen sagten sie von ihr, sie pflege oft in Verzückung zu fallen und, wenn der Sehergeist über sie komme, wandle sich ihr Antlitz und Auge, und sie blicke in das Dunkel der Zukunft und gewahre die Dinge, die da kommen sollen.

Nach Kroks Tode versammelten sich die Edlen, Ältesten und Amtleute und eine Menge Volkes in dem heiligen Hain beim Jezerkaquell. Auch Kroks Töchter kamen dahin. Unter dem Schutz der alten Buchen, Linden und Eichen beschlossen die Ältesten und alles Volk einhellig, ohne Hader und Zwist, daß die Herrschaft im Geschlechte Kroks verbleiben solle, und zwar bei seiner jüngsten Tochter Libuša.

Der alte Hain hallte von dem Freudengeschrei des Volkes wider, und die Rufe tönten bis zum Fluß in die dunklen Wälder. Jubelnd führten sie die junge Fürstin, mit Blüten bekränzt, mit vor Ergriffenheit erglühten Wangen, auf den heiligen Vyšehrad. An ihrer Seite schritten Kazi und Teta, ihre Schwestern und deren

Maiden, vor und hinter den Fürstentöchtern gingen stattliche Recken und Edlinge, berühmt und aus vornehmem Geschlecht. Sie führten Libuša auf den weiten Hof der Herzogsburg, hoben sie auf den steinernen Sitz unter der buschigen Linde, wo einst ihr Vater, der weise Richter und Herrscher, zu sitzen pflegte. Die junge Fürstin hatte zwar bisher auf ihrer eignen Burg gelebt, nach ihr Libušín geheißen, die sich am Rande des Waldes, der sich nach dem Dorf Zbečno hinzieht, erhob. Von ihrer Thronerhebung an wohnte sie jedoch auf dem Vyšehrad und herrschte von dort weise über ihr Volk.

Die Sage vom Helden Bivoj

In Libušas Wohnsitz, dem mächtigen Vyšehrad, dehnte sich ein Garten voll prächtiger Bäume, Sträucher und seltener Blumen. Doch voll von Irrpfaden war er; sie schlängelten sich mannigfach um die Sträucher herum, unter den Bäumen, zwischen Blumen- und Rasenbeeten dahin, verflochten sich, liefen auseinander und wieder zusammen und waren sich alle so ähnlich, daß ein Fremder aus diesem Zaubergarten voll gleichartiger Orte und geheimnisvoller Winkel keinen Ausweg fand. In diesem Garten pflegte Libuša gern mit ihren Maiden zu weilen und öfter noch allein, am Morgen, wo jede Blüte und jedes Blatt taufrisch in der Sonne glitzerte, oder auch des Abends, wenn die Stämme der Bäume im rosigen Glanze der untergehenden Sonne auflohten, wenn in der Dämmerung die Wipfel und alles Buschwerk dunkel wurden, und die weißschimmernden Pfade sich im tiefen Schatten verloren.

Zu dieser Stunde pflegte die junge Fürstin, von hohem Wuchs, in blütenweißem Gewand, das Haar frei wallend, allein wie ein heller Schatten langsamen, ernsten Schrittes, das Haupt geneigt, in Gedanken versunken, durch den Garten zu wandeln, oder sie stand, das anmutige Antlitz zum Himmel gewandt, wie in Träumen befangen, im stillen Schimmer der Sterne oder des Mondes.

Hierher führte Libuša einst ihre Schwester Kazi, die auf ihrem schnellfüßigen Hengste von ihrer Burg zu Besuch gekommen war. Garten, Rasen und Pfad ruhten bereits im Schatten des Abends, nur die Kronen der Bäume, die mächtige Balkenmauer und die hohen Bollwerke ringsum im Hintergrunde, von Schnee und Regen gedunkelt, erglänzten noch in den Strahlen des letzten Lichts.

Die Sonne versank in den dunklen Wäldern, die, in bläuliche Dünste getaucht, die Höhen über der Moldau bedeckten. In diese Ruhe und Stille erscholl vom Tor her ein plötzliches Lärmen. Sein Widerhall drang bis in den Garten der Fürstin, ward mächtiger und klarer. Das Geschrei männlicher Kehlen rollte heran wie ein plötzlicher Gewittersturm. Aus dem Gewirr der starken, weithallenden Stimmen erhob sich ein Jauchzen, und schon stieß jemand ins Horn. Das Zeichen des Sieges dröhnte daraus und hallte über die weite Burg.

Die Schwestern, aus ihrem Gespräch gerissen, blieben stehen und lauschten. Doch da kam ganz aufgeregt der Burghauptmann herbeigeeilt und bat sie, auf den Burghof hinauszutreten und sich anzusehen, was dort vor sich ging.

Dort schritt, von einem lärmenden Zug von Burgwächtern und andern Männern begleitet, ein stattlicher junger Mann von hohem Wuchs dahin. Er hatte die Hände in den Nacken gelegt und trug eine Last auf dem Rücken. Sein gerötetes, wettergebräuntes Antlitz war vorgeneigt und von dunklem Lockenhaar umrahmt, das unter seiner Mütze hervorquoll und ihm in die Stirne fiel.

Voll Staunen betrachteten die Fürstinnen ihn und seine Last. Einen lebenden Wildeber hatte er bei den spitzen Ohren gepackt und trug ihn mit dem Bauch nach oben auf dem Rücken.

Der junge Jäger ohne Speer, das Schwert an breitem Gurt fest in die Scheide gestoßen, die Stiefel mit Schlamm bedeckt und die eng anliegenden Hosen gänzlich mit Kot bespritzt, trug die furchtbare Last als wär's ein leichter Balg.

Fest und sicher schritt er dahin, seine Beine bebten nicht, und sein Schritt stockte nicht.

Ringsum jauchzten alle, Greise und Jünglinge, und zeigten mit Händen und Speeren auf den starken alten Keiler mit riesigem Kopf und schwarzer Schnauze, aus der weiß und scharf die mächtigen, gebogenen Hauer blitzten. Der Eber warf sich hin und her, schlug mit den schwarzen Hufen um sich, knirschte mit den Zähnen und rollte rasend die blutunterlaufenen Äuglein.

Doch als die Leute Libuša und Kazi gewahrten, verstummten alle. Der kühne Jäger sodann, es war Bivoj, Sudivojs Sohn, blieb am Fuße der Treppe stehen, die zu den mächtigen Säulen hinanführte, welche die Tür zur großen Halle säumten.

Auf dieser Treppe standen die Fürstinnen. Bivoj, an der Spitze der Männer, das wilde Tier auf dem Rücken, grüßte Libuša und ihre Schwester und sprach: „Hier bringe ich das Tier, daß so schlimmen Schaden angerichtet, den wilden Eber vom Rabenberg. Falls du's befiehlst, so soll er vor deinen Augen sterben."

Als Libuša winkte, es möge geschehen, brachen die Männer ringsum in Hochrufe aus, zückten ihre Schwerter und senkten ihre Speere. Doch Bivoj rief in das Gewirr und Getümmel: „Ich selbst will mich ihm entgegenstellen. Ich habe ihn gefangen, ich will ihn auch erlegen. Ihr aber, stellt euch im Kreise auf, falls er versuchen sollte durchzubrechen. Und legt mir einen Speer zu Füßen."

Es geschah, wie er befohlen hatte. Die Männer stellten sich in weitem Kreise um ihn auf und machten ihre Waffen bereit. Keiner von ihnen wandte den Blick von Bivoj, der, den Ring überblickend, sein feuriges Auge ein letztes Mal auf die höher stehenden Fürstinnen heftete, auf Libuša, besonders aber auf ihre Schwester Kazi. Mit pochendem Herzen blickte diese den stattlichen Recken an, den sie vormals im Hain am Jezerkaquell zum erstenmal gesehen und an den sie in der Folge oft gedacht hatte. Jetzt ergötzte sie sich an seiner Männlichkeit, seiner Tapferkeit und Kraft, doch ihr Herz krampfte sich vor Furcht zusammen, und ihre Lippen bebten unwillkürlich, als Bivoj sich breitbeinig aufpflanzte und den Eber mit aller Kraft über seinen Kopf hinweg vor sich auf den Boden schmetterte, daß die Erde erbebte. Doch ehe der Eber noch den Boden berührt hatte, bückte sich Bivoj, hob den schweren Speer mit funkelnder Spitze, umfaßte ihn mit beiden Händen und wartete.

Eine Weile lag der starke alte Keiler mit gespreizten Beinen wie tot auf dem Boden. Doch schon hoben sich seine Flanken, die langen Borsten auf seinem Rücken sträubten sich wie eine Mähne, das Weiß der Augen in dem schwarzen Kopf blitzte auf. Mit einem Sprung schnellte er empor und stürmte blind vor Wut, weder rechts noch links blickend, mit offenem Maul, in dem die scharfen Hauer blitzten, pfeilschnell auf Bivoj zu.

Alle ringsum waren mäuschenstill, als der Eber wild gegen Bivoj anstürmte und ihn wütend anfiel. Doch plötzlich schrien alle Männer, alle Frauen und Mädchen der Burg auf. Die Männer brüllten und schwenkten ihre Waffen, als den Keiler Bivojs Speer traf. Ein Blutstrom schoß aus dem Maul des Tieres, es bäumte sich ein letztes Mal auf und stürzte wie vom Blitz getroffen zu Boden; der Eber wälzte sich in seinem Blute und benetzte ringsum die Erde. Bivoj riß den Speer aus dem Besiegten und setzte seinen rechten Fuß auf den borstigen Leib des verendenden Tiers. Dann wischte er sich den Schweiß von Stirn und Wangen und sprach zu den Fürstinnen: „Der wird keinen mehr schrekken und keinem mehr schaden."

Und er setzte seinen Fuß dem Tier auf den Kopf. Da trat der Burghauptmann, ein starker Recke, zu Bivoj und sprach: „Die Götter grüßen dich! Du hast das Land befreit, es war ein böser Keiler, ein sechsjähriges Kapitalschwein" – und der Hauptmann zeigte auf den Eber – „und sehr gefährlich. Er verbreitete Furcht und Schrecken über das Land rings um den Rabenberg. Und wieviel Schaden hat er angerichtet. Das Getreide zerstampft, ganze Felder hat er zerwühlt und viel Vieh und andere Tiere getötet, Jagdhunde und Pferde zumeist. Als Svatoslav Božej wider ihn auszog, schlitzte der Keiler seinem Roß Brust und Bauch auf, so hoch konnte er springen. Mehr als einen Mann hat er tödlich durchbohrt. Furcht und Schrecken gingen von ihm aus, schon flohen und versteckten sich vor ihm auch herzhafte Männer. Bis Bivoj da..."

Er sprach nicht zu Ende, denn ein Raunen ging ringsum durch die Menge, zum Zeichen des Lobes und der Dankbarkeit.

Und die Fürstinnen traten näher, musterten das starke Tier, und Libuša fragte, wie er's zur Strecke gebracht, wie er's gefangen hätte. Und alle ringsum verstummten. Kazi aber betrachtete den starken Weidmann mit Augen, die vor Bewunderung strahlten, und lauschte mit den andern begierig Bivojs Erzählung.

„Es grämte und ärgerte mich, daß der Keiler hier so viel Schaden tat und daß alle ihn so fürchteten. Keiner wollte mehr durch den Talgrund am Rabenberg gehen. Dort hielt er sich auf, ein Einzelgänger, dort lag er, dort stellte er sich jedem entgegen, dort hat er so viel Menschen und Pferde zerrissen und Hunde ohne Zahl.

Ich pirschte ihm nach und entdeckte, wo er sich sein Lager gewühlt hatte. In einem dunklen Tümpel unter alten Buchen, in dem er sich zur Mittagszeit zu sielen pflegte, spürte ich ihn auf. Dann, wenn ihn die Mücken schon arg stachen, rieb er sich immer an den Stämmen der Eichen und ging kühn und sicher in die Felder auf Beute aus. Keinem Menschen wich er aus. Jeden fiel er an.

Heute zog ich aus, ihn zu erlegen. Ich wollte warten, bis er von der Weide heimtrabte. Aber kaum war ich bis zum Rande des Talgrunds gekommen, stürmte er aus dem Dickicht gegen mich an, unverhofft und so jäh, daß ich ihm nicht mit dem Speer entgegentreten konnte. Es war auf einem freien Platz, kein Baum in der Nähe. Ich konnte nicht entspringen, und mich zu Boden werfen, das wollte ich nicht.

Schneller als ich dies hier erzählt habe, war er bei mir, stürmte gleich gegen meine Beine an und warf den Kopf zur Seite; doch bevor er noch dazu kam, ihn nach hinten zu reißen, um mir eine lange Wunde beizubringen, packte ich ihn bei den Ohren – und hielt ihn fest und ließ ihn nicht los. Und er grunzte und schüttelte sich wie rasend, und seine Zähne schlugen aufeinander. Doch schon hatte ich ihn mir auf den Rücken geworfen und eilte mit ihm hierher."

Von neuem brauste ein freudiges Rufen durch die Runde, und als es verebbt war, sprach die junge Fürstin freundlich zu Bivoj: „Die Götter haben dich gesegnet und deine Kraft. Du hast das Land befreit und seine Felder vor neuen Schäden bewahrt. Habe Dank, meinen und den des ganzen Volkes. Jetzt, tapferer Jägersmann, strecke deine Glieder aus, stärke dich und pflege der Ruhe."

Sie gab dem Burghauptmann einen Wink, und dieser nahm Bivoj bei der Hand und führte ihn über die Treppe in einen großen Saal, wohin ihnen die Vordersten der Männer der Burg und des Burgfleckens folgten und auch jene, denen Bivoj auf dem Weg zum Vyšehrad begegnet war und die ihn nicht mehr verlassen und ihn mit seiner wunderlichen, lebenden Last dahin begleitet hatten.

Die Halle war nicht hoch, aber geräumig. Ein riesiger Balken lief über die ganze Länge der Saaldecke hin, die durch mächtige Pfeiler, welche mit merkwürdigen, buntbemalten Kerben verziert waren, gestützt wurde. An den Säulen hingen Elchgeweihe, Waffen und Schilde, Auerhörner und Bärenhäute von seltener Größe. Die Männer führten Bivoj an die erste Tafel in der rechten Ecke der Halle und nahmen an wuchtigen Tischen und an Klötzen aus jahrhundertealten Eichen Platz.

Auf allen Tischen wurden große Krüge voll Met aufgetragen, aus denen sich die Männer das goldgelbe Naß in Humpen und Becher aus Ton und Holz einschenkten. Die Männer tranken, sie tranken Bivoj zu und seiner gewaltigen Kraft. Der junge Held hörte all das Lob mit Freuden; doch seine Blicke waren heimlich auf die niedrige schwere Tür mit hölzernem Schloß gerichtet, durch welche Fürstin Libuša und ihre Schwester Kazi aus dem Saal gegangen waren. An sie allein dachte Bivoj in dem brausenden Tosen und sann darauf, wie er sie noch einmal zu Gesicht bekäme.

Inzwischen verlosch in den Wipfeln, auf den Wällen und den hohen Blockhäusern der golden rosige Glanz der untergehenden Sonne. Tiefe Schatten legten sich über den Hof. In der oberen Halle sodann fiel durch die Fenster, deren Läden offenstanden, das Licht einer langen Sommerdämmerung. In ihrem matten Scheine traten die jungen Fürstinnen durch die Tür, aus der sie vordem gegangen waren, wiederum aus dem Zwielicht hinter den Säulen hervor. Eine Maid aus ihrem Gefolge trug ein Geschmeide hinter ihnen her, das in Leder gehüllt war. Als sie es dann auf Libušas Befehl auf einen Tisch legte und die Lederumhüllung entfernte, erglitzerte ein herrlicher Gürtel. Er war breit, schmuck, mit zierlichen roten Lederriemen durchwirkt und ganz mit kleinen silbernen Nägeln beschlagen, mit Bronzebuckeln und einer glänzenden Kette geziert. Sie klirrte gegen den prächtigen Beschlag, sobald man den Gurt nur berührte.

Die junge Fürstin reichte ihn Bivoj, er möge den Gürtel zum Lohne empfangen, er sei aus dem Schatz ihres Vaters, und ihre Schwester Kazi habe ihn selber für Bivoj ausgesucht.

„Es ist in diesem Gürtel das Reis eines mächtigen Wunderkrautes und ein Schlangenzahn eingenäht“, fügte Kazi freundlich hinzu, „wenn du mit diesem Gürtel durch die Wälder streifst, wirst du dich niemals verirren, auch nicht in finstrer Nacht, wirst jeglichem Irrkraut widerstehen, und weder Hexen, noch andere Nachtgespenster können dich verderben.“

Der junge Held verbeugte sich vor den Fürstinnen; er verneigte sich und dankte ihnen, und alle in der Runde grüßten brausend Libuša und Kazi, daß sie dergestalt Mannesmut und

Tapferkeit ehrten. Die Fürstinnen gingen fort, und wieder wurde es laut und lustig im Saale, und alle schmausten und zechten bis in die späte Nacht. Dann, als die Männer sich trennten, führte der Burghauptmann Bivoj in eine stille Kammer, wo ihm ein Lager aus Schafspelzen bereitet war. Der junge Held schlummerte bald ein und schlief einen festen Schlaf, bis daß der Morgen graute.

In der Frühe des nächsten Tages rüstete sich Bivoj zur Heimkehr in sein Dorf, dessen Amtmann er war. Als der Burghauptmann davon Kunde erhielt, teilte er Bivoj mit, daß ein Roß seiner harre, die Fürstin habe es ihm satteln lassen, und daß sich zur gleichen Stunde auch Kazi bereitmache, nach ihrer Burg heimzureiten. Mit dem prächtigen Gürtel angetan, den er tags zuvor zum Geschenk erhalten hatte, bestieg Bivoj frisch und wohlgemut einen feurigen Braunen mit glänzendem Fell und gesellte sich dann, nachdem er sich vor der Fürstin verneigt und ihr seinen Dank gesagt hatte, dem Gefolge ihrer Schwester Kazi hinzu.

Am Tore sah er sich um, er und alle anderen blickten empor zu dem Pfahl überm Torbogen, an dem, nun abgehauen, der große Kopf des wilden Ebers stak, den er tags zuvor erlegt hatte. Schwarz dräute er ins Land, borstig, mit mächtiger Schnauze, die glänzenden weißen Hauzähne fletschend, und legte Zeugnis ab von Bivojs Kraft. Kazi ließ Bivoj nicht unter dem Gefolge. Er ritt ein gutes Stück Wegs an ihrer Seite, und als sie dann an eine Kreuzung kamen, machte er ohne zu zögern einen Umweg, und geleitete Kazi bis zu ihrer Burg, die sich mit ihren mächtigen Wällen in den Fluten der Mies spiegelte. Ehe sodann der Herbst vergangen war, verließ Bivoj sein Dorf und seine Sippe, um für immer auf Kazis Burg zu bleiben, denn Kazi hatte ihn so liebgewonnen, daß sie ihn zu ihrem Gemahl erkor.

Die Sage von Libuša

Wie einst zu Krok, so kamen auch zu Libuša aus nah und fern die Menschen mit ihren Händeln, auf daß durch ihre Weisheit ihr Streit geschlichtet werde. Und sie richtete gerecht und versöhnte durch weise Urteile die feindlichen Parteien. Zu jener Zeit hatten sich zwei Nachbarn, beides Älteste ihrer Sippen, um Felder und Marken gezankt. Sie hatten gestritten, einander beleidigt, sich Mütter und Ahnen vorgeworfen, bis zwischen ihnen und ihren Sippen der gutnachbarliche Friede bis an die Wurzel verdorrt und Haß und Feindschaft aufgekeimt waren.

Keiner wollte in diesem Streit nachgeben, ein jeder war wie aus Granit, und sobald die Zeit gekommen war, da die Fürstin Gerichtstag hielt, eilten beide auf den Vyšehrad. Dort saß Libuša mit einem schneeweißen Diadem um die Stirn unter einer mächtigen Linde auf einem Hochsitz, unter den ein Teppich gebreitet war.

Zu ihrer Rechten und zu ihrer Linken saßen zwölf ehrwürdige Greise, die zwölf Häupter der mächtigsten Geschlechter, stattliche Männer mit weißem Bart. Der Platz vor ihnen war voller Menschen, voller Volk, voll von Männern, Frauen und Amtleuten, die in eigener Sache, oder um für jemand aus ihrer Sippe Fürsprache zu führen, zum Gericht gekommen waren.

Da traten die beiden feindlichen Nachbarn vor das Gericht und die Fürstin hin. Der jüngere klagte bitter, daß der ältere wider alles Recht Fluren und Marken begehre. Der ältere, ein Mann mit dichtem Vollbart, finster wie ein Regengewölk, fiel ihm ins Wort. Barsch und bündig verlangte er, daß alles nach seinem Willen geschehe, und achtete dessen nicht, daß dies ein Unrecht an seinem Nachbarn war. Als Libuša beide vernommen und den Streitfall erwogen hatte, gab sie dem vornehmsten ihrer Amtleute ihr Urteil kund. Als die Greise, nachdem auch sie untereinander über Streit und Urteil beraten hatten, den Spruch der Fürstin bestätigten – verkündigte Libuša ihren Beschluß.

Dem Jüngern sei Unrecht geschehen, sein wären Felder und Marken.

Sie hatte noch nicht zu Ende gesprochen, und schon schlug der ältere, von wildem Zorn gepackt, mit seinem hohen Stab dreimal gegen den Boden, wurde dunkelrot im Gesicht, schrie und begann mit funkelnden Augen, wie wenn ein plötzlicher Regenguß niedergeht: „Solch ein Recht herrscht hier im Land! Wissen wir denn nicht, wer uns richtet – eine Frau! Ein Weib mit langem Haar, aber kurzem Verstande. Spinnen kann sie, mit der Nadel umgehn, das versteht sie, aber nicht zu richten. Mag sie nähen, mag sie spinnen, doch sie soll nicht richten. Schande uns Männern!"

Und er schlug sich mit der Faust gegen die Stirn, und der Speichel rann ihm in den Bart während seiner leidenschaftlichen Rede. Schande über uns! Wo, in welchem Stamm, wo herrscht eine Frau über Männer? Nur über uns, nur über uns, und darum sind wir allen zum Gespött. Da ist's wahrlich besser zu sterben, als solch ein Regiment zu ertragen!"

Alle ringsum waren starr vor Schreck und Staunen über die wilde Rede, Schamröte übergoß die Wangen der Fürstin, und die schnöde Schmach und der Schmerz über solch einen Undank bewegte ihr Herz. Doch sie verzieh dem Lästerer. Ihm gab sie nicht Antwort. An den Greisen, an der Menge hing ihr erregter Blick, und als keiner den Verwegenen zurechtwies, als sich keiner vernehmen ließ, sprach sie, obwohl ihre Stimme vor Ergriffenheit bebte, würdig und erhaben zu der Menge:

„So ist es. Ich bin ein Weib und benehme mich wie ein Weib; dieweil ich euch nicht mit eiserner Rute züchtige, glaubt ihr, daß ich wenig verstehe. Es tut not, daß ihr einen Herrscher habt, der strenger ist als eine Frau. Ihr sollt ihn haben. Euer Wunsch wird erfüllt werden. Nun aber gehet in Frieden heim. Der Volksthing mag sich einen Herzog küren, und wen er erwählt, den will ich zum Manne nehmen."

Also sprach sie und schritt vom Hof in die Burg und sandte sogleich berittene Boten nach Kazín und nach Tetín zu ihren Schwestern. Sie selbst sodann begab sich in den fernsten Winkel des Zaubergartens, der dunkel war von dichtem Gebüsch und mächtigen Linden, an einen heiligen Ort, den außer ihr und ihren Schwestern keiner betreten durfte.

Dort stand im Schatten der Linden auf hölzernen Säulen ein Wetterdach aus flachen Steinen, von Mauerpfeffer und grünem Moos bewachsen. Darunter schimmerte mattglänzend, von einem goldenen Barte umrahmt, das silberne Haupt eines hölzernen Götzen, der auf einem grob behauenen Steinklotz stand. Dieses Götzenbild verehrten sie als ihren Gott und nannten ihn Perun.

Libuša fiel vor ihm auf die Knie und verneigte sich; dann setzte sie sich vor dem Stein zu Füßen des Gottes nieder und blieb hier den Rest des Tages bis nach Sonnenuntergang, da's unter den Bäumen schon dunkelte und der Abendwind durch Busch und Strauch rauschte. So saß sie da, in Gedanken versunken, reglos wie eine Statue und sann darüber nach, was ihr geschehen war, was sein würde, welch einen Fürsten sich das Volk wohl wählen werde, welcher Meinung ihre Schwestern seien und ob sie mit ihr übereinstimmen würden.

Dann erhob sie sich plötzlich, als in dem dunklen Garten Kazi und Teta vor ihr erschienen. Der Burghauptmann, der die Schwestern bei ihrer Ankunft vom Tor bis zum Garten geleitet hatte, blieb am Eingang als Wache stehen und wartete.

Was Libuša ihren Schwestern gesagt oder gestanden, worüber sie alle drei, mit Prophetengeist begabt, vor Peruns Standbild verhandelten, worüber sie sich berieten, das hat keiner je erfahren. Die Sommernacht ging schon zur Neige, der Himmel erbleichte über der Burg, hinter ihren Basteien, durch Wipfel und Zinnen, lohte der bleiche Streif der Morgendämmerung.

Zu jener Stunde, als schon die Kühle des frühen Morgens wehte, kehrten Kroks Töchter durch den Garten zurück. Inmitten ihrer Schwestern, mit langen Gewändern angetan, schritt Libuša, mit dem blütenweißen Diadem auf der Stirn, ruhig, den Blick vor sich gerichtet. Schweigend wie Schatten schritten sie dahin, und der Burghauptmann sah ihnen erstaunt nach, als sie wortlos an ihm vorübergingen und die Treppe zu der großen Halle hinaufstiegen, wo sie zwischen den mächtigen Säulen des Aufgangs verschwanden, der noch im Schatten des Morgengrauens lag.

Gleich in der Frühe sandte Libuša Boten aus, das Volk zum Thing zu versammeln. Als dann das Korn geerntet und der festgesetzte Tag gekommen war, strömten eine Menge Männer aus allen Stämmen herbei, Amtleute, Älteste und viel Volk, Alte, Junge, zu Pferd, zu Fuß, mit Röcken und Mänteln angetan und mit Mützen auf dem Kopf, doch viele auch gewaffnet, den Helm auf dem Haupt, mit Schwert und Bogen bewehrt, denn oft führte ihr Weg durch Wildnis und Wald. Kamen doch viele aus weiter Ferne, bis aus den fernsten Ecken und Enden des Landes, von den Grenzen der Zličaner und Pšover Mark, die gen Sonnenaufgang lagen, andere von Mitternacht her, wo sie dem stolzen Stamm der Lucker und den Leitmeritzen benachbart waren, und andre von Mittag, aus jener Gegend, wo es zu den Netolitzen und Doudlebern ging. Viele kamen von den weiten Wäldern hinter Kroks Burg und Stebno her, durch welche die Straße nach Taus und weiter ins Deutsche, ins Bayernland führte.

Die zahlreichen Anwesen des weiten Burgfleckens, wo schmucke Sättel, Zaumzeug, Steigbügel und Sporen hergestellt wurden, auch Waffen und Schilde, die an den Rändern und kreuz und quer fest mit schwarzem Eisen oder rotglänzendem Kupfer beschlagen waren, reichten nicht aus, den ankommenden Gästen Unterkunft zu gewähren. Ihre Rosse sodann standen angepflockt an den Zäunen oder im Schatten der Bäume. Ein lebhaftes Treiben herrschte hier, lebhaft ging es auch am Ufer des Stromes zu. Bekannte und Verwandte begrüßten sich freudig, sprachen über die Felder und die Jagd, über Waffen und Gefechte, am meisten aber über den Streit der zwei Edlinge, über Libušas Gericht und was nun sein werde und wen man zum Herzog wählen solle.

Als die Stunde des Landtags gekommen war und von den Wällen und Basteien ein gewaltiger Hornruf erscholl, eilten die Männer in ununterbrochenem Strome, der vor dem Bergtor zwischen den zwei Bastionen einen Augenblick stockte, zum Vyšehrad empor. Dort hob ein jeder den Kopf und betrachtete staunend den riesigen Eberschädel, der an dem Balken festgenagelt war. Sie zeigten ihn einander, und Bivojs Name war in aller Munde und wurde von jedermann voll Lob und Bewunderung genannt. Und weiter wälzte sich der Strom durch das hohe Tor, bis er auf dem weiten Platz vor dem

Herzogsstuhl zum Stehen kam. Neben dem Fürstenthrone standen zwei Ehrensitze, der eine rechts, der andre links; darauf nahmen Kazi und Teta an Libušas Seite Platz.

Tief verneigten sich alle vor der Fürstin. Sie aber nickte ihnen von ihrem Hochsitz herab mit ernster Miene zu und sprach:

„Ihr habt gehört, warum ich euch, Edle, Amtleute und alles Volk hier zusammengerufen habe. Die Freiheit wißt ihr nicht zu schätzen. Ich hab's erkannt und erfahren. Durch Eingebung der Götter habe ich verkündet, daß ich fortan nicht mehr über euch herrschen will, weil ihr in eurem Herzen nach einem Mann und Herzog verlangt. Ihr sehnt euch nach einem Fürsten, der eure Söhne und Töchter in seine Dienste zwingen und auch von eurem Vieh und euren Pferden nach Belieben das Beste nehmen wird. Dienen wollt ihr, da ihr nicht gedient, und Steuer zahlen – Fehenpelze, Marderfelle und Linnen – bis euch Hören und Sehen vergeht.

Doch dafür werdet ihr nicht die Schande haben, daß eine Frau über euch herrscht. Ich will euch nicht schrecken, ich sage abermals, was ich euch, von den Göttern erleuchtet, gesagt habe und was auch meiner Schwester der Sehergeist geoffenbaret hat. Wählt euch einen Herzog, aber weise und mit Vorsicht, denn leicht ist es, einen Herrscher zu berufen, aber schwer, den Berufenen abzusetzen. Falls ihr auf eurem Vorsatz beharrt, so wird euer Wunsch in Erfüllung gehen, und wenn ihr es wünscht, so will ich euch raten und euch seinen Namen kundtun und den Ort, wo ihr ihn findet!"

„Verkünde es uns! Verkünde es uns!"

„Rate uns! Rate uns!" riefen und schrien alle wie aus einem Munde. Die Menge, die vordem reglos wie eine Mauer dagestanden und Libušas Worten gelauscht hatte, geriet vor Erregung in Bewegung und drängte sich vorwärts zum Thron, wie ein wogendes Kornfeld unter dem jähen Ansturm des Windes.

Da erhob sich Libuša in weißem Gewand, mit dem Diadem um die Stirn, reckte sich hoch und streckte ihre Arme gegen sie aus. Mit einem Schlag verstummte die Menge. Ein jeder blieb sogleich stehen und blickte auf die hehre Fürstin.

Sie hob den Finger, wies gen Mitternacht zu den Bergen hin und sprach:

„Siehe, hinter jenen Bergen, im Lande der Lemusen, fließt ein kleiner Strom, Bělina genannt. Unweit dieses Flüßchens liegt ein Dorf, darin siedelt das Geschlecht der Staditzen. Unweit von diesem Dorf liegt ein Brachfeld, hundertzwanzig Schritt in der Länge und hundertzwanzig Schritt in der Breite, ein seltsamer Acker, denn er liegt zwischen vielen Feldern und gehört doch zu keinem. Dort pflügt euer Herzog mit zwei bunten Ochsen. Der eine hat ein weißes Haupt, der andre ist von der Stirn über den Rücken weiß und hat auch weiße Hinterbeine. Nun nehmet hier Rock und Mantel und Wams, wie es sich für einen Fürsten geziemt, gehet hin und saget dem Mann einen Gruß von mir und die Botschaft des Volkes und führt euren Fürsten heim und meinen Gemahl. Přemysl ist sein Name, und sein Geschlecht wird herrschen über dies Land in alle Ewigkeit."

Als sodann die Ältesten der vornehmsten Geschlechter bestimmt waren, welche dem Mann von Staditz vortragen sollten, was Volk und Fürstin beschlossen hatten, sprach Libuša zu ihnen: „Ihr sollt den Weg weder suchen, noch nach ihm fragen. Mein Roß wird euch führen, ihm nachzureiten mögt ihr nicht säumen. Es führt euch hin und führt euch den rechten Weg zurück. Vor welchem Mann es stehenbleibt und wiehert, der ist es, von dem ich gesprochen habe. Dann erst sollt ihr mir glauben, wenn ihr euren Herzog auf einem eisernen Tisch werdet speisen sehen."

Auf Libušas Wink wurde ihr Reitpferd vorgeführt, ein Schimmel mit mächtigem Halse, von dem die lange Mähne dicht herniederwallte. Er hatte einen prächtigen Sattel, unter dem Sattel ein zottiges Fell, und auf den breiten Brustriemen glänzten prächtige Bronzebuckel und Bronzescheiben.

Als sie dem Roß Rock, Mantel und Wams auf den Sattel geladen hatten, schritt es aus, und die Gesandtschaft der Edlen machte sich ihm folgend auf den Weg.

Die Sage von Přemysl

Es war im Frühherbst, ein stiller sonniger Tag. Libušas Roß ging munter, sichern Schritts, keiner der Herren führte es oder leitete es durch ein Wort. Es ging so sicher, als trabe es seinem Stalle zu, daß die Männer erstaunten, ja, daß sie der Vermutung Glauben schenkten, diesen Weg gehe das Pferd nicht zum ersten Mal, daß ihn die Fürstin wohl oft in der Abenddämmerung in wilder Jagd geritten und ehe noch der Hahn krähte, wieder in ihren Hof zurückgekehrt war.

Nicht einen Fußbreit wich der Schimmel vom Wege. Nichts brachte ihn ab von seiner Bahn. Mehr als einmal passierten sie eine Herde weidender Pferde, deren fröhliches Gewieher ihn grüßte und lockte. Doch der Schimmel schritt weiter, seinen Blick weder nach rechts noch nach links wendend. Als sich die Herren sodann im weiten Feld unter einem wilden Birnbaum oder in dem schwachen Schatten einer rotstämmigen Föhre niederließen, um zu rasten, blieb das Roß der Fürstin still stehen und machte sich dann als erstes wieder auf den Weg.

So ritten sie über Berg und Tal, bis sie sich am dritten Tage einem Dorf zwischen Hängen näherten, am Rande eines schmalen Talgrundes gelegen, durch den ein Fluß dahinströmte. Als sie in den Ort einritten, kam ihnen ein Knabe entgegengelaufen. Den fragten sie und sprachen:

„Ei, gutes Bübchen, ist dies wohl Staditz? Und wohnt hier ein Mann namens Přemysl?“

„Ja, ja, hier ist Staditz“, erwiderte ihnen das Knäblein, „dort im Feld treibt Přemysl seine Ochsen an.“

Und sie erblickten unweit einen Mann von hoher Gestalt, der in Bastschuhen wacker hinter dem Pfluge einherschritt und mit dem Stachel ein Gespann scheckiger Ochsen antrieb. Der Kopf des einen war weiß, der andre war weiß von der Stirn bis über den Rücken, und seine Hinterbeine waren ebenfalls weiß wie Schnee. Und sie ritten über einen breiten Rain zu dem Pflüger hin, und als sie sich ihm genähert hatten, blieb das Roß der Fürstin stehen, bäumte sich plötzlich auf und

wieherte vor Freude. Dann ließ es sich nieder auf die Vorderbeine fallen, senkte den Kopf vor dem jungen Ackersmann, der den Pflug hinlegte und die Ochsen zügelte.

Die Edlen nahmen das Fürstengewand von dem weißen Roß: einen langen Rock, mit kostbarem Pelzwerk verbrämt, einen köstlichen, prächtigen Mantel und Überkleider, traten an Přemysl heran und grüßten ihn, sich tief vor ihm neigend: „Gegrüßt seist du, gesegneter Mann, o Fürst, den die Götter uns bestimmt haben. Laß die Ochsen laufen, vertausche dein Gewand, geruhe dich aufs Pferd zu schwingen und mit uns zu reiten. Fürstin Libuša und das ganze Volk der Tschechen lassen dir sagen, du mögest mit uns kommen und die Herrschaft ergreifen, die dir und deinen Nachkommen bestimmt ist. Denn wir haben dich zu unserm Richter, Schirmherrn und Fürsten erwählt."

Schweigend hörte Přemysl zu, schweigend stieß er die Pflugscharre, die er in der Hand hielt, in die Erde und ließ die Ochsen laufen. Er nahm ihnen das Joch ab und sprach: „Gehet, von wannen ihr gekommen seid."

Kaum hatte er diese Worte gesprochen, so schwebten sie empor und waren im nächsten Augenblick verschwunden. Sie verschwanden am Fuße des Dorfes in einem großen Felsen, der sich ihnen aufgetan und sich gleich wieder geschlossen hatte, so daß keine Spur von ihnen blieb.

Zu den Sendboten sodann sprach Přemysl also: „Schade, daß ihr so früh gekommen seid. Hätte ich dies Feld zu Ende ackern können, wäre für alle Zeiten Brot in Überfluß gewesen. Weil ihr jedoch so geeilt und mein Werk unterbrochen habt, so wisset denn, daß oft Hunger sein wird im Lande."

Indem er also sprach, schien die Erde dem trockenen Stab plötzlich Saft und Leben einzuhauchen. Denn die Haselrute begann wie im Frühling am Strauche zu knospen, und gleich sprossen auch drei Reiser, drei Zweiglein auf, an denen frisches Laub und junge Nüsse grünten.

Die Abgesandten staunten gar sehr, als sie dies Wunder sahen. Doch Přemysl bat sie, sich neben ihn zu Tisch zu setzen und lud sie zum Frühstück ein. Er drehte den Pflug um, nahm eine Basttasche vom Feldrain, entnahm ihr einen Laib Brot und einen Käse und legte sie auf die helle Pflugschar, die in der Sonne glänzte.

Das ist der eiserne Tisch, von dem Libuša uns berichtet! dachte ein jeder der Edlen bei sich und staunte. Als sie mit Přemysl um den Pflug saßen, frühstückten und aus seinem Kruge tranken, verdorrten zwei Reiser an der Haselrute und fielen gleich ab; das dritte Reis aber wuchs zusehends und schoß üppig in die Höhe und Breite. Darüber erschraken die Gäste fast. Sie zeigten einander das Wunder und fragten Přemysl, was es zu bedeuten habe, daß zwei der Sprossen abgestorben und nur einer geblieben war.

„Das will ich euch sagen", sprach Přemysl. „Wisset: Viele aus meinem Geschlechte werden zu herrschen beginnen, doch nur ein Herr und Herrscher wird bleiben."

Dann fragten ihn die Boten, warum er nicht auf dem Feldrain, sondern auf Eisen speise.

„Darum esse ich von einem Eisentische", erwiderte der neuerkorene Herzog, „damit ihr wißt, daß mein Geschlecht ein eisern Regiment führen wird. Das Eisen aber haltet in Ehren! Mit ihm pflüget in Zeiten des Friedens die Scholle, mit ihm schirmt euch in bösen Zeiten wider den Feind! Solange die Tschechen solch einen Tisch haben werden, solange werden sie ihre Feinde überwinden. Wenn aber die Fremdlinge ihnen den Tisch fortnehmen, so werden die Tschechen ihre Freiheit verlieren."

Nachdem er also gesprochen, erhob er sich und ging mit den Boten ins Dorf, um von seiner nun so hochgeehrten und geadelten Sippe Abschied zu nehmen.

Mit dem Fürstengewand angetan, mit einem funkelnden Gürtel um die Hüften und fürstlichen Schuhen an den Füßen, schwang er sich auf den Schimmel, der freudig unter ihm wieherte. Als dann die Edlen Přemysl unterwegs fragten, warum er die Tasche und die Schuhe aus Lindenbast mitgenommen habe, erwiderte er: „Darum habe ich sie für euch mitgenommen und will auch, daß sie für alle Ewigkeit aufbewahrt werden, damit meine Nachkommen wissen, woher sie stammen, damit sie in Gottesfurcht leben und die ihnen anvertrauten Menschen nicht aus Stolz unterdrücken, denn wir alle sind einander gleich."

Als sich ihr Ritt seinem Ende näherte und der Vyšehrad schon vor ihnen lag, schritt ihnen Libuša in einem silberglänzenden Diadem entgegen, den weißen Hals mit kostbarem Bernstein und Perlen aus Chalzedon geschmückt. Sie schritt in einem blütenweißen Gewand dahin, majestätisch und voll Herrlichkeit, und freudige Rührung strahlte aus ihren Augen. Schon von weitem hatte sie nach Přemysl, der an der Spitze der Gesandtschaft ritt, Ausschau gehalten. Hinter der Fürstin schritten ihre Maiden, schritten die Hofleute und die Vornehmsten der Geschlechter, die hier, wie die ganze Landgemeinde, die Gesandtschaft und den neuen Fürsten erwarteten.

Und es freuten sich alle, als sie ihn erblickten, den schönen, stattlichen Mann. Am meisten die junge Fürstin, die ihren Bräutigam oft auf Budeč gesehen hatte. Nun reichten sie einander die Rechte und schritten glückselig in die Burg, mit ihnen alles Volk in großer Freude und Fröhlichkeit, und unter dem Jauchzen aller ward Přemysl auf den steinernen Fürstenstuhl gehoben. Und sie feierten den neuen Fürsten und seine Hochzeit mit Libuša, feierten sie im Burgflecken und droben auf der Burg. Dort setzten sich die Hofleute und die Gäste in der großen Halle und auf dem weiten Hofe zu Tische und schmausten und zechten.

Sie aßen üppige Speisen und tranken viel Met, sie tranken und sangen oder lauschten dem Spielmann, der in die Saiten griff und alte Weisen sang von tapferen Degen und den Kämpfen vergangener Zeiten. Sie feierten die Wahl, sie feierten die Hochzeit am Tage, feierten sie im Glanze der Feuer und Fackeln bis spät in die Nacht. Und als die Feuer verglommen und über den Wäldern schon das Morgenrot glühte, tönte noch immer der Vyšehrad, tönte noch immer die Burgstätte von lärmender Fröhlichkeit wider, und die Morgenbrise trug den Schall weiter über den Fluß zu den dunklen Wäldern, die im weißlichen Nebel versanken.

Libušas Weissagungen

Also geleitete Libuša Přemysl auf den Fürstenthron. Und als die Hochzeit vorüber war, stieg sie mit ihm in eine Halle hinab, die tief in den Felsen gehauen und mit einer schweren, mächtig beschlagenen Falltür verschlossen war. In dem Gewölbe erglänzten die Wände und die groben Tische längs der Wand im Widerschein von Eisen und Bronze, Silber und Gold. Es glitzerten die Schwerter, die silberbeschlagenen Gürtel, die spitzen Helme, die herrlich geschmiedeten Schilde, die dort hingen, die Armbänder, Fibeln, Ringe und Stirnreife aus Silberdraht, die dort lagen, die Bernsteinketten, Edelsteine, die Schmuckstücke aus Glas und Erz, Klumpen reinen Silbers und große Schalen voll puren Goldes. Den ganzen großen Hort des Tschechenfürsten zeigte sie ihm, denn er war nunmehr auch sein. Sie führte ihn auch in ihren Garten, an den heiligen Ort unter den alten Bäumen, wo das silberne Haupt des finstern Peruns glänzte. Dort pflegten sie im Frühling und im Sommer oft zusammen zu sitzen, in ernste Gespräche vertieft. Auch im Dunkel des heiligen Haines über dem Jezerkaquell verweilten sie oft, dort, wo Libuša als Jungfrau mit ihren Maiden einst lustwandelt war, wo sie gebadet hatte, wo sich ihre Maiden das herrliche Haar gekämmt und viele liebliche Lieder gesungen hatten.

Nun pflegte sie dort mit ihrem Gemahl über Ordnung und Recht nachzusinnen. Damals erließ Přemysl viele Gesetze, mit denen er das übermütige Volk zu Gehorsam brachte und nach denen seine Nachkommen viele Jahrhunderte regierten.

Damals kam über Libuša der Geist der Erleuchtung, und sie sprach zum Volke.

Einst stand sie mit Přemysl und mit ihrem Gefolge und den Ältesten des Volkes auf einem steilen Felshang hoch ob der Moldau. Über den saftigen, blühenden Wiesen, in dem Talgrunde, durch den unter Erlen, Ahornbäumen und einem Gewölb hoher Weiden der Botič-Bach dahinströmte, lagen bereits lange Schatten. Schon war der Hain beim „Wolfstor“ von gelbem Licht übergossen; und gülden lohten die Kornfelder in der Niederung am

Fuße des Tores, loderten auf der weiten Höhe über dem Tal am rechten Ufer des Stromes.

Alle betrachteten die prächtige Ernte, die gülden erglühenden Gefilde, und alle wunderten sich über den reichen Segen. Indem gedachte ein alter Amtmann aus dem Gefolge mit lauter Stimme dessen, wie es vor Jahren hier ausgesehen hatte, da er mit den Sendboten an diese Stelle gekommen war, als der selige Herzog gesegneten Angedenkens sie ausgesandt hatte, einen Platz für die neue Burg zu finden.

„Welch eine Einöde war hier! Wald und lauter Wald wie dort!“ Und er wies mit der Hand nach Westen, auf die waldigen Hügel hinter dem Fluß, der in der Sonne erglänzte. Von seinem glitzernden Wasserspiegel hoben sich wild überwucherte Inseln mit üppigem Baumwuchs und dichtem Buschwerk ab. Darüber kreisten Schwärme von Vögeln, und aus den schwarzen Schatten unter den Bäumen am Ufer, wo an den Stämmen und Sträuchern sich wilder Hopfen wiegte, widerhallte das wirre Gekrächze der Wasservögel.

Alle, die auf dem Felsen des Vyšehrads standen, richteten ihre Blicke dorthin, wo der alte Amtmann hinwies: über die Inseln, auf die weiten Wälder hinter dem Fluß, die sich vom Ufer über Strahov und dem Laurenziberg und über den ganzen länglichen Hügel längs des Stromes hindehnten.

Die alten Forste waren bereits in bläulichen Dämmer gehüllt. Über ihrer Kuppe stieg in der Ferne eine helle Rauchsäule auf, von der Sonne durchbrochen. Da hatte in den Tiefen des Waldes gewiß ein Jäger ein Feuer angefacht.

„Das hat noch gute Weile, eh diese Forste fallen!“ meinte der Greis, „von hier werden uns noch lange hungrige Wölfe heimsuchen. Und wie lange währt's noch, eh die Wälder fern hinter Strahov, Šlachov und Malejov und alle Forste dort weit und breit gerodet sind.“ Er sprach nicht zu Ende. Keiner lauschte ihm mehr, niemand gab einen Ton von sich. Ein jeder stand reglos da, bangte, durch das Knacken eines Zweigleins unter seinem Fuß die feierliche Stille zu stören, und blickte auf die junge Fürstin, die an der Spitze der Gruppe stand. Plötzlich ward ihr Antlitz von heiliger Verzückung erhellt, die ihre Blicke entflammte. Ein heiliges Grauen ging durch die Schar und griff den Menschen ans Herz.

Libuša in Verzückung, als ob Gatte und Gefolge nicht wären, hob ihre Arme zu den bläulichen Hängen hinter dem Strome und sprach, auf die waldige Anhöhe blickend, mit prophetischer Stimme:

„Ich sehe vor mir eine große Stadt, deren Ruhm wird einst bis an die Sterne reichen.

Dort im Wald, zwei Werst von hier, ist ein Ort, vom Moldaustrom umspült. Der wird gen Mitternacht vom tiefen Tal des Brusnica-Bachs begrenzt, gen Mittag dann von einem hohen Felsen beim Strahover Wald.

Dort werdet ihr inmitten des Waldes einen Menschen finden, der den ‚Práh', die Schwelle seines Hauses zimmert.

Und ihr sollt die Burg, die ihr erbauen werdet, ‚Prag' heißen. Und so wie Fürsten und Herzöge an der Schwelle ihre Häupter neigen, so neigen sie sich dereinst auch vor meiner Stadt.

Denn sie wird Ehr' und Lob gewinnen und wird hochberühmt sein in der Welt."

Sie verstummte. Sie hätte mehr gesprochen, doch plötzlich erlosch die Flamme der Erleuchtung, denn der Geist der Offenbarung war von ihr gewichen.

Und die Männer ihres Gefolges setzten sogleich über den Strom, erklommen den Hügel in dem alten Walde, fanden dort einen alten Mann am Werk, wie Libuša es gesehen und geweissagt hatte, und begannen an diesem Ort eine Burg zu bauen. Sie erbauten sie auch, befestigten sie wohl, am meisten gen Westen hin zum Strahover Wald, wo die Burg am zugänglichsten war. Einen tiefen Graben hoben sie aus, schütteten einen hohen Wall auf und krönten ihn mit einer gewaltigen Balkenmauer, durch hölzerne Bollwerke verstärkt. In die Wände der Blockhäuser schlugen sie hölzerne Nägel ein und verputzten sie dann mit einem Gemisch aus Stroh und Lehm. Dergestalt machten sie Fachwerkbasteien, die feuerfest waren und denen die Brandgeschosse des Feindes nichts anhaben konnten.

Und so war die Burg, welche Prag genannt war, überaus fest und herrschte alsdann neben dem Vyšehrad über das ganze Tschechenland.

Und es geschah, daß die Amtleute einiger Stämme und viele Ältesten, die im ganzen Volke berühmt waren, auf den Vyšehrad kamen und zu Přemysl sprachen: „Alles haben wir zur Genüge, in Hülle und Fülle, o Herzog: Herden und Korn, Fische und Wild. Es fehlt uns einzig an Erzen. Das, was wir selbst aus der Erde fördern, genügt nicht, das übrige aber müssen wir den fremden Kaufleuten mit Pelzen, Honig und Pferden teuer bezahlen. Du bist weise, gib uns Rat und sprich mit der Fürstin, sie möge uns durch ihre Weissagung offenbaren, an welchen geheimen Orten Silber- und Golderz und andere Metalle verborgen sind."

Als Přemysl ihr Anliegen vernommen hatte, sprach er zu ihnen, sie möchten wieder heimziehen in ihre Dörfer, doch am fünfzehnten Tage wiederum auf der Burg sich einfinden, dann wolle er ihnen Bescheid geben. Als sie zur festgesetzten Zeit auf die Burg kamen, gewahrten sie Přemysl auf seinem Throne und Libuša, die neben ihm auf einem hölzernen Hochsitz saß, der mit ihrem Signum gezeichnet war.

„Höret, tapfere Recken und Männer des Tschechenlandes!" sprach Přemysl. „Höret die Worte eurer Mutter: Sie wird euch und eure Nachfahren durch diese Worte bereichern."

Und alle blickten zu der erhabenen Fürstin auf, die sich, vom Sehergeiste beseelt, erhob und über den Hof zum Wall hinschritt. Und Přemysl schritt neben ihr her, und in einiger Entfernung folgten ihm die Edlen und die Maiden der Fürstin, und Libuša blieb auf dem Felsen hoch über dem Moldaustrome stehen und sprach:

„Was in der Erde Schoß, im Fels verborgen,
Das offenbart durch mich der Götter Stimme nun."

Dann wandte sie sich gen Sonnenuntergang, hob die Arme zum Himmel und sprach:

„Hoch einen Birkenberg, den seh ich
in der Ferne, darinnen Silberadern glühn,

Wer sucht, der wird dort großen Reichtum finden.
Doch vor dem Nachbarn seid mir auf der Hut,
den ungerufen auch
Nach eurem Erz gelüstet, darauf sich
Herrschaft gründet und beruht

Ihr aber hütet euch, daß er nicht Sklavenbande
Euch schmiede aus den Gaben eurer Lande."

Dann wandte sie sich zur Linken gen Mittag und sprach:

„Ich sehe in der Ferne einen lehm'gen Hügel,
Die Eule nistet dort, er ist voll Gold.
Darin sind Kraft und Zaubermacht verborgen.
Doch Kraft verwelkt und Ohnmacht euer Sold,
Da euch der Liebe heil'ge Glut erloschen."

Dann wandte sie sich wiederum zur Linken gen Sonnenaufgang und weissagte also:

„Die Bergeshöh' mit dreigezacktem Gipfel
Verbirgt in ihrem Schoß des Silbers ew'gen Hort.
Doch weil der Kuppen drei die luft'ge Höhe krönen.
So wird das Erz dreimal erblühen und dreimal welken fort.
Den Fremdling wird es locken, wie ein Lindenbaum
Die Bienen an sich lockt, wenn er in Blüte steht.
Durch keine Drohnen, nein, durch Bienenfleiß
nur wird der Berg dann überwunden,
Durch den zu Gold wird, Silber hier gefunden."

Nachdem sie dies gesagt hatte, wandte sie sich wieder zur Linken gen Mitternacht und sprach:

„In einem finstren Walde seh ich einen Hügel,
Darin des Zinns, des Bleies matter Schein erglänzt.
Zinnwald geheißen, an der Grenze liegt er,
Bewacht ihn gut und fest auf Schritt und Tritt.
Wo ihr nur einen Fußbreit weicht, ihr Toren,
Da geht euch eine Hufe stets verloren."

Als sie dergestalt die Erzlager des Landes, die bis zur Stunde verborgen gewesen waren, geoffenbart hatte, wandte sie sich an die Edlen und Ältesten, die schweigend und voll Spannung ihren Worten lauschten, und redete zu ihnen also:

„Der Glanz von sieben Erzen blinkt in eurer Scholle,
Vom Ährengolde lodert das Gefild.

Und euer Volk wird ewiglich hier leben,
Voll Kraft, gesegnet all sein Streben,
Wenn heilig immerdar es hält das Land der Väter,
Es stets bebaut und schirmt mit seinem Schweiß und Blut,
Wenn's vor den Fremden ungebeugt, wird alte Sitte ehren,
Ein Bruder sein des andern Bruder gut."

*

Oft stieg Libuša von ihrer Herzogsburg zu ihrem einsamen Bade am Fuße des Vyšehrads hinab, dahin, wo die Moldau am tiefsten ist. Dort kam einst, als sie an der Schwelle ihres Bades in das Strömen des Wassers, in seine geheimnisvollen Tiefen blickte, der Geist der Erleuchtung über sie.

Die Wasser verflossen und strömten dahin, und mit ihnen huschten durch ihren dämmrigen Schoß geheimnisvolle Gesichte. Mit dem Strom kamen sie, mit dem Strom gingen sie, je länger, je düsterer und trauriger, daß die Seele erbebte und das Herz schier brach.

Bleich, bebend neigte Libuša ihr Haupt über den Strom und verfolgte mit verstörten Blicken der Wasser grausige Gesichte.

Mit Furcht und Staunen blickten die Mädchen auf ihre Fürstin, die voll schmerzlicher Erregung in den Strom schaute, aufschluchzte und dann mit leidumflorter Stimme wehmütig sprach: „Ich sehe das Leuchten von Feuersbrünsten, Flammen lodern durch das Dunkel der Wasser. Es brennen Dörfer, Burgen, große Bauten; und alles vergeht, vergeht!

Und in den Bränden – blutiger Streit – blutige Schlachten! Fahle Leiber voll Wunden, voll Blut. Der Bruder erschlägt den Bruder, und der Fremdling setzt ihm den Fuß auf den Nacken. Ich sehe des Volkes Not, seine grimme Heimsuchung, seine Schmach."

Da reichten zwei Jungfraun ihr die goldne Wiege ihres Erstgeborenen. Ein Strahl des Trostes erhellte Libušas Auge und Antlitz. Sie küßte die Wiege und versenkte sie dann in die Tiefe, in den Abgrund des Stromes, neigte sich über die Wellen und sprach mit bewegter Stimme:

„Tief am Grunde ruhe, Wiege meines Sohnes, bis die Zeit dich dereinst wieder ans Licht ruft.

Nicht auf ewig wirst du in den finsteren Tiefen ruhen, denn über dem Vaterland wird die Nacht nicht ohne Ende sein. Wieder wird ein lichter Tag anbrechen, und das Glück wird wieder scheinen meinem Volke.

Geläutert durch Leiden, stark durch Liebe und Arbeit, wird es sich in neuem Glanz erheben, seine Sehnsüchte erfüllen und wieder zu Ruhm gelangen.

Dann wirst du wieder aufleuchten aus dem Dunkel des Stromes, ans Licht schweben, und der Erlöser des Vaterlandes, der ihm vorbestimmt ist seit uralten Zeiten, wird – noch ein Kind – auf dir ruhn...“

Die Jahre verrannen, und als ihre Zeit gekommen war, da erlag Kazi, welche durch ihren Zaubersegen so oft Kranke dem Leben wiedergegeben, selber dem Tode. Zu ihrem Gedenken trugen die Bewohner des Landes ein gar hohes Grabmal auf, in der Nähe ihrer Burg, am Ufer der Mies, neben der Straße, die über den Berg Osek in die Gegenden des Bechyner Gaues führte.

Dann berührte der Finger der Morana, der Todesgöttin, auch die Stirn der gottesfürchtigen Teta; und sie hauchte ihr Leben aus. Im ganzen Tetiner Land trauerten die Menschen um sie, denn sie war allen wie eine Mutter gewesen. Ihre Asche ist auf dem Berge Pohled gen Sonnenuntergang bestattet – unweit des heiligen Ortes unter den alten Eichen, unter denen sie die Götter verehrte und ihnen Opfer darbrachte.

Hier ward auch nach ihrem Tode ein gewaltiges Feuer entfacht, und die Menschen brannten es neun Tage und neun Nächte und opferten den Göttern. Auf Tetas Grab sodann wälzten sie einen großen Stein.

So vereinsamte Libuša, ihre Schwestern überlebend, bis auch ihre Tage erfüllt waren. Durch Eingebung der Götter wußte sie, daß das Ende ihres Lebens nahe war. Und schon in Gedanken an die weite Reise in die Ewigkeit, ins Paradies zu Vater und Schwestern, bat sie Přemysl, er möge alle Edlen und Ältesten zusammenrufen, denn sie wolle noch einmal zu ihnen sprechen.

Als sie sich auf dem Vyšehrad versammelt hatten, ließ Libuša den Göttern ein Brandopfer darbringen und trat mit Přemysl unter die Edlen und Amtleute, die auf dem weiten Burghof versammelt waren, eine Fürstin von allen verehrt, und heilige Ruhe lag auf ihren bleichen Wangen, ihr Blick schweifte schon in die Ewigkeit.

Dann gab sie allen, die hier versammelt waren, kund, daß ihr Los sich erfülle, sie sähen sie hier zum letzten Mal, und ein letztes Mal spreche sie zu ihnen. Dann bat sie alle, sie mögen Přemysl und nach seinem Tode auch seinem Sohne Treu und Glauben bewahren. Jedermann in der Runde lauschte ergriffen, und Wehmut befiel jeden, und als Libuša ihren Gemahl dann bat, er möge ihnen allzeit gnädig sein, und als sie alle segnete, da hatten auch die bärtigen Männer Tränen im Auge.

Heimgekehrt in ihre Kemenate, legte sie sich auf die Erde, die Mutter des Volkes, und starb. Und es beweinten sie ihr Gemahl und ihr Sohn, es weinten ihre Maiden, und alles Volk begann ein groß' Wehklagen, und man trug ihren Leib hinaus und verbrannte ihn und begrub die Asche und hielt an ihrem Grab einen großen Totenschmaus.

Wo ihr Grab liegt, das weiß keiner genau zu sagen. Die Alten meinen, es wäre auf der Feste Libušín, aber es geht auch eine alte Sage, sie sei auf der Burg Libice zur letzten Ruhe gebettet, unweit des geheimnisvollen Forstes Oškobrh, der voll seltner Wurzeln und Kräuter ist.

Libušas Hort blieb auch nach ihrem Tode in dem Felsenversteck, so, wie sie ihn ihrem Gemahl gezeigt hatte. Přemysl rührte ihn nicht an, denn er wußte, wozu er da war. Und so liegt der Schatz bis zum heutigen Tage tief im Vyšehrad-Felsen verborgen, aus dem er ans Licht steigen wird, wenn die Not und Teuerung einst am größten ist. Und dann wird der Fels sich auftun, der Hort wird erscheinen, und alles wird's im Überfluß geben, und alle Not wird ein Ende haben.

Die goldene Wiege Libušas ruhte lange, lange auf dem Grunde der Moldau unter dem Felsen des Vyšehrad. Der Strom der Zeit ging dahin und verrann, und mit ihm kam Leid um Leid über das Tschechenland. Dörfer und Marken gingen zugrunde.

In Flammen auf gingen Dörfer und prächtige Städte. Kampf und Streit überschwemmten mit Blut das Heimatland. Der Bruder stand wider den Bruder. Am meisten in Libušas Geschlecht, und der Fremdling setzte ihnen den Fuß auf den Nacken.

Doch nicht ohne Ende war die finstre Nacht.

Die goldne Wiege unter dem Felsen des Vyšehrad tauchte aus den dunklen Wassern empor, pur und rein erglänzte sie im Lichte des Tages, und das Heil des Vaterlandes ruhte in ihr, noch ein Kind: das Söhnchen des letzten Sprößlings vom Stamme Přemysls.

Und die goldne Wiege wuchs mit dem Kind, bis sie zu einem goldnen Bette ward, als das Kind zum Manne, zum Vater des Heimatlandes, herangewachsen war. Auf dem heiligen Karlstein stand seine wundersame Lagerstatt, auf der er ausruhte von der Arbeit und Sorge seines Herrscheramtes.

Als er dann starb, trug das goldne Bett keinen andern mehr und verschwand. Es verschwand wiederum als Wiege dahin, von wo es ans Licht getaucht war, in den dunklen Abgrund, tief unter dem Felsen des Vyšehrad und wartet dort, wartet...

Der Krieg mit den Mädchen

I

Als Libuša in die Ewigkeit eingegangen war, sahen die Maiden ihres Gefolges, daß sie nicht mehr in solchen Ehren standen wie zu Lebzeiten ihrer Herrin. Schwer trugen sie es, voll Bitternis gedachten sie der Zeiten, da ihre Fürstin ganz allein über das Land und alle Männer geherrscht hatte, und ihr Grimm lohte auf, wenn so mancher Mann mit einem spöttischen Lächeln zu ihnen sprach: „Einst herrschtet ihr, wir neigten uns vor euch, und sehet, nun seid ihr wie eine Herde ohne Hirten!"

Doch schließlich loderte ihr im geheimen schwelender Zorn auf wie eine jähe Flamme. Von Herrschsucht und Rachedurst beseelt, griffen die Mädchen zu Schwert und Bogen, und ihre Kräfte nicht schonend, begannen sie einen harten Kampf wider alle Männer. Ihre Führerin war Vlasta, einst die Vornehmste in Libušas Gefolge. Sie rief als erste zum Streite auf, griff als erste zu den Waffen, vereinigte alle Frauen und bewog sie, eine feste Burg zu bauen.

Diese Burg erbauten sie als ihren Hort auf einem Hügel hinter der Moldau, etwas höher gelegen als der Vyšehrad am andern Ufer.

Die Mädchen gehorchten Vlasta in allen Stücken als ihrer Fürstin und Anführerin. Auf ihren Rat und Befehl hin begaben sich viele in die Gaue und Marken des Landes, um Frauen und Mädchen aufzurufen, alles stehen- und liegenzulassen und auf die neue Feste „Děvín", die Mädchenburg, zu eilen, um gegen die Männer zu kämpfen, auf daß die Frauen wieder über das Land herrschen, die Männer sodann nur dienen und die Pflugschar führen sollten.

Vlastas Ruf war keine Stimme, die ungehört im Winde verhallte, sondern entflammte wie ein Funken die Herzen von vielen und vielen. Wie Tauben aus ihren Schlägen aufschwirren, so eilten die Frauen und Mädchen von ihren Männern, Vätern und Brüdern fort, alle fort auf die Mädchenburg, und es wimmelten von ihnen Kemenaten und Hallen, der weite Hof und die hohen Wälle.

Die Männer schauten ihnen von ferne, vom Vyšehrad her, tatenlos zu und hatten ihren Spaß und Spott daran, wie die Mädchen sich in den Waffen übten und auf ihren Rossen tummelten. Auch die Alten und Erfahrenen blickten verächtlich auf sie herab, und als vor Herzog Přemysl von den gewaffneten Frauen die Rede war, schmähten sie sie und brüsteten sich mit Spott, sie wollten die weibliche Tapferkeit schon erproben.

Alle um den Fürsten her lachten, das werde eine Hatz geben. Nur Přemysl blickte düster drein und sagte besorgt: „Höret, warum ich nicht mit euch lache. Auch ihr würdet nicht scherzen, wenn ihr solch eine Erscheinung gehabt hättet, wie ich sie heute Nacht im Traume sah."

Und da er sie warnen wollte, erzählte er, was er gesehn.

„Nacht war's ringsum, die Luft von dichtem, beißendem Rauch erfüllt; im Leuchten der Feuersbrünste sah ich ein Mädchen im Helme, unter dem Helm wehte ihr langes Haar im Wind, in der einen Hand hielt sie das Schwert, in der andern den Becher. Auf der Erde lagen im Staub und Blut erschlagene Männer. Das Mädchen lief wie rasend umher, trat auf den Toten herum, dann schöpfte sie ihren Becher voll Blut und schlürfte es mit rasender Gier, wie eine wilde Bestie. Ei, höret, ihr Männer, die Stimme der Götter und vernehmet ihr Zeichen. Durch diesen Traum warnen sie euch, hört meine Worte und wägt sie nicht leicht..."

II

Indes machten sich die Mädchen auf dem Děvín zum Streit wider die Männer bereit. Sie erstickten die Stimme des Bluts und erklärten sogar ihren Brüdern und Vätern herzlos und hart: „Wir sind euch nichts mehr und wollen euch nichts sein. Jeder sorge nun für sich!"

Sie selbst sodann gelobten einander Treue mit heiligem Eid und schworen sich hoch und teuer, sie wollten durch ihr eigenes

Schwert fallen, wenn sie nachgeben oder eine der Ihren verraten sollten. So gelobten sie auf dem Děvín ihrer Führerin Vlasta, die einer jeden ihren Platz und ihre Aufgabe zuwies.

Die Weisesten behielt sie bei sich im Rate, den Vorsichtigen befahl sie die Burg in ihre Hut, und die Mutigsten waffnete sie ins Feld, auf daß sie zu Pferde stritten und die Männer erschlügen wie räudige Hunde. Jene sodann, welche von schönem Wuchs, lieblichem Antlitz und verführerischem Aussehen waren, wählte sie dazu aus, um die Männer zu locken und zu betören und durch ihre Schönheit und ihren Liebreiz ins Verderben zu ziehen. Denn sie wollten sie durch Gewalt vertilgen und durch mancherlei List.

Die Männer aber blieben in ihrem Wahne und achteten nicht des Rats ihres Fürsten. Ein jeder dachte, daß die Mädchen, sobald die Männer sich zeigten, sobald sie mit dem Schwerte blitzten, erschrecken und die Flucht ergreifen würden, so wie man Katzen mit dem Klappern einer erbsengefüllten Schweinsblase verscheucht.

Doch, Wunder! Die Mädchen blieben zwar nicht auf den Wällen, doch sie flohen auch nicht, sondern stürmten spornstreichs aus dem Tor, und Vlasta ordnete sie vor der Burg sogleich zum Streit. Sie saß auf einem kohlschwarzen Rappen, mit Panzerhemd und Kettenharnisch gerüstet, den Helm auf dem Haupt, den Speer in der Hand, und redete feurig zu dem Heer der Mädchen, sie möchten sich nicht fürchten und stets tapfer streiten.

„Wenn wir uns überwinden lassen", rief sie, „so werden uns die Männer erst recht verlachen. Fronweiber werdet ihr sein – und schlimmer noch – Sklavinnen! Besser ist's wohl zu sterben, als sich ihnen auf Gnade und Ungnade zu ergeben. Drum drauf und dran! Verschonet keinen, schlagt jeden, jeden, wer immer es sei, ob Vater, ob Bruder!"

Kaum hatte sie zu Ende gesprochen, schon zerrte sie am Zügel und sprengte mit ihrem Pferde voran. Sie schrie auf, schwang ihren Speer, und ein wildes Geschrei brauste hinter ihr her. Das Heer der streitbaren Mädchen stürmte ihr nach, nach Kampf begehrend und an seiner Spitze, gleich hinter Vlasta: Mlada, Svatava, Hodka, Radka und Častava.

Die Pfeile der Kriegerinnen überschütteten die Männer wie ein plötzlicher Schneesturm. Und sie hatten nichts mehr zu lachen. Sie bluteten, fielen da und dort in ganzen Reihen, und eh sie sich von ihrem Schreck erholt hatten, waren die Kriegerinnen zu Pferde in ihre Reihen gedrungen, stachen sie nieder und hieben auf ihren wirren Haufen ein.

Der Kampf währte nicht lange. Dreihundert Männer deckten blutig die Walstatt. Die übrigen ergriffen die Flucht. Der dichte schwarze Wald in der Nähe war ihre Rettung und ihr Schutz und Schirm. Ohne ihn wären alle umgekommen.

Der Děvín und seine ganze Umgebung hallten vom Freudengeschrei der Mädchen wider. Sie jubelten über ihren Sieg, der ihre Kampflust noch mehr entfachte und ihnen eine Legion neuer Gefährtinnen zuführte. Denn die Kunde davon hatte sich über das ganze Land verbreitet und auch jene Frauen entflammt, die noch gezögert hatten. Schlimm stand es in den Gauen des Landes. Mehr als ein Mann wurde am Morgen erschlagen oder von Dolchstichen durchbohrt aufgefunden, und so gingen viele, da sie ihres Lebens nicht mehr sicher waren, über Nacht aus dem Haus und schliefen in dichten Hainen.

Und auch um die Männer in der Umgebung des Děvín war es schlimm bestellt. Denn sie konnten der Burg auf keine Art beikommen, konnten sie weder durch Macht erobern noch durch List. Denn es war auf der Burg kein einziger Mann, und von den Mädchen wurde keine zur Verräterin. Die Mädchen jedoch hatten auf dem Vyšehrad ihre Gefährtinnen, die zwar scheinbar nicht zu ihnen hielten, doch im geheimen alles berichteten, was die Männer vorhatten und im Schilde führten, wohin sie gingen, wo die Mädchen ihnen auflauern und wo sie sie überfallen konnten.

So währte der Kampf lange Zeit, offen im Felde und heimlich mit List. So verlockte einst eine der Schönen einen vertrauensseligen Jüngling, er möge sie, wenn sie mit ihren neun Gefährtinnen den Weg vom Děvín kommen werde, befreien. Und er kam und wartete mit seinen Gefährten wie vereinbart an einem einsamen Ort. Und die Maid, deren er harrte, kam, auch neun ihrer Gefährtinnen mit ihr. Doch in dem Augenblick brach eine

Schar anderer Mädchen aus dem Hinterhalt hervor, und sie erschlugen den Jüngling und sein Gefolge.

Durch List kam auch ein junger Mann ums Leben, der einem schönen Mädchen aus Vlastas Gefolge traute, die ihm versprach, sie wolle ihm den Děvín verraten. Wie besprochen, ließ sie ihn des Nachts heimlich in die Burg – ihn und sein zahlreiches Gefolge – doch weder er noch einer seiner Begleiter kehrte jemals vom Děvín zurück.

Durch List verlor auch ein junger Edling sein Leben, der stattliche Ctirad, den Vlasta am meisten haßte, weil er ihr mit seinem Schwerte in vielen Scharmützeln und Gefechten die meisten Kriegerinnen erschlagen hatte.

Über seinen Tod berichtet die Sage:

III

Eines schönen Sommertages ritt Ctirad mit einigen Mannen seines Gefolges durch die Gefilde, vom Dorf seiner Sippe zur Burg von Prag lenkte er seine Schritte. Der junge Edle und seine Begleiter trugen Schwerter an der Seite, Bogen und zottige Köcher über dem Rücken. Mancher von ihnen hielt auch einen Speer in der Faust. Denn es war in jener Zeit, da die Mädchen die Männer aus dem Hinterhalt zu überfallen pflegten, nicht ratsam, allein und ohne Waffen durch die Felder zu reiten.

Schwül war's, die Sonne brannte. Keine Ähre, kein Blatt regte sich in den Kornfeldern und Hanfgefilden. Auch in dem Walde, durch den Ctirad seinen Weg nehmen mußte, atmete sich's nicht leichter, und der Schatten der alten Bäume und dunklen Felsen, die steil über dem tiefen Talgrund aufragten, spendete keine Kühlung.

Kein Windhauch wehte, kein Zweiglein regte sich, und der Bach in dem Dickicht am Fuße des Felsens schlich lautlos dahin. Alles verstummte, Wasser, Vogel und Baum; nur eine menschliche Stimme zerriß plötzlich die Totenstille. Ein Weinen, ein klägliches Rufen.

Ctirad hielt inne, und alle lauschten voll Verwunderung. Das Jammern erklang irgendwo aus der Nähe, hinter dem Felsen; dann verstummte es mit einem Schlag. In dem Augenblick erhob sich über Ctirads Haupt ein Rabe, flatterte über ihn hinweg und krächzte mit seiner heiseren Stimme. Weder Ctirad noch einer aus seinem Gefolge beachteten den schwarzen Vogel, ein Warnungszeichen, sondern folgten der menschlichen Stimme. Als sie den Felsen umritten hatten, zügelten sie unwillkürlich ihre Rosse. Gar wundersam war, was sie erblickten.

Am Fuße des Felsens grünte ein kleiner Anger, von Licht überflutet, mit goldenen Königskerzen bestanden, voll Gertlein und purpurn schimmerndem Weiderich. Der Boden der grünen Matte war mit Himbeer- und Brombeergesträuch überwuchert, in dessen Laub weiße Blüten und rote und dunkelblaue Früchte schimmerten. Am Rande der Lichtung, unweit des Felsens, stand eine alte Eiche, und unter der Eiche lag eine Maid, die mit Banden fest an den Stamm gefesselt war. Sie verstummte, vom Rufen, von Schmerz erschöpft, den Kopf zur Seite geneigt. Ihr Haar wallte halbgelöst bis auf ihre Schultern herab, über die an einem Riemen ein Jagdhorn hing. Doch als der Hufschlag der Rosse an ihr Ohr drang, hob sie das Haupt und rief von neuem, bat die Männer flehend, sie loszubinden, sie zu befreien, sich ihrer zu erbarmen.

Ctirad, vom Flehen und der Stimme des holden Mädchens gerührt, vergaß alle Vorsicht – und die übrigen auch. Flink sprang er vom Pferde, zog sein Schwert und durchschnitt, durchhieb die Bande und befreite die Maid. Er ahnte nicht, daß Vlasta tags zuvor durch ein verräterisches Weib die Kunde erhalten hatte, daß er heute, nach der Prager Burg unterwegs, hier vorbeireiten würde, daß Vlasta alles vorbereitet hatte, damit er nimmermehr heimkehre und auch die schöne Maid ihr dabei diente. Diese, von den Fesseln befreit, dankte Ctirad und erzählte ihm, sie heiße Šárka, sei aus Okořín, die Tochter des Amtmanns, die Mädchen vom Děvín hätten sie überfallen, gefesselt und auf die Burg geschleppt, um sie zu ihrem Haß zu bekehren. Sie sagte, daß sie mit ihr bis an diesen Ort gelangt wären, als plötzlich von ferne Hufschlag erklungen sei.

„Sie ließen mich fahren, ließen mich, doch sie banden mich so, daß ich mich nicht rühren konnte. Und wie zum Hohn, sehet, hängten sie mir dies Horn um, damit ich gefesselt um Hilfe riefe, und hier, sehet, ließen sie mir einen Krug Met da, auf daß ich dürstend noch größern Durst leide.“

Sie wies auf eine große Kruke Met, die zu ihren Füßen im Grase lag. Und schon brach sie wieder in Schluchzen aus und bat flehentlich, der Edle möge sie, da er sie befreit, nicht hier lassen, sondern sie zu ihrem Vater bringen, ehe noch die rasenden Weiber und Jungfrauen wiederkämen.

Ctirad setzte sich neben sie auf den Rasen, tröstete sie, er wolle ihre Bitte erfüllen, und reichte ihr die Tonflasche, damit sie sich nach all den Ängsten und all dem Leid ein wenig stärke. Sie trank und gab auch ihm zu trinken. Indessen waren seine Gefährten abgesessen, hatten ihre Rosse in der Nähe angebunden, sie selbst sodann legten sich neben den beiden in den Schatten, um sich ein wenig abzukühlen.

Es war um die Mittagsstunde. Der heiße Odem der flimmernden Luft trug den durchdringenden Duft von Föhrenholz, Lavendel und den Blumen des Angers zu ihnen hin. Nichts regte sich, kaum, daß ein Falter über die sonnenüberstrahlte Lichtung huschte. Den Männern des Gefolges wurden die Lider schwer, und vom Schlaf übermannt, sanken sie auf die liebliche Matte.

Ihr Anführer aber lauschte angeregt der Rede der holden Šárka, ihrer lieblichen Stimme und trank mit Lust, als sie ihm abermals den Met darreichte. Auch ihr Horn beschaute er, das sie vom Halse genommen hatte, und als sie fragte, ob er wisse, was es wohl für einen Klang habe, setzte er's an die Lippen und stieß aus voller Brust hinein.

Das Horn ertönte und scholl klar durch die reglose Stille. Sein Ruf hallte durch die Felsen, den Forst, ward schwächer, verklang, und sein Echo scholl von ferne aus der Waldestiefe zurück.

Aber mit einem Schlag, als hätte der Hornruf ein Gewitter beschworen, erscholl plötzlich ringsum ein wildes Geschrei, hinter den Bäumen, im Buschwerk und aus dem Dunkel des Forstes. Wie ein wilder Schwarm stürmte ein Haufe bewaffneter

Mädchen auf die Lichtung. Bevor Ctirads Gefolge sich ermannt hatte, bevor seine Mannen zu ihren Rossen springen und die Schwerter aus der Scheide reißen konnten, fielen die Kriegerinnen bereits über sie her und hieben und stachen sie nieder.

Ctirad wollte zu seinen Genossen eilen. Doch ehe er noch sein Schwert vom Rasen aufheben konnte, umringten ihn die Mädchen und Frauen, und eh er mit seiner Waffe einen Streich gegen sie führen konnte, fiel er – umgerissen – zu Boden. Da ward er gefesselt. Und da lag er in Banden, wo er vor einer Weile Vlastas Vertraute daraus befreit hatte. Vergebens wütete er, vergebens fluchte er ihr und beschwor alle bösen Geister auf ihr Haupt, sie möchten sie für ihre Arglist strafen. Šárka lachte nur; alle lachten und führten den stattlichen Gefangenen voll wilder Freude auf den Děvín. Gebunden mußte er neben Šárkas Roß einherschreiten. Seine Gefährten blieben auf der Matte im zerstampften Grase, blutüberströmt. Tot, erstochen, lagen sie in der Sonne; Fliegenschwärme ließen sich auf ihnen nieder, und von der Höhe über ihren Häupten ließ sich der Rabe vernehmen, dessen sie zuvor nicht geachtet hatten, und rief krächzend seine Gefährten zum üppigen Mahl.

So gingen Ctirads Gefährten zugrunde, so fiel auch ihr Herr ins Verderben.

Und der wilde Felsengrund, wo dies geschah, wird bis auf den heutigen Tag Šárka genannt, nach jener, die aller Verderben war.

IV

Die Wachen und Kundschafter brachten andern Tags die grausige Kunde auf den Vyšehrad, daß auf dem Děvín ein Pfahl aufrage, auf dem Pfahl ein Rad und auf das Rad geflochten der Leib des edlen Ctirad, den die Mädchen derart grausam zu Tode gebracht hatten.

Die Kunde davon verbreitete sich in der ganzen Umgebung, in alle Gaue des Landes. Und von allen Seiten kamen die Männer gewaffnet auf den Vyšehrad geeilt, empört, erzürnt über die Grausamkeit der Mädchen, und baten Přemysl, er möge sie führen, sie müßten sich rächen, sie wollten ihm nun in allem gehorsam sein. Viele aber warteten gar nicht erst seine Befehle ab und ritten allein, in Scharen, zum Děvín und schlugen die Mädchen auf allen Wegen. Auch nahmen sie viele gefangen und führten sie auf den Vyšehrad.

Vlasta ergrimmte wie eine Bärin und führte hochmütig und siegesgewiß all ihre Mädchen gegen den Vyšehrad, auf daß sie sich seiner bemächtigten und alle Männer dort erschlügen.

Doch ehe sie vor seinen Mauern angelangt waren, stürmten ihnen schon die Männer, nach blutiger Rache dürstend, in voller Schlachtordnung entgegen. Und sie trafen einander in grimmem Streite. Wutentbrannt sprengte Vlasta hoch zu Roß, ihren Gefährtinnen den Weg weisend, an der Spitze der Ihren in die Reihen der Feinde, denn sie dachte, daß ihre Kriegerinnen in hellen Scharen hinter ihr wären. Doch die Mädchen konnten nicht Schritt mit ihr halten; sie konnten nicht so schnell vordringen, und Vlasta erkannte zu spät, daß sie allein unter die Männer in das heftigste Gemenge geraten war. Ringsum dichte Reihen von Männern, und in deren wildem Gewühl und Getümmel, in ihrer fürchterlichen Bedrängnis konnte sie nicht einmal einen Schwertstreich wider sie führen. Die Mannen umzingelten sie, rissen sie vom Pferde, hieben sie in Stücke.

So ward sie erschlagen.

Auch die übrigen kämpften vergebens. Und als sie sahen, daß die Männer ihre Anführerin vom Pferde gerissen hatten, wurden sie plötzlich von Furcht befallen, und jene, vor denen die Männer sonst gezittert hatten, suchten in wilder, wirrer Flucht auf dem Děvín ihr Heil.

Viele von ihnen blieben auf der Walstatt, viele von ihnen fielen unterwegs auf der Flucht, und auch jene, die den Děvín erreichten, entgingen nicht ihrem Verderben. Mit ihnen zugleich schlugen sich auch die Männer dahin durch, mit ihnen zugleich sprangen sie auf die Brücke und stürmten die Burg. Da war es aus, zu Ende mit der weiblichen Kraft und Tapferkeit! Schon warfen sie die Schwerter fort, schon schluchzten sie wieder auf

Weiberart, schon erkannten sie wieder Verwandte und Brüder, fielen vor ihnen auf die Knie, flehten kläglich und gleisnerisch mit gefalteten Händen um Gnade.
Aber die Männer rächten Ctirad und alle ihre gefallenen oder durch List ins Verderben gelockten Gefährten. Sie rächten sie grausam, verschonten keine der Kriegerinnen. Die herrlichen Leiber weihten sie dem Tod und stürzten sie aus den Fenstern und von den hohen Wällen. Und als sie das ganze weibliche Heer vernichtet hatten, brannten sie die Mädchenburg nieder und zerschlugen die Trümmer. So endete der Krieg mit den Mädchen.

Und es ward wieder Recht und Ordnung, wie sie zuvor gewesen, und Herzog Přemysl regierte allein, ohne Widerstand der Weiber.

Die Sage von Horymír und Křesomysl

Als Přemysl schon hoch in den Jahren war, entschlummerte er im Traum des Todes, und seine Seele ging ein zu den Vätern.

Nach ihm erbte Nezamysl die Herrschaft. Als auch dieser den Weg aller Menschen gegangen war, bestieg Mnata den Herzogsstuhl.

Als dann auch seine Tage erfüllt waren, ergriff Vojen die Herrschaft. Nach seinem Tode regierte Vnislav, und als dieser seine Augen auf ewig geschlossen hatte, wurde Křesomysl zum Herzog ausgerufen, und zwar beim heiligen Jezerkaquell, wo der Volksthing sich versammelt hatte. Dort setzten die vornehmsten der Edlen, nachdem sie an dem klaren Born ein Brandopfer dargebracht hatten, Křesomysl die Mütze Přemysls aufs Haupt, und alle ringsum riefen freudig: „Lang lebe Křesomysl, unser Herzog! Auch er wird uns Ruhm und Segen bringen."

Alle grüßten ihn, verneigten sich vor ihm und geleiteten ihn dann im lärmenden Zuge auf den Vyšehrad hinauf. Dort ward er mit großem Gepränge auf den Stuhl gehoben, von dem aus einst seine Urmutter und der Begründer seines Geschlechtes geherrscht hatten.

Unter der Regierung Křesomysls kümmerten sich die Leute mehr um den Bergbau als um die Bestellung der Äcker und die Wartung der Herden. Viele auch machten sich auf, um in den Tiefen der Erde nach Erzen zu suchen; auch an den Ufern der Bäche wuschen sie Gold aus dem Sande, dessen sie überall zur Genüge fanden, besonders im Süden des Landes. Der Herzog selbst gedachte am meisten der Weissagungen seiner Urmutter. Viele Erzgräber sandte er auf den Lehmberg bei Eule und auf den Birkenberg, der mehr Silber ergab als alle anderen.

Von allen Seiten strömten dort die Leute zusammen, um Erz zu gewinnen, jeder wollte rasch reich werden und ließ Haus und Hof im Stich. Keiner bebaute das Brachland, die Äcker verfielen, und Labkraut und Windhalm wucherten dort, wo einst dichtes Getreide reifte und das Lied der Wachtel erklang.

Die Menschen wurden reich durch das Erz. Aber das Brot ging zugrunde. Bei den Bergwerken machte sich Mangel bemerkbar, und die Goldwäscher und Erzhäuser sandten Boten nach der Prager Landschaft, um dort Brot zu kaufen. Viele Edelleute und Stammesälteste sahen dies mit großer Sorge, wehrten dem und klagten, die Zechen seien das Verderben der Äcker, ja, um des Erzes willen würden die Stammesbande zerrissen und verfalle die alte Ordnung und Zucht. Einige von ihnen begaben sich zum Herzog auf den Vyšehrad, an ihrer Spitze Horymír, der Amtmann von Neumětely. Und sie baten Křesomysl, ermahnten ihn, er möge das Brot mehr als das Silber ehren und das unter Tage wirkende Volk auseinandertreiben lassen. Der Fürst aber, vom Glanz des reichen Erzes geblendet, achtete ihrer Rede nicht, und die Edlen zogen unverrichteterdinge, unzufrieden und verdrossen wieder ab.

Doch auch die Bergleute waren darüber erbost, daß gegen sie zu ihrem Verderben derart gesprochen und gehandelt worden war. Sie rotteten sich vor den Zechen zwischen ihren Hütten und Buden zusammen. Wie in einem gereizten Wespenneste ging es dort zu, als ein Bote verkündete, was die Edlen auf dem Vyšehrad verhandelt, was sie, insonderheit Horymír von Neumětely, dem Fürsten geraten hatten.

Sie gerieten in Aufruhr, schrien, drohten mit Rache, und am schlimmsten verwünschten sie Horymír. Nach seinem Blute lechzten sie und wollten's sogleich, ohne Verzug. Andre schrien mit wildem Hohngelächter, wenn er Angst um das Brot habe, so möge er sich daran satt essen, wenn sie's ihm ins Maul stopfen würden, bis er daran ersticke.

Das gefiel allen. Wie eine wilde Meute den Hirsch hetzt, so jagten sie dem Dorf Neumětely zu.

Durch den herbstlichen Abend stürmte der Knappenhaufe durch Feld und Flur, die in der plötzlich hereinbrechenden Dämmerung düster erglänzten.

Nacht war's, als sie Neumětely erblickten, die Strohdächer der Hütten schwarz zwischen den Bäumen schimmernd, die hohen Schober neben den Scheunen und die Dorffeste, von einem runden Walle umgeben. Da dämpften sie ihren Schritt, verstummten, schlichen zu der Einfriedung wie eine arglistige Bestie. Aber früher noch, vor ihnen, war ein guter Mann ins Dorf gelaufen, um davon Kunde zu geben, was geschah, was die Bergleute im Schilde führten. Kaum hatte er den Amtmann geweckt, da grollte auch schon ein wildes Geschrei aus dem Dunkel. Zur Verteidigung blieb keine Zeit. Die Bergleute stürmten bereits auf die Feste zu, und ihr wüstes Gejohle näherte sich im Fluge. Nichts anderes blieb übrig, als zu fliehen.

Mit einem Satz war Horymír im Stall, wo Šemík, sein Lieblingspferd, stand. Im Handumdrehn führte er's auf den Hof, sattelte es, flüsterte ihm ein Kosewort ins Ohr und sprengte sogleich aus dem Tor in die Felder hinaus. Die Bergleute gewahrten ihn, schrien, jagten ihm nach. Er vernahm auch Hufschlag hinter sich. Er gab seinem Šemík die Sporen, und der treue Hengst jagte noch wilder dahin, daß seine Mähne im Winde wehte, daß Erde und Sand unter seinen Hufen aufsprühten und die Funken nur so durch die Finsternis stoben.

Wie ein Flügel wehte die weiße Bluse hinter dem Reiter her und wies eine Weile den Verfolgern den Weg. Doch nur eine Weile, denn sie konnten mit Šemík nicht Schritt halten, der, mit mächtigen Sprüngen dahinjagend, im Dunkel der Herbstnacht verschwand. Erst am Rande des Waldes, in einem schwarzen Heidegrund zügelte ihn sein trefflicher Reiter.

Sie waren gerettet, doch als der edle Wladika zurückschaute, befielen ihn Trauer und Zorn. Eine Feuersbrunst sah er; sein Dorf stand in Flammen. Die purpurne Glut überflutete den dunklen Himmel, ward immer röter und röter und verbreitete sich geschwind.

Alles verbrennt! dachte der erbitterte Horymír. Die Tennen voll Korn, unsre Häuser, Schober, die ganze Ernte, unsre ganze Arbeit.

Und mit geballter Faust, drohte er zum Feuer hinüber und schwor:

„Ich soll schwarz sein wie Kohle, mit meinem eigenen Schwerte sollen sie mich in Stücke hauen, wenn ich all das nicht räche, wenn ich ihnen nicht alles vergelte! Mit Zins und Zinseszins!"

*

Das Dorf Neumětely war verheert und verwüstet.

So lärmten sie jubelnd. Doch still und öde lag das in Asche gesunkene Dorf. Der Brandplatz qualmte und glimmte noch lange, und der Herbstwind trug den beißenden Gestank, der von ihm aufstieg, in alle Himmelsrichtungen...

Ehe noch zwei Tage vergangen waren, versammelte Horymír alle Männer seines Geschlechtes, und ihnen schlossen sich viele andere an, lauter gute Nachbarn, über die Schandtat der Knappen empört.

Als es dämmerte, rückten alle wohlbewaffnet aus, und an der Spitze Horymír auf Šemík, seinem treuen Roß.

In Birkenberg ahnte keiner etwas Böses. Die Bergleute waren überzeugt, daß Horymír durch das Land irre und daß er, machtlos, nichts mehr gegen sie wagen würde. Zufrieden, sich in Sicherheit wiegend, legten sie sich zur Ruhe und sorgten nicht einmal dafür, daß Wachtposten aufgestellt wurden. Erst spät in der Nacht wurden sie durch stickigen Rauch und eine plötzlich blendend rot auflodernde Glut aus dem Schlaf gerissen. Die Dächer brannten über ihren Köpfen. Wie von Sinnen stürzten sie aus ihren Hütten, trugen ihr Hab und Gut, ihr Gerät und Werkzeug hinaus, sammelten ihre Kinder um sich.

Doch schon fielen Horymírs Leute über sie her, hieben mit den Schwertern auf sie ein und stachen sie mit der Lanze nieder. Der edle Wladika selbst, das Schwert in der Faust, stürmte auf seinem Šemík bald zwischen den Hütten hin und her, bald war er wieder im Bergwerk, bei den Gruben und rief den Seinen zu, sie möchten alles zerstören, vernichten.

Wie Nachtgespenster schwirrten seine ergrimmten Mannen hin und her, rissen Buden und Maschinen nieder, wälzten die Gruben mit großen Felsblöcken zu und machten alles zunichte, was die Bergleute in mühsamer Arbeit hier aufgebaut hatten.

Bevor der Tag noch graute, war der Feind über alle Berge. Er verlor sich in dem nebligen Dämmerlicht des Morgens.

Bei Neumětely löste sich Horymírs Haufe auf. Der Edle selbst aber eilte weiter. Šemík, durch Zauberkraft frisch und munter, trug ihn in gradezu stürmischem Fluge geschwind nach der Herzogsresidenz, und als die Sonne aufging, langte Horymír, selber nicht matt, auf seinem frischen und mutigen Schimmel vor den Toren des Vyšehrad an.

Am andern Tage gelangte die Kunde davon, was bei Birkenberg geschehen war, auf die Burg, denn es kamen die Bergleute in hellen Scharen auf den Vyšehrad geeilt, und alle berichteten einstimmig über das Grauen der furchtbaren Schreckensnacht und beschuldigten Horymír dieses Verbrechens.

Der aber leugnete und berief sich darauf, daß er schon im Morgengrauen nach jener Nacht auf dem Vyšehrad gewesen sei. Doch Křesomysl, über den Verlust der Silberzechen betrübt und erbost, ließ Horymír ins Gefängnis werfen. Aus dem Kerker aber ward er erst dann hinausgeführt, als sich die Ältesten und die Amtleute versammelten, die der Herzog berufen hatte, um mit ihm über Horymír zu Gericht zu sitzen.

Und es stand Horymír einsam und allein vor dem Gericht und wider ihn ein Haufe erboster Bergleute, die ingrimmig forderten, er möge bei lebendigem Leibe verbrannt werden. Der Fürst war ihnen gewogen, doch die Edlen ergriffen Horymírs Partei. Sie baten für ihn, der Herzog möge ihm das Leben schenken. Doch die Stimme der Knappen wog schwerer. Darum verdammte der Fürst Horymír zum Tode.

Doch er war auch den Edlen zu Willen und milderte die Todesstrafe; Horymír sollte nicht bei lebendigem Leibe durch das Feuer vom Leben zum Tode gebracht, sondern durch das eigene Schwert enthauptet werden.

Als der Spruch gefällt war, sprach Horymír zum Herzog: „Durchlauchtigster Fürst, durch dein Gericht bin ich verurteilt; und dieweil mir nicht vergönnt ist zu leben, bitte ich nur um eines: Vergönne mir, ehe ich sterbe, mich noch einmal auf mein liebes Roß zu schwingen und ein Weilchen auf ihm zu reiten. Dann tue mit mir, was immer dir beliebt!"

„So reite denn", sagte der Fürst, „doch dein Šemík ohne Flügel wird dir nichts nützen!" Er lachte und befahl, die Tore zu schließen.

Horymír aber – Křesomysls Hohn nicht achtend – eilte erfreut zu seinem treuen Šemík in den Stall. Mit einem Sprung war er bei ihm, nahm ihn um den Hals, preßte sein Gesicht an seinen Kopf, streichelte ihn, flüsterte ihm etwas ins Ohr, und Šemík wieherte und scharrte freudig mit dem Vorderhufe, daß die Planken dröhnten.

Doch dann erstaunten alle: der Fürst und die Ältesten und Amtleute auf dem Söller, und die Bergleute, die Wache und das Volk unten auf dem Hofe – als Šemík, von Horymír am Maul geführt, aus dem Stall auf den Burgplatz hinaussprengte. Er war ein prächtiger Apfelschimmel. Alle bewunderten das herrliche, feurige Roß, seinen breiten Hals, seine lange Mähne und den dichten Schweif, seine schlanken Beine mit Hufen, klein wie die eines Hirsches. Seine Augen sprühten, er warf seinen üppigen Kopf hin und her und blähte seine rosigen Nüstern.

Seine Beine flirrten nur so in spielerisch tänzelnden Schritten, und als sich Horymír auf seinen Rücken geschwungen hatte, begann er sich zu drehen und zu wenden. Horymír, voll Entzücken, daß er wieder sein liebes Pferd unter sich hatte, pfiff durch die Zähne, und Šemík stellte sich auf die Hinterbeine, wieherte auf, daß es über den weiten Burgplatz hallte. Horymír pfiff zum zweiten Mal, und Šemík sprang mit einem Satz von einem Tor zum andern. Vor dem Wall aber pfiff Horymír zum dritten Mal und rief:

„Wohlan, Šemík, empor!“

Er preßte seine Knie gegen Šemíks Flanken, neigte sich zu seiner wehenden Mähne hinab, und da sprach das treue Roß: „Halte dich fest, o Herr!“ Und schon war er mit einem Sprung den Wall hinauf und setzte mit einem zweiten gewaltigen Sprung über die Palisadenmauer.

Alle ringsum erstarrten vor Staunen!

Roß und Reiter flogen über den Mauerrand, schwangen sich wie ein Aar in die Lüfte, die Mähne des Pferdes und des Reiters Haar wehten im Wind, und schon waren sie pfeilschnell davon – und verschwunden.

Die Leute auf der Burg schrien auf vor Verwunderung und Grauen. Jedermann eilte auf die Schanzen, zu sehen, wohin sich der verzweifelte Reiter in die Tiefe gestürzt, wo er mit seinem Roß zerschmettert und blutüberströmt lag.

Sie blickten von den Wällen und Bastionen hinab und staunten, verwunderten sich mehr und mehr und schrien vor Wut oder Freude, je nachdem, ob es Bergknappen oder Edelleute waren, und wiesen ins Tal gen Radotín, wo Šemík mit Horymír in langen Sprüngen durch die Ebene jagte.

Noch war der Reiter ihren Blicken nicht entschwunden, und schon baten die Edlen flehentlich für ihn; auch die Hofleute baten nach solch einem Wunder für ihn um Gnade, und Křesomysl erhörte sie.

Er sandte sogleich Horymír gegen Neumětely Boten nach, er möge mit sicherem Geleite zurückkehren, alles sei ihm verziehen. Und Horymír kam am folgenden Tag, aber nicht auf seinem Šemík, sondern auf einem andern Roß und warf sich dem Fürsten zu Füßen. Als ihn der Herzog dann fragte, wo er denn seinen Šemík gelassen habe, erwiderte der Edle traurig: „Er steht schwer verletzt im heimischen Stall, denn er hat sich durch den gewaltigen Sprung gar argen Schaden getan."

Horymír hatte auf dem Vyšehrad keine Bleibe. Die Gunst des Fürsten, die Gunst der Höflinge konnte ihn nicht halten. Im Geiste weilte er bei seinem treuen Šemík. Sobald er nur konnte, verneigte er sich vor dem Fürsten und seinen Höflingen, nahm Urlaub und eilte, ohne sein Roß zu schonen, ohne Ruh und Rast heim in sein Dorf, das seine Sippe, von der Flucht wieder heimgekehrt, von neuem erbaute.

Nach Neumětely zurückgekehrt, eilte er spornstreichs zu seinem geliebten Roß. Das lag darnieder und konnte nicht mehr stehen. Und Šemík tat seinem Herrn kund, daß er sterben müsse, und bat ihn, er möge ihn nach seinem Tode weder den Vögeln noch den wilden Tieren preisgeben, sondern ihn vor den Toren seines Hofes begraben.

Horymír, zu Tode betrübt, versprach's ihm und nahm schweren Herzens Abschied von seinem treuen Freund. Und als sein geliebter Šemík verschieden war, geschah, worum er gebeten hatte.

Horymír begrub ihn im Dorfe, und bis auf den heutigen Tag wird hier der durch einen Grabstein kenntliche Ort gezeigt, wo der treue Šemík begraben liegt.

Der Krieg mit den Luckern

I

Als Fürst Křesomysl in die Ewigkeit eingegangen war, ward auf dem Vyšehrad Neklan auf den Thron erhoben. Er herrschte weise und friedvoll über das ganze Tschechengeschlecht. Mit den Leitmeritzen und Lemuzern lebte er in Frieden und Freundschaft, und sein Wort und Wille hatten bei ihren Herzögen großes Gewicht. Gen Mitternacht aber und gen Westen hatte er einen bösen Nachbarn, das war der Herzog Vlastislav, der in den Landen der stolzen Lucker an der Eger und der oberen Mies regierte. Neklan war rechtschaffen und friedfertig, Vlastislav wild und leidenschaftlich. Neklan hatte ein Hasenherz, Vlastislavs Sinn aber stand stets nach Streit. Er achtete der gutnachbarlichen Freundschaft nicht, achtete weder Recht noch Gerechtigkeit und vergoß Blut ohn' Erbarmen. Seine Nachbarn bedrängte er grausam, und mehr als einmal zog er mit seinem wilden Gefolge durch das Land der Lemuzer, der Leitmeritzen und das Tschechenland und hob von allen Ländern Tribut ein.

Ein Eichhörnchen und ein schwarzes Marderfell nahm er von jeder Pflugschar, und wer sich ihm widersetzte, mußte nicht nur für die Lebenden, sondern auch für die Erschlagenen Steuer zahlen.

Aber nicht nur Tribut nahm er, sondern auch Menschen, führte sie mit sich fort, besonders gern Frauen und Kinder, und die Gefangenen verkaufte er in die Sklaverei. Und er raubte ihrer so viele, daß er sie den fränkischen Kaufleuten, die zu ihm kamen, um Sklaven und Sklavinnen einzuhandeln, zu billigem Preise überließ.

Als er zum letzten Mal in das Tschechenreich eingefallen war, hatte er das arme Land schlimmer heimgesucht als je zuvor. In allen Gegenden, wo die Lucker durchgezogen, überall brannte es. Sie steckten Anwesen, Blockhäuser, Scheuern und Ställe in Brand, und es gab kein Dorf, wo das Feuer nicht gewütet hätte. Alles ging in den Flammen auf. Der Feind drang mit dem Schwert auf die Einwohner ein und trieb ihre Viehherden mit sich fort. Und es flohen die Menschen aus den Dörfern auf die Burgen, hinter die Wälle und Mauern; doch auch diese vermochten sie nicht zu schützen.

Die Grenzburg Dřevíč konnte Vlastislavs Macht nicht widerstehen. Auch Slaný ward erobert, dann sank Budeč in Schutt und Asche; von dort wälzten sich die Lucker wie eine Sturmflut über die weite Hochebene gegen die Burg Levý Hradec, in der Nähe von Žalov, eines heiligen Ortes, wo der düstere Berg Řivnáč steil über der Moldau aufragt.

Und sie umzingelten den Levý Hradec, von wo aus sie zum Angriff auf die Prager Burg selbst schreiten wollten, ließen keinen aus der Feste hinaus und auch keinen mit Lebensmitteln hinein. Als sich die Belagerung in die Länge zog, trat auf der Burg eine große Hungersnot ein. Schon hatten die Verteidiger alles Vieh geschlachtet, und jede Handvoll Mehl war kostbar geworden und jeder Knochen ein Leckerbissen.

Sehnsüchtig spähten die Belagerten von den Wällen und Bastionen ins Land und richteten immerfort ihre Blicke auf die Heerstraße, die von Levý Hradec über Únětice bei Lysolaji, über das Dorf der Holúšowitzer auf das Letná-Plateau und zur Prager Burg führte, wo der Fürst am liebsten zu wohnen pflegte. Begierig hielten sie nach seiner Streitmacht Ausschau, die sie befreien sollte.

Doch vergebens. Keine Hilfe kam von der Prager Burg, die Große Straße blieb leer und verlassen. Da legten die Männer des Levý Hradec, verzweifelt und vom Hunger ermattet, mit eingefallenen Wangen und krankhaft leuchtenden Augen die Waffen zu Boden und sagten: „Nun müssen wir Hungers sterben, denn es kommt keine Hilfe mehr. Ergeben wir uns lieber den Luckern, mögen sie mit uns tun, was immer sie wollen, mögen sie uns niedermetzeln oder verschonen."

Schon wollten sie sich ergeben; doch da bemerkten sie, daß die Lucker sich erhoben, daß sie ihr Lager verließen und sich in Marsch setzten. Sie hatten nämlich sichere Kunde erhalten, daß die Lemuzer, Leitmeritzen und mit ihnen die Tetschener den Tschechen zu Hilfe zogen und ihnen, den Luckern, gradewegs in die Flanke und in den Rücken marschierten.

Vlastislav ergrimmte und schwur einen furchtbaren Eid: Perun möge ihm immer beistehen, Sklave wolle er sein, sein ganzes künftiges Leben lang, wenn er den Tetschenern, Lemuzern und Leitmeritzen je verzeihen sollte. Und das Tschechenvolk werde er demütigen und seinen Schild im Tor der Prager Burg aufhängen zum Zeichen des Sieges.

Und er mußte vom Levý Hradec abziehen, damit er nicht wie ein Weizenkorn zwischen zwei Mühlsteine geriet.

Doch bald rächte er sich, und zwar zuerst an den Leitmeritzen, indem er auf ihrem Boden zwischen zwei Bergen, dem Medvězí und Přípetí eine starke Burg erbaute. Diese Burg benannte er nach sich „Vladislav" und besetzte sie mit starken, rohen Männern, die gegen die Nachbarn vorgingen, weil sie den Tschechen geholfen hatten. Da erschraken die Lemuzer und Tetschener. Sie baten um Frieden und versprachen, die Tschechen ihrem Schicksal zu überlassen und regelmäßig Tribut zu zahlen. Als der Prager Fürst dies vernahm, wurde er sehr betrübt. Kleinmütig wie er war, wagte er nicht allein, ohne Verbündete zu kämpfen und beschloß daher, lieber nachzugeben, als einen Krieg zu wagen.

Und er wählte eine Gesandtschaft von mehreren Edlen, die mit dem Lucker-Herzog über Frieden und gutnachbarliche Beziehungen verhandeln und ihm kostbare Gaben darbringen sollten: einige Beutel puren Goldes, zwei eherne Helme, prächtige Schilde und zwei treffliche Rosse von edler Zucht. Vlastislav allein, auf seinem hohen geschnitzten und bemalten hölzernen Thronsessel sitzend, eine kostbare Zobelmütze mit Reiherfedern auf dem Haupt, mit einem prächtigen Mantel aus fremdländischem Tuch angetan, der in steife Falten gerafft und mit großen Schnallen verziert war, blickte unter den zusammengekniffenen Lidern von oben auf die Gesandten herab. Stolz und voll Hoffart empfing er sie, und als sie die Botschaft ihres Herrn verkündet hatten, da sprach er hochmütig zu ihnen:

„Ich habe gehört, worum euer Fürst uns bittet. Ich habe auch die Gaben gesehen, die er mir gesandt. Und das war recht unvorsichtig von ihm. Gewiß hat er mir nicht alles Gold gesandt, das er sein eigen nennt, noch alle Rosse und allen Reichtum. Das, was er mir geschickt hat, hat er mir nur als Köder geschickt.

Nehmt eure Gaben nur wieder mit und sagt eurem Fürsten, daß ich ihm für den Köder danke, er möge mir alles gut aufheben und bewahren. Denn ich werde zu ihm kommen, mir alles holen, was er hat, und außerdem werde ich auch das nehmen, was ich heute zurückgebe. Und ihr, rasch fort von hier! Auf daß ihr statt eurer Gaben nicht noch eure Köpfe hierlasset!"

Die Edlinge erschraken, wandten sich sogleich um und kehrten eiligst heim, auf daß sie das Luckerland nur recht bald hinter sich hätten. Als sie sodann auf der Prager Burg alles berichtet hatten, erbleichte Fürst Neklan und konnte sein Entsetzen darüber nicht verhehlen, daß es Vlastislav in seinem Hochmut danach gelüstete, über das ganze Tschechenland zu herrschen.

II

Nachdem der Lucker-Herzog diese stolze Rede an die Prager Gesandten gerichtet hatte, ließ er sogleich in allen fünf Gauen des Luckerlandes verkünden, ein jeder möge sich zum Kriege rüsten.

An der Spitze seines Gefolges ritt ein Sendbote auf flinkem Rosse aus. Er ritt, das Schwert an der Seite, und ein zweites, des Herzogs eisernen Degen in lederner Scheide, mit der Spitze nach oben vor sich auf dem Sattel. Sein Gefährte, der ihm zur Seite ritt, trug sodann eine aus Bast geflochtene Schlinge am Gürtel. Wie der Sturmwind jagten der Bote und sein Gefolge gewaffneter Mannen durch Berg und Tal, durch Wald und Flur – es war im Frühling, da die Saat aufsprießt – von Dorf zu Dorf, von Geschlecht zu Geschlecht, am hellichten Tage und im Morgenrot und oft auch spät in der Dämmerung.

Auf den Dorfplätzen zügelten sie ihre Rosse und riefen sogleich die Ältesten und alle Sippengenossen, alle Jünglinge und Männer zusammen. Als sie zusammengelaufen kamen, riß der Bote das Herzogsschwert aus der Scheide, schwang es vor sich in die Höhe und verkündete den Befehl des Herzogs: ein jeder, der an Leibeshöhe das Maß dieses Schwertes überrage, möge

sich ohne Verzug zum Kriege rüsten, seinen Schild nehmen und zu den Waffen greifen und zur Burg des Herzogs eilen, wo ein Heer wider die Tschechen sich sammle.
Dabei band sein Genosse das Bastseil vom Gürtel, hob es über sein Haupt, und der Herold verkündete, indem er auf die Bastschlinge wies, des Herzogs furchtbare Drohung, daß ein jeglicher, der später ins Feld zöge, als befohlen sei, mit solch einer Schlinge würde erdrosselt werden. So tat er allen kund und zu wissen, damit es sodann keine Ausflüchte gäbe.

Und der Bote befahl ferner, daß ein jeder, der einen Jagdfalken oder einen Weißfalken hätte, ihn ins Feld mitnehmen und keiner ihn daheim lassen möge. Wer dies aber nicht täte, wer dem Feldzuge fernbliebe, der werde sterben, der werde mit diesem Schwerte enthauptet werden.

Und wieder schwang er das Herzogsschwert, daß es funkelte und in der Sonne blitzte. Dann maßen die Boten Männer und Jünglinge einer jeden Sippe mit dem Schwerte, maßen sie alle und zählten sie an den Kerben, damit sie dem Herzog berichten konnten, wieviel Krieger jede Sippe stellt, wieviel Krieger sie ins Feld schickt.

Und schon schwangen sie sich wieder aufs Pferd, bohrten ihm die Sporen in die Weichen und jagten weiter zum Nachbarstamme und weiter und immer weiter.

Die Kunde von ihrem Kommen flog ihnen voraus, und überall erwartete man das Kriegsschwert des Herzogs. Mit Staunen blickten die Hirten des Dorfes auf die wilden Reiter. In den Dörfern hießen die Männer sie lärmend willkommen, die Frauen voll Sorge. Überall verursachten sie Bewegung und Unruhe, und besonders den Frauen und Mädchen bereiteten sie viel Herzleid.

So ritten sie von der Herzogsburg durch die Wiesengründe des ersten Gaues, der herrlich anzuschauen war.

Allerorts ritten sie durch die fruchtbare Ebene gesegneter Gefilde, durch Auen, ein Meer von Blumen, darin farbige Streifen gülden und rosig im üppigen Grün erglänzten. Und wieder Flur um Flur, Wiesen und Gärten, alle schimmernd im Scheine der Frühlingssonne. So ritten sie mit dem Kriegsschwert durch das Land, bis sie alle Dörfer durchritten hatten, dann wandten sie sich nach Süden, nach dem zweiten Gau, der sich rechts und links von dem Wildbach Brocnice dehnte.

Nachdem sie diesen Gau zu den Waffen gerufen hatten, wandten sie sich gen Mitternacht über die Eger, dahin, wo der bläuliche Wall des Erzgebirges vor ihnen am Horizont aufragte. Nun ritten sie durch den dritten Gau, am Flusse Úzká entlang, riefen mit dem Schwerte am rechten, am linken Ufer die Männer zu den Waffen, maßen sie mit der Klinge, zählten die Kerben. Von hier aus eilten sie gen Sonnenuntergang in den vierten Gau, in das Land am Strome der Hutná. Und es erdröhnte längs dieses Flusses das Kriegsgeschrei bis in das Engtal der Eger, donnerte durch ihre tiefen Schluchten, zwischen steilen Hängen dahin, donnerte über die Felsen, wo Stromschnellen brausten und rauschten.

Von hier hallte es weiter, das Kriegsgeschrei, eilig und jäh wie ein Sommergewitter, dem Gebirge zu, zur oberen Mies, wo inmitten von dunklen Wäldern, in den Bergen und an den schwarzen Mooren und weiten Sümpfen verborgen, die Dörfer der Chlumčaner Landschaft lagen, des fünften Gaues im Luckerland.

Als die Menschen dort des Herzogs Befehl vernahmen, als der Bote dort mit dem Schwerte blitzte, erhoben sie sich mit frischem Mut, in wilder Freude, alle, bis auf den letzten Mann. Das Maß des Schwertes achteten sie nicht, wollten es nicht kennen: ein jeder wollte gehen, der nicht zu alt war oder zu jung.

Und es rüstete sich das wettergebräunte, rauhe Volk des wilden Landes hinter den dunklen Forsten, ließ Felder und Wälder im Stich, und die starken Hände, von schwerer Arbeit gehärtet, griffen zur Keule, zum schweren Streithammer, nahmen den mächtigen Schild von der Wand, wohlbeschlagen und fest mit geschwärzten Fellen bespannt, nahmen auch Jagdfalken, Weihe und Sperber von der Stange und fesselten ihre wütenden Hunde in Meuten an die Leine, eine Wolfsrasse, die Blut gewöhnt war und den Kampf mit den wilden Tieren der tiefen Forste und Wälder.

III

In der Nähe eines weiten Waldes, im fernsten Winkel des Chlumčaner Landes, stand zwischen Hügeln hinter einem weiten Moor, das dicht mit Riedgras und rotbraunem Moos bewachsen war, inmitten von Linden und Ahornbäumen ein kleines Dorf mit altersgeschwärzten Zäunen und dunklen Balkenmauern. Auf dem von Schnee und Eis niedergewalzten Stroh der Dächer wucherten bereits grünes Moos, Hauswurz und Unkraut.

Hier lebte schon seit alten Zeiten das wenig zahlreiche Geschlecht der Žalaner. Straba, ein junger und stattlicher Mann, war zu jener Zeit sein Oberhaupt. Er hatte weder Brüder noch Schwestern, doch eine Frau, und die war aus dem Tschechenstamme. Straba hatte sie aus ihrer Heimat als Sklavin mitgebracht, als die Lucker kurze Zeit zuvor zu den Waffen gegriffen und vor Levý Hradec gelegen hatten. Die gefangene Tschechin gefiel ihm, nahm – vielleicht durch einen Zauber – seinen Sinn derart gefangen, daß er zu ihr sprach: „Meine Gefangene bist du, ja, meine Sklavin, doch sei meine Frau."

Sie gehorchte, wurde sein Weib, doch in ihrem Herzen war sie nicht zufrieden. Heimweh hatte sie in dem weltabgeschiedenen Dorfe, sie sehnte sich nach der Heimat, und wenn sie des Grauens und Verderbens gedachte, das die Lucker über ihr Vaterland gebracht hatten, so war sie voller Bitternis. Doch sie hielt ihr Leid geheim, und heimlich war auch ihr Grimm, und ihr Mann sah ihr nicht ins Herz.

Wohl aber seine Stiefmutter, die sein Vater ihm hinterlassen hatte, ein stattliches Weib mit finstrem Antlitz, grauen Augen und strengem Blick, nicht jung mehr, doch auch keine Greisin. Sie wußte zu zaubern und zu hexen, die Zukunft zu deuten und zu weissagen.

Sobald der Befehl des Herzogs bis zu der einsamen Siedlung der Žalaner gelangt war, rüstete sich der Hauswirt, in den Krieg zu ziehen. Er nahm seinen Schild von der Wand, den Büffelhelm

mit Eisenreifen beschlagen, schliff sein Schwert, machte seine Pfeile zurecht und tat eine neue Sehne auf seinen biegsamen Bogen. Er hängte seinen Streithammer an den Sattel und wählte im Stall das beste der Pferde. Es war nicht ansehnlich, nicht groß, hatte kein glattes und glänzendes Fell, sondern war ziemlich zottig, doch flink wie ein Wiesel, zäh und widerstand jeder Entbehrung, ertrug Hitze und Frost, Hunger und Durst.
Die junge Frau half Straba schweigend bei seinen Zurüstungen, sie brachte ihm Decke, Mantel, Wadenleder und geschmeidige Riemen, tat ihm Speise in den Sack, Brot und Käse, auf daß er auf dem Ritt zur Herzogsburg Wegzehrung habe.

Am Tage vor seiner Abreise sagte die Stiefmutter heimlich zu Straba: „Komm abends in den Talgrund, doch sage keinem etwas davon."

Als die Dämmerung hereinbrach, machte sich der junge Gutsherr auf den Weg, wie ihn die Stiefmutter geheißen hatte. Er schritt dem Walde zu, am Rande eines weiten, schon dunkelnden Moores entlang, darin schimmerten hier und dort schwarze verkrüppelte Erlen und Sumpfknieholz, und zwischen den schwarzen Büscheln des Riedgrases spiegelte sich der Abglanz des Himmels rot in den Tümpeln. Rot dehnte sich der Forst, und es wehte der Wind, daß das Rauschen des Waldes weit über das dunkelnde Moor hinklang und lauter noch durch die dämmrige Schlucht. In dem spärlichen Gras an ihren Hängen ragten zerstreute Felsblöcke auf. Darüber, dazwischen, da und dort wuchsen hohe Bäume, Linden, Eichen und eine uralte Esche. Ihre buschigen Kronen hingen voller Misteln, und im Herbst, im Winter ragten ihre kahlen Zweige schwarz in den Himmel.

In diesem dunklen Grunde saß unter einer Eiche Strabas Stiefmutter vor einem Feuer, das auf einem Felsenblock brannte. Ihr Haar wallte gelöst herab, nur Stirn und Ohren waren unter einem unter dem Kinn geknoteten weißen Kopftuch verborgen.

Als sie ihren Pflegesohn gewahrte, warf sie ein Zauberkraut ins Feuer und sagte dann, mit mächtigen Worten zaubernd: „Nebel vor mir, Nebel hinter mir! Seh uns keiner, nur die Geister allein!"

Kaum hatte sie zu Ende gesprochen, begann sich der Talgrund mit weißlichen Dünsten zu füllen. Sie legten sich über die Niederung, schwebten in Wolken den Hang empor, über die Schlucht, in die Kronen der rauschenden Bäume, und als Straba ans Feuer trat, hüllte ein weißlicher Nebel derart die Niederung ein, daß man die Bäume nur als Schatten sah. Die Flammen loderten hell; in ihrem feurigen Glanze stand die Stiefmutter da, blickte starr vor sich hin und sprach also zu Straba:
„Du bist nicht mein Sohn, aber dein Vater war mein Mann. Darum habe ich dich gerufen, um dir einen guten Rat zu geben, und zwar an diesem Ort, denn keiner außer dir darf ihn hören.

Wisse, vergeblich sind die Zauber, die ich für euch tue. Denn mächtiger sind die Beschwörungen der tschechischen Zauberinnen. Damit haben sie die Unsern überwunden. Und dieweil sie uns überwunden haben, werdet auch ihr überwunden werden. Wohl sehe ich eure Not.

Ach wehe! Ihr Unseligen! Die Götter werden euch in die Schlacht geleiten, aber beistehen werden sie euren Feinden.

Ins Feld werdet ihr ziehen, aber nimmer von dort heimkehren. Die Lucker sind in die Hand der Tschechen gegeben. Auch der Herzog wird auf der Walstatt bleiben – und alle, nur du wirst dem Tode entrinnen, wenn du tust, was ich dir rate.

Höre: Wenn der Streit beginnt, stell dich jenem, der zuerst wider dich anstürmt, entgegen; durchbohre ihn mit dem Speer, nimm ihm jedoch nicht das Leben, sondern schneide ihm bloß beide Ohren ab, diese verwahre wohl, schwinge dich aufs Pferd und kehre dem Felde den Rücken. Des Getümmels und Waffengeklirrs hinter dir achte nicht, sieh dich nicht um, eile und suche dein Heil in der Flucht. So wirst du einzig allein dich und dein Leben retten.“

Die Himmelsröte erlosch, das weite Moor wurde schwarz, und die verkrüppelten Zwergerlen starrten daraus hervor wie schwarze Schatten. Nur das vermoderte Holz einer Weide ohne Rinde strahlte am Ufer geheimnisvoll in stillem Glanze.

Vorbei schritt Straba, heim aus dem Talgrund. In Gedanken versunken, voll Unruh', ging er mit eiligen Schritten. Vor ihm lag finster sein Hof, inmitten mächtiger Bäume, im tiefen Schatten der Nacht. Das Feuer war schon verloschen, auch der Schimmer der Fackel leuchtete nicht mehr rot. Dunkel war's und stille; doch als er durchs Tor trat, vernahm er Gesang.

Da sang seine Frau eine seltsame, ihm unbekannte Melodie. Doch als er aus dem Dunkel trat, verstummte sie plötzlich und gab keine Antwort, als er sie fragte, was sie singe und warum gerade zu dieser Stunde.

IV

Als der Prager Fürst vernahm, was im Luckerland geschah, daß Vlastislav dort ein Heer wider ihn sammelte, da ward er von Furcht befallen. Neklan fürchtete sich und ermannte sich nicht, nicht einmal, als ihm berichtet ward, daß alle Geschlechter überall im ganzen Volke empört seien über den Hochmut der Lucker, daß das ganze Land sich erhebe und sich zum Streite rüste.

Schon klirrten die Waffen auf der Burg und ringsum auf der Ebene der Letná. Von allen Seiten erscholl das Wiehern der Streitrosse, das Lärmen und Singen der Krieger. Doch Fürst Neklan saß zusammengesunken im fernsten Kämmerlein seiner Burg und bangte vor allem. Er vermochte sich nicht zu ermannen, er glaubte nicht, daß er über Vlastislav siegen könnte. Vergebens sprachen ihm seine Freunde Mut zu. Er sei krank, schützte er vor, die bösen Geister hätten seinen Leib und seine Gebeine geschwächt. Erst als Čestmír, sein Vetter, ein hochgewachsener Jüngling, ein herrlicher Recke, ihm voll Bitternis vorwarf, er handle nicht mannhaft, alle seien schon zur Heerfahrt gerüstet, warteten nur seiner und würden ohne ihn den Mut verlieren, da sprach Neklan:

„Ich gehe nicht, ich kann nicht. Doch gehe du für mich. Nimm meine Wehr und Waffen und auch mein Roß und führe sie in den Streit, auf daß sie glauben, es führe sie ihr Fürst."

Und es nahm Čestmír die fürstliche Wehr, die Brünne und den ehernen Helm von kostbarer Arbeit, darunter die Kettenhaube über Antlitz und Ohr und einen großen Schild, schimmernd von Erz, er legte den Herzogsmantel an, schwang sich auf Neklans feurigen Rappen und ritt, von den vornehmsten Edlen begleitet, auf das Letnágelände hinaus, wo sich das Heer versammelt hatte.

Als sie den Fürsten gewahrten, jubelten alle und schwenkten die Waffen. Sogleich begannen sie sich in Reih und Glied zu formieren, Reiter und Fußvolk, in Büffelhelmen oder Fellmützen, mit Speeren in den Fäusten, mit Schleudern, mit Bogen und Köchern voller gutgefiederter Pfeile.
Blitze zuckten durch die strahlende Luft von den gezogenen Schwertern und den glänzenden Spitzen der Lanzen; auch die Ohrringe in den Ohren vieler Krieger glitzerten und funkelten an der Sonne. Čestmír auf seinem feurigen Rappen hielt Heerschau, nachdem er für alle den Göttern ein Opfer gebracht.

Als er dann sein Schwert zückte, vorwärts wies und mit mächtiger Stimme zum Abmarsch rief, rückten sie aus. Die Erde erdröhnte unter ihren wuchtigen Tritten und dem Hufschlag der Rosse, und die Lüfte erbebten von ihrem Feldgeschrei und Kriegsgesang.

Heerschar um Heerschar zog an Čestmír vorüber; Männer aller Stämme, nach Geschlechtern und ihrer Zahl und Stärke geordnet.

Und es gab Fähnlein aus Männern mehrerer Geschlechter, es gab auch Abteilungen, die aus einem einzigen waffengewaltigen, an Kopfzahl stärkeren Geschlecht bestanden und unter dem Feldzeichen ihres Stammes allein vorbeimarschierten.

Und so zogen die Netvořitzen und die Tuřeaner, so das Geschlecht der Čjaraditzen und Drahelčitzen, auch Bloßfüße genannt, so die Běchovitzen, die Úhonitzen, so die Budĕhostitzen und das Nahoruber Geschlecht, so die Žíňaner und Boškovitzen und die tapfersten und an Reichtum vornehmsten, die Vršovitzen und Munitzen und des alten Tĕpta Stamm.

Und es zog das Heer die große Straße gen Lysolají und weiter über die dunklen Felsen der Kozí Hřbety und zog, den Levý Hradec rechts liegen lassend, eilig gegen die Lucker, um ihrem Morden und Sengen und Brennen Einhalt zu gebieten.

Doch als sie die weite Ebene von Tursko erreicht hatten, hieß Čestmír sie halten, denn er hatte Kundschaft bekommen, daß die Lucker schon im Anzuge seien. Er besetzte beizeiten eine kleine Höhe, von der die Tschechen die feindliche Streitmacht gewahrten, sie heranziehen sahen wie ein schwarzes Gewölk, groß, stark, stärker als das Prager Heer. Doch der Führer der Prager fürchtete nicht der Feinde Zahl.

Auf einem erhöhten Platz, unter einer alten Eiche stehend, die einsam hier wuchs, sprach er zu seinen Mannen. Und das Heer lauschte, in der Meinung, daß es seinen Fürsten vernehme. „Sehet der Lucker stolzes Geschlecht!" sprach Čestmír. „Wie viele Männer haben sie uns schon erschlagen, wie viele Dörfer niedergebrannt, wieviel Frauen und Kinder in die Knechtschaft geführt! Und wieder sengen und brennen sie, wieder machen sie die Unsren nieder! Vertilgen wollen sie uns vom Antlitz der Erde, zu Sklaven wollen sie uns machen. Ob wir wollen oder nicht, wir müssen uns ihnen entgegenstellen, um unsre Familien zu schützen und zu schirmen, um nicht Schmach und Schande zu bringen über das Tschechenland. Für die Freiheit kämpfen wir, für unser Sein. Lieber wollen wir hier unser Leben lassen, als daß wir die Schmach erlitten, in der Flucht unser Heil zu suchen.

Wir werden weder weichen noch wanken, wir werden standhaft bleiben, und ich werde euch vorangehen. Sollte mein Haupt fallen, fürchtet euch nicht, stürmt kühn voran, bis der Sieg euer ist. Und siegreich mögt ihr mich dann an dieser Stätte begraben."

Und es schrie das Heer voll Begeisterung auf, und in allen Scharen riefen sie:

„Wo dein Haupt fällt, dort wollen auch wir unsre Köpfe lassen!"

„Wir werden siegen, die Lucker erschlagen!"

Indessen wälzte sich das Luckerheer gegen Tursko heran, Reiter, Fußvolk, alle wohlgewappnet, mit fest beschlagnen Schilden, viele in Panzern oder zumindest in Leinenkollern, alles streitbares Volk, insonderheit der Trnovaner Geschlecht, die Žlutitzen und Radonitzen. Auch der Úhoštaner, Chrabertzen und Trebčitzen Geschlecht und am wildesten die Chlumčaner, Hinterwäldler in Fellen und Pelzen, mit zottigen Mützen, mit groben Spießen und schweren Keulen. Sie führten auch viele Hunde am Halfter, Wolfshunde, böse Schäferhunde und mächtige Bullenbeißer.

Andre trugen Raubvögel auf dem Arm, auf der Schulter, Jagdfalken, Habichte, Weihe und Sperber.

So stellten sie sich in Schlachtordnung auf der weiten Ebene auf, mit dem Antlitz gen Mittag, wider die Tschechen, die mit dem linken Flügel ihrer Streitmacht die westlichen Anhöhen besetzt hielten und sich mit der rechten Flanke sodann auf die waldigen Hügel über dem Dorfe Chejnov stützten.

Und es ging aus ein gewaltiges Tosen von der Streitmacht der Lucker, wie Donner aus den Wolken grollt; allerlei Stimmen grimmiger Tiere, Hundegebell und Menschengeschrei, Pferdegewieher und Hörnerklang, daß der Lärm weit über das Feld von Tursko hallte.

An der Spitze aller ritt der stolze Vlastislav, in ehernem Helm, im Plattenharnisch, das bloße Schwert in der Faust. Sobald er die Prager erblickte, die nicht flohen, sondern ihn erwarteten, ließ er sein Heer halten und sprach, in den Steigbügeln aufgereckt, mit weithin schallender Stimme zu seinen Kriegern: „Seht doch die feigen Memmen! An die Höhen klammern sie sich an. Aber es wird ihnen nichts nützen, denn sie sind schwach. Schwächer als wir und voll Kleinmut.

Seht ihr, wie sie uns fürchten! Hier in der Ebene stellen sie sich uns nicht entgegen, davor haben sie Angst. Sie laufen davon, sobald ihr sie angreift. Stürmt auf sie ein, jäh wie ein Sturmwind, auf daß sie unter euren Füßen zermalmt werden wie die Saat unterm Hagelschlag. Und die Hunde laßt von der Leine, sollen sie sich satt saufen an ihrem Blute, und die Vögel laßt fliegen, den Feinden zum Schrecken, wie Tauben scheucht sie auseinander!"

Wie Pfeile von der Sehne geschnellt, stürzten die Hundemeuten von der Leine, stürzten vorwärts mit wildem Gebell und jagten, ein bunter Strom, voran. Im selben Augenblick rauschte über den Häuptern der Lucker eine Wolke wilder Vögel dahin. Ihrer Fesseln nun ledig, erhoben sie sich in die Lüfte und schwirrten in wildem Gewirr, in wirrem Gemenge empor wie ein

Schneegestöber; und man vernahm das Rauschen der Schwingen und Gekrächz, Gebell und Geschrei.

Ein Schatten fiel auf die Lucker von der lebenden Wolke, fiel auf sie nieder, doch schon schwebte sie weiter über die Ebene, das breite Gefild, wie ein gewaltiges schwarzes Gewölk jagte sie durch die Lüfte voran, dorthin, wo der Prager Heerbann stand.

Auf der Erde drunten wütendes Bellen und Fluchen, rasender Köter greulicher Lauf; in den Lüften ein Rauschen unzähliger Stimmen, alles in wüstem Gewirr und Gemenge, daß die Ohren gellten. Und hinter den Meuten und der Raubvogelwolke erscholl der Lucker Kriegsgeschrei und Hornruf, daß die Flut der wilden Stimmen und Töne das weite Tursker Land überschwemmte.

Die Lucker, vor wilder Begeisterung rasend, stürmten blutlechzend über das Feld, Vlastislav, ihr Herzog, auf seinem Roß mit wehender Mähne an der Spitze, rufend, mit dem Schwerte vorwärts weisend...

Um ihn und hinter ihm die Schar seiner Krieger, vorwärts stürmend, rot im Gesicht, die Augen rollend, mit heiserer Stimme brüllend...

Doch schon stürmte Čestmír von der Höhe herab den Lukkern entgegen, wie ein Felsblock, wenn er vom Blitz gespalten vom Berge donnert und alles auf seinem Wege zermalmt und zertrümmert. Und hinter ihm sein Heer.

Ein Geschlecht suchte das andere zu überflügeln, doch an der Spitze aller immer nur Čestmír in der fürstlichen Rüstung. Und schon sind die Heere aneinandergeraten, schon schlagen sie sich, hauen und stechen und Čestmír im dichtesten Handgemenge.

Er hieb und hieb auf die Feinde ein, und wie Mohnköpfe fielen die Häupter der Lucker.

Doch plötzlich wie ein Blitz sprengte Vlastislav aus den Reihen der Seinen und stürmte spornstreichs auf den Führer der Prager ein. In dem wilden Getümmel begannen sie zu streiten, stritten lange und grimmig. Schlag auf Schlag, daß die Funken stoben, bis der einen Hand des Luckerherzogs die Zügel entglitten und der andern das Schwert. Er sank vom Pferde, fiel blutüberströmt und leblos zwischen die Gefallenen und der Verwundeten Scharen und ward von den Hufen der Rosse zerstampft.

Ein Schrei des Grauens und des Grimmes, ein wildes Freudengeheul grollte durch das blut'ge Getümmel. Die Prager griffen mit neuen Kräften an, schlugen sich vorwärts, und das Luckerheer begann schon zu wanken, zu weichen. Da fiel Čestmírs Roß. Doch der Reiter selbst sprang wieder auf seine flinken Beine, hieb und stach weiterhin auf die Feinde ein und bahnte sich, mit dem Schild sich schirmend, einen Weg durch der Feinde Schar.

Mehr als ein Pfeil stak bereits in seiner Brünne, schon staken mehrere Speere in den Fellen des schwarzen Schilds. Und immerzu kamen Pfeile und Lanzen geflogen, und immer neue bohrten sich mit heftigem Anprall in den Schild, daß die Schäfte bebten. Doch auch die Hand des starken Recken bebte erschöpft von der schweren Last. Schon rief Čestmír seinen Kriegern zu, einen andern Schild ihm zu reichen. Schon wollte er den seinen fortwerfen, da durchbohrte ein schwerer Wurfspeer seine Brust, und der Führer sank zu Boden, den Schild auf der Schulter, die Waffe in der Hand, von Pfeilen besät und mörderischen Lanzen, inmitten der grausamen Schlacht. Es geschah, wie er's vor der Schlacht gesagt hatte. Sein Haupt fiel, doch seine Krieger, rasend über den Verlust, stürmten wilder noch gegen den Feind, schlugen wuchtig drein und verschonten keinen, bis die Lucker bis auf den letzten Mann erschlagen waren. Die Raubvogelschar zerstob in alle Winde, die wütigen Hunde wurden niedergemacht oder verliefen sich, doch die Lucker blieben allesamt auf der Walstatt, auch der Herzog, außer einem, das war Straba, so, wie's seine Stiefmutter ihm in dem Talgrund geweissagt hatte.

Der Lucker Hochmut war gebrochen, ihre Macht vernichtet. Die Prager jauchzten, doch der Jubel verstummte, als sie den toten Führer gewahrten. Sie trugen ihn in Wehr und Waffen, und sein Schild war voll von Speeren, trugen ihn auf den Hügel, wo er hatte sein Grab haben wollen. Und als sie ihm Helm und Rüstung abgenommen, wehklagten sie laut, als sie erkannten, daß der tapfere Čestmír es war und wie er sich geopfert hatte.

Und sie bereiteten ihm sogleich ein Grab auf der Höhe unter den alten Eichen, und als sie seinen Leib in der Nacht nach der Schlacht verbrannt und bestattet hatten, schütteten sie auf dem Grab ein großes Mahnmal auf, und dann beging das ganze Heer eine Totenfeier für seinen gefallenen Führer.

Sie bereiteten viel Honig zu, kochten ihn, dann setzten sie sich zum Gelage und tranken Met auf sein Gedenken. Und es kam Neklan von der Prager Burg und weinte an Čestmírs Grab. Als sie den Totenschmaus gefeiert und auf die Seligkeit des gefallenen Čestmír getrunken hatten, erhob sich das ganze Heer und zog zu Felde, weiter ins Luckerland.

V

Auf seinem flinken unscheinbaren Rößlein eilte Straba aus der blutigen Schlacht. Die Spitze seines Speeres war noch feucht vom Blut, da er gleich zu Beginn der Schlacht den ersten der Tschechen niedergestochen hatte, der auf ihn eingestürmt war. Und dann ritt Straba nicht mehr in den Streit. Nachdem er dem Gefallenen die Ohren abgeschnitten, schwang er sich wieder aufs Pferd, und des Lärmens, Geschreis und Hörnerklangs nicht achtend, ritt er davon, wie von bösen Geistern gehetzt.

So sprengte er durch den Abend; in der Nacht sodann gönnte er seinem Pferd kaum Rast, eilte gleich weiter, durch Au und Flur ins Chlumčaner Land.

Dörfer und Siedlungen mied er, damit er nicht zu sagen brauchte, daß er auf der Flucht war aus der Schlacht. Und es verging ein Tag, es verging die zweite Nacht, und als nach jener Nacht der Morgen graute, ritt Straba auf seinem müden Pferdchen, selber müde und matt, in den Hof seiner Sippe ein.

Das Dorf schlief noch in der Dämmerung, und es dunkelten noch die alten Linden, hinter denen, den Sonnenaufgang

verkündend, ein weißlicher Streif aufblinkte. Als Straba in den Hof einritt, begegnete er einigen Weibern, die aus seinem Hause kamen. Sie erschraken, als sie ihn erblickten, und sagten dann traurig: „Zu unseliger Stunde bist du gekommen."

Er sprang vom Pferd und eilte in die Kammer, die noch dunkel war im Dämmerlichte des Morgens. Auf dem Lager am Fenster lag etwas unter einem weißen Linnen, dem Umrisse nach ein starrer, toter Leib. Und die Fensterlade stand offen, damit die Seele freie Bahn habe. Kaum hatte er die Bettstatt erreicht, riß Straba das Tuch hinweg. Im bleichen Licht der Morgenröte, die durch das offene Fenster drang, erblickte er das fahle Antlitz seiner jungen Frau. Die Augen geschlossen, das Haar in Strähnen gelöst und auf der Brust – vertrocknetes Blut, eine tiefe Wunde!

Er wollte seinen Augen nicht trauen, er schauderte; da stand die Stiefmutter hinter ihm wie ein Geist, in weißem Gewand, reglos, ihr graues Auge streng auf die Tote gerichtet.

„Streich ihr das Haar zurück!" sagte sie finster.

Von einer gräßlichen Ahnung ergriffen, strich er das dichte herrliche Haar seiner jungen Frau über der rechten Schläfe zurück, schob es beiseite und erblickte dort eine blutige Wunde. Und gleich schob er hastig auch das Haar über der linken Schläfe zurück. Und wieder sah er eine blutige Wunde.

Stumm vor Staunen, erregt, öffnete er eilig seinen Mantelsack und entnahm ihm atemlos die Ohren. Es waren die Ohren seiner Frau, das erkannte er nun; so erfuhr er, daß sie es gewesen war, die ihn im Streit angefallen hatte, daß sie ihn hatte töten wollen und daß er selbst sie erschlug. Und es ging ihm durch den Sinn, wie sie vor seiner Abreise so sonderbar gewesen war und dies seltsame Lied gesungen hatte.

„Du hast es gewußt!" schrie er die Stiefmutter an.

„Aber du hättest es nicht geglaubt. Du warst von ihr behext. Sie war eine Tschechin und haßte uns. Komm, bringe im Talgrund den Göttern ein Opfer dar."

Und Straba, nachdem er befohlen hatte, die Leiche vor das Dorf hinauszutragen, schritt finsteren Blicks, als sah er eine grausige Erscheinung, hinter seiner Stiefmutter her dem dämmrigen Grunde zu.

Die Sage von Durynk und Neklan

I

Trauer befiel das Luckerland. Legte sich auf seine Fluren wie ein schwerer, dunkler Schatten. Kein Dorf, keine Sippe, die nicht einige Tote zu beweinen hatten. Überall sprachen die Menschen voll Leid, mit Tränen im Auge vom Schlachtfeld von Tursko, wo die stärksten, die tapfersten der Lucker Männer ihr Leben gelassen hatten. Überall wurden sie betrauert, ihr Tod und daß ihre Leiber unverbrannt auf der Walstatt geblieben, den wilden Tieren zur Beute.

Und mit dem Leid kam Furcht über sie, denn mit Windeseile verbreitete sich die Kunde, daß die Tschechen vom Tursker Feld abgerückt wären und schon die Grenze überschritten hätten. Da ging ein Schrecken durch alle Gaue. Die Menschen flüchteten von der Grenze hinweg tiefer ins Land, strebten Burgen und Wäldern zu und erzählten verstört, wie die Tschechen sich in allen Dörfern rächten.

Das war keine müßige Rede, und sie ging nicht bloß aus Bestürzung um, davon zeugten die schwarzdräuenden Rauchsäulen und die dichten Brandwolken der Feuersbrünste am Tage und die unheilvolle Glut, die den Himmel rot überschwemmte, des Nachts. Dörfer brannten, doch auch manches üppige Ährenfeld verlohte in einem Flammenmeer, und der Wind trug den Rauch und den beißenden Geruch davon weit durch das Land.

Und es gab keinen Widerstand mehr. Die Starken waren auf dem Felde von Tursko geblieben. Der Feind drang schnell vor und besetzte Gau um Gau. Und da baten die Lucker allerorts um Gnade, flehten erbärmlich und ergaben sich dem Fürsten der Prager. Der ließ alle Burgen schleifen und übergab sie den Flammen, zuvörderst die Burg Vlastislavs, dann andere Burgen und auch Vlastislavs feste Residenz an der Eger im Luckerland. Doch Vlastislavs Söhnchen fand er dort nicht vor. Aber es kamen Leute und verrieten, wo es war, daß es in einer Hütte bei einer alten Frau verborgen sei, in den Felsenbergen weiter gegen den Strom. Neklan sandte dahin sogleich seine Reisigen aus, und ehe noch zwei Tage vergangen waren, erblickte er Vlastislavs einzigen Sohn – ein Waisenkind.

Das Knäblein mit weichen, goldenen Locken, die noch des Haaropferfestes harrten, war fünf Jahre alt, ein allerliebstes Kind. Als der Kleine, sein Unglück und die Gefahr, in der er war, nicht ahnend, vor dem Feinde seines Vaters stand, heftete er offenherzig und allerliebst seine klaren Augen auf ihn und verbeugte sich, wie man es ihn gelehrt hatte.

Da erbarmte sich Neklan seines zarten Alters, seines Schicksals und seiner lieblichen Gestalt. Kein Haar krümmte er ihm auf dem Haupte und führte ihn auch nicht in die Gefangenschaft. In der Heimat ließ er ihn, im Luckergau, und befahl, ihm dort eine Burg zu erbauen, auf daß der Herzogssohn einen würdigen Wohnsitz habe. Dragúš hieß diese Burg, doch fest war sie nicht, denn Neklan hatte sie mit Vorbedacht an einer zugänglichen, ungünstigen Stelle erbauen lassen, damit sie den Luckern nicht als Stützpunkt diene, falls sie sich etwa in Zukunft einmal verschwören und erheben sollten.

Dann kehrte Neklan ins Tschechenland heim und zog ruhmreich mit großer Beute auf der Prager Burg ein. Hier brachte er viele Opfer dar. Er pries die Götter, daß sie ihm den Sieg verliehen hatten, daß der böse Feind aufs Haupt geschlagen war, an den er vormals nur voller Furcht zu denken gewagt, wenn er am Morgen erwachte oder wenn er sich aufs Lager begab, und der wie ein Alpdruck seine Ruhe und seinen Schlaf gestört hatte.

Das stolze Luckervolk war gedemütigt, und jener, der einst über sie herrschen sollte, Zbislav, Vlastislavs kleiner Sohn, lebte still und zurückgezogen auf der Burg Dragúš. Mit ihm lebte dort sein Erzieher, ein Mann von fremder Herkunft, ein Sorbe namens Durynk, zu dem Vlastislav großes Vertrauen gehabt hatte.

Auch Neklan glaubte ihm und vertraute ihm Zbislav und die Burg Dragúš an. Der Sommer verging, der Herbst ging vorbei, der Winter kam, der erste nach der Schlacht bei Tursko, der erste nach Vlastislavs Tod.

Die Tage wurden kürzer, verdüsterten sich mehr und mehr. Und auch Durynks Sinn verdüsterte sich. Unruhig ging er auf der Burg auf und ab, als ob er nirgends Ruhe fände.

Überall begleitete ihn wie ein Schatten ein böser Gedanke, den ihm Ehrgeiz und Habsucht eingegeben hatten, und ließ ihm keine Ruh.

Ohne Unterlaß raunte eine innere Stimme ihm zu: „Schaff dir den Knaben vom Hals, entledige dich seiner! Neklan hat gewiß keine Ruhe, solange Vlastislavs Sohn noch lebt. Bring ihn um, du wirst dem Fürsten einen guten Dienst erweisen, ihm Erleichterung schaffen, und der Fürst wird's dir lohnen, und reich, reich. Diese Burg, die du für den Knaben verwaltest, wird dein eigen sein und das ganze Land ringsumher. Du wirst Herr und Herrscher sein und nicht nur Verweser und Diener. Du wirst dir den Prager Fürsten zu Dank verpflichten, wenn du ihn für immer, für ewig von diesem Knaben befreist..."

So flüsterte ihm ein böser Geist zu, derart plagte ihn dauernd der blutige Gedanke, und er vermochte ihn nicht zu bannen. Immer wieder und von neuem kehrte er zurück und zumeist, wenn er einsam war. Doch oft auch, wenn er an winterlichen Dämmerabenden mit Zbislav am lodernden Kaminfeuer saß, befiel ihn plötzlich der böse Vorsatz. Dann verwunderte sich der Knabe, was denn geschehen sei, daß Durynk so grübelnd vor sich hin sann, daß seine grünlichen Augen unter den buschigen Brauen ihn so ganz anders musterten als sonst.

Doch das Bübchen beruhigte sich gleich wieder, wenn sein Erzieher, sich aus seinem Nachsinnen reißend, ihm über das Goldhaar strich, wenn er wieder freundlich zu ihm sprach.

Derart freundlich forderte er Zbislav auch einmal auf, mit ihm zum Fluß hinunterzugehen, sie wollten Fischlein fangen. Und da sprang das Bübchen sogleich freudig auf und lief in Kappe und Pelz fröhlich hinaus. Durynk, Böses im Schilde führend, ergriff eine Axt und sagte, er wolle damit ein Loch in das Eis schlagen, damit sie Fische fangen könnten. Zbislav, närrisch vor Freude, hopste neben ihm her. Auf einem Pfad, der in den Schnee getreten war, gingen sie zum Fluß hinunter. Es war spät am Nachmittag, und der Tag frostig und klar.

Öde die Landschaft, stille der Strom. Reglos standen alte Weiden am Ufer, Ahorne und dunkle, buschige Erlen mit kahlen Zweigen. Nur kleine Zapfen schimmerten schwarz auf ihren Ästen oder blinkten unten auf dem Schnee, der flimmernd glitzerte und flirrte, als wären's lauter Kristalle. Auch das Buschwerk und das hohe, welke Gras am Ufer blinkten silbern, und der Rauhreif, der die Halme bedeckte, leuchtete und blitzte. Der Fluß schwieg. Auf seinem glänzenden grün schimmernden Eise funkelten kleine Büschel gefrorenen Schnees wie weiße Wasserrosen. Hierher kam Zbislav gelaufen. Er wollte ans andre Ufer, hielt aber inne, als sein Erzieher ihm sagte: „Bleib stehen, bis ich ein Loch geschlagen habe."

Und er schlug mit der Axt drein. Neugierig verfolgte der Knabe jeden Schlag, wie das Eis zersplitterte, sich spaltete und barst, bis das Wasser aufblinkte, so daß man durch die breite Öffnung gut hineinsehen konnte. Da forderte Durynk den Knaben freundlich auf: „Ach, mein Junge, sieh doch, sieh, wie die Fischlein unter dem Wasser schwimmen. Wie viele ihrer doch sind, wie wimmelt es dort von ihnen!"

Und der Knabe, vertrauensvoll und nichts ahnend, kniete nieder und wollte voll Neugier die Fische betrachten. Und als er sich vorbeugte, als er sein Lockenköpfchen tiefer neigte, traf ihn die Axt in den zarten Hals.

Vom Blute rötete sich das blanke Eis und der silberne Schnee. Durynk warf die Axt beiseite, riß aus dem Beutel an seinem Gürtel ein scharfes Messer hervor und vollendete die grausige Tat. Dann eilte er fort und von hinnen.

In den Kronen der Erlen begann es bereits zu dunkeln, am Horizont hinter den Stämmen verlohte ein roter Streif, der erloschene Tag. In dieser Stunde der wehmutsvollen Abendröte fanden die Leute den Körper des Knaben ohne Haupt auf dem Eise liegen. An der Mütze, die zur Seite geflogen war, und an dem Pelz erkannten sie, daß es der Rumpf des Herzogssohns war. Sie erstarrten vor Grauen, entsetzten sich und betrauerten bitterlich den armen Knaben. Und sie trugen seinen toten Leib auf die Burg.

Dort aber hielten sie vergebens Ausschau nach Durynk. Es wurde ihnen gesagt, er hätte sich vor einer Weile sein Pferd satteln lassen und wäre eilig von der Burg geritten. Wohin, das hatte er keinem erzählt, und keiner vermochte es zu sagen.

II

Durynk aber ritt spornstreichs auf die Burg von Prag. Als er hier anlangte, saß Fürst Neklan gerade mit seinen Edlen im Rate. Durynk, bestrebt, sich vor allen seiner Tat zu rühmen, wartete nicht und trat ein.

Als er in den Ratssaal getreten war, grüßte er, und als der Fürst über seine Ankunft überrascht, ihm winkte, sprach er vor allen mit lauter Stimme:

„Ich habe dem Luckerherzog getreu gedient, aber dir, o Fürst, will ich noch treuer dienen. Glaube mir und wisse: Mit einem einzigen Axtschlage habe ich's vermocht, daß du, Fürst, daß ihr alle in Sicherheit auf beiden Ohren zugleich schlafen könnt. Ich habe bedacht: Wer Schaden im Haus verhüten will, der läßt den Funken nicht zum Feuer werden. Und dem habe ich vorgebeugt, den Funken ausgelöscht, um euch vor künftigem Unheil zu bewahren."

Er knotete das Tuch auf, das er unter dem Arm trug, entnahm dem weißen Linnen das abgeschlagene goldlockige Haupt des Knaben; es sah aus, als wär's noch lebendig. Einzig, daß es nicht sprach. Und er legte es vor den Fürsten und seine Räte auf den Tisch und rief, auf den Kopf weisend, aus: „Siehe, der Rächer des väterlichen Bluts, der euch gewiß einst hätte verderben können, liegt nun da, gefällt, ohne daß euer Blut geflossen ist. Denn glaubet mir, wäre der zum Manne erwachsen, dann wäre so mancher von euch und den euren mit blutigen Köpfen gesegnet worden."

Es schauderte dem Fürsten, er wandte das Antlitz ab, und auch die Edlen waren voller Entsetzen. Stimmen des Zornes, des Grauens, des Ekels tönten durch die Halle. Dann erhob sich der Fürst, und rot vor Zorn, mit funkelnden Augen, herrschte er Durynk heftig an:

„Heb dich aus unsren Augen hinweg samt deiner Gabe, du ehrloser Wicht. Wem wolltest du einen Dienst erweisen? Mir? Glaubst du wohl, ich hätte nicht zu tun vermocht, was du verbrochen hast? Ich hätte nur meinen Feind erschlagen, du aber hast deinen Herrn getötet. Den Sohn deines Wohltäters, du Undankbarer! Daß du ihn töten sollst, befahl ich dir nicht, sondern du solltest ihn in Ehren halten. Du solltest ihn behüten, und solcherart bist du mit ihm verfahren? Und du hast eine Belohnung erwartet? Nun, sie soll dir gewährt werden, und wahrlich, eine große Gnade tue ich dir. Wisse: Von drei Arten des Todes wähle dir, welche du willst. Entweder du springst kopfüber von einem hohen Felsen in die Tiefe, oder du erhängst dich an einem beliebigen Baum, oder du durchbohrst dich mit deinem eigenen Schwerte."

Durynk, bleich wie der Tod, hörte den Spruch des zürnenden Fürsten. Dann senkte er sein Haupt, senkte den Blick, schritt aus dem Saal und seufzte zitternd: „Wehe, das habe ich nicht erwartet. Ach wehe!"

Aber keiner bedauerte ihn. Und Durynk ging aus der Burg und erhängte sich an einer hohen Erle, die am Wege stand. Seit jenem Tage wurde dieser Baum, bevor er gefällt ward, die Durynk-Erle genannt.

III

Zu jener Zeit dehnte sich auf den Felsenhöh'n, dem Vyšehrad gegenüber, ein alter, heiliger Hain. In seinen dämmrigen Tiefen stand auf einem bemoosten Steinblock, unter dem Schutz mächtiger Bäume, das finstre Standbild der Morana, der furchtbaren Göttin, welche die Menschen an die Schwelle der Ewigkeit geleitet. In diesem dunklen Haine und auch rings um ihn her, auf der freien Höhe, war das Feld ihrer unerbittlichen Herrschaft. Zahlreiche Grabhügel, von grünem Rasen bewachsen, erhoben sich hier über der Asche der Toten.

Weiter unten am Hange, unweit des Botič-Baches, über dem sich die Zweige buschiger Bäume verflochten, lag eine kleinere Gruft, doch sie barg gar teuere Asche.

Hier ruhten im Schatten rauschender Bäume, in Grüften, die mit Steinen ausgelegt waren, unter einem aus Erdreich aufgeschütteten Grabhügel die Herzöge des Landes. Der weise Přemysl, der dem Reiche Gesetz und Ordnung gegeben hatte und als erster hier bestattet ward, und alle, so wie sie nach ihm von dem Fürstensitz über das Land geherrscht hatten: Nezamysl, Mnata, Vojen, Vnislav, Křesomysl. Hier ward auch, als sein Herz zu schlagen aufgehört hatte, Fürst Neklan zur letzten Ruhe gebettet.

Dann versammelten sich die Edlen und die Stammesältesten in dem Haine beim Jezerkaquell und erwählten Hostivít zu ihrem Fürsten. Nachdem sie ihn erkoren, geleiteten sie ihn in rauschendem Zuge auf den Vyšehrad, wo sie ihn auf den Fürstensitz hoben und ihm die vormals Přemysl gehörige Herzogsmütze aufs Haupt setzten.

Als er dann nach Jahren aus dem Leben schied, bestatteten sie ihn in der unteren Gruft neben seinen Ahnen.

Sagen der christlichen Zeit

Die Schatten sah ich längst vergangner Zeiten...
Jaroslav Vrchlický

Es verstummen die Sagen der Vorzeit, versiegt ist der Born legendärer Überlieferungen aus heidnischen Zeiten.

Eine neue Zeit brach an, und mit ihr kamen neue denkwürdige und wunderbare Ereignisse. Ein neues Zeitalter begann, als die Vorboten des Christentums ins Land kamen. Sie kamen wie die Morgenröte vor den Strahlen der Sonne, und es wurde licht, denn sie brachten die Erkenntnis des einzigen Gottes.

Von der mährischen Grenze erscholl Gesang aus den Tiefen des dunklen Forstes und verschmolz mit slawischen Klängen aus dem Dunkel der Wälder.

„Rufen wir zu Gott, unsrem Heiland und Herrn, schreiten wir vor seinem Angesicht einher in Verkündigung...

Singet dem Herrn ein neues Lied, singet dem Herrn, verkündiget bei den Völkern seine Herrlichkeit..."

Und siehe, von dem Grenzforst beim Landestor, von wo über Burg Litomyšl und die Feste Hrutov die Straße aus Mähren nach Trstenic führte, zogen die Priester des einzigen Gottes aus: Bischof Methodius mit seinen Jüngern und Schülern. Er hatte schon vordem mit seinem Bruder Zyrill, einem heiligen Mann, das Brachfeld im Herzen des Mährerlandes und der Slowakei mit der Pflugschar des Wortes umgebrochen und das Korn der heiligen Lehre und guter Taten gesät.

Der also kam zu den Tschechen von den Mährern her, die nach ihrem Lande so heißen. Ihre Sprache aber, wie auch die der Slowaken, war ein und dieselbe wie jene des Tschechenlandes, denn sie waren eines Volkes.

Und Bischof Methodius kam vom ruhmreichen Velehrad, segnete das Tschechenvolk an der Schwelle seines Landes und begann sogleich an der Grenze, in Litomyšl, auf der Burg und im Burgflecken mit dem göttlichen Werk.

Von hier zog er mit seinen Priestern dann weiter ins Land und verkündete und lehrte und erläuterte die Worte der Heiligen Schrift und ihren Sinn.

Und es freuten sich die Tschechen, daß sie die Kunde von Gottes großen Taten in ihrer Muttersprache vernahmen, und sie strömten den Predigern und dem Bischof Methodius zu, in dem die wahre Liebe Christi lohte und die reine Gnade, und lauschten ihm, da er das Wort Gottes verkündigte.

„Mit reinem Wasser will ich euch besprengen, und gereinigt sollt ihr sein von euren Götzen und von euren Sünden, und der einzige Gott wird sich euer erbarmen und eure Sünden in der Tiefe des Glaubens versenken..."

Und es gefiel ihnen seine Rede und seine Lehre und der Sang seiner Priester, und sie ließen sich taufen, wie es Fürst Bořivoj und seine Gemahlin Ludmila, die Tochter Slavibors, des Herzogs von Pšov, bereits getan hatten. Und sie versammelten sich, wenn die Priester Gott dienten und slawische Liturgien sangen, denn sie hatten Evangelien und Psalter und die übrigen heiligen Bücher in slawischer Sprache.

Und da beteten die Menschen voll Demut und sangen voll inniger Frömmigkeit, wie die Priester es sie gelehrt hatten: „Hospodine, pomiluj ny – Oh Herr im Himmel, liebe uns!" und andre Lieder.

Wo immer der heilige Apostel predigend länger verweilte, überall gründete er Kirchen zum Ruhme Gottes und zum Gedenken des heiligen Klemens. Die erste erbaute er auf der Fürstenburg zu Litomyšl und weihte sie dem heiligen Klemens. Die zweite Kirche dieses Namens gründete er in Hradec an der Elbe; die dritte Sankt-Klemens-Kirche wurde in Sadská, die vierte auf dem Vyšehrad und die fünfte auf dem Levý Hradec errichtet.

Durch den dichten Grenzforst drang das heilige Licht, drang durch das ganze Land, strahlte in das Dunkel der geheimnisvollen heidnischen Haine, die dem Untergang geweiht waren. Denn es kamen Menschen des neuen Glaubens, rodeten sie, stürzten die Götzenbilder, fällten die heiligen Bäume in Feld und Flur und brannten sie nieder.

Sie vertilgten sie und befahlen, daß keiner die neugeborenen Kindlein über das lodernde Feuer hebe, den Geistern der Flamme ein Opfer bringe, und sie auch nicht anflehe, daß sie dem Kinde beistehen mögen bis an sein Lebensende. Und sie befahlen, daß keiner mehr den Dämonen opfere und den bösen Geistern, daß niemand seine Toten in den Hainen und im Felde begrabe, sie befahlen, daß an den Kreuzwegen keiner mehr Totenfeiern begehe für das Heil ihrer Seele, daß keiner mehr Maskentänze vollführe am Grabe der Toten und niemand mehr leere Schatten anbete.

Und gestürzt ward das Perun-Bild auf dem Vyšehrad, und die Menschen hörten auf, die greuliche Morana zu verehren. Ihr finsteres Standbild im Hain und auf dem Felsen ward niedergerissen und viele Götzenbilder gestürzt und zertrümmert.

Es verschwanden die Götter des Waldes, des Wassers, des Windes und der Finsternis; sie wurden von vielen betrauert, die ihnen in der heiligen Taufe nicht entsagen wollten. Am meisten von den Zauberern, Wahrsagern und Hexen. Und sie flüchteten sich fernab in die Wälder, in verborgene Täler am Fuße der Gebirge. Dahin trugen sie ihre Ahnen und heidnischen Götter, hier beteten sie sie an, brachten ihnen Opfer und verfluchten den neuen Gott.

Doch der war stark.

Gewaltig tönte das Läuten der Glocken ins weite Land, und immer mächtiger erklangen die Gesänge in dem heiligen, ergreifenden Dämmer der hölzernen Gotteshäuser und Rundkirchen. Bläuliche Wolken duftenden Weihrauchs erfüllten ihre Gewölbe und ihre Altäre, mit herrlichen Malereien auf goldenem Grunde und reichem Schnitzwerk verziert, glänzten im Scheine der Kerzen.

Eine neue Zeit brach an, und mit ihr kamen neue Ereignisse und wunderbare Begebenheiten, des Gedenkens der Nachfahren würdig. Und auch sie sind längst vergangen, und alt ist die Sage von ihnen.

Oh, meine lieben Brüder und Söhne und Töchter des Tschechenlandes, höret sie. Höret, was sich ereignet hat seit jenen Zeiten, da die heiligen Brüder, die das ganze Tschechengeschlecht preiset und alle Slawenheit auch, ihr Werk begannen in unsrem Vaterlande.

Höret die Sagen von Fürsten und Königen des Mährer- und des Tschechenlandes, von den Helden unsres Geschlechtes, von unsrem Volke, vernehmt auch die Sagen von der Mutter der Heimat, dem goldenen Prag.

Vernehmet, was der Chronist verzeichnet zu eurem Gedächtnis, zum Gedenken der Nachfahren, vernehmet, was überliefert ward von Geschlecht zu Geschlecht in dem lebendigen Buche, dem Gedächtnis des Volkes.

Wohlan, beginnen wir nun mit den alten Sagen.

Die Sage vom König Svatopluk

Die Predigt war vorüber. Das Volk im Dom des Velehrad hatte zu Ende gesungen. Die letzten Töne des frommen Liedes waren verklungen, aller Augen wandten sich zum Altare, die Stunde des Hochamts war nun gekommen, das Erzbischof Methodius höchstselbst mit großem Prunk zelebrieren sollte, denn es war ein hoher Festtag, den heiligen Aposteln Peter und Paul geweiht.

Schon loderten die Kerzen am Altare, schon brannten sie eine Weile, doch Methodius kam nicht. Das Volk in der Kirche wartete und betete leise. Weile um Weile verrann. Die Sonne stand schon hoch am Himmel, schon fielen ihre Strahlen durch die Fenster der Kuppel, schon stürzte ihr goldener Strom flammend ins Domschiff hinab. Alles erhellte sich plötzlich, die Wände, die Heiligenbilder auf goldenem Grunde, die Köpfe der Gläubigen, der Frauen und der bärtigen Männer und Greise und die blonden Locken der Mädchen und Kinder.

In diesem strahlenden Glanze erstarben die rötlichen Flammen der Kerzen, die schon stark abgebrannt waren. Schon wehte ein Raunen durch die Kirche, gedämpfte Stimmen, schon sahen sich die Gläubigen um, steckten die Köpfe zusammen, flüsterten miteinander und fragten sich, was los sei, was geschehen wäre. So fragten sie einander leise, und im Flüsterton eilte die Antwort durch alle Räume des Heiligtumes: Der Erzbischof harre des Königs, der König habe ihm sagen lassen, er solle das Hochamt nicht ohne ihn zelebrieren, er möge auf ihn warten, bis er käme.

„Wo ist er? Wo ist der König?"

„Warum kommt er nicht?"

So fragte man sich überall, und es erstaunten die Leute und erschraken, als jemand bekanntgab, der König sei auf der Jagd. Heute früh vor Tagesanbruch sei er mit zahlreichem Gefolge und einer großen Hundemeute auf die Hatz geritten, auf eine wilde Jagd, an solch einem heiligen Tage!

Dann verstummten, als der ehrwürdige Methodius erschien, alle mit einem Schlag. Denn die Mittagsstunde war bald gekommen, und es ging nicht an, die Heilige Messe weiter aufzuschieben. Mit dem Erzbischof traten seine Priester und Diakone an den Altar, alle in prächtigen Ornaten. Und es begann der Erzbischof die Messe zu lesen; die Diakone und Priester ministrierten, zündeten Weihrauch an und sangen fromme Lieder.

Und das Volk stand oder kniete mit gefalteten Händen und betrachtete die Herrlichkeit des Altares im hellen Kerzenscheine, in dem auch die Priestergewänder und die Bilder und Schnitzereien erstrahlten, lauschte den Gebeten und dem Gesang der Priester, der – allein oder auch im Chore – unter der Wölbung erscholl. Und alle verstanden die Worte der Schrift, die verlesen wurde, die Gebete, Gesänge, jedes Wort, und erhoben, von inbrünstiger, inniger Frömmigkeit ergriffen, wie in Verzückung ihr Gemüt zu Gott, den König hatten sie vergessen.

Da plötzlich erscholl im Münster der Widerhall eines wilden, dumpfen Getöses, ein wüster Lärm von Tönen und Stimmen, der sich im Fluge näherte und wuchs wie das Brausen des Sturmes. Poltern, Klirren und Hundegebell, Hörnerruf und das Wiehern der Rosse. Schon hört man das Tosen des Sturmwinds vor dem Dome, schon dröhnt er an der Schwelle, dröhnt unter der Wölbung, schon stürmen die Urheber dieses Gewitters durch das Domschiff spornstreichs zum Altare. An ihrer Spitze König Svatopluk, die Mütze auf dem Haupt und das Schwert in der Faust, hinter ihm sein Jagdgefolge mit der Meute.

Es verstummten die Priester, das Volk, starr vor Entsetzen, wich zurück, duckte sich, drückte sich an die Wand und an die Säulen. Der König aber, keinen beachtend, das bloße Schwert schwingend, stürmte zum Altar und schrie wild den Erzbischof an, warum er nicht gewartet habe, warum er an den Altar getreten sei. Doch auf der Stufe des Altars hemmte er seinen jähen Lauf und sah mit loderndem Blick auf den heiligen Mann.

Der aber, wider ihn stehend, streckte seine Rechte gegen ihn aus.

„Keinen Schritt weiter!“ rief er in heiligem Zorne, „Auf daß Gott dich nicht auf der Stelle nun strafe! Von teuflischer Hoffart bist du besessen. Mehr soll ich deiner Willkür gehorchen als Gottes Gebot? Du hast den Tempel des Herrn entweiht!

Darum wirst du in bösem Gedenken bleiben, und Gott wird dich erniedrigen!“

Der König, rot im Gesicht, bereits blind und rasend vor Grimm, hielt inne, von der Rede, dem Blick des heiligen Mannes und seiner Ehrwürdigkeit übermannt, senkte das Schwert, zögerte, dann wandte er sich um und stürzte aus dem Dom und hinter ihm die lärmende Jägerschar und die belfernde Meute der Hunde.

Doch als er auf seine Burg kam, ward er von neuem von Hochmut und Trotz befallen. Er wollte seine Schuld nicht eingestehen, er schämte sich und zürnte, daß er sich von dem Wort und Blick des Bischofs hatte überwinden lassen.

Und er sandte zu ihm und ließ ihm sagen, er möge ihm nicht mehr unter die Augen treten. Der heilige Mann tat, wie ihm geheißen und begab sich sogleich vom Velehrad auf eine apostolische Reise durch die Lande, deren geistiger Hirte und Führer er war. Überall predigte er, mehrte und befestigte den christlichen Glauben, und so hielt er's bis an sein Lebensende.

Doch der König blieb hart gegen ihn durch alle Zeiten, und undankbar vergaß er, was der heilige Mann für das Mährische Reich getan, daß er ihm das Licht des wahren Glaubens gebracht, seinem Volke all sein Schaffen gewidmet, sein ganzes Leben geopfert hatte. Ja, er verfolgte ihn sogar noch und störte, auf den Rat seiner Feinde aus dem Schwabenland, den slawischen Ritus des Bischofs.

*

Doch Svatopluk blieb nicht ohne Strafe; Methodius' Worte erfüllten sich. Das Glück verließ den mächtigen König, der verdammt und verflucht blieb; von allen Seiten zogen die Feinde mit Heeresmacht wider ihn und sein Volk heran: Ungarn, Polen, Deutsche und auch die Tschechen standen gegen ihn auf und wollten ihm nicht mehr untertan sein. Sie alle brandschatzten und verheerten schändlich sein Mährerland.

Der König spannte all seine Kräfte an, um sich so vieler Feinde zu erwehren, um die Unbilden von seinem Reiche abzuwenden. Doch ein Unwetter folgte aufs andre, Schlag auf Schlag und stetes Verderben. Da öffneten sich dem König die Augen, und er erkannte, daß Gottes Zorn bereits über ihn gekommen war und daß all das Unglück dem Lande nur seinetwegen widerfuhr, um seines Stolzes und Hochmuts willen. Und da kam ihm oft der Bischof Methodius in den Sinn, gegen den er sich so schwer vergangen hatte. Er gedachte seiner, und Reue überkam ihn.

Er verfinsterte sich im Geiste, als er vernahm, daß der feindlichen Heerscharen immer mehr wurden, daß das Land mehr und mehr verkam, als das Weinen und Wehklagen seiner Untertanen bereits von allen Seiten erscholl und ihm schier das Herz abdrückte. Darum berief er alle Amtleute und die vornehmsten der Edlen, seine Räte, und fragte sie, was er tun solle. Doch die wußten ihm keinen Rat zu geben, wie er Gottes Zorn von sich abwenden könnte.

Als nun der Landtag, den er in sein Feldlager einberufen hatte, am Abend beendet war, begab er sich allein, traurig und voll Trübsinn in sein Zelt. Und weder seine Hofleute noch irgend jemand hat ihn jemals mehr wiedergesehen. Vor Mitternacht soll er wieder aus seinem Zelt getreten sein, das hatten die Wachen gesehen, er habe sich auf sein Pferd geschwungen, das am Zelte festgebunden war, und sei leise durch das schlafende Lager geritten. Keiner beachtete ihn, die Posten sodann, die am Rande des Lagers standen, riefen ihn nicht an, da sie den König erkannten, und ließen ihn passieren, obwohl's ihnen seltsam schien und sie sich fragten, warum er zu solch später Stunde ausreite.

Keiner ahnte, daß er schon lange keine Ruhe fand und ohne Zufriedenheit war in all seinem Ruhm und all seiner Macht, daß ihn das Gewissen quälte, weil er den ehrwürdigen Wohltäter des Mährerlandes solcherart behandelt, seinen Orden und Ritus gestört hatte.

In schlaflosen Nächten sann er reumütig nach, wie er Buße tun könnte. Bis er sich schließlich zu jener Stunde entschlossen hatte, dem zu entsagen, was ihn zu seinem Hochmut verleitet hatte, der königlichen Macht und den Ruhm, alles fahrenzulassen, Heer, Hof und Dienerschaft, Schätze und herrliche Waffen, alle Macht, durch die er gesündigt hatte, alles zu verlassen, damit das Mährerland von dem Unglück und dem Elend befreit werde, das es um seinetwillen hatte erdulden müssen. Und er ritt aus dem Lager und ritt durch die einsame Nacht, bis er an einen Ort am Hange des Berges Zábor kam, wo sich überall, schwarz und weit, unzugängliche Forste dehnten und wo vordem drei Klausner mit seiner Unterstützung ein Kirchlein erbaut hatten.

In diesem finsteren Walde, an einem abgelegenen Ort zwischen Bäumen und Dickicht, durchbohrte er mit dem Schwert die Brust seines Rosses und vergrub dann die Klinge, vom Blute des treuen Tieres gerötet, tief in die Erde. Wehrlos schritt er dann weiter durch den dunklen Forst, unermüdlich, betend, bis er im Morgengrauen zu den drei Einsiedlern kam.

Die wußten nicht, wer er war, ahnten's auch nicht, denn sie hatten ihn nie zuvor gesehen, und er selbst gab sich ihnen nicht zu erkennen. Und doch, da er sich als Büßer im Dienste Gottes dem Fasten und der Andacht widmen wollte, nahmen sie ihn bei sich auf, und Svatopluk, einst König des Mährischen Reiches, gehorchte demütig den schlichten Einsiedlern. In einer armseligen Blockhütte, in einem groben Priesterkleid lebte der Herr, der sich einst in Zobelpelz und teures Tuch gekleidet und der in den weiten, herrlichen Hallen des königlichen Velehrad gehaust.

Zeit seines Lebens blieb er von allen unerkannt. Erst als er fühlte, daß sein letztes Stündchen geschlagen hatte, vertraute er den Einsiedlern sein Geheimnis an und gestand, wer er war und warum er hierher gekommen sei. Und kaum hatte er's gesagt, so hauchte er seine Seele aus.

Die Sage vom König Gerstensohn

I

Als König Svatopluk dergestalt spurlos verschwunden war, dachte das Mährervolk daran, sich einen neuen Herrscher zu wählen. Und sie suchten, wer für den Königsthron am geeignetsten wäre.

Zu jener Zeit lebte in der Prerauer Gegend auf der Burg Chropín ein Landedelmann, Herr ausgedehnter Güter, ein reicher Mann, bei den Herren, beim Landadel in Ehren und von den Untertanen geliebt. Er herrschte menschlich über sie, und da er die Gabe des Geistes besaß, war sein Spruch und Urteil weise und gerecht. Und so sagten sich die Herren und die Ritter vom Landadel: Warum anderswo einen Herrscher suchen, da wir ihn hier unter uns haben!

Und sie wählten den Herrn von Chropín alle einhellig, ohne Streit und Zwist, und ihre Wahl ward gelobt im ganzen Land, und das Volk freute sich über den neuen König.

Der bereiste das Land, um alle Marken seines Reiches kennenzulernen; überall wurde er mit großem Jubel und Gepränge willkommen geheißen, ob er nun gegen Mittag das Land durchreiste, wo die Rebe reifte, oder die gesegnete Haná, ob er gen Mitternacht, gen Ost oder West zwischen waldigen Hügeln durch die Täler ritt. Überall wollte man ihm viel Ehr erweisen; Herren und Ritter suchten sich zu übertreffen, um seine Gunst zu gewinnen, redeten ihm nach dem Munde, schmeichelten ihm, brachten Geschenke dar, veranstalteten Lustbarkeiten und lärmende Gelage. Als er sodann auf seine Burg heimgekehrt war, sehnte er sich nach den Festlichkeiten, zu still schien sie ihm und öde, nichts freute ihn hier, nicht einmal die ergebene Zuneigung seiner lieblichen Gemahlin; er sehnte sich nach lärmender Geselligkeit. Darum befahl er seinen Höflingen, ein Gelage zuzurüsten und dazu viele und vornehme Gäste zu laden.

Und es kamen nach Chropín auf schmucken Rossen mit goldbestickten Schabracken, Herren und Ritter in prunkvollen, mit Pelzwerk verbrämten Röcken, mit blitzenden Säbeln und Schwertern an prächtigen Gürteln, kostbare Mützen mit Reiherfedern auf dem Haupt. Von allen Ecken und Enden des Landes strömten sie herbei, daß die Burg sie kaum zu fassen vermochte und das ganze Städtchen voll war von ihrer Dienerschaft und ihren Rossen. Und es wurden auf der Burg große Festmähler gehalten, ein groß' Gaudium herrschte dort und nicht nur einmal, nicht nur zweimal, nein fast alle Tage. Jede Weile kamen die Herrschaften auf des Königs Wunsch zur Burg geritten, plauderten, veranstalteten Lustbarkeiten, kostspielige Gelage, schmausten lange und zechten und zechten.

Wenn das Werkvolk abends vom Felde heimkehrte, hörte es auf der Chropíner Burg das Rauschen der Feste, und beim Lichte der Kerzen und Fackeln klangen die Becher, klangen die Saiten, die Lieder.

Und wenn die Bauern, da sie nach ihrem mühsamen Tagewerk ein wenig geruht, früh am morgen wieder aufs Feld zogen, ging's auf der Burg noch lebhaft zu.

Ernst blickten die Menschen zu dem Herrensitz empor und sagten sorgenvoll zueinander, was für ein Regiment das sei und wie das wohl enden werde. Und jedesmal gedachten sie der herzensguten Frau Königin. Sie bedauerten sie aus voller Seele und erzählten einander, was sie leide, wie die gute Frau das alles schwer trage und die Lustbarkeiten und Gelage meide, die ihr gar widerlich seien.

Und das Volk sorgte sich nicht umsonst. Der König hatte bei dieser Wirtschaft bald nicht nur sein eigenes, sondern auch das königliche Vermögen durchgebracht. Dann begann er hohe Steuern zu erheben, neue und neue und immer höhere und wies die Steuereinnehmer an, keinem etwas zu stunden, ja, sollte es nottun, das Volk auch zu pressen, falls die Untertanen nicht zahlen wollten.

Schon blickten die Leute nicht mehr ernst und voller Befürchtungen zur Königsburg empor, sondern voll Haß und Grimm, schon verdammten sie den König und fluchten ihm. Nur die Königin lobten sie weiterhin. Ja, mit noch größerer Rührung sprachen sie von ihr, wie sie beim König für das Volk bitte, Fürsprache führe, daß er es nicht so grausam bedrücken möge.

Sie sprachen die Wahrheit; doch keiner sah die Tränen, die die Königin in der Einsamkeit, im geheimen, bitterlich weinend vergoß, keiner hörte, wie sie dem König, aus Sorge um ihn und aus herzinniger Liebe sanft ins Gewissen redete, wie der König sie anherrschte, wie grob er sie abwies, wie sie mit gesenktem Haupte, am ganzen Leibe zitternd aus seinem Gemach ging. Ein Wunder, daß sie nicht strauchelte, da es finster ward vor ihren Augen vor Tränen und Scham.

Doch einmal, als der König wieder eine neue Abgabe auferlegt, die Königin abermals für das Volk gefleht hatte, riß er, durch ihre Bitten erbost, sein Schwert aus der Scheide und drang damit so heftig auf seine Gemahlin ein, daß sie nur mit knapper Not aus der Tür zu laufen vermochte. In seinem wilden Grimm befahl der König, man möge sie noch zur Stunde aus der Burg führen, damit sie ihm nie mehr unter die Augen käme. Und als er aus dem Fenster zum Tor hinabschaute, ob sein Befehl ausgeführt ward, gewahrte er die arme Frau und wurde von neuem von solch einem Grimm ergriffen, daß er aus dem Gemach stürzte und mit dem blanken Schwert hinter ihr herstürmte. Die Königin aber sah ihn beizeiten.

Aber keiner nahm sich ihrer an, nirgendwo fand sie Schutz. In ihrer Todesangst sah sie sich um, doch nirgends ein rettender Hort. Nur eine Hufe reifender Gerste stand am Wege, ein weites und gesegnetes Feld, dessen unzählige Grannen blitzten, dessen schöne Ährenpracht silberflirrend an der Sonne glänzte.

Plötzlich bewegte sich die stille Oberfläche des weiten Gerstenfeldes. Die Ähren begannen zu wogen, und über ihren Spitzen flirrte das Goldhaar der Königin. Sie flüchtete durch die Gerste, bis sie plötzlich darin verschwand und versank wie in einem goldenen Borne. Sogleich legten sich die Wogen des Gerstenfeldes wieder, die Gerste schloß sich wie ein Gewässer und war so still, als ob kein Lüftchen geweht hätte; als der König gelaufen kam, sah er sich vergeblich um, wohin seine Gattin verschwunden war.

Die Königin aber wurde von Frauen aus dem Dorfe gefunden und neben ihr ein Kindlein, das sie hier zur Welt gebracht hatte. Sie trugen es ins Dorf, pflegten es dort voll Sorgfalt und gaben dem Königskind den Namen Gerstensohn zum Andenken daran, daß er in der Gerste das Licht der Welt erblickt hatte.

Der König aber erfuhr von ihrem Unterschlupf, und sich nicht einmal seines Kindes erbarmend, ließ er seine Gemahlin hinwegführen. Söldner brachten sie in eine einsame Gegend. Wohin, das hat keiner je erfahren. Doch das, was geschehen war, ging dem König nicht aus dem Sinn. Oft sah er im Geiste das verhärmte Antlitz seiner lieblichen Frau, und oft gedachte er seines einzigen Söhnchens. Zumeist wenn er, der Gäste, Gelage und öden Lustbarkeiten überdrüssig, die Einsamkeit suchte.

Dann überkam ihn solch eine Bängnis, daß er schließlich um Frau und Kind sandte, sie möchten zu ihm auf die Burg Chropín heimkehren. Die Sendboten kamen zurück, aber allein und ganz verstört, und der König war starr vor Entsetzen, als er vernahm, daß die Frau Königin und der Prinz aus ihrem Versteck verschwunden wären und keiner, keiner wisse, wohin sie geraten waren.

Der König begann sogleich, die Verlorene zu suchen. Als erste machten sich die Leute von Chropín auf die Suche, und auch die Männer und Frauen des ganzen Prerauer Gaues, und alle bereitwillig, gern, denn sie zogen aus, ihre liebe Königin heimzuführen.

Auch der König ritt mit seinem Gefolge aus, nach seiner Familie zu forschen. Und er ritt dahin und dorthin, keine Gegend seines Landes gab's, die er nicht durchstreift hätte, ritt durch das Land, ritt über die Berge, suchte in den Dörfern, auf den Burgen, suchte in Wäldern und Höhlen, bis er zu dem weiten dunklen Forst auf dem Berge Zábor kam.

Dort erblickte er vor einer schwarzen Höhle einen Einsiedler mit langem weißem Barte. Und er fragte den frommen Greis, ob er nicht von seiner Frau Königin und seinem Kind Gerstensohn wisse. Da erhob sich der Klausner, stellte sich vor den Herrn von Chropín hin, blickte ihm streng wie ein Richter ins Auge und sprach mit Prophetenstimme zu ihm:

„Um deiner Sünden und deiner Schuld willen bist du deiner edlen Gemahlin und deines Sohnes nicht würdig. Er wird wieder gutmachen, was du verbrochen hast. So wie du das Verderben des Mährerlands bist, so wird er sein Segen und Heil sein. Wie sie dich verfluchen, so werden sie ihn segnen. Wisse, daß du ihn nimmer finden und nimmer sehen wirst. Erscheinen wird er und kommen, wenn das mährische Vaterland am ärgsten bedrängt sein wird von seinen Feinden. Bis Verderben und Untergang drohen wird seinem Volke, dann wird Gerstensohn mit großer Macht kommen, die Feinde vertreiben und Mähren vom fremden Joch erlösen. Du aber gehe hin und tue Buße!"

Gebrochenen Herzens kehrte der König auf seine Burg zurück. Er erkannte seine Schuld, das Gewissen und die Sehnsucht nach Frau und Kind peinigten ihn. Finster wie eine Gewitterwolke ging er auf der Chropíner Burg umher, die Menschen mied er, suchte die Einsamkeit, doch dann lud er plötzlich wieder Höflinge, Gäste, lebte in Saus und Braus, schwelgte und praßte. Doch das fröhliche Getriebe der Fremden vermochte ihn nicht zu trösten. Ganz plötzlich pflegte er die Tafel und die Gäste zu verlassen und ruhelos durch die Nacht, durch Hallen und Höfe zu wandern, bis er einmal in tiefer Verzweiflung sich in den bodenlosen Schloßbrunnen stürzte.

II

Die Weissagung des Eremiten über den Sohn des Herrn von Chropín verbreitete sich im Fluge durch das Mährerland, und das Volk ward nimmer müde, auf König Gerstensohn zu warten. Auf Burg Chropín war stets der Tisch für ihn gedeckt, stets standen Zimmer für ihn bereit, als könne er jeden Augenblick einkehren.

Es harrten des Königs Gerstensohn die Leute von Chropín, es harrten seiner und suchten ihn die Bürger von Prerau, die Leute von Žalkov und alle in der Prerauer Landschaft. Jedes Jahr versammelten sie sich in Städten und Dörfern, ja, zogen mit der Waffe in der Hand in Scharen durch das Land, durch Dorf, Hain und Flur, den erflehten, ersehnten König Gerstensohn zu suchen, die Hoffnung einer besseren Zukunft.

Und als es immer schlimmer und schlimmer ward, als das hörige Volk in späteren Jahrhunderten unter der Fron stöhnte, tröstete sich's mit der Sage vom Herzog Gerstensohn, der Verkündigung einer besseren Zukunft. Als dann unter Kaiser Joseph die Leibeigenschaft bedeutend gemildert wurde, begann man überall in den Dörfern zu glauben, daß der gelobte König Gerstensohn gekommen sei, daß die ersehnte Zeit anbreche, da die Fron völlig aufgehoben und allen die volle Freiheit geschenkt werden würde. Darum wollte es das Volk auch gar nicht glauben, als die Kunde eintraf, daß Kaiser Joseph gestorben sei.

Er wäre am Leben, diese Überzeugung faßte Wurzel im Volke, er habe sich nur vor den Herren verborgen, die der Befreiung des Bauernvolkes nicht gewogen waren, ja, der Kaiser weile verkleidet unter dem Volke und wandere durch die Dörfer. Und sie nannten ihn abermals Gerstensohn.

Das war der neue König Gerstensohn.

Der Obrigkeit aber gefiel er nicht. Die Herren fürchteten ihn und ahnten, daß in seinem Namen Unzufriedene durch die Dörfer strichen, die das Volk aufwiegelten und empörten. Darum verfolgten sie ihn; in alten Zeiten wurde an gewissen Tagen in allen Dörfern einer Herrschaft die Fahndung nach diesem geheimnisvollen König durchgeführt, und zwar überall zur gleichen Stunde der Nacht.

Alles, was in herrschaftlichen Diensten stand, Jäger, Förster, Jägergesellen, die Schreiber aus den Kanzleien, die Pförtner, Musketiere, alle brachen bewaffnet in die Dörfer ein und durchsuchten Haus für Haus.

Der Schultheiß und die Schöffen mußten ihnen behilflich sein. Nachdem sie in jedem Anwesen, in den Stuben, in den Kammern, auf dem Dachboden alles sorgfältig durchsucht hatten und so das ganze Dorf abgegangen waren, machten sie im Wirtshause Rast und stärkten sich auf Kosten ihrer Obrigkeit.

Jenen aber, den sie verfolgten, König Gerstensohn, bekamen sie nie. Der ging weiterhin heimlich unter dem Volke um, so glaubten die Leute, und tröstete sie, daß die Fron bald ein Ende nehmen, daß es allen einmal besser gehen werde. In jedem Dorfe hatte er einen bekannten Bauern oder zwei. Bei denen pflegte er auf ein Plauderstündchen einzukehren, doch immer des Nachts, wenn das Gesinde schon schlief. Er kam unverhofft – er war mittleren Alters und von ziemlich hoher Gestalt – in einen Mantel aus bläulichem Tuch gehüllt, eine Mütze auf dem Kopf, in einem langen Rock, die blauen Hosen in die Stiefel gesteckt. Die waren immer spiegelblank, mochte es auch wie aus Kannen gießen. Und er selbst blieb im Regen auch trocken, kein Tropfen war auf seinem Mantel, seiner Mütze. Sein Mantel war es, der ihn derart schützte, daß er nicht naß wurde, und er brauchte auch nicht zu schlafen, weder zu essen noch zu trinken, keiner sah ihn, außer dem, der ihn – weil er's wollte – sehen sollte.

Er erschien im Dunkel der Nacht, kam durch die geschlossene Tür, setzte sich an den Tisch, fragte den Bauern, seinen Bekannten, über alles mögliche aus und vor allem darüber, wie das Volk bei der Fron behandelt wurde. Schwere Abgaben würden noch über das Bauernvolk kommen, so sagte er, für alles werde man Steuern zahlen müssen, sogar für Besen. Aber das werde die letzte Not sein, dann würden die unchristlichen Abgaben aufhören, und auch die Fron werde ein Ende haben.

So plauderte er, saß in der Stube, schnitt sich aber kein Brot ab, erhob sich dann plötzlich, verschwand wieder durch die geschlossene Türe und sagte nie, wohin er ging.

Und niemals auch blieb er irgendwo über Nacht. Und wieder wanderte er allein, in seinen Zaubermantel gehüllt, durch die finstere Nacht, der Tröster des Volkes, wandelte durch Moor und Sumpf, über Stock und Stein, ruhig und sicher, seine Verfolger nicht fürchtend.

So manches Mal begegnete er ihnen, als sie mit der Waffe in der Hand auszogen, ihn zu fangen und in Bande zu schlagen. Und er ging neben ihnen weiter seines Wegs, König Gerstensohn, der leibhaftige Trost der Unterdrückten. Er verkörperte die Hoffnung und den Glauben aller Getreuen an eine bessere Zukunft des mährischen Vaterlandes. Dieser Glaube hat die Stürme der Zeiten überdauert und wird, so Gott will, niemals erlöschen und nimmer enttäuschen!

Das Banner des Heiligen Wenzel

Im Sommer war's kalt wie im Winter.

Das war im Jahre des Heils eintausendeinhundertfünfundzwanzig, da im Monat Juni nach dem Pfingstfeste Schnee fiel im Böhmerland und strenge Fröste hereinbrachen, so daß an vielen Stellen die Bäume abstarben und die Bäche im Gebirge zufroren und nicht dünn, sondern mit dickem Eis. Und was noch seltsamer war: als der Winter dann wirklich kam, als alles vom Schnee verweht war, schreckten Sommergewitter das Volk. Das geschah bereits zu Ende des schon erwähnten Jahres, da viele ein Donnergrollen vernahmen und in der Adventszeit vor dem Heiligen Abend das Zeichen des Blitzes gewahrten und desgleichen auch in der Heiligen Nacht. Auch gewitterte es dann stark in der Nacht auf den St. Stephanstag. Kaum hatte sich das Firmament wieder verfinstert und hing nun voll Schnee, niedrig und schwer über der Winterlandschaft, schon ward es wieder von blendenden Blitzen erhellt; das war im Morgengrauen des zweiten Tages nach Neujahr. Da öffnete sich der Himmel von neuem, und fahle rote Blitze zuckten Schlag auf Schlag, daß einem die Augen übergingen.

Die Leute bekreuzigten sich, sprachen von bösen Omen, vom Krieg, gewiß werde er kommen. Wie denn auch nicht, wenn im Fürstengeschlecht wieder furchtbare Fehde herrschte. Die Kunde ging durch das verwehte Land und ward gehört auf Burgen und Festen, in den Burgflecken und Dörfern, in den Klöstern und in den Stiften, daß der Olmützer Fürst Otto, genannt der Schwarze, nach Bayern, nach Regensburg zum deutschen Kaiser entwichen war und seinem Vetter Soběslav den Fürstenthron mißgönne, auf den ihn die Liebe des Volkes berufen hatte.

Überall wiederholte man, überall wurde erzählt, daß Otto, selbst ein geborener Tscheche, seiner Muttersprache gröblich untreu sei, dem Kaiser um den Bart gehe, ihn und die deutschen Fürsten um Hilfe anflehe, ihnen alles verspreche, was sie verlangten, nur damit sie gegen Soběslav und die Tschechen zu Felde zögen. Überall erwartete man, daß dies geschehen werde, denn man wußte, daß die Nachbarfürsten sich nicht lange würden einladen lassen, daß sie nach Böhmen ziehen würden für Geld und Ottos Lehensversprechen und auch, um sich durch Beute zu bereichern. Allen lief die Galle über, als sie hörten, daß Kaiser Lothar mit hochmütiger Rede den Fürsten Soběslav vor Gericht geladen hatte, auf daß er sich verantworte, mit welchem Recht er die Fürstenwürde von Böhmen angenommen hätte. Die zu erteilen, habe nur er, der Kaiser, das Recht; er möge also kommen und vor einem kaiserlichen Gericht Rede und Antwort stehen, sonst werde er die Macht und das Schwert des Kaisers des Heiligen Römischen Reiches kennenlernen.

Doch aller Augen blitzten, und sie riefen freudigen Beifall, als sie vernahmen, welche Botschaft ihr Fürst, welche Botschaft Soběslav nach Deutschland gesandt hatte: Er hoffe auf die Gnade Gottes und den Beistand des heiligen Wenzels und des heiligen Adalberts, auf daß das Böhmerland nicht in die Hand der Fremden gegeben werde.

„Nein! Das wird, so Gott will, nicht geschehen!“ riefen die Leute allerorts mit entschlossener Stimme und rüsteten sich zum Kriege. Sie dachten, er werde erst im Frühling ausbrechen, wenn der Schnee fortgeschmolzen und die Wege trocken geworden wären.

Doch das Blitzeszeichen hatte nicht umsonst geleuchtet. Und da zeigte sich plötzlich in einer klaren frostigen Nacht ein unheilkündender Komet am Himmel. Still und drohend strahlte er zwischen den kleinen Sternen, die unruhig am Firmamente blinkten. Aller Augen waren auf ihn gerichtet, überall fragte man sich sorgenvoll, was er wohl bringe, was er bedeute. Und andern Tags kam vom Erzgebirge die Kunde geflogen und schlug wie ein Blitz aus heiterem Himmel ein, daß die Nachbarn schon ihre Streitmacht sammelten, daß der Kaiser nicht bis zum Frühling warten wolle, sondern sich jetzt schon zum Feldzug nach Böhmen rüste.

Vom Erzgebirge bis zum Böhmerwald, vom Süden des Landes bis hinunter nach Weitrach, nach Osten bis zur Burg von Glatz, welche die polnische Grenze bewachte, gen Mitternacht bis zu dem waldigen Bollwerk des Riesengebirges und weiter bis in die Zittauer Gegend, bis nach Königsstein, im ganzen Böhmerland und in Mähren, überall begann eine fiebrige Geschäftigkeit, ein kriegerisches Treiben, plötzliche und eilige Zurüstungen. Keiner achtete der Fröste und dessen, daß Schneestürme die Straße verwehten. Der Feind machte sich bereit, ins Land einzufallen, es tat not, die Heimat zu schirmen. Und ihr Fürst rief zum Streite, ihr geliebter Fürst Soběslav! Schon zog er aus Mähren herbei, wo er Ottos Herrschaft übernommen hatte, und rief überall zu den Waffen.

Sie hörten, wie er beim „Landestor" in Litomyšl am Forst, wie er in Chrudim, in Sadská und anderswo an der Heerstraße und fernab von ihr in der Kirche betete, wie er, nachdem er mit dem Volke gebetet hatte, zu den Leuten sprach, sie sollten sich nicht fürchten, sich mannhaft rüsten, denn Gott lasse ihr gutes Recht nicht unterdrücken. Er, der Fürst, konnte und könne dem Kaiser um die Ehre des Landes und seiner eigenen Ehre willen nicht nachgeben. Und überall ward begeistert wiederholt, was er den Gaugrafen und Edelleuten auf der Prager Burg gesagt hatte.

„Lieber sähe ich das Verderben meines ganzen Geschlechtes als die Schmach und Schande unsrer Muttersprache und unsres Vaterlandes!"

Und so nahmen sie überall gern Wehr und Waffen von den Wänden, Schwerter, Lanzen, Streithämmer, Pfeil und Bogen, Köcher und Schilde, die reicheren nahmen Helme mit Nasenriemen, Brünnen und Lederkoller, mit glänzenden Plättchen besetzt, und eilten ein jeder zu seiner Gauburg unter das Banner der Mark.

Und es kamen Heerscharen aus allen Gauen, von nah und fern, kamen nach Prag, zu Pferd, zu Fuß, in Panzer und Helm, auch in Pelzen, Pelzmänteln, in Lammfellmützen, in Wolfspelzkappen, in Luchsfellmützen und andren Kappen, ungleich gekleidet, doch gleichermaßen mutigen Herzens und begierig des Streits. Als sich nun dergestalt der Heerbann des Tschechenvolkes versammelt hatte, befahl Fürst Soběslav den Priestern, die Lanze des heiligen Wenzels bereitzumachen, die im St. Veitsdom aufbewahrt wurde, und sie andern Tags, wenn das Heer ausrückte, mit ins Feld zu nehmen als Schutz und Schirm wider die

Feinde. Als der Morgen erstrahlte, strömten Priester und Gaugrafen, Edelleute und viel Volk in die Kirche auf der Burg, wo, bevor sich die Streitmacht in Marsch setzte, ein Hochamt zelebriert werden sollte. Nur der Fürst selber blieb noch immer aus.

Er weilte zu jener Stunde mit seinem Kaplan Veit, den er plötzlich hatte zu sich rufen lassen, in seinem Gemach. Denn Veit war ein ganzer Mann, ein eifriger Verteidiger seiner Muttersprache, fromm und tapfer und seinem Fürsten gar lieb. Jetzt, am Morgen, teilte ihm der Fürst, erregt und ergriffen, etwas Seltsames mit.

„Höre", sprach er, „was ich in dieser Nacht für einen Traum hatte. Es träumte mir, daß der heilige Adalbert an mein Lager trat und mir befahl, die Fahne Slavníks, seines Vaters, mit in den Krieg zu führen. Sie werde in der Kirche von Vrbčany aufbewahrt. Ein seltsames Gesicht war es, und ich will ihm gehorchen. Doch es hat keine Weile mehr, alle harren meiner, und es ist an der Zeit, daß wir ins Feld ziehen. Wir werden gleich nach dem Hochamt ausrücken. Aber du, lieber Pater, tue mir einen Gefallen, schwinge dich aufs Pferd und eile nach Vrbčany, um dich zu überzeugen. Nimm Reisige mit, damit du nicht alleine reitest. Wenn du das Banner Slavníks findest, nimm es in meinem Namen und reite uns eilig nach, damit du uns noch beizeiten erreichst."

Der tapfere Kaplan, über den seltsamen Traum erfreut, von der Hoffnung auf Hilfe von oben beschwingt, erfüllte den Willen seines Fürsten freudig und ohne Verzug.

Ehe die Messe zu Ende war, bevor noch der Fürst unter dem Gesänge des Heeres zu Felde zog, hatte er die Prager Burg schon weit hinter sich gelassen. Zwei Herren vom Hofe und einige Reisige ritten mit ihm, auf flinken Rossen sprengten sie gen Böhmisch Brod, von hier sodann weiter, an Chotouň, dem Heimatdorf des heiligen Prokop, vorbei, das sie links liegen ließen, und weiter dem Dorfe Vrbčany zu. Das hatte einst zu der Herrschaft des mächtigen Slavník gehört. Ehe der Wintertag erloschen war, ritten sie in das stille, im Schnee versunkene Dörfchen ein.

Darüber ragte auf einer sanften Anhöhe eine Rotunde zu dem rot lodernden Himmel empor, von einem hohen Erdwall und einer hohen Mauer umgeben. Im Vordergrund stieg ein Turm auf, das einzige Tor in der Schutzmauer schirmend. Dorthin führte der Dorfpfarrer den fürstlichen Boten, um das Versteck mit dem Banner des heiligen Adalbert und seines Geschlechtes zu suchen. Der Tag verglühte, und fahler Dämmerschein hüllte das stille Dorfheiligtum ein.

Kaplan Veit, sein Gefolge und der Dorfgeistliche knieten vor dem Altare und beteten leise, daß ihr Weg nicht vergeblich sein möge.

Dann zündeten sie Wachslichter an und suchten, bis sie in der Wand hinter dem Altare auf eine verborgene Nische stießen und in der Nische ein altes, nicht breites Seidentuch fanden, das von der Hälfte an in zwei schmalere Streifen geteilt und mit einem Stern bestickt war.

Und es jauchzten alle und knieten nieder, dem Beispiel Kaplan Veits folgend, der vor dem Altar auf die Knie fiel und mit lauter Stimme Gott zu preisen begann, daß er ihnen das Zeichen gesandt und die Hoffnung auf den Sieg in dem schweren Streite.

Veit und seine Begleiter gönnten sich und ihren Rossen kaum Rast, schwangen sich sogleich in die Sättel und eilten, der Nacht nicht achtend, zum Heere zurück. Denn sie eilten mit dem Schatz, um das Heer beizeiten zu erreichen. Lautlos wie Geister sprengten sie durch den lockeren Schnee, durch die frostige Nacht, jagten unter dem klaren Himmel dahin, von dem unter unzähligen Sternen noch immer still und drohend das unheilverkündende Zeichen herniederstrahlte.

II

So eilten sie bei Nacht und bei Tag durch das Land, ohne Müdigkeit jagten sie dahin, der Spur des Tschechenheers folgend. Und es war eine weit sichtbare Spur, ein weithin erkennbarer breiter Pfad im Schnee, festgestampft, voll unzähliger Fußstapfen, Hufspuren und an der Sonne gleißender Rillen von den Kufen der schweren Schlitten.

Sie ritten den Weg ohne zu zaudern, immer nach Norden. Vor ihnen schwebte eine Wolke weißen Dunstes dahin, der aus den geblähten Nüstern der dahinjagenden Rosse kam. Frost herrschte, die Gesichter röteten sich, und von silbernem Rauhreif erglänzten die vollen Bärte der bewaffneten Reiter. Auch die Ohren der ausdauernden Traber färbte der Rauhreif innen weiß, so auch ihr Fell, ihre Mähne.

Schon erhob sich vor den Reitern in weißem Gewande der Wall des Erzgebirges am Horizont, schon hatten sie Teplitz zurückgelassen; hier trafen sie das Heer. Kaplan Veit sprang vom Pferde und begab sich spornstreichs in das Zelt des Fürsten. Und es freute sich Fürst Soběslav, dankte Gott, als er die frohe Kunde vernommen hatte, und ließ sogleich im ganzen Heer verkünden, was sich zugetragen hatte.

Die freudige Nachricht verbreitete sich mit Windeseile durch das Lager, und wer nur konnte, eilte auf den Platz vor das Fürstenzelt, um dort das Wunder zu schauen. Dort stand der Fürst höchstselbst, ein stattlicher Herr, in einem mit kostbarem Rauchwerk verbrämten Pelzrock, stand auf einem grobgezimmerten Schlitten, damit ihn alle sehen konnten, und mit ihm Kaplan Veit. Der Fürst, ohne Mütze, ohne Helm, barhaupt wie sein Kaplan, hob das Banner in die Höhe und rief begeistert mit weithin schallender Stimme: „Ein Zeichen der Gnade Gottes! Hier die Lanze des heiligen Wenzel, und an der Lanze, sehet, das Banner, das uns der heilige Adalbert geweissagt hat."

Und alle, alt und jung, Edlinge und gemeines Volk, entblößten ihr Haupt, fielen auf die Knie, bekreuzigten sich, und Stimmen der Verwunderung, Freude, Begeisterung und des Danks an den Himmel umbrausten den Schlitten und das fürstliche Zelt.

Die freudige Kunde verbreitete sich alsbald weiter durch das Lager, bis zu den Vorwerken und Verhauen, wo die tschechischen Krieger auf der Höhe über den Schluchten und Pässen im Schnee auf der Lauer lagen, und weiter bis zu den vordersten Posten. Die aber gaben schon folgenden Tags Kunde vom Feinde.

Eine große Streitmacht von allerlei Reichsvolk zog heran, Sachsen und Thüringer zumeist, auch Flandern, Friesen und Brabanter in großer Schar, auch Rheinländer und Männer aus

Schwaben und dem Bayernland. Ihre unabsehbare Heersäule blinkte schwarz zwischen den verschneiten Bergen auf, wand sich wie eine riesige Schlange hinauf, hinunter und wieder – schwer und mühsam – in die Höhe. Denn der Pfad war ungangbar für Pferde und Menschen. Sie wateten durch den Schnee, fielen in die Schneewehen, glitten aus, stürzten. Frostig war's, aber sie waren in Schweiß gebadet, und ihre Rosse dampften. Auf den Gebirgspfaden wog die schwere Rüstung doppelt schwer.

So mancher Ritter hatte den Harnisch abgelegt und schritt auf Schusters Rappen neben seinem Rosse einher. Und die Söldner zu Fuß wurden müde und matt, blieben stehen. Aber ein Ritter, es war Markgraf Albrecht, genannt der Bär, der in seiner Brünne in den vordersten Reihen ritt, und neben ihm ein Herr in voller Rüstung, mit bräunlichem Antlitz und schwarzem Haar, Otto der Schwarze selbst, winkten ihnen und spornten sie zum Vormarsch an.

So gelangten sie auf die Höhe und stiegen zu Tal einen schwer gangbaren Weg hinab, der sich in scharfen, krummen Windungen dahinschlängelte, bis die Vorhut und die übrige Streitmacht die Niederung erreichten. Dort im Tal von Kulm stand das Tschechenheer in Schlachtordnung bereit. Über den Haufen flatterten die Fahnen in der strahlenden, frostklaren Luft und am höchsten das St. Wenzelsbanner, dic Fahne des Heeres. Kaplan Veit hielt es, mit Helm und Rüstung angetan; mit ihm umstanden die Fahne gut hundert böhmische Ritter mit gezogenem Schwert und Pröpste, Kaplane, sie alle des heiligen Feldzeichens achtsame Wacht.

Die Blicke der Tschechen waren vorwärts gerichtet, wo ihnen die unabsehbare Streitmacht des Feinds gegenüberstand. Ihr Ende war nicht abzusehen. Das ganze Tal wimmelte von ihnen, und unzählige Blitze von Wehr und Waffen zuckten über das gewaltige, schwarzdräuende Gewölk dahin. Die Stunde der Entscheidung war gekommen; allen pochte das Herz vor dem schweren, ungleichen Kampf.

Doch plötzlich schrie jemand auf, zeigte zur Höh', und gleich blickten alle zum Himmel empor, wo ein gewaltiger Aar durch die strahlenden Lüfte schwebte. Auf seinen mächtigen, weit ausgebreiteten Schwingen zog er über dem böhmischen Heer seine Bahn und segelte vorwärts, geradewegs auf die feindlichen Reihen zu. Als jegliche Stimme, jeglicher Lärm vor Staunen verstummt war, da hörten alle das Krächzen des großen Adlers. Wider die Feinde flog er. Gegen sie schrie er, als spürte er seine Beute.

Noch war dies gute Zeichen nicht verschwunden, da erscholl ein mächtiges Dröhnen über dem Tschechenheere. Eine Glocke erklang, und mit ihr ertönte vielstimmig ein erhabenes Glockengeläut, das über die Häupter der Krieger dahinhallte.

Alle erstaunten. Die geheimnisvollen Töne ergriffen alle und erbauten sie. Die Antlitze hellten sich auf, die Blicke leuchteten, und viele bebten vor Ergriffenheit. Kaplan Veit, in Verzückung, erbleichte, und Tränen schossen ihm aus den Augen. Von Rührung übermannt, blickte er zum Himmel empor und rief in die Stille voll heiligen Grauens:

„Oh, Brüder! Gott der Herr ist mit uns. Seid standhaft! Standhaft! Sehet dort! Seht ihr den heiligen Wenzel dort in himmlischem Glanze, in blütenweißem Gewande, er sitzt auf seinem weißen Roß und hält die Lanze mit seinem Banner in der Hand und streitet für uns. Sehet, er schwebt über uns, hell und licht... heiliger Wenzel, du Erbe des Tschechenlandes!“

Alle wunderten sich, hoben die Augen, die Hände zum Himmel, viele vergossen Freudenzähren, und plötzlich sangen alle mit einem Schlag, vom selben Gedanken beseelt, aus voller Brust, mit ergriffenem Herzen: „Herr im Himmel, liebe uns!“ Weit durch das Tal, zu den Hängen der verwehten Hügel empor, tönte das erhabene Lied, das Erbe der Väter. Und als es erscholl, schwang Fürst Soběslav, hoch zu Roß, sein Schwert, und das ganze Heer, singend, begeistert, der Schlacht begierig, stürzte sich auf den Feind.

Der Gesang verhallte im Sturme der Schlacht. Er grollte durch das Tal, wo die Heere aufeinandergestoßen waren. Die Kaiserlichen schlugen sich tapfer, aber sie hielten nicht stand, vermochten nicht zu widerstehen. Wie eine Sturmflut wälzten sich die Tschechen gegen sie heran, an der Spitze die Hauptmacht, und die Reserven fielen dem Feind in die Flanken. Sie hieben, schlugen auf die Feinde ein, trieben sie in die Schlucht zurück. Die Kaiserlichen, zusammengedrängt, standen dort wie eine Mauer und konnten weder vorwärts noch zurück. Sie fielen im grimmen Streite. Rot färbte sich ringsum der Schnee, doch das vergossene Blut erstarrte in der Kälte sogleich auf den Kleidern, auf dem Schnee, auf den Waffen und auf den Wunden.

Und die Kaiserlichen begannen zu fliehen und ihre Schilde fortzuwerfen. Wer konnte, der suchte sein Heil in der Flucht oder stieß das Schwert in den Schnee und bat um Gnade, bat um sein Leben und gab sich gefangen. So auch der Bischof von Merseburg, der Bischof von Halberstadt, so auch der Graf von Lara und selbst Markgraf Albrecht der Bär. Jener aber, welcher der Anstifter dieses Krieges gewesen war, Otto der Schwarze, lag unter den Erschlagenen. Und ihre Zahl war groß. Die Tschechen hatten an die fünfhundert edle Ritter getötet, die übrigen nicht mitgezählt.

Voll Grausen blickte Kaiser Lothar von der Bergeshöhe auf die furchtbare Niederlage seiner Mannen; doch helfen konnte er ihnen nicht. Schon wälzte sich auch gegen ihn die Gefahr heran. Schon dachte er selbst daran, mit jenen, die ihm geblieben waren, zu weichen. Doch es war schon zu spät. Die Tschechen hatten ihm alle Wege verlegt, und durchschlagen könnt' er sich nicht, dazu reichte seine Macht nicht hin. Ohne den Willen der Tschechen konnte keine Maus durchschlüpfen. Der Kaiser war umzingelt, mit all den Seinen gefangen.

Nichts blieb ihm übrig, als um Frieden zu bitten. Heinrich von Groitzsch mußte zum Tschechenfürsten gehen und ihn ersuchen, er möge zum Kaiser kommen. Und Soběslav kam und verfuhr großmütig mit ihm. Nachdem der Kaiser ihn als Herzog anerkannt und nachdem er auch das Recht der freien Fürstenwahl bestätigt hatte, durfte er frei von hinnen ziehen. Und so kehrte er mit dem Rest seines Heeres traurig nach Deutschland zurück. Mit ihm kam Trauer über das Reich, am meisten über das Sachsenland. Das hatte auf böhmischem Boden die meisten Männer verloren, Edle aus gar vielen vornehmen Geschlechtern.

Doch fröhlich zog von Kulm das siegreiche Heer mit gewaltiger Beute nach Böhmen heim. Die freudige Kunde eilte ihm voran, überall vernahmen die Leute mit Staunen die Nachricht von der wunderbaren Hilfe Gottes, von den Zeichen, vom heiligen Wenzel und seiner Fahne und sagten, weder ihre Väter noch ihre Vorväter hätten soviel Ehre errungen, wie die Tschechen durch die Schlacht bei Kulm. Eine unaussprechliche Freude herrschte im ganzen Land, und mit großem Jubel und Gepränge begrüßte das Volk von Prag den tapfern Fürsten Soběslav und seine Armee.

Die Schlacht bei Kulm wurde am achtzehnten Tage des Monats Hornung, im Jahre des Heils eintausendeinhundertundsechsundzwanzig ruhmreich geschlagen, in welchem Jahre auch der durchlauchtigste Fürst Soběslav die St. Georgskapelle auf dem Georgsberge neu erbauen ließ. Und diese Kapelle wurde dann von Zdík, dem Bischof des Olmützer Münsters, einem Sohn des ehrwürdigen böhmischen Chronisten Kosmas, eingeweiht.

III

Noch von einem andern ruhmreichen Siege unsrer Ahnen will ich euch künden, von der wunderbaren Hilfe in diesem Streite und der seltsamen Erscheinung, die dabei Jan, dem Sohn des Svojslav, ward.

Es war im Jahre zwölfhundertsechzig, als der Böhmenkönig Přemysl Ottokar II. mit den Ungarn, mit ihren Königen Bela und dem jüngeren Stephan stritt. Lange lagen die beiden Heere sich auf dem Marchfeld gegenüber, unten im Lande Österreich, an den Ufern der March. Am rechten Ufer die Tschechen, am linken die Ungarn und ihre Bundesgenossen, Polen, Russen, Kroaten und Serben und bosnische Serben, Walachen, Szekelyi-Magyaren, auch Tataren und wilde Kumanen und Türken aus Westturkestan. Und alle miteinander waren hundertundvierzigtausend, eine große Macht, besonders viel Reiterei.

Der Tschechenkönig hatte nur hunderttausend Mann. Davon waren siebentausend böhmische Reiter, von Kopf bis Fuß in Kettenharnisch und Plattenpanzern, auf Rossen, die ebenfalls mit Eisen gepanzert waren. Und es standen in Přemysls Heer Tschechen, Mährer, Schlesier und einige deutsche Hilfstruppen aus Österreich und Brandenburg und Slowenen aus dem Kärntnerland. Und es waren mit dem König viele vornehme Herren aus Böhmen und dem Mährerland, Herr Vok von Rosenberg, der oberste Marschall des Königreichs Böhmen, Jaroš von Poděhus, der Burggraf von Prag, er schirmte das Landesbanner, das an der Lanze des heiligen Wenzel im Winde wehte, der Unterkämmerer Herrmann von Reichenau aus dem Geschlechte Kaunitz, der oberste Kammerherr Bavor von Strakonice, auch Wilhelm von Poděbrady und Zdislav von Sternberg, weiter Herr Záviš von Falkenstein der Ältere, Budivoj von Krummau und andre Herren aus dem Geschlecht der Vitkovicen und viel edle Ritter aus böhmischen und mährischen Geschlechtern. Mit ihnen der Bischof von Prag und der von Olmütz und auch mehrere deutsche Ritter und Fürsten aus dem Reich.

So lagen die Heere einander gegenüber, und der Fluß strömte zwischen ihnen dahin.

Keiner hatte Lust, vor den Augen des Gegners ans andre Ufer zu waten, auf daß er von ihm nicht Schaden nähme. Und es verging ein Tag nach dem andern, und als bereits eine Woche vergangen war, einigten sich die Könige durch einen Vertrag, den sie durch Eid und Handschlag beschworen, daß die Tschechen sich an einem bestimmten Tage, und zwar am elften Juni, ein Stück vom Fluß zurückziehen und andern Tags, am zwölften, die Ungarn frei und ungehindert auf das böhmische Ufer übersetzen sollten und daß am übernächsten Tage sodann, am dreizehnten Juni, am St. Margaretentag, die Entscheidungsschlacht geschlagen werden sollte.

So war es vereinbart, so hatten es die Ungarnkönige und ihre Magnaten durch einen heiligen Eid beschworen.

Doch die Ungarn achteten ihres Schwures nicht und setzten, nachdem sie geeignete Furten gefunden hatten, der Übereinkunft entgegen, noch in der gleichen Nacht ans andre Ufer über und griffen – am zwölften und dreizehnten Tag des Juni – mit ihren Kriegern die Tschechen an.

Die aber, auf den Vertrag und den Schwur der Ungarn vertrauend, ahnten nichts und rüsteten sich nicht zum Streit. Ihr Heer war nicht einmal gänzlich beisammen, denn viele Haufen waren zum Fouragieren ausgezogen. Und so gerieten die Tschechen, sobald die Ungarn sie bestürmten, in eine äußerst große Gefahr.

Die Ungarn, selbst stärker als sie, kesselten sie im Halbkreis ein. Furcht und Schrecken befiel das Tschechenheer, als das wilde Geschrei der Kumanen durch die sengende Luft hallte, als sie sich auf ihren Pferden wie eine gewaltige Heuschrekkenwolke heranwälzten, daß die Erde erbebte. Doch als die Tschechen ihr „O Herr im Himmel, liebe uns!" gesungen hatten, als der oberste Burggraf inmitten seiner Panzerreiter das Landesbanner erhob, da wich die Furcht mit einem Schlag von dem Heere, und mannhaft nahm es den Kampf mit der feindlichen Übermacht auf.

Und wohin immer Herr Jaroš von Poděhus sich wandte, überall wichen die Feinde zurück, ergriffen die Flucht, doch die Panzerreiter und ihre Rosse blieben unversehrt.

Als die grimme Schlacht begann, es war am Nachmittag, und es war schwül, wie tot und ausgestorben lag die Landschaft da, gewahrten jene, die hinter dem Hauptheer in Reserve standen, eine wunderbare Erscheinung.

Über den Reihen des Tschechenheeres, über den Scharen des Fußvolks und der Reiterei, über den Legionen von Helmen, über den Bannern der Haufen erschien auf einmal ein großer Vogel und schwebte auf seinen ausgebreiteten Schwingen dahin. Es war ein Adler, ein weißer Aar, weißer als Schnee, und sein Kopf und sein Hals strahlten von Gold, und licht ward's um ihn her.

Er schwebte über dem böhmischen Heere und unmittelbar über dem Banner des heiligen Wenzel dahin. Über der Fahne flog er dahin, wo immer sie, vom obersten Burggrafen getragen, im Gebrodel und Getümmel der mörderischen Schlacht auftauchte und im Winde wehte.

Und der schneeweiße, strahlende Vogel begann zu wachsen und wuchs und wuchs, und seine Fittiche breiteten sich weiter und weiter aus, bis sie über die ganze Heerschar gebreitet waren. Von den gewaltigen Schwingen fiel ein Schatten auf sie wie ein Gewölk und hüllte Reiter und Rosse ein. Nur die Fahne des heiligen Wenzel blieb hell und licht, und ihre goldene Spitze strahlte und glänzte einzig und allein im Dunkel des Schattens und loderte wie ein Blitzstrahl in dem geheimnisvollen Lichte über der gewaltigen Schar der Krieger auf.

Dann erlosch plötzlich das Leuchten der Fahne, der weiße Adler in den Lüften verschwand, und die glühende Sonne strahlte wieder auf das kämpfende Heer hernieder. Das war zur Vesperstunde, als das Jubelgeschrei des Tschechenheers über das Marchfeld hallte, als die Ungarn, in Staubwolken gehüllt, in wilder Flucht und Verwirrung davonstoben, zum Fluß zurück, Kumanen, Tataren, Ungarn und ihr ganzes Heer, als alle, von panischem Schrecken ergriffen, in die March sprangen, um das andre Ufer zu gewinnen. Doch sie kamen in den Wellen um, Pferde und Menschen, so daß sie den Lauf des Stromes hemmten, und die Tschechen über die Haufen ihrer Leichen leichter ans andre Ufer gelangen konnten, um sich der reichen ungarischen Beute zu bemächtigen.

*

Auch Jan, Svojslavs Sohn, ein tapferer Ritter, rüstete sich im Lenz, als der Feldzug begann, in diesen ungarischen Krieg zu ziehen. Doch als er sein Roß, seine Wehr und Waffen zugerüstet hatte, ward er von einer schweren Krankheit befallen.

So konnte er nicht in den Sattel steigen und mußte das Lager hüten. Hier lag er manche Woche. Aber am meisten härmte und betrübte ihn, daß er nicht mit seinem König hatte in den Krieg ziehen können und daß keine Nachrichten aus dem Felde in seinen Hof gelangten, denn er konnte sie kaum erwarten.

Doch einmal im Morgengrauen, der ganze Hof ruhte noch, schien er so sehr zu leiden, daß die Freunde an seinem Lager dachten, sein letztes Stündchen habe geschlagen. Denn sein Antlitz erbleichte, das halbgeschlossene Auge drohte zu erlöschen, und schmerzliche Seufzer hoben seine Brust.

Dann verstummte er und lag still da, doch plötzlich begann sich sein Antlitz zu wandeln; es belebte sich, seine Wangen bekamen Farbe, seine Lippen lächelten, und da öffnete er auch schon die Augen weit und klar, richtete sich munter auf und sprach, auf seiner Bettstatt sitzend, mit freudiger Stimme: „Danket dem Herrn! Lobet und preiset ihn, wie ich ihn preise. Danket ihm und höret, was ich zu dieser Stunde sah.

Fern war ich, auf dem Schlachtfeld im Streite, ich sah unser tschechisches Kriegsvolk, aber schlecht geordnet wider die Ungarn. Und sie griffen uns unverhofft an, und schon stand es so schlimm, daß mein Herz vor Bangigkeit bebte. Und da plötzlich gewahrte ich, o hört, im klaren Lichte die heiligen Erben unsres Vaterlandes: zuvörders den heiligen Wenzel in strahlendem Harnisch, den Helm auf dem Haupt. An seiner Seite blinkte ein Schwert in goldener Scheide, mit Perlen besetzt, und in der Rechten hielt er sein Banner. Und hinter ihm St. Adalbert im Bischofsgewand, dann St. Prokop, der heilige Abt, der hatte einen Hirtenstab in der Hand, und zuletzt schritten die fünf Märtyrerbrüder im Ordenskleid einher.

Der heilige Wenzel blickte sich nach St. Adalbert und nach dem heiligen Prokop und nach allen um und sagte, ich hab es vernehmlich gehört: Unser Heer erlahmt, drum auf, eilen wir ihm zur Hilf'.

Als er das gesagt hatte, richtete er die Spitze der Standarte wider den Feind, der sich sodann zur Flucht wandte und das Hasenpanier ergriff, als die Unsern das holde Lied: ‚O Herr im Himmel, liebe uns', anstimmten und tapfer auf sie einhieben."

Jan, Svojslavs Sohn, faltete die Hände, und alle, die sein Lager umstanden, verwunderten sich und sprachen: „Gewiß hat Gott der Herr heute den Sieg in die Hand unsres Königs gegeben!"

Dann, als Berichte aus dem Felde eintrafen und das Heer aus dem Kriege heimkehrte, bewahrheitete sich Jan Svojslavs Gesicht, das er im Morgengrauen jenes Tages gehabt. Die Tschechen hatten auf dem Marchfeld einen ruhmreichen Sieg über die Ungarn errungen, und das geschah am zwanzigsten Tage des Monats Juni im Jahre des Heils zwölfhundertsechzig, wie oben geschrieben stehet.

IV

Das Banner des heiligen Wenzel verschwand während der Unruhen und Stürme, die unser Vaterland heimsuchten, und keine Kunde hat sich erhalten, wo es verschollen ist und zu welchen Zeiten.

Nur die Sage tröstet uns, daß es nicht von Lästererhand vernichtet worden, nicht die Beute der Fremden geworden ist. Denn im Schoße der Heimat ruht es, und zwar wieder an jenem Ort, wo es einst verborgen war und von wo es vor Menschenaltern, in der Stunde der größten Gefahr, hinweggenommen ward zum Schutz und zur Ermunterung des tschechischen Heeres: in dem umfriedeten Kirchlein von Vrbčany.

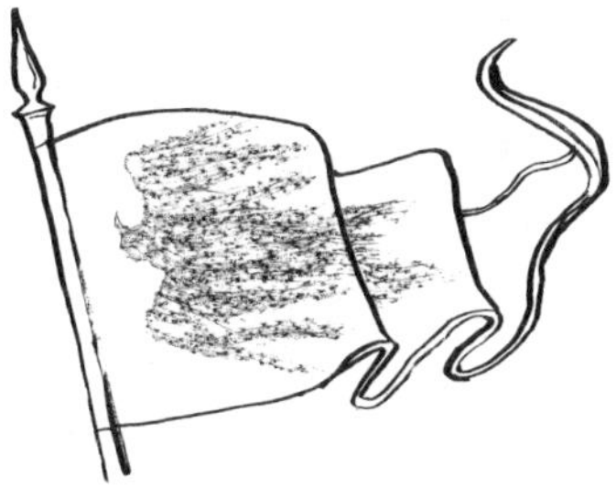

Dort ruht's aber nicht mehr in seinem einstigen Horte, sondern an einem sichereren, aber auch unzugänglicheren Ort. Auf einem Marmortisch, in einem festen Kellergewölbe, in dem Hügel unter der Kirche. Still ist es dort; das Waffengeklirr ist verstummt und auch die Stimme der Helden. Aber in das Dämmerlicht des Verlieses, das von der güldenen Spitze des Banners erleuchtet wird, der Hoffnung im Dunkel der Anfechtungen, hallt von oben das Echo der Schlachtgesänge: „O Herr im Himmel, liebe uns..." und „Heiliger Wenzel, du Herzog des Böhmerlands..." Es legt Zeugnis ab davon, daß die Nachkommen nicht vergessen haben, daß der Mannesmut in ihnen noch lebt und daß sie nicht aufhören werden, für das Recht dieses Landes zu streiten und für die Sprache der Väter.

Die Sage von Bruncvík

I

Als Fürst Žibřid gestorben war, da ergriff Bruncvík, sein Sohn, die Herrschaft über das Böhmerland. Der junge Fürst war edel und zu jedermann gerecht. Doch er blieb nicht lange in seinem Reiche. Da er immerzu das Heldentum seines seligen Vaters im Sinne hatte, dessen Ehre und ruhmreichen Namen, beschloß er, im dritten Jahr seiner Herrschaft in die Welt zu ziehen, um seinem Vaterland und seiner Muttersprache viel Ehre zu erringen.

„Mein Vater erwarb sich einen Aar in sein Wappen, ich aber will mir einen Löwen in den Schild gewinnen." So sprach er zu seiner Gemahlin, als er ihr seinen Entschluß kundgab. Die junge Frau war darob sehr betrübt und bat ihn, nicht fortzuziehen, sich nicht in Gefahr zu begeben.

Da Bruncvík sie nicht erhören wollte, brach sie in Tränen aus, schluchzend umarmte sie ihn und bat ihn von neuem, daß er sie nicht in Trauer und Wehmut allein lassen möge. Doch Bruncvík tröstete sie herzinniglich, sie werde nicht verlassen sein, er habe nach ihrem Vater gesandt, er möge kommen und das Regiment für ihn führen. Und seinen Ring vom Finger streifend, sprach er: „Hier gebe ich dir auf Ehr' und Gewissen meinen Ring. Nimm auch du deinen Ring vom Finger. Glaube nichts, was man dir auch immer berichten mag, schenke keinem Glauben, außer du sähest mit eigenen Augen diesen Ring. Solltest du ihn aber binnen sieben Jahren nicht erblicken, so wisse, daß ich nicht mehr am Leben bin."

Als dann ihr Vater gekommen war, ließ Bruncvík dreißig Rosse satteln, und nachdem er sich mit seinem Gefolge gerüstet hatte, nahm er Abschied von Neomenia, seiner Gemahlin, und von ihrem Vater und zog als rechter, tapferer Ritter in die Welt auf Abenteuer aus.

Und er zog durch mancherlei Lande, immer weiter und weiter, und seine Ritter und Knappen ritten mit ihm, bis sie an die

Gestade des weiten Meeres kamen und des Wassers wegen nicht weiter konnten. Doch auch hier hielt er nicht inne und wandte sich nicht um. Er beschaffte sich ein Schiff, bestieg es mit seinem Gefolge, auch die Rosse nahmen sie mit und segelten über das weite Meer unbekannten Ländern entgegen.

Als sie vom Ufer abstießen, wehte eine günstige Brise und wehte sodann lange Zeit. Doch eines Abends, als sie schon ein Vierteljahr zur See gefahren waren, drehte sich plötzlich der Wind. In der finstern Nacht begann das Meer zu wogen. Bruncvíks Schiff schwankte im Sturm, und der wilde Wellenschlag warf es bald hoch, bald wieder in tiefe Wasserschluchten hinab. Die Seefahrer waren in großen Ängsten, aber noch mehr erschraken sie, als sie plötzlich in der Finsternis ein sanftes, gelbliches Leuchten erblickten und ein starker, durchdringender Duft sie umwehte.

Da begannen sie zu jammern und zu klagen, denn sie wußten, daß dieser Glanz und Duft vom Bernsteinberg ausging und daß dieser nächtens leuchtende Berg die Macht hat, alles, ob Menschen, ob Tiere oder Schiffe, alles, was sich im Umkreis von fünfzig Meilen von ihm befindet, mit unwiderstehlicher Macht anzuziehen, ja, geradezu an sich zu reißen. Und wer auf den Bernsteinberg gerät, der muß darauf bleiben und kommt nie und nimmermehr von ihm los.

Darum erschraken und wehklagten die Seefahrer so, als sie sahen, wohin der Wind sie trieb. Vergebens beteten sie, vergebens auch taten sie Gelübde, auf daß der Wind sich wende. Doch er drehte sich nicht, trieb sie weiter vor sich her, und als sie, vom Sturmwind getragen, bis auf fünfzig Meilen an den Felsen herangekommen waren, flog das Schiff gradewegs auf den Bernsteinberg zu, segelte dahin in dessen gelbem Glanze, der hoch in die Dunkelheit aufstieg und sich weit über die stürmischen Wogen ergoß.

Das Schiff blieb plötzlich am Ufer des Eilands stehen, in dessen Mitte der Bernsteinberg aufragte. Auf diese Insel setzten Bruncvík und seine Gefährten ihren Fuß und führten auch die Pferde von ihrem Schiff an Land, sobald sich das Meer beruhigt hatte. Da dämmerte der Morgen, und im Sonnenlicht sahen sie, daß das Eiland öd und verlassen war und nichts darauf wuchs oder lebte, wovon sie sich hätten nähren können.

Als sie auszogen, die Insel zu erkunden, erblickten sie am Ufer viele vermoderte, zerfallene Schiffe und viele menschliche Gebeine, die weiß im Sande lagen und in der sengenden Sonne bleichten. Und Bruncvík und allen seinen Mannen ward's weh ums Herz, denn sie sahen, daß diese Leute hier elendiglich umgekommen waren, und ahnten, welch klägliches Ende auch ihnen beschieden war. Traurig sahen sie sich um und blickten auf die weite, weite See, deren grünliche Wogen in unabsehbaren Fernen mit dem Firmamente verschmolzen.

Als sie sich sodann ein wenig von ihrem Schrecken erholt und sich nach dem Sturme ausgeruht hatten, unternahmen sie doch den Versuch, von hier zu entkommen. Sie bestiegen wieder ihr Schiff, stießen vom Ufer ab, spannten die Segel auf, ergriffen die Ruder und ruderten angestrengt und unermüdlich. Das Schiff fuhr, entfernte sich von der Insel, und sie begannen sich schon zu freuen, daß sie die Zaubermacht des Bernsteinbergs überwinden würden.

Als ihnen diese Hoffnung zu leuchten begann, legten sie sich um so kräftiger in die Riemen und ruderten, bis sie vor Anstrengung rot im Gesicht wurden, bis ihnen der Schweiß vom Leibe rann.

Und das Schiff fuhr, fuhr geschwind, bis es plötzlich stehenblieb und still, wie vor Anker – wieder an der Küste des Eilands, am Fuße des Bernsteinbergs lag.

Bruncvík war sehr betrübt, und alle waren gar traurig in ihren Herzen, als sie sahen, daß ihnen bestimmt war, auf dieser unseligen Insel zu bleiben. Solange sie auf ihrem Schiff Proviant hatten, ging's ihnen nicht schlecht. Während der Zeit, da sie auf der Insel weilten, versuchten sie noch zweimal, zu Schiff zu entkommen. Doch jedesmal landeten sie wieder am Ufer wie beim ersten Versuch.

Als dann alle Schiffsvorräte zu Ende gegangen waren, schlachteten sie die Pferde und nährten sich von ihrem Fleisch. Und nachdem sie auch das letzte, Bruncvíks Roß, verspeist hatten, da begann eine große Not, und sie wurden fast vom

Hunger verzehrt. Verzweifelt suchten sie, womit sie ihn stillen könnten; doch auf der ganzen Insel fanden sie kein Körnchen, kein Vöglein erblickten sie, nichts, womit sie sich hätten sättigen können. Dabei harrten sie noch immer, daß Gott sich ihrer erbarmen würde.

Als sie aber die Gewißheit erlangt hatten, daß all ihr Hoffen vergeblich war, bemächtigte sich ihrer Verzweiflung, so daß sie sich schließlich, stumpf in ihr Schicksal ergeben, neben ihrem Schiff am Strande in den Sand setzten oder niederlegten und den Tod erwarteten. Und der mähte einen nach dem andern hin.

Von allen Mannen blieb nur noch Bruncvík und ein alter Ritter namens Balád am Fuße des Bernsteinbergs zurück. Und da sprach der alte Ritter, als er mit Bruncvík am Ufer saß und auf die weite See hinausblickte, zu seinem Fürsten: „Lieber Herr! Wenn deine Gattin wohl wüßte, wie es dir geht, wenn deine edlen Ritter nur von deinem Unglück wüßten!"

Als Bruncvík das hörte, wurde er sehr traurig. Und da sprach Balád weiter: „Klage und verzage nicht, mein lieber Herr! Wenn du meinem Rate folgst, so kannst du von hier entkommen. Ich weiß nur nicht, wohin."

„Und du?" erwiderte Bruncvík.

„Um mich sei ohne Sorge. Ich bin alt, und an meinem Leben ist mir nichts gelegen. Ich muß nun schon hier bleiben. Solltest du aber gerettet werden und einmal dein Glück machen, so gedenke meiner treuen Dienste."

„Und was würdest du mir raten?" fragte Bruncvík.

„Mein Herr und Fürst, du hast gesehen, daß im ersten Jahr unsres Aufenthaltes der Vogel Greif einmal hierher geflogen kam und im zweiten Jahre desgleichen. Und dieses Jahr wird er gewißlich wieder kommen, da es, so scheint's, seine Gewohnheit ist, jedes Jahr einmal hierher zu fliegen. Der soll dich von hier entführen, falls es dein Wunsch und Wille ist."

„Ach, wie könnte er mich von hier entführen?" fragte Bruncvík verwundert.

Der alte Ritter wies auf eine Roßhaut, die neben dem Schiff im Sande lag, und sagte zu Bruncvík, er möge sich hineinlegen, sein Schwert aber solle er mitnehmen. Als dies geschehen war, nähte der Ritter ihn mit einem Riemen in das Pferdefell ein und legte dann den in die Haut eingenähten Bruncvík auf dem Gipfel des Bernsteinberges nieder.

Nicht lange darauf vernahm er ein Rauschen in den Lüften, als brauste ein Gewittersturm dahin. Das kam vom Fluge des Vogels Greif, der sich mit seinen gewaltigen Schwingen dem Bernsteinberg näherte. Als er dann über dem Berge erschien, war es, als schwebte eine gewaltige Wolke darüber. Einen Augenblick ruhte der Greif auf seinen ausgebreiteten Schwingen hoch in den Lüften, dann ließ er sich plötzlich hernieder, packte Bruncvík, als wäre er ein Sandkorn, schwang sich in die Lüfte und flog mit ihm davon.

Still und öde war's wieder auf dem Eiland am Fuße des Bernsteinberges. Traurig standen die vermoderten, zerfallenen Schiffe da, und ihre Schatten zuckten unruhig über den Strand, wo die Gebeine der Toten an der Sonne bleichten. Jetzt war nur noch ein einziger Lebender hier, der alte, getreue Ritter Balád, der vom Hunger erschöpft und entkräftet im Sande saß, sich an die Trümmer eines ausgestorbenen Kauffahrers lehnte und, mit trübem Blick in den Himmel schauend, voll Wehmut dem gewaltigen Vogel Greif nachspähte, der sich bereits in der Ferne verlor und seinen Fürsten Gott weiß wohin mit sich forttrug.

II

Der Vogel Greif flog mit Bruncvík über das weite Meer, flog in Windeseile drei Tage und drei Nächte dahin, fort von dem Bernsteinberg, Hunderte und Hunderte Meilen weit, bis er schließlich in einem öden Gebirge niederging und Bruncvík in sein Nest unter seine Jungen warf.

Als er ihn in sein Nest geschleudert hatte, schwang er sich abermals in die Lüfte und flog wieder auf Beute aus.

Die hungrigen Jungen fielen über den großen Bissen her und rissen wütend schreiend die Roßhaut ab, die Bruncvík umhüllte. Der aber, als er freier atmen konnte, zückte sein Schwert, richtete sich auf und erschlug die jungen Greifen.

Als er sich dergestalt befreit hatte, entfloh er von diesem Ort, flüchtete, ohne sich Rast zu gönnen, durch das unwirtsame Gebirge, bergauf, bergab, über einen kahlen, öden Hang und durch ein waldiges Tal, bis er an den Rand eines tiefen Grundes gelangte.

Kaum hatte er seinen Fuß darein gesetzt, schlug ein wildes Gebrüll und Geschrei an sein Ohr. Er lauschte eine Weile und wußte nicht, was er tun sollte. Zurück aber durfte er nicht. Er mußte weiter, und so wanderte er, sich in Gottes Hut befehlend, durch das Tal. Und er ging und ging, bis er zu einem hohen Felsen kam, und da hielt er inne, denn ein gar seltsames Schauspiel bot sich ihm dar: Er sah nämlich, wie ein wilder Drache grimmig mit einem Löwen rang. Wütend kämpften sie auf Tod und Leben, und ihr Gebrüll und Geschrei erfüllte das Tal, daß Baum und Fels erbebten.

Ach, lieber Herrgott, wem soll ich wohl beistehen? dachte Bruncvík, der ein wenig abseits stand und den Streitenden zusah: Um eines Löwen willen bin ich ausgezogen, um das Zeichen des Löwen willen habe ich schon so viel gelitten. Es geht nicht anders an, als dem Löwen zu helfen. Des Herrn Wille geschehe!

Kurz entschlossen zog er sein Schwert und hieb auf den neunköpfigen Drachen ein, der grünlich schillerte und ehern glänzte. Als er auf ihn einzuhauen und ihm die Köpfe abzuschlagen begann, ließ der Löwe vom Streite ab und legte sich ganz und gar blutüberströmt, außer Atem und erschöpft von dem grimmen Streite, nieder, um sich auszuruhen.

So blieb Bruncvík im Kampfe allein. Er schlug sich mannhaft, seine Schwertstreiche stoben nur so auf das Untier hernieder, aber der Drache war unüberwindbar. Schon begann Bruncvíks Arm zu erlahmen, schon griff er selber nicht mehr an, schon wehrte er sich nur noch. Da sprang der Löwe, der neue Kräfte geschöpft hatte, mit einem gewaltigen Sprunge auf, verbiß sich wie ein Blitz in den Lindwurm und zerriß ihn in Stücke. Da hatte die Not ein Ende.

Doch Bruncvík bangte vor einer neuen Gefahr. Nun fürchtete er den Löwen. Doch der Löwe sprang ihn nicht an, sondern legte sich zu seinen Füßen nieder. Bruncvík wollte von hinnen ziehen. Als er aber ausschritt, erhob sich der Löwe und lief ihm nach. Und er folgte ihm, als Bruncvík durch das Tal wanderte, weiter und weiter, auf Schritt und Tritt. Dem jungen Herzog war das gar nicht lieb; er traute dem Löwen nicht und wäre ihn deshalb gern losgeworden.

Und so sammelte er Eicheln und Bucheckern und kletterte auf eine hohe Eiche. Dort ließ er sich auf einem mächtigen Aste nieder, verbarg sich im dichten Laub des alten Baumes und wartete, daß der Löwe fortginge. Er harrte und harrte, eine Stunde, einen halben Tag, und der Löwe saß noch immer unter dem Eichbaum und blickte zu der buschigen Krone empor. Es kam die Nacht; Bruncvík verschlummerte sie auf der Eiche. Früh weckte ihn die Morgenkühle, und das erste, was er tat, als er sein Auge aufgeschlagen hatte, war, daß er nach dem Löwen sah. Und der Löwe saß noch immer unter dem Baum. Wie ein treuer Hund saß er da und so auch den zweiten Tag, traurig zum Wipfel des Baumes emporspähend, so auch die zweite Nacht, und er rührte sich nicht von der Stelle.

Am dritten Tag aber, als Bruncvík noch immer keine Anstalten machte, von der Eiche hinabzusteigen, brüllte der betrübte Löwe so stark auf, daß der Baum erzitterte; Bruncvík, von dem grausigen Klange gelähmt, ließ den Ast los und stürzte zu Boden. So lag er arg zerschlagen da und konnte sich nicht einmal erheben. Er war schwach und hatte nichts zu essen; doch er blieb nicht ohne Hilfe. Der Löwe, der sich von ihm fortgetrollt hatte, kehrte binnen kurzem mit einem erlegten Reh im Maule zurück und legte es Bruncvík zu Füßen.

Der junge Fürst sah, daß er dem Löwen unrecht getan hatte, daß er sich vor ihm nicht zu fürchten brauchte. Darum streichelte er, als der Löwe sich neben ihm niedergelassen und ihm das Haupt in den Schoß gelegt hatte, seine dichte Mähne, als wäre er ein treuer Hund. Und von dieser Stunde an hatte er ihn ins Herz geschlossen, und der Löwe blieb ihm während der ganzen Zeit, die sie in dem öden Gebirge verbrachten, ergeben. Drei

Jahre lang irrte Bruncvík durch die Einöde in den Wäldern umher; und der Löwe immer und überall mit ihm, jagte das Wild und brachte es seinem Herrn.

Einmal gelangte Bruncvík bei seinen Streifzügen auf den Gipfel eines hohen Berges, von dem aus er die weite See vor sich erblickte und fern im Meere eine Burg. Da freute er sich, daß er wieder eine menschliche Behausung sah, denn er hatte bis zur Stunde keine gefunden, keine gesehen; und er eilte zum Meere, den Herrgott anflehend, er möge ihn das Gestade erreichen lassen.

Fünfzehn Tage vergingen, eh er das kahle Gebirge hinter sich gelassen und die Meeresküste erreicht hatte. Und der Strand war öde, sandig und voller Steine. Bruncvík, von der Hoffnung und Sehnsucht nach jener Burg getrieben, begann sogleich mit dem Schwert kleine Bäume zu fällen und Weidenruten zu schneiden, trug alles ans Ufer, zimmerte und flocht sich daraus ein Floß und ließ es dann ins Wasser gleiten. Das tat er in einem Augenblick, als der Löwe auf die Jagd gegangen war, um Nahrung zu suchen. Bruncvík tat es mit Vorbedacht, denn er wollte das Tier nicht mitnehmen, damit es ihm nicht hinderlich sei.

Aber gerade, als der junge Fürst vom Ufer abstieß, kehrte der Löwe zurück, die erlegte Beute im Maul.

Doch er ließ sie gleich fahren, brüllte auf und sprang mit einem gewaltigen Satz seinem Herren nach ins Meer, tat einen gewaltigen Sprung und erreichte mit den Vordertatzen das Floß, hielt sich daran fest und schwamm eine gute Weile hinter ihm her, bis Bruncvík, von seiner Ergebenheit gerührt, ihn aus dem Ungemach befreite und ihm auf den Nachen half. Und so schwammen sie nun miteinander auf dem brüchigen Kahn, an einem Ende Bruncvík, der Löwe am andern.

Neun Tage und Nächte fuhren sie auf dem Floß dahin, das Meer trieb sein Spiel mit ihnen, und Bruncvík stand mehr als einmal bis zum Gürtel, ja, bis zum Halse im Wasser. Und der Himmel und die Lüfte über ihnen verdunkelten sich, bis sie schließlich ständig durch dichte Finsternis fuhren und nicht wußten, wohin. Nur das eine sah und bemerkte Bruncvík, dem in der Finsternis bange war, daß sie sich nicht mehr auf hoher See befanden, denn rechts und links schimmerten schwarz die Umrisse eines Gebirges im Dunkel.

Doch dann, als sie am Fuße des Karfunkelberges vorbeitrieben, klarte es auf. Dieser Berg leuchtete ihnen mit rotem Scheine entgegen, bis sie schließlich der Finsternis entronnen waren. Und da erblickten sie vor sich eine Burg, die, aufragend auf steiler einsamer Höh, im Lichte der Sonne glänzte. Es war das Schloß, das Bruncvík vom Gipfel des hohen Berges erblickt hatte.

Er landete am Ufer und betrat, von seinem Gefährten, dem Löwen, begleitet, die Burg, in der König Olibrius herrschte. Der war ganz seltsam anzusehen, ja, ganz ungewöhnlich, denn er hatte zwei Paar Augen, ein Paar im Gesicht und ein Paar hinten am Kopfe. Und noch absonderlicher war sein Hofstaat. Viele Hofleute hatten nur ein Auge, ein Bein, viele trugen Hörner. Andere hatten zwei Köpfe oder auch einen Hundekopf, manche waren rot wie Füchse, andere zur Hälfte grau und zur Hälfte weiß. Viele glichen Riesen, andre huschten wie Zwerge zwischen den Beinen dieser Hünen umher.

Bruncvík war hier nicht wohl zumute. Er wollte wieder fort, doch König Olibrius hielt ihn zurück und fragte ihn, welcherart er hierhergekommen sei, ob aus freien Stücken oder unter dem Zwang der Not.

Da sprach Bruncvík: „Aus meinem Vaterlande bin ich aus freien Stücken fortgezogen, hierher aber bin ich notgedrungen gekommen. Bitte hilf mir, daß ich wieder heimkehren kann."

Der König aber erwiderte ihm: „Meine Burg kannst du nur durch das eiserne Tor verlassen. Das aber tue ich dir nicht auf, durch dieses laß ich dich nicht fort, ehe du nicht meine Tochter befreist, die mir der Basilisk entführt hat."

Da Bruncvík keine Wahl blieb, als unter den Ungetümen des Königs zu bleiben oder dessen Tochter zu befreien, entschloß er sich, den Kampf mit dem Basilisken zu wagen. König Olibrius ließ ihm ein Schiff ausrüsten, und auf diesem fuhr Bruncvík mit seinem treuen Löwen zu der Insel und der Burg des allgewaltigen Drachen.

III

Zu dem Eiland gelangte er ohne Schwierigkeiten; doch in die Burg zu dringen, war fast unmöglich, denn die Burg hatte drei Tore, und an jedem Tor stand ein grimmiges Ungeheuer auf der Wacht. Bruncvík mußte den Kampf mit ihnen bestehen. Der Streit war hart, von Tor zu Tor härter, und Bruncvík hätte sich, wäre ihm nicht sein treuer Löwe beigestanden, wohl schwerlich in die Burg durchgeschlagen.

Denn jedesmal, wenn sein Herr schon im Streite erlahmte, sprang der Löwe herbei und rang so lange mit den Ungetümen, bis Bruncvík seine Lebensgeister wieder gesammelt hatte. So kam Bruncvík allmählich bis in den Burgpalas, und hier begegnete er der Tochter des Königs Olibrius, einer lieblichen Maid, die aber vom Scheitel bis zur Sohle von Schlangen umringelt war.

Als sie den Ritter erblickte, erstaunte sie sehr und wollte gar nicht glauben, daß er mit Waffengewalt in die Burg gelangt war; denn sie dachte, daß die schrecklichen Torhüter eingeschlafen wären. Dann bat sie Bruncvík, er möge sich nicht in noch größere Gefahr begeben, er möge zurückkehren, solange noch Zeit sei. Wenn er auch die Hüter an den Toren erschlagen habe, den Basilisken und sein Gefolge werde er nicht überwinden, drum möge er denn eilen, es sei schon höchste Zeit, denn zu dieser Stunde pflege der Drache, ihr grausiger Herr und Gebieter, heimzukommen.

Bruncvík aber blieb und fürchtete sich nicht, als sich mit einemmal des Drachen Hofstaat, allerlei schillernde Nattern, Echsen, Schlangenjungfrauen und andere absonderliche Untiere, in buntem Knäuel und Gewimmel, alle in einem schrecklichen Gemenge, pfeifend und zischend wie eine brausende Flut in den Saal zu wälzen begannen, daß die große Halle im Nu voll von ihnen war. Wohlgemut begann Bruncvík sogleich mit ihnen zu streiten, durch einen Ring bestärkt, den ihm die Jungfrau gegeben hatte und der ihm Kraft für zwanzig Männer verlieh, und mehr noch durch die Sehnsucht, die arme Prinzessin zu befreien. Und der Löwe half ihm ausgiebig dabei. Er hieb mit den Pranken auf die Untiere ein, schlug mit dem Schweif nach ihnen, zerfleischte sie mit den Zähnen, riß sie in Stücke, und so ward all das pfeifende und zischende Schlangengezücht von seiner Kraft und Bruncvíks Schwert erschlagen. Schon hatte der junge Ritter gesiegt; da wurde plötzlich der Saal von einem fürchterlichen Getöse erschüttert. Wie Donnergrollen klang es, und der Basilisk selbst, ein Drache mit achtzehn Schweifen von ehern schillernder Farbe und mit feurigem Maul, stürzte sich auf seinen Gegner.

Doch da kam Bruncvík in große Not. Er wehrte sich, kämpfte, hieb auf den Drachen ein, verwundete ihn mehrfach, doch auch er blutete schon aus mehreren Wunden und war bereits einige Male zu Boden geworfen worden. Dann trat jedesmal der Löwe an seine Stelle. Und wenn der Löwe ermattete, raffte sich Bruncvík auf und begann von neuem den Kampf. Der währte von der Vesperstunde an die ganze Nacht und den folgenden Morgen bis zur Mittagszeit. Dann erst fiel der Basilisk, streckte seine Glieder von sich und verendete. Der Löwe brüllte laut auf. Bruncvík aber, mit Wunden übersät, lag wie ohnmächtig auf der Erde.

Die Tochter des Königs Olibrius nahm sich des armen Bruncvík an, sie wusch seine Wunden, verband sie, pflegte und heilte ihn, so daß er am neunten Tag wieder aufstehen konnte. Er nahm die befreite Jungfrau, brachte sie auf sein Schiff, kehrte mit ihr und dem Löwen auf die Burg ihres Vaters zurück und freute sich schon, daß sich ihm nunmehr das eiserne Tor öffnen würde und er in sein Vaterland würde heimkehren können.

König Olibrius hieß ihn freudig willkommen, doch von dem eisernen Tor ließ er kein Sterbenswörtchen verlauten. Er wollte davon auch gar nichts hören und sagte, Bruncvík müsse bleiben, denn seine Tochter Afrika habe ihren tapferen Befreier und Beschützer so liebgewonnen, daß sie ihn zum Gemahl begehre.

Bruncvík entbrannte vor Zorn gegen den König und seine Tochter und warf ihnen, im Geiste betrübt, bitteren Undank vor. Dieweil er sich aber weder Rat noch Hilfe wußte, mußte er nachgeben und vermählte sich mit der Königstochter. Aber sein Sinn weilte ständig anderswo, fern in der Heimat, bei seiner

Gemahlin Neomenia, und je länger er ihr fern war, desto mehr sehnte er sich nach ihr.

Traurig pflegte er am Ufer zu sitzen und auf die See in die Ferne hinauszuschauen, ob nicht etwa ein Schiff auftauchte, daß ihn von hier befreien könnte. Doch weit und breit blinkte kein Segel auf, kein Schiff kräuselte die grünen Wogen, die in der Sonne rauschten und in deren Brausen sich die wehmütigen Seufzer des jungen Ritters verloren.

Oft auch, wenn er allein war, irrte er durch die Burg, die er im Geiste samt ihrem König, seiner Tochter und seinem ungeheuerlichen Hofstaat verfluchte.

Als er nun wieder einmal voll Heimweh durch die Burg wandelte, kam er in ein Kellergemach, das er bis zur Stunde nie gesehen hatte. In diesem Verlies erblickte er auf einem steinernen Tisch ein altes Schwert ohne Griff. Unwillkürlich zückte er es, und als er sich's besah, erkannte er, daß es aus edlem Stahl und ungemein scharf war. Und es gefiel ihm so gut, daß er das Heft von seiner Klinge nahm und es auf das alte Schwert steckte, welches er sodann in die Scheide seines Degens stieß. Sein Schwert ohne Knauf aber steckte er in die alte Scheide, legte sie auf den steinernen Tisch und ging dann fort.

Als er Afrika begegnete, sagte er ihr nicht, was er getan hatte, sondern fragte sie nur, was die Klinge im Keller zu bedeuten habe. Die Königstochter erschrak und ging gleich hin und verschloß das Verlies mit neun Schlössern. Bruncvík aber fragte sie desto begieriger danach aus, was es mit jenem Schwert für eine Bewandtnis habe und warum es so verborgen gehalten werde.

„Wenn du wüßtest, welch eine Macht dies Schwert besitzt!“

Mehr sagte sie aber nicht. Als Bruncvík aber in sie drang und nicht aufhörte, sie zu bitten, es ihm doch zu verraten, sie könne das, sie habe doch selbst die Schlüssel zu dem Schwerte, es sei ja nicht seins, da gab sie nach.

„Wenn du es also wissen willst, so höre: Jenes Schwert hat eine große Macht. Wenn du es aus der Scheide reißen und sagen würdest, ein Kopf, zwanzig Köpfe, dreißig Köpfe, hunderttausend Köpfe ab, sogleich würden alle Köpfe von den Hälsen springen.“

Bruncvík lachte darüber, als wolle er's nicht glauben, aber ihre Worte gingen ihm nicht aus dem Sinn, und er überlegte, wie er sich davon überzeugen könnte. Und als einmal einige der scheußlichen Höflinge, rothaarige, graue, bucklige, auch solche mit zwei Köpfen oder einem Hundskopf in seine Kammer traten, zog er das Schwert und rief:

„Wohlan, mit diesem Schwert den ersten Ungetümen die Köpfe ab!"

Gleich sprangen die Köpfe aller, die im Zimmer waren, von den Hälsen, und er sammelte sie auf und warf sie ins Meer. Nach kurzer Zeit, als König Olibrius mit seiner Tochter und seinem Hofstaat an der Tafel saß, zog Bruncvík unverhofft sein Schwert und rief:

„Wohlan, mein liebes Schwert! Diesen Ungetümen samt ihrem König und seiner Tochter, allen die Köpfe ab!"

So geschah es. Bruncvík ließ, nachdem er sich für den Undank gerächt hatte, die Erschlagenen liegen, eilte geschwind hinaus und rüstete sich sogleich zur Meerfahrt. Nachdem er das eiserne Tor geöffnet hatte, nahm er Mundvorrat, Gold und Edelsteine, lud alles auf sein Schiff und machte sich mit seinem lieben Löwen fröhlich auf die Heimreise. Das Schiff fuhr glücklich aus, und Bruncvík steuerte heimwärts in sein Vaterland.

IV

Ein günstiger Wind wehte, und das Schiff fuhr glücklich über die ruhige See. Keinem begegnete Bruncvík unterwegs. Er erblickte auch kein Schiff, kein Eiland. Erst am siebenten Tage mußte er an einer Insel vorüberfahren. Schon von weitem sah sie recht einladend aus. Sie leuchtete grün, am Ufer ragten buschige Bäume in den blauen Himmel, und wunderbar schöne, nie gesehene Bauwerke schimmerten durch das Laub.

Der Wind wehte von der Insel holde Klänge herüber, liebliches Saitenspiel erklang, auch Trommelwirbel und das Schmettern lustiger Fanfaren. Dann trug der Wind den lieblichen

Gesang von Frauen- und Männerstimmen an sein Ohr. Wunderhold tönten sie über die Wellen dahin, durch die strahlenden Lüfte. Und da bekam Bruncvík Sehnsucht nach Menschen, und sein Herz und die süßen Melodeien zogen ihn zu der Insel hin.

Als er dort anlegte, erblickte er eine große Lustbarkeit, viele Menschen zu Pferd, zu Fuß, alle reich in Sammet und Seide von heiteren Farben gekleidet, besonders die hochgewachsenen Damen und Jungfrauen, mit lieblichen Augen, allerliebstem Antlitz und prächtigem Haar. Alle waren sorglos, voll übermütiger Fröhlichkeit. Hier hielten auf einem Platze edle Ritter hoch zu Roß in prächtiger Rüstung Turniere ab, dort wurde auf einer Wiese getanzt, andere sangen und spielten.

Kaum hatte Bruncvík seinen Fuß an Land gesetzt und begonnen, ihnen zuzusehen, scharten sie sich um ihn, Jünglinge und Jungfrauen, und riefen: „Wie bist du zu uns gekommen? Doch sei's, wie es sei, du mußt mit uns tanzen!"

„Und bei uns bleiben!"

„Wir lassen dich nicht fort!"

„Du mußt für immer bei uns bleiben!"

Die schönen Jungfrauen und Damen reichten ihm die Hände, die Männer umringten ihn. Doch Bruncvík, der sich von seiner ersten Verwunderung erholt hatte, erkannte, daß dies eine süße, liebliche Gefahr war, daß diese Lust sein Verderben wäre. Darum riß er sich aus seiner Verzückung, zog sein Schwert und rief:

„Wohlan, den nächsten die Köpfe ab!"

Und so geschah es. Doch die übrigen erschraken nicht. „Dadurch wirst du unseren Händen nicht entrinnen. Du wirst doch mit uns tanzen und reiten. Wir sind die Asmodeen, verbannte Teufel, und haben die Macht..."

Als Bruncvík dies hörte, zückte er sein Schwert und rief:

„Wohlan, all diesen Teufeln die Köpfe ab!"

Und da sprangen allen die Köpfe ab, Bruncvík aber eilte von dannen, bestieg sein Schiff und segelte weiter. Er fuhr und fuhr und irrte wiederum viele Wochen über das Meer, bis er schließlich eine herrliche Stadt erblickte, deren Lichter weit auf die See hinausstrahlten. Nachdem er vor ihren Toren vor Anker gegangen war, machte er sich mit dem Löwen dahin auf den Weg.

Rings um die Stadt bekam er nicht einen einzigen Menschen zu sehen, auch in dem offenen Tor war es still und ebenso auf den Straßen und Plätzen. Wie ausgestorben schien die schöne Stadt. Doch alle Häuser waren offen und reich versehen. Überall fand er gedeckte Tafeln und Speise und edlen Wein in Hülle und Fülle.

Als Bruncvík so von Haus zu Haus ging, vernahm er plötzlich Trommler und Trompeter, die paukten und bliesen gar laut. Ein Heer zog in die Stadt ein; das waren die Astriolen, und an ihrer Spitze ritt auf einem Rappen ihr König Astriol.

Bruncvík, der erkannte, daß es ihm bei ihnen nicht wohl ergehen würde, wandte sich um und wollte aus der Stadt entweichen. Doch da gewahrten sie ihn, verlegten ihm den Weg und fragten ihn, wie er hierhergekommen sei.

„Wie es auch immer sein mag“, erwiderte Bruncvík, „das eine wisset, daß ich euch nicht fürchte.“

Da nahmen sie ihn gefangen und führten ihn vor den König Astriol, und der sprach zu ihm also: „Entweder du versprichst uns, daß du für immer bei uns bleibst, oder ich lasse dich auf ein Feuerpferd setzen.“

Doch Bruncvík entgegnete: „Deine Drohung fürchte ich nicht, ich vertraue auf meinen Gott, der mich bereits aus so großen Nöten und Gefahren errettet hat, daß er mir auch von hier heraushelfen wird.“

Und Astriol befahl, ein Feuerpferd zu bringen. Bruncvík aber, als ihn vier Kerle packten, um ihn zu dem Roß zu schleppen, zog sein Schwert und sprach:

„Wohlan, den Vieren die Köpfe ab!“

Und gleich sprangen die Köpfe zu Boden, und der Löwe lief herbei und riß die Leiber in Stücke. Astriol, dadurch erbost, rief eine Heerschar herbei. Mit großem Getöse und Hörnerklang sprengten sie heran, mehrere Tausend waren ihrer, und umzingelten Bruncvík. Der aber, ohne Furcht, nicht zitternd und nicht zagend, stand in ihrer Mitte, ließ sein Schwert aufblitzen und rief:

„Wohlan, zwanzig, wohlan, dreißig, wohlan, hundert, wohlan, vielen Tausend die Köpfe ab!“

Und gleich rollten die Köpfe zu Boden, und die Rümpfe stürzten in solcher Zahl, daß die Erde erbebte. Da wurden alle ringsum von Furcht und Schrecken ergriffen, es grauste ihnen, und sie schrien, der König aber rief: „Besinne dich, Bruncvík! Besinne dich um deines Gottes willen und stecke dein Schwert in die Scheide! Ich verspreche dir, daß ich dich in dein Vaterland geleiten will, nur morde nicht mehr weiter!“

Als er sodann auf Bruncvíks Verlangen hoch und heilig geschworen hatte, daß er sein Versprechen erfüllen und ihn mit all seiner Habe, ohne jegliche Unbill ins Böhmerland bringen werde, steckte Bruncvík sein Schwert wieder ein. Und es geschah, wie Astriol versprochen hatte. Es war im frühen Abenddämmer eines Donnerstages, als er Bruncvík an der Grenze seines Reiches niedersetzte. Von hier wanderte Bruncvík weiter, bis er ohne alle Anfechtungen in sein Land gelangte.

V

Vor den Toren Prags angekommen, legte er ein Pilgergewand an und begab sich mit dem Löwen auf seine Burg. Dort herrschte eitel Lärm und Fröhlichkeit, denn eben wurde die Hochzeit von Neomenia, seiner Gemahlin, gefeiert. Waren doch schon über sieben Jahre vergangen, seit Bruncvík Prag verlassen hatte und in die Welt gezogen war. Und weil Neomenia während all der Zeit seinen Ring nicht erblickt hatte, war sie dem Rat ihres Vaters gefolgt und hatte den Antrag eines edlen Fürsten angenommen, der sie zum Weibe begehrte. Als Bruncvík im Pilgerkleid auf die Burg kam und vernahm, was vor sich ging, wurde er sehr betrübt.

Doch er sagte kein Wort und gab sich auch nicht zu erkennen. Er näherte sich nur dem Mundschenk, der die silbernen und goldnen Pokale kredenzte, und ließ in den Becher, aus dem Neomenia zu trinken pflegte, den Ring fallen, den er bis zur Stunde selber am Finger getragen hatte. Dann wandte er sich um und ging von der Burg fort. Als er durch das Tor schritt, schrieb er an die Tür: „Der, so vor sieben Jahren auszog, ist hier."

Dadurch entstand kein kleiner Aufruhr und Trubel. Indessen hatte Neomenia, als sie den goldnen Becher bis zur Neige geleert, auf seinem Grunde den Ring erblickt und ihn auch sogleich erkannt. Voll inniger Rührung verschwieg sie auch nicht, wem er gehörte, verheimlichte nicht, daß Bruncvík gewiß heimgekehrt sei. Darob erschrak ihr Bräutigam. Und er sprang auf und hieß sogleich sein Pferd satteln, um seinen Widerpart einzuholen und zu verderben. Mit dreißig Reitern jagte er ihm nach, holte ihn ein und nahm ihn gefangen.

Bruncvík sah, daß es um sein Leben ging, zog sein Schwert und rief:

„Wohlan, diesem Bräutigam und seinen Mannen die Köpfe ab!"

Die Köpfe sprangen von den Rümpfen, die kopflosen Leiber sanken von den Rossen, und die Pferde liefen frei in die Stadt zurück.

Dann begab sich Bruncvík auf eine seiner Herzogsburgen und berief dorthin alle Edlen und Herren seines Reiches, die ihn mit großer Freude begrüßten und sogleich mit ihm nach Prag ritten.

Als sie sich der Stadt bereits näherten, begegneten sie Neomenia, die ihnen mit ihrem Vater und einem großen Gefolge entgegenkam. Alle waren ausgezogen, um Bruncvík zu suchen. Und sie freuten sich über das Wiedersehen, am meisten Neomenia, die vor Seligkeit Freudentränen vergoß.

Sie kehrten nach Prag zurück, und dort hieß die ganze Bevölkerung, jung und alt, Bruncvík mit viel Jubel und großer Begeisterung willkommen, denn sie freuten sich, daß ihr Fürst heimgekehrt war und ihnen einen Löwen mitgebracht hatte. Das ganze Land jauchzte, als der Fürst in allen Städten den Löwen zum Landeswappen ausrufen und an die Tore und auch auf das Landesbanner malen ließ, und zwar einen weißen Löwen im roten Feld.

Von der Zeit lebte Bruncvík mit Neomenia zufrieden und in Freuden und herrschte glücklich noch gute vierzig Jahre über das Land. Der treue Leu war stets mit ihm und bei ihm. Als Bruncvík sodann, einen einzigen Sohn Ladislav hinterlassend, im hohen Alter gestorben war, wollte der Löwe ohne seinen Herrn nicht leben. Er trauerte und siechte dahin, bis er ein letztes Mal vor Herzeleid aufbrüllend, an Bruncvíks Grabe verschied.

Und Bruncvíks Zauberschwert?

Das ist fest und tief in die Karlsbrücke eingemauert, in denselben Pfeiler, auf dem das Standbild Bruncvíks, mit dem Löwen zu seinen Füßen, steht.
Dort ließ Bruncvík vor seinem Tode das Schwert heimlich einmauern, dort ruht diese Wunderwaffe schon Jahrhunderte und wird erst dann wieder ans Licht kommen, wenn es im Königreich Böhmen am schlimmsten bestellt sein wird. Wenn unser Vaterland in der höchsten Not sein wird, werden ihm aus dem Blaník die St. Wenzelsritter zur Hilfe eilen, und der heilige Wenzel selbst, der Erbe des Böhmerlandes, wird sie führen.

Und wenn er dann über die Karlsbrücke reitet, wird sein Schimmel stolpern und mit seinem Hufe Bruncvíks Schwert aus dem Gestein brechen. Und der heilige Wenzel wird es ergreifen und über seinem Haupte schwingen und rufen: „Allen Feinden des Heimatlandes die Köpfe ab!“ So wird es geschehen, und heiliger Friede wird herrschen im Böhmerlande.

Der Schatz des Klosters Opatovice

I

Ein junger Novize des Benediktinerordens im Kloster Opatovice kam kurz vor Mittag zu seinem Abt und teilte ihm mit, daß soeben unverhofft ein Gast eingetroffen sei, anscheinend ein vornehmer Herr mit zwei Reitknechten, sie wären beim Tor im vorderen Stiftshof abgestiegen, und der Herr sei spornstreichs in die Kirche gegangen.

Der Abt, ein Priester von ernstem Äußeren, fragte ihn, woher der Gast gekommen wäre.

„Aus Grätz."

„Was hat er gesagt?"

„Nichts, und seine Leute auch nichts."

„Wie sieht er aus?"

„Er ist von mittlerer Statur, so an die vierzig Jahre alt und trägt einen schwarzen Bart. Ein ernster Herr, schmuck gekleidet, doch sein Rock ist dunkel und ohne Zier. Nicht ein Goldstreif darauf..."

Der Abt sann einen Augenblick nach, dann erhob er sich, verließ seine Kammer und schritt durch einen langen Gang und über eine Treppe vom Konvent in den Kreuzgang hinab, der von allen Seiten den stillen Stiftsgarten umschloß.

Der erglänzte zu dieser Stunde in der Flut der Sonnenstrahlen, die in den Garten einzufallen begannen. Auch in den Kreuzgang drang ihr güldener Schein und malte die Schatten des romanischen Säulenwerks auf die Fliesen und an die Wände. Die Schwüle des Augusttages war hier noch kaum zu spüren, denn vom frühen Morgen bis fast zu diesem Augenblick hatte auf allem hier kühlender Schatten geruht.

Und still, leer war's zwischen den alten Gebäuden. Die Mönche weilten zu dieser Stunde alle in ihren Zellen. Nun huschte der Abt durch das Licht und den Schatten, dann trat er aus der Kühle auf den geräumigen zweiten, vorderen Stiftshof in die Glut des blendenden Lichtes hinaus. In der flimmernden Luft hoben sich die umgebenden Gebäude, besonders die zwei Domtürme und das große Münster, beide in romanischem Stil erbaut, klar von dem blauen, wolkenlosen Himmel ab.

Der Abt lenkte seine Schritte zu dem Portal mit einem herrlichen steinernen Fries, der mit reichem Schnitzwerk, Blüten, Blattwerk und seltsamen Tieren verziert war.

In dem Moment trat der fremde Herr aus der Tür, durch die eine angenehme Kühle aus der Kirche wehte. Er war noch barhaupt; er hatte eine bräunliche Haut, schwarzes Haar, eine kahle Stirn, ein breites Antlitz und ging ein wenig gebeugt. Als der Abt ihm in die großen dunklen Augen blickte, als der Fremde das Wort an ihn richtete, erkannte er, daß es kein gewöhnlicher Edelmann war. Er dankte freundlich für das Willkommen und nahm gerne an, als der Abt ihn zum Mittagsmahl lud. Sie schritten zusammen durch den Kreuzgang, am Stiftsgarten, dem sogenannten Paradiesgärtlein, vorbei, ins Refektorium, denn durch die tiefe Mittagsstille scholl die Klosterglocke und kündete dem Dorf und den Leuten auf dem Felde die Zeit der Mittagsrast.

In der langen, gewölbten Halle, in deren Mitte mehrere Eichentische standen, die mit mattglänzendem Zinngeschirr besetzt waren und an deren Seite sich eine Reihe von Stühlen und Bänken hinzog, harrten schon die Mönche, junge und alte.

Nachdem die übliche Andacht vollzogen war, setzten sich alle zum Mahle. Und an der Spitze der Tafel nahmen in geschnitzten Eichenstühlen der Abt mit seinem Gaste Platz.

Die ganze Zeit über plauderte der Gast leutselig: über das Kloster, über die Kirche, welch prächtiges Bauwerk sie sei, als wäre sie geradezu welsche Arbeit, besonders das Portal. Und als der Abt meinte, das sei heimische Arbeit, das Münster wäre durch den Umbau der ursprünglichen kleinen Kirche entstanden, aber die ersten Mönche des Klosters, gleich bei seiner Gründung, wären Welsche von Monte Cassino gewesen, da kam der Herr auf den Stammsitz des Ordens zu sprechen und sagte, daß er ihn kenne. Und er erzählte von ihm, vom Welschlande und von Rom, so daß jene, die näher saßen, das Essen vergaßen.

Doch je länger der Gast plauderte, desto größer war die Unruhe, die sich des Abts bemächtigte. Schon anfangs, als er gehört hatte, daß ein Herr aus Königgrätz gekommen wäre, hatte er sich gedacht, es wäre wohl jemand vom Hofe, denn er hatte am Vortage erfahren, in Grätz sei gestern der Kaiser mit seinem Gefolge eingetroffen. Und gleich, als der Novize ihm berichtet hatte, daß der Herr zuerst in die Kirche gegangen sei, hatte sich der Abt auch dessen erinnert, was man von Kaiser Karl erzählte: daß er immer, wenn er an einen Ort käme, zuerst in die Kirche ginge.

Und dann seine huldvolle Rede und seine Weltkenntnis und sein ganzes Gebaren, die Ehrfurcht und Bewunderung erweckten. Kaum hatte der Gast das Messer beiseite gelegt und sich in dem glänzenden Kupferbecken die Hände gewaschen, da bat ihn der Abt, als sie allein in einer Fensternische standen, er möge es ihm nicht verübeln und ihm kundtun, welches sein Name sei.

Der Gast versprach, es ihm zu sagen, doch er verlangte zuvor, sie möchten in die Kirche gehen und der Abt solle auch die zwei ältesten Mönche des Konvents mitnehmen. Der Abt tat bereitwillig, wie ihm geheißen, und führte den Gast durch einen Gang in die Kirche. Sie war hoch gewölbt, hatte drei Schiffe, durch Rundsäulen voneinander getrennt, welche die mächtigen Halbkreisbögen trugen. Durch den ganzen weiten Raum mit den unzähligen Fenstern schwebte der Nebel eines geheimnisvollen Zwielichts, in dem die zahlreichen Fresken an den Wänden verschwammen.

Sie knieten vor dem Hauptaltar nieder. Als der fremde Herr sich dann erhoben hatte, sprach er zu ihnen: „Hochwürdiger Abt, du wolltest meinen Namen wissen, wohlan, ich tue dir und den Brüdern hiermit kund, daß ich Karl der Vierte bin, Römischer Kaiser und König von Böhmen, euer Herr."

Der Abt entschuldigte sich inständig, daß er den Kaiser so wenig ehrenvoll empfangen habe, obwohl er, das müsse er gestehen, gleich geahnt hätte, welche Ehre ihrem Hause widerfahren sei, er habe seinen Augen aber nicht trauen wollen. Und der Kaiser lächelte freundlich und sagte, so sei es recht, er hätte nicht gewünscht, daß ihn jemand erkenne, drum habe er sein Gefolge auch in Grätz gelassen und keinem gesagt, wohin er reite.

„Das habe ich getan, auf daß ich freier mit euch reden kann. Diese Brüder sind die ältesten und getreuesten in deinem Kloster, Vater Abt?"

„Das sind sie.“

Und da sprach der Kaiser: „Liebe Väter, nun will ich euch hier an dieser heiligen Stätte Kunde geben, warum ich zu euch gekommen bin. Ich habe vernommen, daß ihr in eurem Kloster einen großen Schatz verwahrt. Wenn es so ist, so hoffe ich, daß ihr ihn vor mir nicht verheimlichen werdet. Und ich verspreche euch, daß ich euch nichts davon nehmen will. Nur möchte ich mir den Hort gerne ansehen, nichts mehr.“

Der Abt und die Brüder erschraken und standen schweigend da, bis der Abt den Kaiser bat, er möge ihnen gestatten, sich ein klein wenig zu beraten. Der Kaiser war einverstanden, und als die Mönche sich beratschlagt hatten, sprach der Abt also: „Deine Majestät möge wissen, daß dieser Hort sich hier befindet. Aber keiner von den Ordensbrüdern, und es sind ihrer derzeit fünfundfünfzig, hat eine Ahnung davon. Nur ich und diese zwei Brüder wissen von ihm und kein andrer. Wenn der liebe Herrgott einen von uns zu sich beruft, so sagen wir einem andern von dem Schatz, so daß immer drei, der Abt und die zwei ältesten Brüder, von ihm wissen.

Doch wisse, o Herr, daß wir durch schwere Gelübde gebunden sind und von dem Hort weder durch Worte noch durch Zeichen irgend etwas verraten dürfen. Überdies ist der Zutritt zu ihm sehr schwierig und deiner Hoheit nicht geziemend.“

Doch der Kaiser verlangte trotzdem, sie sollten es ihm sagen, er beteuerte, er werde ebenfalls schweigen und von dem Schatz zu keinem etwas verlauten lassen. Da berieten sich die Priester von neuem, und dann erklärte der Abt, es sei zwar nicht schicklich, daß sie es sagten, doch es zieme sich auch nicht, dem König die Bitte abzuschlagen.

„Darum“, sprach der Abt, „wollen wir eines von zwei Dingen tun. Entweder sagen wir deiner Majestät, an welchem Ort der Hort verborgen ist, zeigen dir den Schatz aber nicht, oder wir zeigen dir den Schatz, offenbaren dir aber nicht, wo er sich befindet.“

„Nun, dann will ich den Schatz lieber sehen“, entschied der Kaiser.

Da baten sie ihn, er möge tun, was sie von ihm verlangen würden. Er versprach es. Da führten sie ihn in die Sakristei der

Kirche und stiegen von hier in ein finstres Kellerverlies hinab, das mit Ziegeln gepflastert war. Einer der Mönche schlug Feuer und zündete zwei Wachslichter an. Doch kaum waren ihre Flammen in der Finsternis aufgeflackert, schon trat der zweite Mönch herbei und stülpte dem Kaiser eine Kapuze über den Kopf, und zwar so, daß der Kaiser nichts sehen konnte. Er hörte bloß, daß sie Backsteine aufhoben und beiseite räumten.

Dann führten sie ihn zu einer Öffnung und ersuchten ihn, behutsam hinabzuklimmen, sie würden über eine Leiter steigen. Und er kletterte mit ihnen tiefer und tiefer in die Finsternis hinab, und als sie am Grunde standen, drehten die Mönche den Kaiser um und führten ihn einige Male hin und her, damit er sich Richtung und Weg nicht merkte. Dann schritten sie durch einen langen, finstren Gang. Die Luft hier war feucht und modrig, der ganze Stollen roch nach Verwesung, und ihre Schritte dröhnten. Dem Kaiser schien der Gang schier endlos. Plötzlich blieben sie stehen, und als sie ihm die Kapuze abgenommen hatten, sah sich der Kaiser in einem stickigen Kellergewölbe, durch dessen Raum matt das Licht der Wachskerzen flackerte. Der Abt hob den Deckel von einer der Eisentruhen, die hier standen, und im Kerzenscheine erglitzerte eine Unmenge Silber, in Scheiben und in Barren gegossen. Von hier führten die Mönche den Kaiser in das anliegende Kellergemach. Darin erblickte er eine Menge von Goldscheiben und mächtigen Barren puren Goldes, Stücke und Klumpen, schwer, unverarbeitet. Der Kaiser staunte; doch in dem dritten Kellergewölbe verstummte er vor Verwunderung. Hier lag der größte Schatz; eine gewaltige Menge edlen Metalls, Gold und Silber, aber alles kunstvoll geschmiedet: herrliche Ketten, köstliche Becher und Kelche, Kreuze und Kruzifixe, alles strahlte von Gold und mehr noch von dem schillernden Blitzen der Edelsteine, daß einem die Augen übergingen.

Als der Kaiser so in den Anblick all dieser Pracht, all dieses gewaltigen Reichtums versunken war, sprach der Abt zu ihm: „Durchlauchtigster Kaiser und Herr, diese Schätze werden für dich und deine Nachfahren aufbewahrt, darum nimm, was immer dir gefällt.“

Der Kaiser aber wollte nichts nehmen, und da sagte der Abt, es gezieme sich nicht, daß er von hier fortgehe, ohne etwas zum Andenken mitzunehmen, und er reichte ihm einen kostbaren Ring mit einem lichten, über die Maßen köstlichen Diamanten. Der Kaiser nahm ihn mit Dank entgegen.

Dann kehrten sie um, und nachdem sie abermals die drei Kellerverliese durchschritten hatten, zogen die Mönche dem Kaiser wieder die Kapuze über den Kopf, führten ihn hin und her und dann zu der Leiter, über die sie zuvor in den Keller hinabgestiegen waren. Als sie die Öffnung wieder verschlossen hatten, löschten sie die Kerzen, nahmen dem Kaiser die Kapuze ab und führten ihn in die Sakristei und in die Kirche, wo er vor dem Hauptaltare ein kurzes Gebet sprach.

Dann dankte der Kaiser den Mönchen und fügte hinzu: „Liebe Väter, das eine laßt mich noch wissen: Darf ich meinen Freunden, aber nur einigen von ihnen, Kunde geben, daß ich in meinem Königreich im Schoße der Erde solch einen trefflichen und köstlichen Hort gesehen habe? Es versteht sich, daß ich nimmer sage, wo und an welchem Orte."

Der Abt und die Mönche erlaubten es. Dann, schon im Fortgehen, sagte der Kaiser, auf den geschenkten Ring blickend: „Diese eure Gabe wird bei mir in solchen Ehren sein, daß sie niemals von meinem Finger weichen und mit mir ins Grab gehen wird."

Und als sie wieder aus der Kirche traten, war's Vesperzeit. Der Kaiser verweilte nicht mehr lange, und nachdem er von dem Abt und den Brüdern Abschied genommen hatte, schwang er sich aufs Pferd und ritt, von seinen zwei Kammerdienern begleitet, elbauf durch die Wiesengründe nach Königgrätz.

Dort suchten Karls Höflinge, die Kammerdiener auszuhorchen, wo sie gewesen waren. Als sie vernahmen, wo sie gewesen, fragten sie, was der Kaiser in dem Kloster gemacht hätte.

„Er aß dort zu Mittag, nach dem Essen ging er mit dem Abt und zwei alten Mönchen in die Kirche und hat dort lange mit ihnen gebetet."

Mehr sagten sie nicht, denn mehr wußten sie auch nicht, und mehr erfuhr auch keiner. Der Kaiser hütete das Geheimnis wohl.

Erst vor seinem Tode sagte er einigen seiner Räte, sie möchten ihm den Ring an seiner Hand mit ins Grab legen, denn er sei ein Andenken aus dem Schatz des Klosters Opatovice, der ihm dort vor vielen Jahren gezeigt worden wäre. Und so geschah es auch.

II

Viele Jahre waren seit dem Tode Karls IV., seligen Angedenkens, vergangen. Zu Ende der Regierungszeit seines Sohnes, Wenzels IV., und zwar im Jahre vierzehnhundertfünfzehn, kehrte in das Kloster Opatovice ein unverhoffter Gast ein. Herr Jan Městecký von Opočno mit zwei Reitknechten war's. Es war im November, spät am Nachmittag zu Allerheiligen, es dunkelte schon, und die öden Wiesen ringsum und die kahlen Bäume an der Elbe schimmerten schwarz in der frühen Dämmerung. Und ein eisiger Wind wehte.

Kein Wunder, daß der Freiherr ins Kloster geritten war und um ein Nachtlager bat, wobei er sagte, er hätte nach Grätz reiten wollen, doch draußen sei solch ein Unwetter, der Wind gehe durch Mark und Bein, ja auch den Pelzrock durchdringe er, und die Nacht werde auch gar finster sein.

Der Abt, Pater Lazur, ein alter und ehrwürdiger Priester, nahm den Ritter freundlich auf und befahl, auch den beiden Knappen ein anständiges Abendbrot vorzusetzen, ihnen und ihren drei Gefährten, die, wie Herr Městecký ankündigte, unterwegs zurückgeblieben waren und noch hier eintreffen würden. Und sie kamen, schon am späten Abend, von Wind und Frost gerötet. Zu dieser Stunde saß ihr Herr mit dem Abt und den Mönchen in dem Refektorium, das von Wachskerzen erleuchtet war, die auf dem Tische standen, bei dem riesigen grünen Ofen, der eine angenehme Wärme ausstrahlte.

Der Ritter erzählte, er hatte viel Neuigkeiten zu berichten, vom Konzil zu Konstanz, von Meister Jan Hus, am meisten aber von Prag. Die Stadt sei um Magister Jan von Jesenice willen, eines Anhängers von Hus, mit dem Banne belegt, und jeglicher Gottesdienst in der Stadt sei verboten. Und er wetterte bös gegen die neuen Lehren und die Prager, daß sie sich gegen die Priester erhöben, und gegen den König, daß er all dies dulde.

Doch da trat ein neuer Gast in die Halle: Herr Otto von Bergau. Er sagte, der schlechte Weg und das schreckliche Wetter hätten ihn dazu gezwungen, sich unter das gastfreie Dach des alten Klosters zu flüchten, und er bat um Nachtlager für sich und seine fünf Knappen. Er verwunderte sich auch höchlich, Herrn Městecký hier anzutreffen, doch freute er sich zugleich, daß er für seine morgige Reise nach Grätz einen Weggenossen haben würde.

Der Abt nahm auch Herrn von Bergau freundlich auf und saß mit den Rittern noch beisammen, als die Ordensbrüder nach dem Abendbrot in ihre Zellen gegangen waren. Die Herren saßen neben dem Ofen beim Wein, wo es um so angenehmer war, als draußen der Sturmwind durch die finstre Nacht grollte, daß die Fensterladen zitterten und klirrten. Herr Městecký erzählte, auch Herr von Bergau war nicht ohne Neuigkeiten. Beide sprachen dem Becher herzhaft zu und füllten ihre Pokale oft mit dem goldroten Wein, bis ihre Wangen glühten und ihre Augen funkelten.

Mit einem Male aber verstummten beide, als draußen durch das Dunkel plötzlich der Ruf eines Heerhorns ertönte. Scharf gellte es durch die Nacht, selbst das Brausen des Windes durchdringend.

Und da packten die beiden Ritter den Abt bei den Händen, und Herr Městecký befahl finster und hart: „Herr Abt, Ihr habt den Hornruf gehört. Das ist für uns das Zeichen, daß unsere Reisigen sich des Tores bemächtigt und die übrigen, es sind ihrer dreißig, eingelassen haben, die draußen im Dunkel auf der Lauer gelegen waren. Nun sind alle bereits im Kloster. Ihr selbst und alle andern hier seid in unsrer Macht."

Der Abt, vor Schreck gelähmt, konnte nur mit Mühe hervorstammeln: „Was wollt ihr?"

„Den Hort, euren Klosterschatz. Wenn du uns sagst, wo er ist, so wird dir nichts geschehen. Wir wissen, daß ihr ihn unter der Erde verborgen habt. Sage, wo er liegt!" drang Herr von Bergau barsch in ihn.

„Ich weiß es nicht!“

Auf dem Gange hörte man Lärm, jemand schrie, Waffen klirrten.

„Erwarte keine Hilfe!“ drohte Herr Městecký.

„Hörst du, das ist unser Kriegsvolk. Sprich, wo ist der Hort!“

„Das sage ich nicht!“ erwiderte zitternd, aber fest der alte Abt.

„Wir werden dich foltern!“

„Des Herren Wille geschehe. Aber ich darf nicht, ich sag es nicht!“

Herr von Bergau stürzte aus dem Speisesaal, und gleich darauf traten vier bis an die Zähne gewappnete Knechte in die Halle. Diesen überlieferte Herr Městecký den alten Abt. Durch das Dunkel der Novembernacht hallte die Glocke, sie schlug Alarm. Einer der Mönche war zu ihr gestürzt und läutete, um die Bauern des nahen Dorfes zu Hilfe zu rufen. Aber kaum hatte er zu läuten begonnen, schon stürmten die Söldner auf ihn ein und vergalten mit tödlichem Degenstoß des kühnen Glöckners Mut.

Rote Lichter huschten durch das Kloster, die Küchenfenster leuchteten auf; auch in den Zellen, in den dunklen Kreuzgängen und Höfen, überall huschende Lichter, Kienspäne, lodernde Pechfackeln, überall die gespenstischen Gestalten fliehender Mönche und räuberischer Söldner, die sie verfolgten, alles kurz und klein schlugen und Beute zusammentrugen. Nur der Abt blieb im Kloster, aber gefesselt in einem Kellerverlies, wo ihn die Knechte des Herrn Městecký im Scheine der Pechfackeln schlugen und auf die Folterbank spannten und wo Herr Městecký oder Herr von Bergau ihn abwechselnd anschrien: „Wo ist der Schatz? Wo, sprich, oder du bist des Todes!“

Doch standhaft ertrug der Abt alle Martern und schwieg und sagte auch dann nichts, als sie ihm mit Kerzen die Hüfte versengten.

Als neblig und unfreundlich der neue Tag graute, war's im Opatovicer Kloster still und leer. Ausgeraubt lag es da. Alles köstliche Gerät, alles Geld, alle kirchlichen und weltlichen Kleinodien, alles hatten Herr Městecký und Herr Otto von Bergau geraubt. Als die Dorfbewohner in das Stift kamen, fanden sie die verwundeten Mönche und den zu Tode gemarterten Abt.

Die Schäden, die das Kloster überall erlitten hatte, waren groß, aber der ungeheuere unterirdische Schatz war durch die Leiden des Abtes und seinen Tod gerettet worden.

*

Fünf Jahre später kam Herr Městecký von Opočno, der mit seinen Kumpanen in den damals allgemeinen Unruhen und Wirren der verdienten Strafe für sein Verbrechen entgangen war, wieder ins Kloster von Opatovice, aber nicht mehr als Räuber, sondern als sein Beschützer. Er brachte eine Besatzung mit, eine starke Söldnerschar Kaiser Sigmunds, in dessen Dienste er wider seine Landsleute getreten war.

Mit diesem Kriegsvolk besetzte er das Kloster gegen die hussitischen Bürger von Grätz und die Oreber Bruderschaft. Damals forschte er bereits nicht mehr nach dem großen Schatz, der in der Erde verborgen war. Bald mußte er wieder fort, ins Feld, die Besatzung aber blieb und bestand zweimal einen siegreichen Strauß mit den Grätzern, im Dezember des Jahres 1420, vor den Mauern des Stiftes, und im März des nächsten Jahres unweit von hier beim Dorfe Podolšany, wo auch der Führer der Grätzer, Lukáš, fiel. Doch schon im April zogen die kaiserlichen Söldner von Opatovice ab, aus Furcht vor einer großen Streitmacht der Prager, Oreber und Grätzer, die sich kurz vorher Kuttenbergs bemächtigt hatten.

Sigmunds Söldner waren kaum abgezogen, und schon rückte Herr Diviš Bořek von Miletín mit den Grätzern an, die sich für die zwiefache Niederlage und die vielen erlittenen Schlappen bitter an Opatovice rächten. Das alte, stattliche Kloster wurde niedergebrannt.

Das Stift brannte aus und alle Bauten. In den Wiesengründen an der Elbe, über deren Grün und Blumenpracht einst die vergoldeten Kreuze der Klostertürme und der herrlichen Kirche erstrahlten, verwitterten schwarze Ruinen, die Trümmer der Kreuzgänge rund um den wüst mit Unkraut verwucherten

Stiftsgarten, und Totenstille herrschte dort, wo einst die Mönche ihre Stundengebete zu sprechen pflegten.

Das Kloster blieb solcherart verheert und verwüstet. Und tief unter seinen Ruinen blieb auch der ungeheure Schatz von Gold und Silber, Edelsteinen, Kleinodien von kunstvoller Arbeit, blieb unberührt dort, wo er schon jahrhundertelang im Verborgenen ruhte. Und der Ort ist ein Geheimnis. Und nur die Sage von ihm ging von Geschlecht zu Geschlecht und dauerte fort, wenn auch die Trümmer des alten Klosters zerbröckelten und zerfielen.

III.

Es zerfielen die Trümmer und verschwanden, und das Wasser zerstörte sie vollends. Vor Zeiten, während eines großen Hochwassers, wurden sie von der Elbe überflutet, die im Laufe der Zeit ihr Strombett an diese Stelle verlegte, und so blieb ein Teil der Ruinen unter den Fluten auf ihrem Grunde. So strömte die Elbe, die vormals am Kloster vorbeigeflossen war, nunmehr darüber hin, und wenn das Wasser niedrig und klar war, gingen die Leute zum Fluß, sich die Trümmer unter seinem Wasserspiegel anzusehen.

Nur ein Teil der Ruinen blieb auf dem Ufer. An dieser Stelle wurde später neben dem Fluß eine Mühle erbaut, und dort, wo der Überlieferung nach der Hauptaltar gestanden hatte, sproß eine Linde empor, die Jahrhunderte überdauerte.

An Sommerabenden saßen die Mahlknechte und das Gesinde oft vor der Mühle und sprachen von Kaiser Karl, von dem Schatz, wo er wohl sei, an welcher Stelle, wie sie ihr Glück machen wollten, wenn sie nur unter das Wasser zu ihm gelangen könnten.

Oft schweifte ihr Blick auch weiter, zu der alten Linde, deren gewaltige Krone hoch und schwarz ins Dunkel ragte und von der ein mildes Lüftchen ein Rauschen und den starken Geruch lieblicher Blüten herübertrug, das sich wie ein leises Gebet anhörte. Und der Duft erinnerte an den Weihrauch des Opfers am Altar des Herrn. Zur Mitternachtszeit begann sich der Wipfel der alten Linde zu erhellen, als glitzerten die Strahlen des aufgehenden Mondes durch ihre Blätter. Dann loderten Lichter auf in ihrer Krone und strahlten auf allen Zweigen, und der Glanz der Lichter stieg zum nächtlichen Himmel. Und wer dies Wunder gewahrte, der bekreuzigte sich staunend. Die Einheimischen knieten nieder und beteten vor dem Altare, und so mancher von ihnen vernahm zur selben Stunde frommen Gesang, der gedämpft, wie von ferne um die Linde rauschte, vom Winde zum Fluß hinabgetragen wurde, wo er erstarb und verhallte.

Doch auch am hellichten Tag erfüllte der geheimnisvolle Ort das Volk, den Gevatter Müller, die Mahlknechte und das Gesinde mit Staunen. Einst zu König Maximilians Zeiten blieben die Räder der Opatovicer Mühle just zur Mittagsstunde plötzlich von selber stehen.

Alles lief zum Fluß hinaus und sieh da, welch ein Wunder! Die Räder standen still, weil das Wasser nicht darauf floß, und das Wasser floß nicht drauf, weil es sich oberhalb der Mühle inmitten des Strombetts verlor und mit Brausen und Tosen in die Tiefe stürzte. So strömte und stürzte es eine gute halbe Stunde hinab, und die ganze Zeit über blieben die Räder stehen, so daß die Mühle wie verwunschen stillestand. Nach einer halben Stunde nahm das Wasser wieder seinen alten Lauf, strömte wie vordem zur Mühle und drehte ihre Räder. An der Stelle, wo das Wasser in die Tiefe gebraust war, standen der Müller, die Mahlknechte, das Gesinde und die Leute aus dem Dorf am Ufer, besprachen das wundersame Ereignis und einigten sich schließlich darauf, daß an jener Stelle wohl ein Klosterkeller gewesen sein mußte, dessen Gewölbe vorher eingestürzt war, so daß der Fluß in den Keller und tiefer in die Gänge geströmt war und gewiß auch den Stollen, der zu dem Schatz führte, überschwemmt hatte. Nun sei alles aus, jetzt sei's ganz vergeblich, daß jemand versuche, zu ihm zu gelangen.

*

Und doch gab es Leute, die es versuchten. Keine Einheimischen waren es, sondern Fremde.

Es war während der traurigen Zeit nach der Schlacht am Weißen Berge. Damals kamen vier Welsche nach Opatovice. Sie sagten, sie wären Taucher aus Venedig, Kaiser Ferdinand habe sie hierhergesandt, damit sie den versunkenen Schatz fänden und höben.

Keiner hinderte sie, und so tauchten sie nach einigen Vorbereitungen an jener Stelle, wo einst die Klosterruine zu sehen gewesen, in die Elbe hinab. Dort wollten sie zuvörderst den Boden und die Reste der Bauten erkunden.

Doch sie hielten es dort nicht lange aus. Zwei von ihnen tauchten sogleich wieder hoch. Die beiden andern blieben länger unten. Ihre Kameraden warteten auf sie, doch sie sahen sie nicht mehr wieder. Die beiden kehrten nimmer zurück. Vielleicht hatte die Strömung sie fortgerissen, vielleicht hatten sie sich unter Wasser in den Trümmern des alten Stiftes verirrt. Nicht einmal ihre Leichen wurden gefunden.

Ihre Gefährten wagten nicht mehr, auf der Suche nach dem Schatz in den Fluß hinabzutauchen. Sie bestiegen ihre Rosse und ritten unverrichteter Dinge von dannen.

Und so liegt der Schatz des Klosters Opatovice bis auf den heutigen Tag tief in der Erde, und die Elbe strömt darüber hin, strömt dahin und bewacht ihn wohl.

Legenden aus dem alten Prag

Prag!
Der Nam' allein ist Sang, der bloße Ton
Greift hinreißend in Böhmens Seele Saiten,
Und läßt das Herz erklingen.

Svatopluk Čech

Einst lud Karl IV. den Erzbischof Ernst von Pardubitz, den obersten Kanzler, den Burggrafen des Königreichs Böhmen und andere vornehme Herren und Höflinge zu sich auf die Burg von Prag, auch einige berühmte Magister von großer Gelehrsamkeit, darunter auch seinen Astronomen. Er saß mit ihnen in einer herrlichen Halle, deren getäfelte Decke mit Schnitzwerk verziert, mit Malereien und Goldstuck geschmückt und reich vergoldet war und deren Wände mit kostbaren Tapeten von französischer Arbeit ausgestattet waren, an der Tafel, auf der im Glanz vieler Kerzen goldenes und silbernes Tafelgeschirr blitzte, herrlich verzierte Teller, Becher und Kannen von köstlicher Arbeit.

Als sie zu Abend gespeist hatten und es im Saale still zu werden begann, erhob sich der Kaiser und forderte seine Gäste auf, mit ihm ein wenig an die frische Luft zu kommen, um sich draußen abzukühlen. Und er trat mit dem Erzbischof auf den Balkon, auf den man geradewegs vom Speisesaal aus gelangte; Herren und Magister folgten ihm in lebhaftem Gespräche.

Doch als sie auf die weite Terrasse hinaustraten, verstummten der Kaiser und sein Berater, und auch alle übrigen wurden still. Sie verstummten, überrascht von der Pracht und Schönheit der Königsstadt zu ihren Füßen.

In der Sommernacht schlummerte Prag, teils von den Strahlen des Vollmonds eingehüllt und teils im tiefen Schatten. In der wundersamen Beleuchtung ragten die Giebel und Dächer hoher Paläste auf, strebten Kirchen und Türme gen Himmel, schimmerten die Fenster der Wohnhäuser, die Erker, und die sanften Konturen der buschigen Baumkronen in den vielen Gärten und auf den Moldauinseln verschwammen im milden Glanz der Luna.

Und alles lag in tiefer Ruh, nur von den Wehren im Strom klang ein brausendes Rauschen herüber. Der König und seine Höflinge, von all der Pracht hingerissen und bestrickt, erfreuten sich an dem Licht und dem Dunkel, ihr Blick schweifte über die Hänge des Laurenziberges, die in bläuliches Dunkel gehüllt waren, über die Kleinseite zu ihren Füßen, über das Erzbischofspalais am Strom, wo das vergoldete Dach seines Wartturms blinkte, über die schadhafte Brücke, über den Fluß, der wie vergossenes Silber schimmerte, und weiter über das übrige Prag, über das Judenviertel, über die Altstadt, von Mauern und Bastionen umschlossen, über die Türme und Kathedralen, die zum Nachthimmel aufragten. Dort blinkten dunkel die Straßen, die Veranden der Häuser, dort versank alles in Glanz und Schatten und tiefer Finsternis.

Und der Blick schweifte weiter, hinter die Altstadt hinaus, über eine langgestreckte Anhöhe und den weiten Platz, wo silberweiß die St. Lazaruskirche schimmerte, wo auf dem Zderazhügel frei und einsam die St. Peterskirche stand, noch nicht in einem Häusermeer wie heute, wo das Dorf Opatovice träumte, wo weiter oben, im Dorfe Rybník, die St. Stephanskirche im bleichen Mondlicht gen Himmel strebte und die St. Johanniskirche auf der Walstatt. Das Licht flutete frei über die Hänge, über Obstgärten und Felder reifen Getreides und weiter bis an den Horizont, bis zu den Höhen, die von Weingärten bedeckt in silbrigen Nebeln verschwammen.

Alle blickten schweigend auf das bezaubernde Bild, das vor ihren Augen ausgebreitet lag, bis der König, von all der Pracht ganz hingerissen und ergriffen, sprach: „Schön ist dies mein Land, an ihm find ich mein größtes Wohlgefallen, und ich pfleg es als den erwählten, köstlichsten Garten unter den übrigen Gefilden meines Reiches. Doch der entzückendste Ort in diesem Garten ist – Prag! Gibt es etwas Schöneres auf dieser Erde?“

Des Königs Augen strahlten.

„Eine herrliche Stadt“, sprach Ernst von Pardubitz, „und überglücklich, daß sie vom heiligen Herzog errichtet ward. Jetzt ist und wird die Stadt durch deine Liebe geschmückt. Schon ist die Zeit gekommen, da die Weissagung deiner Urmutter in Erfüllung geht. Denn Prag wächst zu Größe, zum Ruhm. Fürsten neigen sich vor ihm, Ehre und Lob genießt es in der Welt und wird noch glorreicher werden.“

„Gerne würde ich es mit Gottes Hilfe verschönern und ausbauen“, sagte aufrichtig der König. „Und ich hoffe...“ Doch plötzlich wandte er sich nach dem alten Sterndeuter um, der ernst vor sich hinblickte.

„Nun, Meister, ist dieser Stadt nicht eine große, herrliche Zukunft beschieden? Deine Stirn ist umwölkt? Sprich!“

„Königliche Hoheit, verlanget nicht, daß ich zu dieser Stunde kundgebe, was die himmlischen Zeichen offenbaren."

„Sprich nur", forderte ihn der König auf. „Ich will hören, was du in den Sternen gelesen hast."

„Gar traurige Kunde ist's, mein gnädiger König."

„Ich will es hören, sprich!"

Und der düster dreinblickende Magister verkündete dem König und den Herren, die sich wißbegierig um ihn geschart hatten.

„Aus den himmlischen Zeichen habe ich ersehen, daß die Kleinseite wird vom Feuer verschlungen werden, von einem großen Brand, und dort – die Altstadt – wird durch ein furchtbares Hochwasser untergehen. Alles wird vernichtet werden, alles, und so, daß kein Stein auf dem andern bleibt."

Alle in der Runde erschraken und richteten ihre Blicke auf den König, der wortlos und sichtlich betrübt dastand. Doch plötzlich wandte er sich zur Stadt, wies mit der Hand in jene Richtung und rief: „Und Prag wird nicht vergehen! Es wird bleiben, dauern! Wenn auch die Kleinseite und die Altstadt einmal vergehen sollten, eine neue Stadt wird sich erheben. Dort will ich sie erbauen, dort, sehet, wird ein neues, großes Prag erstehn!"

Er wies hinter die Altstadt hinauf, die weite Höhe empor, auf die Felder und Gärten, auf die Dörfer Rybník und Opatovice. Alle atmeten erleichtert auf, aller Antlitze erhellten sich, und der weise Erzbischof sprach aus, was die böhmischen Herren und Höflinge zu dieser Stunde fühlten und von Herzen ihrem Könige wünschten: „Gott segne dich, deine Gnaden."

*

Was Karl IV. beschlossen hatte, das führte er auch aus. Sogleich begann er mit den Vorbereitungen zur Gründung der neuen Stadt. Er grenzte selbst ihre Fläche ab, bestimmte die Richtung ihrer Mauern, legte höchstselbst den Grundstein dazu, war persönlich bei der Vermessung der Straßen dabei. Er selbst bestimmte die Stelle für Marktring und Plätze. Oft unterhielt und beriet er sich mit den Baumeistern, kam gar oft, sich die Fortschritte der Bauwerke anzusehen und unterhielt sich mit den Handwerkern. Hier sprach er mit einem Maurer, dort mit einem Tagelöhner, fragte ihn aus, plauderte mit ihm, beschenkte ihn und freute sich, daß das Werk erfolgreich voranschritt.

Nur einmal ergrimmte er, und das war, als er von einer langen Reise heimgekehrt, sogleich den Bau der Neustadt besichtigen ging und sah, daß die Feldmesser in seiner Abwesenheit eine neue Straße hinzugebaut hatten. Sie führte zur St. Heinrichskirche, und an ihrem Rande wurden bereits Häuser gebaut.

Als der Kaiser die Gasse erblickte, blieb er überrascht stehen, sein Antlitz verfinsterte sich, und er fragte streng, wer angeordnet hätte, die Straße zu legen und zu vermessen.

„Keiner hat es befohlen, Königliche Hoheit", erwiderte der Baumeister erschrocken, „wir dachten, sie würde genehm sein. Falls du aber befiehlst, daß ihr Bau eingestellt werde..."

„Sie mag bleiben!" entschied der Kaiser, „aber sie soll in alle Ewigkeit ‚Nekázalka' (Unbefohlene Gasse) heißen, weil ich nicht befohlen habe, sie zu bauen."

So wuchs die Neustadt empor. Die Häuser sprossen aus der Erde wie Pilze nach dem Regen. Doch es bauten nicht nur die Bürger, es baute auch der böhmische Herrscher selbst. Und er baute mit dem größten Aufwand Klöster und Kirchen mit hohen Türmen. So gründete er auch an der Stelle, wo vor Menschenaltern der Hain der Göttin Morana gegrünt hatte, eine St. Hieronymus-Kirche mit einem Benediktinerkloster. Und er baute die Kirche mit großem Aufwand. Für diesen Bau wurden, so wird erzählt, besondere Ziegel gebrannt, genau die gleichen wie für die Burg Karlstein, aus grauem Lehm und an der Oberfläche poliert, und der Dachstuhl wurde so gründlich und kunstvoll gezimmert, daß die Stämme eines ganzen Waldes dafür verbraucht wurden.

Über zwanzig Jahre wurden Kirche und Kloster gebaut, und es war ein teurer Bau, denn diese Kirche soll um keinen roten Heller weniger gekostet haben als die Karlsbrücke.

Als sie im Jahre 1372 fertiggestellt war, als der erste Gottesdienst darin abgehalten wurde, sangen die Priester am Altar slawisch und lasen die heilige Messe – nach Jahrhunderten wieder zum ersten Mal in einer tschechischen Kirche – nach altem Ritus aus slawischen Büchern.

Und es frohlockte der fromme Böhmerkönig, der die slawischen Mönche aus den fernen Gegenden Dalmatiens ins Land gerufen hatte, und mit ihm freute sich das ganze Volk. Und das Stift und die Kirche wurden „Na Slovanech“ (Bei den Slawen) genannt und heißen so bis zum heutigen Tag.

*

Es war noch keine drei Jahre her, daß am Bau der slawischen Kirche geschafft worden war, und schon legte Karl IV. den Grundstein zu einer neuen Kirche, und zwar an der höchsten Stelle der Neustadt, gegenüber dem Vyšehrad. Den Entwurf zu diesem Bauwerk reichte ein junger Prager Baumeister ein.

Als der Kaiser den aufgezeichneten Plan sah, verwunderte er sich nicht wenig, wie herrlich, doch auch kühn alles erdacht war.

Er staunte, auch die Fachleute, erfahrene, erprobte Bauherren staunten und behaupteten, daß ihr junger Zunftbruder diesen Dom nicht aufführen werde, daß er die gewaltige Wölbung, so wie er sie entworfen hatte, nicht werde vollenden können. Trotzdem vertraute der König das Werk dem jungen Künstler an, und dieser, begierig, ein Bauwerk zu errichten, wie es Prag bis zu jener Zeit noch nicht gesehen hatte, machte sich freudig und voller Begeisterung ans Werk.

Er baute und baute, und das achteckig gegründete Münster begann sichtlich zu wachsen. Schon erhoben sich die Mauern, schon waren sie von zwei- und dreiteiligen Fenstern und herrlichem Maßwerk durchbrochen, schon stand das Portal mit prächtigen Bögen, zahlreichem Rankenwerk, Statuen und einer Kreuzblume geschmückt, schon begann man nach dem Plan des jungen Meisters den Raum des Domes mit einem nie gesehenen, kühnen Sterngewölbe in Gestalt einer Kuppel zu überspannen.

Noch war die ganze Wölbung von dem Baugerüst verdeckt, noch war sie durch den Wald von Balken, Bohlen und einer Menge Bretter nicht sichtbar, und schon ward sie von den Kennern bestaunt. Doch mit desto größerer Gewißheit behauptete nun ein jeder, daß der junge Architekt das Werk nicht zu Ende führen, daß die Wölbung nicht standhalten werde, dieweil es ein Unmögliches, nie Dagewesenes sei, und wenn der Bau fast vollendet, dann werde die ganze kühne Kuppel nachgeben, bersten, ja, sicherlich einstürzen.

Diese Reden verfehlten ihre Wirkung nicht. Das Vertrauen des jungen Meisters ward in seinen Grundfesten erschüttert. Er begann sich zu fürchten, und die Viper des Zweifels und des Mißtrauens begann ihn zu stechen. Schon eilte er nicht mehr mit solcher Gewißheit und Freude auf den Bauplatz wie zuvor. Und zu Hause, in der Einsamkeit, fand er auch keine Ruhe. Er rechnete, zeichnete, ob das Gewölbe halten werde, grübelte, überlegte Tag und Nacht.

Sorge und Unruhe verscheuchten ihm den Schlaf. In seiner Werkstatt saß er bis in die späte Nacht, und nachdem er sich zur Ruhe gelegt hatte, sann er noch nach oder dachte an die Worte der andern Baumeister, der jungen und alten, an ihre Vorbehalte, ihre Befürchtungen, ihre bestimmten Behauptungen, daß man dies Gewölbe nicht zu Ende führen könne. Auch ihre spöttischen Bemerkungen kamen ihm wieder in den Sinn, und als er darüber nachsann, was geschehen würde, wenn er das Gewölbe nicht vollendete oder wenn es einstürzte, wie er statt Lob und Ehr' Schimpf und Spott ernten würde, da faßte er sich an seine glühende Stirn und schritt seufzend in seiner Kammer auf und ab.

Einmal, in einer solchen Nacht, stürzte er aus dem Hause und eilte zur Neustadt empor.

Dort ragte schwarz sein Werk in die Finsternis, die unvollendete Kirche, noch von Balkenwerk und Gerüsten umgeben. Kein Hammerschlag erklang zu dieser Stunde, still, verlassen lag das Bauwerk da. Nur sein Schöpfer umschritt es, betrachtete es, die Blicke zur Höhe gerichtet, wo sich die Wölbung zu erheben begann. Dann schlich er sich hinein in das künftige Kirchenschiff, wo dereinst frommer Gesang und Gebete ertönen sollten. Durch die noch unverglasten Fenster blickte der Sternenhimmel, und die Mondstrahlen fluteten hinein. In ihrem Lichte sah sich der trübsinnige, von Zweifeln gepeinigte Künstler im Raume um, doch sogleich heftete er seine Blicke auf das Gewölbe, das düster und schwarz unter dem Balkenwerk drohte.

Doch der Baumeister sah es in dieser Stunde schon fertig, kühn überwölbt, seine Rippen, die einen großen achtstrahligen Stern bilden, und darin zwei kleinere Sterne, sah die Kuppel mit Farben und Gold geschmückt, sah den Dom schon im vollen Schein der Sonne in seiner ganzen Pracht erstrahlen. Und der König, die Herren vom Hofe und das Volk strömten hinein, und alle blickten zur Decke empor, zur gewaltigen Kuppel, wunderten sich und staunten.

Als er sich dann aus seinen Träumen riß und ihm einfiel, daß alles nicht sein solle, nicht sein werde, daß die Wölbung einstürzen würde, wallte in seiner Seele der Trotz auf.

Im Fortgehen schwor er sich, daß er das Bauwerk doch errichten, die Wölbung vollenden müsse, und wenn nicht allein, dann seinetwegen auch mit Hilfe des Teufels. So geschah's auch. Er rief ihn an, und als er ihm seine Seele verschrieben hatte, versprach ihm der Satan, die Karlskirche zu vollenden. Und er erbaute sie. Was die Baumeister von Tag zu Tag erwarteten, daß die Wölbung einstürzen werde, das geschah nicht. Der Schlußstein war eingesetzt, und die ganze gewaltige, nie gesehene Wölbung blieb stehen.

Nun war noch übrig, das Gerüst, das sie stützte, abzutragen, auf daß das rühmliche Werk zur Gänze sichtbar ward. Doch keiner der Maurer, keiner der Arbeiter wollte das Gerüst nun niederreißen. Jeder fürchtete, daß die Wölbung einstürzen werde, sobald man das Gerüst nur anrührte. Vergeblich forderte der junge Baumeister seine Leute dazu auf, vergebens versprach er ihnen eine große Belohnung. Dann wollte er's selber tun, aber die Älteren und seine Gefährten verwehrten es ihm und ließen ihn ans Gerüst nicht heran.

„So werde ich's eben in Brand stecken!" entschied er, wie's der Teufel selbst ihm eingeflüstert hatte.

Eine dichte Menschenmenge stand rings um das neue Bauwerk, wartete begierig, was geschehen würde, und stritt darüber, daß die Wölbung gewiß einstürzen werde, wenn der junge Meister das Gerüst niederbrannte. Schon gewahrten sie ihn, wie er ganz aufgeregt aus der Kirche trat. Kaum hatte er einige Schritte getan, da ließ ein gewaltiges Getöse – es klang wie ein

Donnergrollen, als ob die Kirche zusammenstürzte – die Lüfte erbeben. Die Leute schrien vor Entsetzen und begannen voller Verwirrung das Hasenpanier zu ergreifen und zu rufen, daß die Kuppel eingestürzt sei.

An den Baumeister dachte in diesem Augenblick keiner. Der stand, gelähmt von dem ohrenbetäubenden Krachen wie von Sinnen da, fahl im Gesicht, und blickte verzweifelt auf das Münster, aus dessen Fenstern sich Staubwolken wälzten.

Der Teufel hat dich betrogen! blitzte es ihm durch den Sinn. „Die Strafe Gottes!" Und schon, ohne zu warten, ohne sein vernichtetes Werk schauen zu wollen, ergriff er die Flucht und rannte davon, wie von bösen Geistern gehetzt.

Die Staubwolken zerstoben, und als sich die Leute nach einer Weile wieder vor das Münster und in die Kirche wagten, da schrien sie abermals auf, doch nun vor Verwunderung. Bretter und Balken lagen in wirrem Gemenge auf dem Boden, aber darüber, über dem Domschiff, wölbte sich eine bewundernswerte, nie gesehene Kuppel. Sie erblickten die Wölbung des Domes im vollen Lichte des Nachmittags heil und unverhüllt, voll kunstvoll geschwungener Rippen, und sie staunten und freuten sich alle.

Nun gedachten sie des jungen Meisters. Sie riefen nach ihm, forschten und suchten nach ihm, bis sie ihn schließlich tot in seiner Wohnung fanden. Vor Verzweiflung hatte er seinem Leben ein Ende gemacht.

Was er in jener Nacht, in der er voller Zweifel in die Kirche gelaufen war, im Geiste gesehen, wovon er geträumt, das hatte sich erfüllt. Das Münster war vollendet, ausgeschmückt, und jedermann, der König und die Herren von Hofe und jeder, der sie zum ersten Male betrat, erhob seine Augen vor allem zu der gewaltigen Wölbung, die so kühn den heiligen Raum überspannte, und jeder gedachte des unglücklichen jungen Baumeisters, der sein Werk mit dem Leben bezahlt hatte.

*

Auf dem Hradschin, Böhmens Königsburg, wuchs zur gleichen Zeit (seit dem Jahre 1344) ein weiteres großartiges Bauwerk Karls, der neue St. Veits-Dom, empor, hinter dem Fluß sodann, auf

einer weiteren Anhöhe, dehnte sich die Neustadt weiter aus. Und zwischen diesen zwei Denkmälern seiner Frömmigkeit, seiner Liebe zur Kunst und zur geliebten Stadt, begann Karl sein drittes großes Werk zu bauen, die Karlsbrücke. Der Grundstein wurde im Jahre 1357 auf der Altstädter Seite gelegt.

Sie hat Jahrhunderte überdauert, Ruhm und Schmach des Tschechenvolkes sind darüber hinweggegangen. Vieles hat sich seit ihrer Gründung in Böhmen gewandelt, Streit und Zwist schieden und hetzten die Menschen gleichen Bluts und gleicher Sprache gegeneinander. Nur sie blieb allen lieb durch all die Zeiten; allen Stürmen in den Jahren der Erniedrigung und Ohnmacht hielt sie stand, hart und fest, ein Denkmal des Ruhms und besserer Zeiten, aus denen sie stammte, und die Trost und Stärkung waren für die Schwachen.

Von allen Brücken, so geht die Sage, sei die Karlsbrücke die festeste, weil bei ihrem Bau der Kalk mit Eiern angerührt wurde. Und es waren ihrer für die gewaltigen Bögen, für all die Pfeiler, so viel mächtiges Mauerwerk, unzählige Schock vonnöten. In Prag konnte man so viele Eier gar nicht auftreiben, auch in der Umgebung gab es ihrer nicht so viele, wie für den Bau gebraucht wurden. Darum befahl Karl IV. allen Städten des Königreichs Böhmen, daß jede eine bestimmte Anzahl von Eiern für den Bau der Prager Brücke sende. Sie schickten viele Schock, Wagen um Wagen kam angerollt, von allen wurden Eier abgeladen und in den Kalk geschlagen.

Auch die Bürger von Velvary sandten einen ganzen Wagen, gerne und willig, und dachten, welche Ehre sie damit einlegen würden. Als die Maurer das erste, zweite, dritte Ei von dem Velvarer Wagen zerschlugen, wollten sie ihren Augen kaum trauen. Als sie aber das vierte, fünfte, ja, ein ganzes Schock zerschlagen hatten, brachen sie in Gelächter aus. Es lachten die Maurer, der Baumeister, alle auf dem Bau, ja ganz Prag lachte, und überall erzählten einander die Leute vergnüglich, daß die Velvarer einen ganzen Wagen voll Eier auf den Bau gebracht hätten, die alle hartgesotten waren.

Als die Karlsbrücke erbaut war, war sie noch nicht mit Statuen geschmückt. Nur ein Holzkreuz wurde an jener Stelle errichtet, wo nun ein ehernes, vergoldetes Kruzifix steht. An dieser Stelle sollen in alten Zeiten auch die Hinrichtungen stattgefunden haben, und die Verurteilten pflegten bei diesem Kreuze ihr letztes Gebet zu sprechen.

An der Mauer, die den Brückenturm mit dem Kreuzherrenstift verbindet, erblickt man an der Seite der Moldau zu, einen gemeißelten bärtigen Kopf. Das ist der „Bartmann". Es soll das Abbild des ersten Baumeisters sein, der sein steinernes Porträt zum ewigen Angedenken in den Brückenpfeiler hauen ließ.

Wenn man über die Karlsbrücke zur Burg der böhmischen Könige schreitet, sieht man zur Linken auf dem Laurenziberg eine lange, schartige Mauer. Weiß schimmert sie durch das üppige Grün der Bäume auf dem Kamm des Berges und zieht sich über seinen steilen Hang zur einstigen Oujezder Kaserne hinab. Diese Mauer ist das Werk der „Familie" Karls IV. Im Jahre 1360 kam eine große Teuerung ins Land, das arme Volk starb Hungers, denn es gab keine Arbeit, keinen Verdienst. In dieser schlimmen Zeit versammelten sich in Prag einmal an die zweitausend Arme, und als König Karl aus der Kirche kam, traten sie vor ihn hin und baten weinend, er möge ihnen Arbeit beschaffen, sie würden gerne auch ohne Lohn werken, nur für Speise und Trank, und sie würden nur ganz wenig essen, nur soviel, daß sie nicht Hungers stürben. Der König, von ihrer Not gerührt, befahl ihnen, sich andern Tags an der gleichen Stelle und zur gleichen Stunde wieder einzufinden. Als dies geschehen war, ließ er sie von seinen Leuten auf den Laurenziberg führen, kam ihnen höchstselbst zu Pferde nachgeritten und befahl, die einen sollten Gestein brechen, die andern die Grundfesten ausheben, andre eine Mauer bauen von der Moldau über den Laurenziberg bis zum Strahover Kloster.

Die Arbeiter bekamen kein Geld, aber sattsam Brot und andre Speisen, auch Schuhwerk und Kleider. Als andre Hungerleider davon hörten, strömten sie in hellen Scharen herbei und schafften fleißig mit an dem Werk. König Karl kam oft zu ihnen auf den Laurenziberg geritten, beschenkte sie oft höchstselbst, wobei er sagte, das Werkvolk wäre seine Familie. Tausende von Menschen segneten ihn und beteten für ihn, wenn sie aufstanden und wenn sie zur Ruhe gingen.

Aus dem Gestein, das sie heranführten, behauten, und aus dem sie bauten, erwuchs ihnen Brot. Darum nannten sie die Mauer die „Brot-“ oder auch die „Hungermauer“, weil sie Hunger und Not verscheuchte. Scharten aber, die wie Zähne aussehen, hat diese Mauer, weil Karl IV. sie deshalb erbauen ließ, damit die Zähne des hungernden Volkes etwas zu beißen hätten.

*

Damals lebte in Prag ein reicher Bürger namens Rotlöw. Der erwarb in Eule eine verlassene Grube, denn er war überzeugt, es gäbe dort noch Gold in Hülle und Fülle und er werde gewiß welches zutage fördern. Er dang viele Bergleute und grub, förderte unermüdlich, ausdauernd, keinen Aufwand scheuend. Und es kostete ihn viel. Doch Gold konnte er nicht finden.

Durch Kies und taubes Gestein führte der Stollen, nirgends schimmerte auch nur ein einziges Körnchen Gold, nirgends erglänzte eine Ader puren Erzes.

Hunderte und aber Hunderte Schock guter Groschen hatte Rotlöw hier schon begraben, das Geld ging ihm aus, und er begann bereits Schulden zu machen, nur damit die Arbeit nicht stehenblieb. Freunde und Bekannte warnten ihn, suchten ihn von seinem Vorhaben abzubringen, er möge lieber alles sein lassen, Gold werde er nicht finden, dafür aber im Schacht begraben, was er noch besitze. Doch Rotlöw war überzeugt, daß er gewiß auf Gold stoßen werde. In seiner Starrköpfigkeit schlug er jeden Rat in den Wind und verkaufte seinen Besitz, Stück für Stück, damit er Geld für den Betrieb seines Euler Bergwerkes habe. So verlor er alles und hatte nichts mehr, womit er die Knappen hätte bezahlen können. Er war unglücklich, verzweifelt. Nicht deshalb, weil er sein Vermögen begraben hatte, sondern weil er nicht mehr weiter graben konnte. Er behauptete, wiederholte, nun würden sie schon bald auf Gold stoßen, wenn sie nur noch eine ganz kurze Zeit fördern könnten.

Man wies ihn mit Spott ab, und keiner glaubte ihm. Nur seine Frau zweifelte nicht an seinen Behauptungen, und ihr Gemahl tat ihr leid. Doch helfen konnte sie ihm nicht. Was sie hatte, Schmuck und Juwelen, alles hatte sie ihm schon vordem gegeben. Nur einen kostbaren, golddurchwirkten Schleier hatte sie von all dem Reichtum als Andenken an ihre jungen Jahre behalten. Denn dieser Schleier war ihr besonders lieb, derweil ihr Mann ihr ihn geschenkt hatte, als sie noch seine Braut gewesen war. Doch auch von dem Schleier trennte sie sich nun. Rotlöw nahm ihn und eilte mit ihm zum Händler; noch mehr aber eilte er mit dem Erlös nach Eule, die Arbeit wieder fortzusetzen.

Und kaum hatten sie sich ans Werk gemacht, gleich am ersten Tag, stießen sie auf eine reiche Ader puren Goldes. Sie war so mächtig und ergiebig, daß Rotlöw binnen kurzer Zeit all die Unkosten, die er für die Zeche verausgabt hatte, decken konnte, und dann förderte und förderte er, bis er einen gewaltigen Reichtum gewonnen hatte.

Dem Bergwerk aber, das ihm Glück gebracht hatte, gab er aus Dankbarkeit den Namen „Schleier“. In Prag sodann erbaute er sich in der Altstadt, gegenüber dem St. Galluskloster, ein prächtiges Haus, eines der größten und schönsten von ganz Prag. Drei Tore führten in seinen Hof, es hatte Veranden im Erdgeschoß, oben Türmchen und prachtvoll gezimmerte Erker. Rotlöw wohnte darin in kostbar ausgestatteten Stuben und Kammern, doch trat er sie später samt den geräumigen Hallen an die Karlsuniversität ab. Aus einer Goldgrube war dies herrliche Haus entstanden, selbst aber wurde es zu einer Fundgrube, aus der viele Generationen heimischer und fremder Geschlechter das Gold der Bildung und Gelehrsamkeit gewannen.

*

Im Herbst des Jahres 1378 war's auf dem Karlstein traurig und still. Die Zugbrücke ward nicht hinuntergelassen, der König und seine Höflinge kamen nicht, wie es zu dieser Zeit sonst zu geschehen pflegte, zu lärmender Jagd hierher. Die Gemächer des Königs waren geschlossen, und im frühen Abendrot erstrahlten die Fenster seines Palastes nicht in rosigem Glanze. Stille lag über der Burg, und nur der kalte Herbstwind trug die Stimmen der wachsamen Türmer von den vier Warten des großen Turmes in alle Winde und auch von der fünften vor dem Schloßbrunnen und der sechsten vor dem Königspalast.

„Weiter von der Burg, nur weiter!" erscholl es zu jeder Stunde der Nacht und tönte dumpf und traurig durch die naßkalte Luft.

Und als der Tag anbrach, als das rote und güldene Laub der umliegenden Wälder im Sonnenschein erstrahlte, war den Menschen nicht fröhlicher zumute.

Die Stimme der Jagdhörner scholl nicht mehr durch die Stille, keine Hundemeuten bellten, und das Lärmen der Jäger hallte nicht mehr durch den Talgrund, nicht über die bunten, farbigen Hänge. Die alte Eiche in dem Wald, durch den der Weg vom Karlstein zu „St. Johann am Felsen" führte, stand verlassen da. Nimmer kam der gute König Karl IV. hierher, um unter ihrer buschigen Krone auf den aus dem Boden ragenden verwitterten Wurzeln wie auf einer Bank zu rasten, wie er's jedes Jahr zu tun pflegte.

Die Landleute gingen vorüber und sahen sich traurig nach der Eiche um, nach der „Königsbank", wo sie ihn zu sehen pflegten, wenn er sich ausruhte. Sie war leer, und der „Königsborn" daneben, bei dem Karl immer Rast gemacht und aus dem er getrunken hatte, war von dem gelben und rötlichen Laub des Ahorns, der Espen und Hagebuchen bedeckt.

Es trauerte der Wald und auch die Burg Karlstein.

Der König war krank, auf der Prager Burg lag er vom Fieber geschüttelt darnieder, und man sprach schon davon, er werde sich nimmermehr von seiner Bettstatt erheben. Er selbst wußte es und erwartete den Tod. An seinem Lager weilten der Erzbischof, die Söhne des Königs, seine ganze Familie. Der Herrscher ermahnte Wenzel, seinen Erben auf dem böhmischen Thron, er möge weise und gerecht regieren, und segnete ihn mit ermatteter Hand.

Da plötzlich erklang die Glocke auf dem St. Veits-Dom, eins, zwei, ein drittes Mal, und gleich nach ihren dröhnenden Schlägen ertönte das Sterbeglöcklein und hallte wehmütig über die Stadt.

Alle rings um das Lager erschraken, nur über das Antlitz des Königs breitete sich der Schein heiliger Ruhe aus, und mit stiller, sanfter Stimme sprach er: „Hört ihr! Der Herr ruft mich. Gott behüte euch in alle Ewigkeit!"

In dem Augenblick eilte der Glöckner von St. Veit staunend zum Turm. Er war verschlossen, den Schlüssel hatte er bei sich, und das Sterbeglöcklein läutete! Eilig öffnete er, hastete die Treppe empor. Dort blieb er vor Staunen wie angewurzelt stehen und schaute und schaute.

Die Sterbeglocke läutete von alleine und zur gleichen Minute auch all die übrigen schweren Glocken. Sie schaukelten von selber und läuteten, sangen. So war's auf dem St. Veits-Dom, so war es auf allen Türmen. Die Flut der Glockenstimmen überschwemmte das ganze betrübte Prag, und unter ihren wehmutsvoll erhabenen Klängen schwebte die Seele des guten, des glorreichen Königs, des Vaters seines Heimatlandes, in die ewige Seligkeit, dahin, wo der herrliche Hofstaat des Himmels ist.

Die Sage vom Zauberer Žito

Als König Wenzel, der Sohn Kaiser Karls, die Regierung übernahm, da herrschte die ersten Jahre tiefer Frieden im ganzen Königreich. Lange ging die Sage davon, daß in den Tagen dieses Königs jedermann zu jeder Zeit, bei Tag und bei Nacht, mit einem Haufen Gold auf dem Haupte gehen, reiten oder fahren konnte, wohin ihm beliebte, und keiner hielt ihn an.

Der König hielt sehr auf Gerechtigkeit, er achtete dessen, daß die Reichen sie den Armen angedeihen ließen, und sah selbst darauf, daß dies geschah. So manches Mal verkleidete er sich als Tagelöhner, als armer Handwerker oder als Student und ging zu den Bäckern und Bäckersfrauen Brot einkaufen. Wenn das Brot gut war und das rechte Gewicht hatte, zahlte er und ging. Sah er aber, daß es schlecht und von geringem Gewicht war, gab er sich zu erkennen, ließ alles Brot, das im Laden war, beschlagnahmen und befahl, es den Armen zu geben oder in den Schulen an bedürftige Kinder zu verteilen. Den Bäcker sodann strafte er mit einer Geldbuße oder ließ ihn in einem Korb in die Moldau tauchen.

So verfuhr er auch mit Metzgern und andern Handwerkern. Eines Tages begab er sich auch als Tagelöhner verkleidet in die Weinberge, um dort die Weinstöcke zu jäten und dort nach dem Rechten zu sehen und wie's den Leuten ginge. Und er hackte in dem Weinberg den ganzen Tag, und als er erkannte, welch eine schwere und mühsame Arbeit das war, verfügte er, daß den Winzern eine längere Mittagspause gewährt und abends früher Feierabend gemacht werde.

Auch nachts trieb er sich gern verkleidet in den Kneipen von Prag umher und probierte, ob man dort das rechte Maß einschenkte. Er wollte auch hören, was es Neues gab, was das Volk redete, wie es dachte. „Beim blauen Hecht", in der Altstadt, pflegte er öfters einzukehren, und dort und auch anderswo trieb er mit seinen lustigen Kumpanen so manchen Schabernack.

Auch Gaukeleien hatte er gerne, allerlei wunderliche Stückchen. Die vollführte zumeist sein Zauberer Žito, ein geschickter Bursche, ein Magier, der jeden, den er wollte, festfrieren lassen konnte und der insonderheit sein Aussehen zu wandeln verstand, ja, auch sein Gesicht. So ging er beispielsweise in einem bereits schäbigen Tuchanzug, in engen, mit Flicken besetzten Hosen zum König, doch als er dann vor dem Herrscher stand, hatte er plötzlich einen Seidenrock an, bunte Beinkleider, und die Messingschnäbel an seinen Schuhen blitzten wie bei einem geschniegelten Gecken. So stand er vor dem König, und als er fortging, verwandelte er sich – ohne sich umzukleiden – vor aller Blicke und war alsbald in einen faltigen Pilgermantel gehüllt.

Und was für Teufeleien er mitunter an der königlichen Tafel ausheckte! Die schlimmsten Streiche spielte er dem Narren des Königs. Der langte einmal beim Mittagsmahl nach Fisch und Kräutersoße. Doch kaum hatte er einen Fisch genommen, schon schlüpfte er ihm aus der Hand. Der Narr schrie auf und blickte entgeistert auf seine Hand, die plötzlich zusehends erstarrte, sich in Horn verwandelte, bis sie zu einem Huf, einem Pferdehuf, ward. Und die andre desgleichen.

Der Narr, vor Schreck gelähmt, schnitt Grimassen und betrachtete verzweifelt seine Hufe, so daß der König und die Herren seines Hofstaats in schallendes Gelächter ausbrachen und lachten, daß ihnen die Tränen über die Wangen rannen.

Als der König daraufhin befahl, den Narren der Hufe zu entledigen, schlug Žito allerlei Kreise und Kreuze über ihm und murmelte seltsame Worte. Die Hufe verschwanden, doch sie wurden zu Ochsenklauen, und die verschwanden nicht eher, als bis Žito, vom Weinen und Kreischen des Narren gerührt, sie hinweghexte.

Einmal wollte König Wenzel eine Ausfahrt von der Burg unternehmen. Auf dem Hof stand bereits sein prächtig lackierter Wagen mit Kissen und einem Wetterdach auf vier Säulen, vor den vier prächtige Schimmel in glänzendem Geschirr gespannt waren. Ringsum harrte bereits das geputzte Gefolge des Königs zu Pferde samt dem Narren auf einem scheckigen Gaul. Nur Žito fehlte, obwohl er Weisung hatte, auch daran teilzunehmen. Der König kam bereits, aber Žito war nirgends zu sehen. Der Herrscher fragte beim Einsteigen nach ihm, und als er hörte, er sei nicht da, wurde er sehr verdrießlich.

Da plötzlich ertönte vom Nebenhofe ein Kikeriki, ein schreckliches Krähen, als ob Gott weiß wieviele Hähne um die Wette sängen. Und schon rollte durch die Einfahrt ein Wagen aus dem Hofe, ein Wägelchen, ein zweirädriges Vehikel mit einem Dreigespann schwarzer Hähne. Das erste Paar klein, das zweite Paar größer, das dritte am größten. Metallisch grün glänzte ihr schwarzes Gefieder, die roten Kämme lohten... Jeder Hahn hatte einen Riemen am Schnabel, und alle Riemen liefen in Žitos Händen zusammen. Der Zauberer stand auf dem Wagen und kutschierte das sonderbare Gespann.

Der König lachte und sagte, Žito habe um ein Gespann mehr als er, er möge hinter ihm fahren. Und der König fuhr mit seinen Schimmeln, Žito folgte ihm mit den schwarzen Hähnen, und wo immer das ungewöhnliche Gefährt vorbeirollte, überall sammelte sich eine große Volksmenge an. So fuhren sie hernach des öfteren aus, und jedesmal, wenn die Leute hörten, daß Žito gefahren komme, liefen sie zusammen oder warteten schon vor der Burg auf ihn. Doch dann verübte er einen andern Streich, von dem man sich in ganz Prag und in der weiten Umgebung erzählte.

Žito machte dreißig Strohwische und verwandelte sie in dreißig schöne, fette, gut gemästete Schweine. Diese Herde trieb er dann selbst zur Moldau auf die Weide, wo die Borstentiere des reichen, aber filzigen Bäckers Michael weideten. Der betrachtete Žitos Tiere mit Wohlgefallen, und als er hörte, sie seien wohlfeil zu haben, einigte er sich mit dem Gaukler, kaufte die Schweine und zahlte das Geld gleich aus. Als sie den Handel mit Handschlag bekräftigt hatten, ermahnte ihn Žito: „Eines aber sage ich dir, gute Schweinchen sind's, du siehst es selbst, und wohl gemästet, aber Wasser vertragen sie nicht. Das merke dir!"

Doch der Bäcker achtete dessen nicht, schlug Žitos Ermahnungen in den Wind und trieb die gekauften Schweine in die Furt. Kaum waren sie in den Strom gewatet, versanken sie, und statt ihrer schwammen dreißig Strohwische an der

Oberfläche. Der Bäcker wartete auf die Schweine, wartete, bis sie wieder auftauchten; doch sie tauchten nicht auf, und die wertlosen Strohwische trieben weiter und weiter fort. Der geizige Bäcker lief am Ufer auf und ab, schrie Zeter und Mordio, rief bald die Schweine, bald zeigte er auf die Strohwische, schrie ihnen zu, sie sollten nicht fortschwimmen, schrie, man möge sie fangen. Doch sie trieben unaufhaltsam weiter. Der Bäcker, darüber erbost, daß er um so viel Geld und die Schweine geprellt worden war, lief gleich zu Žito.

Im Königshof traf er ihn nicht an. Er suchte ihn, fragte nach ihm, bis er ihn schließlich in einer Schenke fand. Dort saß der Zauberer des Königs in einem Gewölbe, in einer Nische der dicken Wand am Fenster, die Füße von sich gestreckt, mit dem Rücken an die Täflung gelehnt, hatte einen leergetrunkenen Becher vor sich stehen und schlummerte.

Als der Bäcker ihn erblickte, ward er vor Ärger gelb und grün. Gleich in der Tür begann er ihn zu beschimpfen und stürmte fluchend auf ihn zu. Žito aber schlief ruhig, als hörte er kein Geschrei, als hätte bloß eine Fliege gesummt. Der Bäcker, schon rasend vor Wut, packte ihn am Fuß, schüttelte ihn, dann, als Žito die Augen nicht aufschlug, zupfte er ihn am Bein. Doch da wurde er plötzlich weiß wie eine Wand.

Das Bein fiel aus den Gelenken gerissen kraftlos zu Boden, und Žito, wie von einer Viper gestochen, fuhr aus dem Schlafe empor, schrie und packte den zu Tode erschrockenen Bäcker an der Gurgel.

Und er schleppte ihn vor Gericht. Was sollte er tun? Der Unfall war augenscheinlich, der Wirt und die Gäste bezeugten, daß der Bäcker die Untat verübt hatte. Was tun? Nichts andres blieb übrig, als Žito demütig um Verzeihung zu bitten und überdies eine bedeutende Entschädigung zu zahlen.

Žito war dadurch versöhnt und strich das Geld ein. Dann berührte er das ausgerissene Bein, renkte es mit einem Ruck wieder ein und ging frisch und munter, ohne Krücke, mit festem, federndem Schritt als Sieger aus dem Gerichtssaal. Der habgierige Bäcker hatte den Schaden und dazu noch viel Spott und Hohn zu ertragen. Überall machte man sich über ihn lustig, wie schlecht er gefahren sei. Ja, es entstand sogar ein Sprichwort aus dieser Geschichte.

„Du wirst dran verdienen wie Michael an den Schweinen.“

*

Nicht lange darauf hatte Žito auch ein paar grämliche Tage. Der Herzog von Bayern war zu König Wenzel zu Besuch gekommen. Und mit ihm waren einige bayrische Gaukler auf Wagen voll wunderlicher Geräte eingetroffen. Der Herzog höchstselbst hatte sie mitgebracht, damit sie dem König allerlei Kurzweil bereiteten.

Die Gaukler waren durchtriebene Schelme, Leute, die in der Welt herumgekommen waren und ihre Kunst trefflich beherrschten. Der König staunte über sie, doch auf seinen Žito hielt er auch große Stücke. Und Žito mußte dem Herzog zeigen, was er konnte. Was immer er aber machte, die Bayern machten es ihm nach. Nichts gab es, was sie nicht auch fertiggebracht hätten, und er konnte sie nicht übertreffen. Das wurmte Žito sehr, und darum spielte er ihnen einen Streich, daß sie sich wahrhaftig keinen Rat wußten.

Es war gerade nach dem Mittagsmahle. Nun sollten die Fremden in Anwesenheit der Prager und des Hofes vor dem König und seinem Gast auf einem Gerüst ihre vorzüglichsten Kunststücke vorführen. Während des Mittagsmahls also, in der Königshalle, wo der König und der Herzog mit den vornehmsten Höflingen allein auf einem erhöhten Platze saßen, weiter unten sodann, an einem besonderen Tisch, die Hofnarren, Žito und zwei der herzoglichen Gaukler, erscholl unterm Fenster plötzlich Geschrei und deutsche Rufe. Da erhoben sich die zwei Bayern, da sie beim Fenster saßen, und beugten sich hinaus, um zu sehen, was es gäbe, was unten los sei.

Und schon waren sie in der Falle.

Nichts gab es zu sehen, es war nur leeres Geschrei. Die Gaukler wollten sich wieder setzen, doch sie vermochten es nicht. Denn sie konnten mit dem Kopf nicht in den Saal zurück. Die Fenster waren ihnen zu klein, und zwar deshalb, weil ihnen in dem Augenblick, als sie sich hinausgebeugt hatten,

Geweihe gewachsen waren, große, mächtige Gehörne. Und sie rutschten herum, warfen sich hin und her, zuckten mit dem Kopf, krümmten sich ganz sonderbar, und sie stießen mit den Hörnern an, daß es nur so klirrte. Und hinter ihnen Gelächter, allgemeines schallendes Lachen. König Wenzel war besonders erfreut. Er lachte über die Gaukler und war froh, daß Žito der Streich so gut gelungen war.

Doch am Nachmittag dann, als die Bayern auf Befehl des Königs von den Geweihen befreit worden waren, taten sie auf dem Gerüst im Burghof vor dem König und dem Volke geradezu Wunder.

Und Žito war nirgends zu sehen. Er zeigte sich nicht einmal. Man erzählte sich in der Menge, er wäre dagewesen, sei aber verschwunden, denn er schämte sich, weil er gesehen habe, daß er solche Sachen nicht zustande brächte. Er sei weggelaufen, habe sich versteckt, damit er das stürmische Lob der Fremden nicht mitanhören müsse oder damit ihn der König nicht etwa zum Wettkampf mit den Bayern auffordern könnte.

Doch plötzlich ließ Žito sich vernehmen. Als die Menge für einen Augenblick verstummt war, ließ er vom Tor seine Stimme hören. Das Volk kannte ihn, sogleich ging ein Raunen durch die Menge. Überall wichen die Leute zurück, überall ließen sie dem wettergebräunten schwarzhaarigen Žito im roten Rock den Vortritt, bis er und seine zwei Diener auf das Gerüst des bayrischen Theatrums gelangt waren. Als er in der Mitte des Gerüstes stand, krempelte er seine Ärmel hoch und begann dann, seinen Mund in die Breite zu ziehen, und dehnte und weitete ihn, bis er riesig groß war. Die fremden Gaukler ahnten, was geschehen würde. Schon begannen sie zurückzuweichen, schon duckten sie sich.

In diesem Moment aber ergriffen Žitos Diener den vornehmsten von ihnen und reichten ihn ihrem Herrn hin. Und derlegte sich, eh' sich's noch einer versehen hatte, den nicht großen, zierlichen Bayern zurecht, preßte seine Hände an seine Hüften, drehte und rollte ihn zusammen, wie er's brauchte, sperrte sein ofengroßes, riesiges Maul auf und begann das Bayerleien und hineinzuschlingen, bis er's bis zu den Stiefeln hineingestopft und hinuntergeschlungen hatte. Die Stiefel spie er aus.

Alle ringsum klatschten, jubelten. Ein Wunder, daß auf der Burg nicht die Fenster klirrten. Doch da schoben Žitos Diener einen Trog voll Wasser herbei, den die fremden Gaukler auf dem Podium stehen hatten. Žito, durch den schweren Bissen scheinbar überwältigt, stellte sich an den Rand des Schaffes und erbrach den Bayern, der ihm scheinbar so schwer im Magen gelegen hatte.

Der Fremde plumpste ins Wasser, daß es hoch aufspritzte, wälzte sich drin herum, dann kroch und kletterte er patschnaß aus dem Trog.

Die Leute ringsum schrien, klatschten, jubelten, alle lachten, kicherten, bogen sich vor Lachen, hielten sich den Bauch. Rot im Gesicht und mit Tränen in den Augen zeigten sie einander den Bayern, von dem das Wasser nur so troff und der sich schließlich unter eine Zeltbahn verkroch.

Nun führten die Bayern nichts mehr vor.

Keiner beachtete sie mehr. Jeder blickte nur auf Žito. Er mußte vor den König treten, und der König lobte ihn vor aller Augen. Als der mächtige Zauberer dann von dem Gerüst stieg, begrüßte ihn die Menge mit endlosem Jubel, daß es durch die ganze Königsburg hallte.

*

Das war Žitos rühmlichstes Stück.

Aber dann, an seinem Lebensende, verlor er das Spiel und unterlag doch. Dem Satan nämlich, dem er sich verschrieben hatte. Der hat ihn mit Leib und Seele geholt.

König Wenzel IV.

Nach Jahren friedlicher Regierung, als König Wenzel sich mit den Großen des Reiches entzweit hatte, begannen Recht und Ordnung in Böhmen stark zu leiden. Der König mißachtete die Herren und folgte nicht ihrem Rat, sondern vertraute mehr seinen Günstlingen aus dem Ritter- und Bürgerstande. Darum beklagten sich die Fürsten und Grafen über den König, daß er die Reichsämter, die sie innehatten, allzu leichtnehme und daß ihre Stimme nichts gelte.

Als der König ihnen nicht zu Willen war, verschworen sie sich mit dem Ungarnkönig, seinem Bruder, gegen ihn; so brachen nach langen friedlichen und gesegneten Zeiten Unruhen und Kriege aus. Ja, es kam so weit, daß die Herren ihren König, als er von der Burg Žebrák nach Prag fuhr, überfielen und ihn gefangen aufs Altstädter Rathaus führten. Hier hielten sie ihn in einem Kerker in Gewahrsam, der „Špinka" hieß.

In diesem Gefängnis ward er bereits über fünfzehn Wochen festgehalten, und große Trübsal und Schwermut hatten ihn befallen.

An einem heißen Sommertage, es war um den vierundzwanzigsten August, den St. Bartholomäustag, sandte er seine Wärter mit der Bitte zu den Pragern, sie möchten ihm gestatten, ein Bad zu nehmen in einer Badstube, die dem Rathaus am nächsten lag. Die Ratsherren berieten lange, doch schließlich taten sie dem König seinen Willen. So erlangte König Wenzel, wenn auch nur für kurze Zeit, seine Freiheit zurück, doch nicht als König, sondern als Bürgersmann, denn er durfte nur im Bürgerkleid ausgehen und wurde überdies von vier Dienern bewacht.

In ihrer Begleitung begab er sich in das nahe gelegene Bad, unmittelbar bei der Karlsbrücke. Und damit er nicht entfliehen konnte, blieb einer der Diener im Vorraum bei der Haustür, der zweite bei den Kleidern des Königs, und die übrigen zwei begleiteten ihn ins Bad und badeten mit ihm.

Nach einer Weile, als der König gebadet hatte, bat er seine Wärter, sie möchten ihm gestatten, sich ein wenig an der frischen Luft abzukühlen; denn es war heiß und schwül.

Die Häscher erlaubten es ihm, denn er hatte kein Gewand und konnte daher nicht entfliehen. So trat der König, in ein Laken gehüllt, aus der Badestube auf eine kleine Terrasse hinaus, die am Ufer des Stromes lag. Der Fluß glitzerte und rauschte. Hinter dem Wasser grünten die Ufer, von Buschwerk und Bäumen bestanden, es grünte der Laurenziberg, und dahinter, weiter oben, schimmerten die beiden vergoldeten Dächer auf den Türmen der Königsburg. Überall war's so lieblich, so frei unter dem klaren Himmel, alles so herrlich in der Flut der göttlichen Sonne.

Und da sehnte sich der König mehr nach der Freiheit denn je im Gefängnis. Unweit am Ufer, unter einer alten Weide ruhte ein Kahn, still und reglos, und das Ruder lag darauf. Indem trat eine Frau auf den Balkon heraus, die im Bade bediente. Kaum hatte der König sie erblickt, gleich winkte er sie herbei und fragte sie schnell, ob sie rudern könne.

Als sie bejahte, sprach er zu ihr: „Setze mich ans andre Ufer über, ich will dich reich belohnen. Du wirst es nicht bereuen. Aber rasch, ehe die in der Kammer aus dem Bade kommen."

Er lief die kleine Stiege vom Balkon hinunter, die Baderin hinterdrein. Der König sprang in das Boot, sie ihm nach, und schon hatte sie den Nachen geschwinde losgebunden, stieß vom Ufer ab und ruderte quer ans andre Gestade. Sie ruderte stark, mit aller Kraft und gewandt. Bevor die Wärter noch aus der Kammer getreten waren, legte der Kahn im dunklen Schatten buschiger Bäume am anderen Ufer an. Kaum waren sie an Land gesprungen, schon liefen sie im Schatten der Bäume und Sträucher längs des Dickichts die Böschung entlang, immer stromauf, bis sie in die Nähe des Dörfchens Kuchelbad kamen.

Hier fanden sie einen leeren Kahn vertäut, den sie sogleich bestiegen, und Susanna, so hieß die Baderin, ruderte wieder ans andre Ufer. Sie gelangten glücklich hinüber, und der König war gerettet. Sie schlugen sich in die Wälder, und der Forst und die Dunkelheit schützten sie; sie verirrten sich nicht, wiewohl der Abend schon hereingebrochen war, denn König Wenzel kannte diese Gegend, wo er oft zu jagen pflegte, sehr gut. Ehe noch zwei Stunden verstrichen waren, standen sie am Rande des Waldes von Kunratice an einem Bach, am Fuße des Hügels, auf dem

die Neue Burg des Königs aufragte. Die Feste war erleuchtet, und der Glanz ihrer Lichter strahlte durch die Finsternis. Auf dieser Burg hatte der König eine Besatzung, die ihm treu ergeben war. Der Burggraf wollte der Wache kaum glauben, als sie ihm meldete, daß seine Hoheit, der König, höchstselbst vor dem Tore stehe. Als der Burggraf sich davon überzeugt hatte, nahm er seinen Herrn in Ehren auf, ließ ihm sogleich ein Königskleid bringen und ein vorzügliches Abendessen bereiten. König Wenzel lud auch die Baderin Susanna zum Nachtmahl ein, und als sie zu Abend gespeist hatten, befahl er, hundert böhmische Dukaten zu bringen, die er ihr vor dem Burggrafen überreichte, und sprach: „Da hast du, was ich dir für die Überfahrt versprochen habe. Für deine übrigen Dienste werd ich dich noch belohnen."

Und es freuten sich der Burggraf und alle nicht wenig, daß ihr König wieder in Freiheit war...

König Wenzel vergaß in der Folge Susanna nicht. Als er mit den Herren einen Vergleich geschlossen und wieder die Regierung übernommen hatte, ließ er die alte Badestube an der Brücke abreißen und eine andre große und kostspielige errichten. Nachdem das Haus erbaut und als Bad eingerichtet war, berief der König Susanna zu sich und schenkte ihr das Badehaus und zwanzig Schock Groschen Jahresrente und sagte, all das gäbe er ihr für ihre ihm bewiesene Treue, dafür, daß sie ihn aus dem Gefängnis befreit hatte. Überdies gab er allen Badern und ihrer Zunft eine äußerst gnädige Urkunde und machte sie dadurch allen andern Handwerkern gleich. Dabei gestattete er ihnen, einen blauen, mit einem Knoten geschürzten Badergürtel in goldenem Felde, in dessen Mitte ein grüner Papagei steht, als Wappen zu führen.

Von jener Zeit bis auf den heutigen Tag heißt das Bad an der Karlsbrücke „Königsbad". An die herzhafte Susanna sodann erinnert ein Bild auf dem Bogen des Altstädter Brückenturmes, das eine Baderin in weißem Kittel darstellt, die in der linken Hand einen Eimer, in der rechten sodann ein grünes Gertenbüschel hält.

König Wenzels Gemüt, einst so hell und heiter, verdüsterte sich mehr und mehr, hatte er doch viele Enttäuschungen erlitten und vielen Undank erlebt. Er mißtraute den Menschen, besonders seit der Zeit, da seine Gegner ihn hatten vergiften wollen. Er hatte das Gift schon, ohne es zu wissen, eingenommen, war jedoch durch ein Gegengift noch rechtzeitig gerettet worden.

Er blieb am Leben, doch von dem Gift blieb ihm ein schreckliches Brennen in den Eingeweiden. Um die Schmerzen loszuwerden, um sie wenigstens zu mildern, begann er zu trinken. Aber wenn er dann etwas über den Durst getrunken hatte und das vom Wein erhitzte Blut ihm zu Kopf gestiegen war, entbrannte er immer in wildem, blindem Zorn und beging mitunter auch Grausamkeiten.

Trüb und traurig war ihm ums Herz. Düster, voller Befürchtungen und voll Wehmut dachte er an die Zukunft; er fürchtete sie mehr und mehr. Er fürchtete die Herren, seinen Bruder, den Ungarnkönig, die Verbündeten der Großen, erschrak vor den heftigen Glaubensstreitigkeiten und ihren Folgen, aber am meisten beunruhigte ihn seine Herrschaft, und wie er selbst wohl enden würde.

So ließ er sich, von solchen Ängsten heimgesucht, einmal, als er vor Sorgen nicht schlafen konnte, seinen Sterndeuter rufen, einen gelehrten Mann. Der König saß trübsinnig in seinem Schlafgemach am Fenster, von wo man auf den weiten Hof der Königsburg, auf den unvollendeten St. Veits-Dom, auf seine vielen Gerüste blicken konnte.

Der Hofastrologe, ein gelehrter Magister in dunklem Rock, trat, als der König ihn herbeiwinkte, ans Fenster.

„Wenn du in die Zukunft siehst", sagte er düster, „sage mir, was mich erwartet, was mit mir geschehen wird..."

Der alte Meister schwieg eine Weile, dann streckte er seine Rechte aus und wies hinaus, wo der Turm des St. Veits-Domes schwarz und steil über dem unvollendeten Kirchenbau zum nächtlichen Himmel ragte und sagte: „Vor diesem hüte dich, vor dem Turme hüte sich deine Hoheit."

„Warum?" rief der König verwundert aus.

„Es steht in den Sternen geschrieben und ist durch ewigen Ratschluß bestimmt, daß du vor diesem Turm dein Leben lassen wirst."

„Und wie werde ich ums Leben kommen? Wird er auf mich niederstürzen, oder wird ein Stein herunterfallen und mich töten? Sprich!"

Der Sterndeuter wußte es nicht. Das hatten ihm die Sterne verschwiegen. Der leicht erregbare König brauste zornig auf und rief: „Und was, wenn ich den Turm niederreißen lasse, was dann?"

„Davon steht nichts geschrieben, gnädiger Herr."

„So wisse denn, vielgelehrter Magister", und der König lachte jäh, „wenn ich den Turm abreißen lasse, wird er fort sein, verschwunden, und ich werde nicht vor ihm mein Leben lassen."

Noch zur gleichen Stunde ließ er den Baumeister rufen und befahl ihm, seiner Verwunderung, seiner Betrübnis und seiner Bitten nicht achtend, den St. Veits-Turm abzureißen, und zwar sogleich, gleich in der Früh sollten sie mit der Arbeit beginnen. Der König selbst sodann ließ gleich im Morgengrauen sein Pferd satteln und ritt mit einigen Höflingen vom Hradschin auf die Neue Burg bei Kunratice.

Traurig machten sich die Arbeiter an das ihnen auferlegte Werk; ungern, unwillig begannen sie den prächtigen Turm abzutragen. Die Arbeit ging ihnen langsam vonstatten, doch sie schritt fort und mit ihr die Zerstörung des Turmes. Indessen weilte König Wenzel auf der Feste Kunratice. Und ernste Berichte gelangten in seine stille Einsamkeit, von einer großen Bewegung der Gemüter im ganzen Königreich, von Versammlungen auf den Bergen, von einer großen allgemeinen Erregung in Prag, die möglicherweise zu einem Aufruhr werden könnte.

Dann schlug der Blitz ein. Am Sonntag, dem 30. Juli 1419 um die Vesperstunde, sprengte ein reitender Bote aus Prag auf die Neue Burg und berichtete dem König, daß am Vormittag eine Prozession aller Utraquisten stattgefunden hätte, an deren Spitze der Priester Jan Želivský den Leib des Herrn getragen habe. Nachdem die Prozession die St. Stephanskirche, deren sie sich gewaltsam bemächtigt, verlassen hatte und vor das Neustädter Rathaus kam, hätten die Führer der Menge verlangt, daß alle Gefangenen, die in der letzten Zeit aus religiösen Gründen eingekerkert worden waren, freigelassen würden; doch die

Ratsherren hätten ihr Gesuch nicht erhört und sich im Rathaus eingeschlossen. Da hätte das Volk das Rathaus gestürmt, die Schöppen aus den hohen Fenstern in die Menge hinabgestürzt, und dort hätte das Volk die Feinde auf Hellebarden, Spießen und Schwertern aufgefangen und auf der Stelle niedergemacht.

König Wenzel wurde fahl im Gesicht, seine Augen lohten. Der Zorn schüttelte ihn, und er bebte am ganzen Leib. Er konnte nicht sprechen, seine Stimme versagte, doch plötzlich entrang sich seiner Kehle ein Schrei wie Löwengebrüll, und schon sank er vom Schlage gefällt zu Boden und gab bald darauf seinen Geist auf.

Er starb, wie's ihm der alte Sterndeuter geweissagt hatte, vor dem St. Veits-Turm, vor dessen Zerstörung. Er segnete das Zeitliche früher als der Turm, schied früher aus der Welt als dieses Bauwerk. Der Tod des Königs rettete den Turm. Die Maurer stellten ihr Zerstörungswerk sogleich ein. Aber ein Teil des Turmes war vernichtet, und erst später wurde – wie auf den ersten Blick ersichtlich – der obere Teil neu erbaut.

*

König Wenzel fand nicht einmal nach seinem Tode Ruhe. Es vergingen etliche Jahre, bevor er im St. Veits-Dom neben seinem glücklicheren Vater die ewige Ruhe fand. Still war's in der Königsgruft und still über ihr, ringsumher und in der Kirche. Man vernahm nicht mehr das Pochen der Hämmer, nimmer hörte man auf den Gerüsten die Schläge der Zimmermannsäxte, leer und verlassen war die Bauhütte, das Knarren der Wagen mit Stein und Sand drang nicht mehr durch den Lärm, und nimmer ertönte der Ruf des Werkmanns. Der Bau der majestätischen Kathedrale, den Karl begonnen und sein Sohn Wenzel fortgesetzt hatte, war völlig zum Stillstand gekommen. Der St. Veits-Dom, das berühmte Werk des Matthias von Arras, Peter Parlers und seines Sohnes Johann, stand unvollendet da und blieb es viele Jahrhunderte lang.

Das Volk aber glaubte fest, daß dies nicht so bleiben, daß der Dom dereinst in der Größe und Herrlichkeit zu Ende gebaut werden würde, in der Karl IV. selbst ihn hatte haben wollen und daß ihn ein mächtiger und ruhmreicher Herrscher vollenden werde. Nachdem er die St. Veits-Kathedrale errichtet hat – so lautete eine alte Weissagung – wird er die Türken für alle Zeiten aus Europa vertreiben, Konstantinopel erobern und in der Hagia Sophia den christlichen Gottesdienst wieder erneuern.

Leopold I., Römischer Kaiser und König von Böhmen, erfuhr von dieser alten Weissagung, und weil es seine Sehnsucht war, die Türken aus Europa zu vertreiben, wollte er den St. Veits-Dom zu Ende bauen, damit eintrete, was die Prophezeiung verkündet hatte. Schon hatte er alle Vorbereitungen zur Vollendung von Karls Werk getroffen, schon wurden allerlei Anstalten für den Weiterbau gemacht, da fielen die Türken plötzlich in Ungarn ein, und der Kaiser mußte, um ihren gefährlichen Angriff abzuschlagen, das für den Bau des St. Veits-Doms bereitgestellte Geld für militärische Zwecke verwenden.

Und so blieb der St. Veits-Dom wieder unvollendet, und auch die Türken blieben in Europa.

Die Sage von der Altstädter Turmuhr

Im Altstädter Rathaus ward weder eine Tagung des Adels und der Stände abgehalten, noch eine Bürgerschaftsversammlung dahin einberufen, noch irgendeine wichtige Tagsatzung verhandelt, und doch strömten die Menschen in hellen Scharen zu ihm hin und nicht erst kurze Zeit, sondern vom frühen Morgen schon, den ganzen Tag.

Wer hierherkam, hatte keine Lust fortzugehen; er stand da und wartete lange, eine Stunde und mehr, nicht frei und ungehindert und in aller Bequemlichkeit, sondern im fürchterlichen Gedränge der Menge.

Denn alles drängte sich zum Rathausturm, wo dies Weltwunder, das neue Horologium, zu sehen war, von dem man sich so viel erzählte. Man sprach davon in allen Stadtteilen von Prag, am Königshof, in den Herrenhäusern und in den Bürgerstuben, in den Schenken und auf der Straße, überall, daß die neue Altstädter Turmuhr nicht wie andere Uhren, sondern ganz eigenartig und hervorragend sei, ja, gewiß alle andern Turmuhren der Welt übertreffe.

Bürger, Handwerker, alte Frauen und junge Mädchen, Studenten in kurzen Mänteln drängten sich vor dem Rathausturm, traten auf die Zehenspitzen, reckten die Hälse. Sie starrten mit großen Augen auf das Zifferblatt mit den vierundzwanzig Stunden des Tages, das voll goldener Kreise und Linien, Ziffern und seltsamer Zeichen war, auf die runde Tafel darunter, auf der die Bilder der zwölf Tierkreiszeichen gemalt waren, auf die Statuetten rechts und links im gemeißelten Blattwerk und am meisten auf den Gevatter Tod und den merkwürdigen Türken, ferner auf den geizigen Bürger mit dem Geldbeutel. Rings um das Rathaus brauste Stimmengewirr wie ein tosender Strom.

Doch als von oben, von der neuen Turmuhr, die Stimme der Glocke ertönte, verstummten alle sogleich, und es wurde ganz still. Nur hier und dort erscholl ein Aufschrei, hie und da erhoben sich Hände und wiesen auf den Tod, wie er Sturm läutet, wie er an der Glocke zieht. Da taten sich zu aller Erstaunen plötzlich zwei Fenster über der Uhr auf, und die zwölf Apostel kamen heraus. Einer nach dem andern schritt vorbei, alle zwölfe von West nach Ost, ein jeglicher wandte dem Volk sein Antlitz zu, und Christus selbst, die Menge segnend, kam als letzter.

Viele entblößten ihr Haupt, viele bekreuzigten sich, andere wiesen auf den Tod, wie er die Kiefer öffnet, und auf den Judas, den Geizkragen, wie er sich hin und her dreht. Und der Alte neben dem Tod schüttelte den Kopf, als wollte er sagen, er möchte noch nicht, daß der Knochenmann läute. Doch als oben über den kleinen Fenstern der Hahn krähte, ging neuerlich Bewegung, ging eine Welle der Heiterkeit durch die Menge. Die Leute lachten und schrien. Überall in der Menge sprach man von dem Meister, der diese Uhr geschaffen hatte, daß er, voll Scharfsinn und voll Geist, mit einer besonderen Gabe Gottes ausgezeichnet, alle Meister seiner Zunft überrage, und der Name des Meisters Hanuš, der das Werk so geistvoll und eigenartig erdacht und gemacht hatte, war in aller Munde.

Auch die Magister und Doktoren im dunklen Mantel und Doktorkleid, die unweit des Turmes standen und sich das Horologium besahen, lobten seinen Schöpfer. Ernst, mager oder feist standen sie da, diskutierten auf lateinisch, auf tschechisch und immerzu nur über die Kreise und Zeichen der Uhr. Für den Hahn, die Figuren, den Tod, den Sternkreis und anderes hatten sie nur ein Lächeln übrig, und als der Tod Sturm läutete und der Hahn krähte, meinte einer von ihnen verächtlich zu den Studenten und Bakkalaurei, daß diese Hampelmänner und ähnliche Apparaturen nur als Gaudium und Schauspiel für das gemeine Volk gemacht seien.

Und zugleich erklärte er ihnen, daß das Horologium allen gelehrten Leuten und besonders den Astronomen auch ohne diese Hampelmänner wundersam und köstlich sei. Denn es zeige an, wie die Sonne in ihrem Lauf von Ost nach West den Tierkreis durchschreitet, zeige, auf welchem Grad sie jeweils an einem bestimmten Tage im Jahre steht, um wieviel Uhr sie aufgeht, zu welcher Stunde sie ihren höchsten Stand erreicht, wo sie untergeht, wie hoch von Sonnenaufgang über dem Horizont und wie nahe

zur Mittagslinie und wie niedrig gen Westen, auch, wo sie nach ihrem Untergang unter dem Horizont, nämlich des Nachts, unter der Erde steht und auch, wie sie sich, wenn der Winter kommt und die Tage kürzer werden, von uns entfernt und sich dann auf den Sommer zu, wenn die Tage länger werden, uns wieder nähert.

Der gelehrte Magister verstummte plötzlich, als durch das geschmückte Portal die Schöppen und der Rat der Altstadt, mit Pelzmänteln, Baretten und Mützen angetan, aus dem Rathaus traten und zur Turmuhr schritten. Alle ringsum wichen zurück, alle, das Volk, die gelehrten Magister, die Bakkalaurei und Studenten richteten ihre Blicke auf sie, am meisten aber auf einen bereits älteren Mann in dunklem Meisterhabit. Er schritt mit ernstem, ein wenig blassem Gesicht neben dem Bürgermeister einher.

Die Stimmen in der Menge wurden wieder laut, überall herrschte Ergriffenheit, jeder schob sich, drängte sich vor, reckte den Hals, auf daß er den Mann gut sähe. Denn die Kunde verbreitete sich, es sei Meister Hanuš, der Schöpfer des neuen Werks.

Alle grüßten ihn ehrerbietig, auch die Magister der Universität; er dankte bescheiden, und als der Bürgermeister und die Ratsherren vor der Uhr stehenblieben, begann er ihnen sogleich auf ihren Wunsch alle Zeichen und Kreise zu erklären.

Er sprach von den Sternen, von der Sonne; dann erläuterte er den Lauf des Mondes, wie die Uhr ihn verzeichnet, wann Neumond ist, wann das erste Mondviertel, wann Vollmond und wann der Mond im letzten Viertel steht, wie er zunimmt und wie er abnimmt. Auch von den zwölf Sternbildern sprach er, erklärte, daß immer sechs davon über der Erde und die übrigen sechs unter dem Horizont stehen und erläuterte, welche von ihnen jeweils zu einer bestimmten Stunde über dem Horizont und welche unter ihm sind. Und weiter erklärte Meister Hanuš auch, daß die Uhr auch alle Feiertage des Jahres anzeige, daß der ganze allgemeine Kalender mit seinen zwölf Monaten mit goldenen Ziffern darauf verzeichnet sei.

Alle ringsum lauschten, auch das Volk verstummte; Magister und Doktoren blickten gelehrt drein und nickten ernst mit den Köpfen.

Als Meister Hanuš geendet hatte, erscholl lautes Lob in der Runde. Er aber, als gelte es nicht ihm, forderte die Ältesten des

Rates auf, ihm in den Turm zu folgen und das Werk, die Räder und Gewichte zu besichtigen. Die Uhr werde gleich schlagen – so sagte er – sie möchten sich sputen, damit sie das Werk sehen könnten, besonders die Räder, wie sie ineinandergreifen und nicht verfehlen zu tun, was ihnen bestimmt ist.

Und sie gingen, und als sie im Turm angekommen waren und nur einen Blick auf die ganze kunstvolle Maschinerie, die Räder und Rädchen, Hebel und Gewichte geworfen hatten, staunten alle, wie der Kopf eines Menschen das alles hatte ersinnen, zusammenfügen und im Gedächtnis behalten und jedem Rad und Rädchen, jedem seiner Zähne seine Aufgabe hatte zuweisen können.

Sie staunten dann noch mehr, als ihnen Meister Hanuš die vier Seiten oder Teile des Horologiums zeigte. Er erklärte, daß jede Seite ihr eigenes Pendel, ihr gesondertes Uhrwerk und ihre besondern Räder hätte, mit denen sie ihre besondere Aufgabe erfüllte.

Am meisten bewunderten alle den vierten Teil, den kunstvollsten und kompliziertesten, und sein Hauptstück, das Kalenderrad, das an seinem Rande dreihundertfünfundsechzig Kerben oder Zähne hatte, und das, wie der Meister erläuterte, sich im Jahre einmal um seine Achse dreht, jeden Tag um eine Kerbe, beziehungsweise um einen Zahn.

Und das ganze komplizierte Werk ging gut und genau und geradeso, als ob es Geist und Seele hätte. Der Scharfsinn des Meisters war in ihm und lenkte alles, und nur Meister Hanuš kannte sich in dem ganzen Werk aus und kein andrer. Einer der Ratsherren, der Uhrmacher Johann, mußte aufrichtig vor allen gestehen, daß er all das nicht verstehe, dieses Kunstwerk sei wohl durch eine besondere Eingebung Gottes entstanden. Er sei ein alter Uhrmachermeister, aber dies Uhrwerk möchte er weder in Gang halten noch es in seiner Obhut haben. Davon würde er gewiß den Verstand verlieren.

Nach dieser Rede fügte einer der Magister der Karlsuniversität hinzu, er sei im Welschland, in Frankreich gewesen, habe dort große und gediegene Horologia gesehen, aber solch eins noch nirgendwo.

„Und ich wüßte nicht und glaube es auch nicht", fügte er hinzu, „daß in irgendeinem Lande der Welt eine meisterlichere und eigenartigere Uhr gefunden werden könnte. Außer wenn unser Meister Hanuš noch anderswo solch ein Horologium anfertigte."

Der Bürgermeister wurde stutzig, blickte unwillkürlich die Ältesten an, die wieder ihn, alle im gleichen Moment, denn sie erschraken, daß so etwas geschehen könnte. Und gleich wandten sie sich Meister Hanuš zu. Dieser meinte lächelnd, er sei froh, daß er dies schwierige Werk habe vollenden können, und danke Gott dafür.

Doch der Bürgermeister kehrte von der Besichtigung des Uhrwerks nicht so zufrieden zurück, wie er zu ihm hinaufgegangen war. Ein sorgenvoller Gedanke lag ihm im Sinn, ihm und einigen der Ältesten: daß Meister Hanuš noch für jemanden andern solch eine Uhr machen könnte, daß auch andre Städte solch ein Wunderwerk haben könnten.

Die Sage von der Prager Wunderuhr verbreitete sich in alle Gaue der böhmischen Krone und weiter über ihre Grenzen, in fremde Länder. Jedermann, der nach Prag kam, beeilte sich, die Turmuhr anzusehen, und ein jeglicher trug dann ihr Lob in alle Ecken und Enden.

Schon kamen auch Sendboten verschiedener Städte aus der Heimat und aus der Fremde, Meister Hanuš zu ersuchen, er möge ihnen eine ähnliche Uhr machen. Doch nun wurden der Bürgermeister und die Altstädter Ratsherren bereits von Furcht befallen. Keinem in der Welt wollten sie solch ein stolzes Wahrzeichen gönnen, nur Prag allein sollte dies berühmte Werk besitzen, ihr Horologium sollte das einzige der Erde bleiben.

Und sie versammelten sich zu einer Geheimsitzung, berieten und überlegten, bis sie übereinkamen, daß sich Meister Hanuš von den Fremden, ihren Versprechungen und ihrem Golde vielleicht doch könnte verlocken lassen und daß er, mag sein, schon an einer neuen Uhr arbeite, die vielleicht noch besser und gediegener sein werde, denn er sei fortwährend in seiner Werkstatt und arbeite und probiere dort herum. Um Gewißheit zu haben, entschlossen sie sich zu einer gräßlichen Tat.

*

Meister Hanuš saß an einem mächtigen Tisch in der Werkstatt und zeichnete auf einem großen Blatt Papier, das vor ihm ausgebreitet lag. Zwei Kerzen brannten auf dem Tisch; die Fensterladen waren geschlossen, ein Feuer flackerte im Kamin. Nacht war's und dunkel und öde in den Straßen. Im Hause war es ruhig und still, nichts regte sich.

So sehr war der Meister in seine Arbeit vertieft, so in Gedanken versunken, daß er nicht vernahm, wie plötzlich draußen die Treppe knarrte. Er drehte sich erst um, als die Stubentür sich mit einem Schlag auftat, und drei Männer, in Mäntel gehüllt und mit tief ins Gesicht gezogenen Kapuzen, eintraten. Der Meister stutzte, wollte fragen, was ihr Begehr sei, aber schon sprangen zwei von ihnen auf ihn zu, der dritte löschte die Kerzen, und schon schleppten sie ihn, als sie ihm den Mund gestopft hatten, zu dem lodernden Kamin.

Die Leute im Haus schliefen und vernahmen die heftigen Schritte oben in des Meisters Kammer nicht, so wußte auch keiner aus dem Hause, daß die drei Vermummten mit einem Nachschlüssel die Pforte in den Hof geöffnet hatten, auf diesem Wege ins Haus und nach einer geraumen Weile wieder aus dem Hause gelangt waren. Wie Schatten huschten sie vorbei und verschwanden wieder in der Nacht.

Erst am Morgen wurde ihre Spur und ihre furchtbare Untat entdeckt. Denn man fand Meister Hanuš ohnmächtig auf seinem Lager vor. Er wurde vom Fieber geschüttelt, und seine Augen waren verbunden. Voll Entsetzen vernahmen die Nachbarn, was ihm des Nachts widerfahren war, wie ihn die Vermummten überfallen und geblendet hatten. Sie waren es wohl auch gewesen, die ihm die Augen verbunden hatten.
Davon wußte er aber gar nichts mehr, denn er hatte vor der gräßlichen Tat das Bewußtsein verloren.

Die Kunde von diesem Verbrechen rief in ganz Prag große Bestürzung hervor. Überall wurde voller Empörung von den Missetätern gesprochen; doch vergebens suchte man sie. Es schien, als wären sie vom Erdboden verschwunden. Mancherorts raunten sich die Leute sonderbare Mären zu und erzählten einander, Meister Hanuš habe, als er ein wenig zu sich gekommen war, gesagt, man solle die Verbrecher nicht suchen, man werde sie doch nicht finden, obwohl sie so nahe seien.

Mehr sagte er nicht; doch die Leute ahnten, daß er mehr erzählen könnte, doch er tat es nicht und saß stumm, traurig wie ein blinder Vogel im Winkel seines Käfigs, in der Ecke seiner Kammer, wo er so vieles geschafft hatte. Still standen seine Apparate, reglos hingen die großen und kleinen Feilen und das übrige Handwerkszeug, und Staub legte sich auf seine Bücher und die Pergamentrollen seiner Zeichnungen und Pläne. Alles war für ihn in schwarze Finsternis gehüllt. Seine erloschenen Augen sahen nichts mehr davon, nicht einmal einen schwachen Schimmer des göttlichen Lichts; er konnte seine Uhr nun nicht mehr anrühren, er härmte und grämte sich, sehnte sich voll Wehmut nach seiner Arbeit, die sein Leben war. Ohne sie aber verfiel er und siechte dahin.

Auch das Unrecht nagte an seinem Herzen, der furchtbare Undank für sein großartiges Werk. Ständig klangen ihm die Worte in der Seele, die einer der Vermummten ihm in jener gräßlichen Nacht zugerufen hatte: „Nun, eine zweite Uhr wirst du nimmer machen!“

Das war sein Lohn, das war der Dank für sein Werk. Er grämte sich immer mehr, und auch sein Leib verfiel immer mehr. Schon fühlte er sein Ende nahen. Und er sammelte seine letzten Kräfte und machte sich, von einem ehemaligen Schüler begleitet, zum Altstädter Rathaus auf.

Vor dem Rathausturm stand eine Menschenmenge, die darauf wartete, daß die Turmuhr schlage. Der berühmte Meister ging vorbei, und sie erkannte ihn nicht, so gebrechlich war er geworden. Er war abgemagert, seine Wangen waren eingefallen, gelb und sein Haupt war vor Leid ergraut. Vor dem Rathaus begegnete er einigen Ratsherren, doch sie gingen ihm aus dem Weg. Nun begrüßte ihn keiner der Ältesten mehr, und nur ungern hatten sie vernommen, als er ihnen hatte sagen lassen, er sei gekommen, um sich die Uhr anzusehen, ihm sei etwas Neues eingefallen, wie man es richten könnte, daß das Pendel leichter gehe.

Er ließ sich zu dem kompliziertesten, zum vierten Teil führen. Aber alles, all die vielen Räder und Rädchen, Federn und Hebel waren für ihn in Dunkel gehüllt. Nur ihre Stimme hörte er, die Stimme seines Werkes.

Und der blinde und kranke, vorzeitig ergraute Meister stand niedergeschlagen, voll Trübsal und Schwermut vor seinem Werk, lauschte seinem Klang und Gang und gedachte des Rats und der Schöppen, wie sie ihn mit Blindheit belohnt hatten, um vor der Welt mit seiner Uhr zu prunken. Wie sie seiner Qualen, seiner Schmerzen und jetzt auch seiner selbst nicht geachtet hatten.

Da ertönte die Glocke. Der Knochenmann draußen am Turm hatte an ihr gezogen, Alarm geläutet, die eben verrinnende Stunde verkündet. Der Tod rief. Das Uhrwerk setzt sich in Gang, schon schreiten die Apostel vorbei.

Meister Hanuš bebt am ganzen Leib. Er streckt die Rechte aus, hält sie einen Augenblick über das Uhrwerk, greift dann hinein, als ob er klar sähe, eine Weile schaffen dort seine knochigen Finger. Und als er die Hand wieder herauszog, knirschte es im Räderwerk, und die ganze Maschinerie, wie irre geworden, wie empört, rasselte, klirrte und knarrte, die Rädchen und Räder flogen nur so. Alles schrillte, knackte, zischte, klingelte und kreischte, und der Tod läutete. Dann war es plötzlich wieder still. Die Glocke war verstummt, Räder, Hebel und Federn, alles stand, alle Figuren erstarrten, der Hahn krähte nicht mehr.

Das entsetzte Volk draußen rief und schrie voll Verwirrung. Aus dem Rathaus kamen die Herren zu dem Uhrwerk gelaufen. Doch das stand reglos, und auf dem Boden lag sein Schöpfer und Meister, fahl im Gesicht, von Sinnen. Kaum hatte man ihn nach Hause gebracht, hauchte er sein Leben aus.

Und die Uhr stand und stand, und keiner war da, der dies kunstvolle Meisterwerk hätte wieder in Gang setzen können.

Die Sage vom Ritter Dalibor

Jahrelang war's auf der St. Wenzelsburg, dem königlichen Hradschin, traurig und still. Seine Umgebung war in den großen Stürmen der Hussitenkriege verödet, die St. Veits-Kathedrale ausgeplündert, ihre Fenster waren eingeschlagen, und die von Karl IV. prächtig eingerichteten königlichen Gemächer verfielen mehr und mehr. Nur von Zeit zu Zeit, wenn der König von seinem Hof unten in der Altstadt hier Einkehr hielt, belebten sie sich, aber nicht für lange.

Er kam hierher, verweilte kurze Zeit, doch er blieb nicht. Der junge Ladislav Posthumus, wie auch sein ruhmreicher Nachfolger, König Georg von Poděbrady seligen Angedenkens, residierten lieber unten in der Stadt, so auch – nach Georgs Tod – Vladislav II. Jagello, in den ersten Jahren seiner Regierung. Doch unter seiner Herrschaft trat eine große Wandlung ein.

Nachdem er zwölf Jahre regiert hatte, verlegte er seinen Wohnsitz, denn es wollte ihm mit einemmal dünken, daß er in seinem Altstädter Hof, bei dem er einen kostspieligen, kunstvoll und prächtig gezierten Turm hatte erbauen lassen, nicht sicher genug wäre. Und er kehrte in die alte Residenz der Böhmenkönige auf den Hradschin zurück und ließ dort alles, was verfallen war, erneuern und wieder instand setzen. Benedikt Rieth von Laun erbaute eine große, wundervolle Halle, den Vladislavsaal, und zur gleichen Zeit auch in der St. Veits-Kathedrale, rechts von dem großen Altar, eine Kapelle für den König, die mit gediegener Steinmetzarbeit ausgeschmückt war.

Der König ließ auch die kahlen Domwände, besonders in der St. Wenzels-Kapelle mit Draperien zieren, und durch seine Fürsorge und seinen Aufwand erstrahlten die Gemächer der Königsburg wieder in der Farbenpracht der Tapeten und Gemälde. In einer der Hallen hingen die Bilder der böhmischen Fürsten und Könige.

Doch der Herrscher sorgte nicht nur für den Schmuck der Burg, sondern auch dafür, daß sie besser befestigt wurde. So wurden – wo es nötig war – auf seinen Befehl die Burgmauern verstärkt, die Gräben vertieft, die Wälle erhöht und auf den Mihulka-Turm ein äußerst hohes Dachgestühl aufgesetzt, das mit glasierten Ziegeln gedeckt wurde, und auf dem Turmknopf glänzte ein versilberter Löwe.

Nicht lange darauf ließ König Vladislav hinter dem Hause des Obersten Burggrafen, in der Nähe des hinteren Tors, einen neuen Rundturm erbauen.

Er wurde über dem Hirschgraben zum Schutze der Mauer errichtet, aber auch als Behausung, als traurige Wohnung: denn in dem Turm wurden drei übereinanderliegende Kerker gebaut. Der tiefste davon lag unter der Erde, war ohne Fenster, ohne Tür, ohne Licht. Der Gefangene sollte durch eine Öffnung im Fußboden vom mittleren Gefängnis aus an einem Tau hinabgelassen werden.

Der Turm war vollendet, doch kein Gefangener war da, weder für den obersten, leichten Kerker, noch für die andern Verliese. Und so war der Turm vorläufig namenlos, denn er sollte nach dem Gefangenen benannt werden, der als erster seine Schwelle überschreiten würde. Doch er blieb nicht lange ohne Namen.

Damals wurde an dem Bauernvolke viel Unrecht verübt. Die Herren und Edlen bedrückten es durch immer neue, unerhörte Fron. Mancherorts konnten die Bauern diese Unterdrükkung nicht mehr ertragen. Darum verließen sie alles, flohen von ihrer Scholle in die Wälder, in andre Gegenden und verlegten sich auf Diebstahl, Räuberei und ähnliche Verbrechen. Andre sodann erhoben sich gegen ihre Herren.

So empörten sich um Leitmeritz die Bauern gegen Adam Ploskovský von Drahonice, weil er grausam zu ihnen war und schwere Frondienste und mancherlei Drangsale für sie ersann. Sie überfielen seine Feste, erstürmten ihre Wälle, hoben das Tor aus den Angeln, und als sich ihr grausamer Zwingherr tapfer wehrte, verwundeten sie ihn und nahmen ihn gefangen. Um sein Leben zu retten, war er ihnen zu Willen, entließ sie auf seine Ehre, auf Treu und Glauben und durch eine schriftliche Urkunde aus seiner Macht und versprach, keinerlei Klage gegen sie zu führen.

In der Nachbarschaft des Herrn Ploskovský lebte damals auf seiner Feste der junge Landedelmann Dalibor von Kozojedy, ein Mann aus einem alten und ehrwürdigen Geschlechte, dessen Vorfahr mit König Johann heldenhaft bei Crécy gekämpft und dort mit ihm auch gefallen war. Zu diesem Dalibor kamen die befreiten Bauern des Herrn Adam Ploskovský, teilten ihm freudig mit, daß sie die Feste Ploskov in ihrer Macht hätten und baten Dalibor, er möge sich ihrer annehmen. Sie sodann wollten sich ihm gerne unterwerfen, und sie täten dies hiermit schon, täten es gern und aus freien Stücken, denn sie wüßten, daß Dalibor ihnen ein gnädiger Herr sein würde.

Sie wußten nämlich und hatten auch die Erfahrung gemacht, daß Dalibor von Kozojedy zu seinen Untertanen immer gut und barmherzig gewesen war, ja, daß er sich mehr als eines armen Schluckers von einer andern Herrschaft angenommen und ihm durch seine Fürsprache und auch auf andre Art geholfen hatte.

Der edle Dalibor erhörte ihre Bitte. Als er vernommen hatte, daß sie eine Urkunde ihres einstigen Herrn besaßen, durch die er sie freigab, nahm er die ihm angetragene Herrschaft an.

Doch Adam Ploskovský forderte, sobald er aus der Gefangenschaft entronnen und genesen war, sein Eigen zurück. Er rief die Hilfe der Regierung an, und die Landeshauptleute, die Dalibors Vorgehen als Landfriedensbruch, die Tat der Ploskover Bauern sodann als Rebellion ansahen, sammelten die Streitmacht des ganzen Adels dieser Gegend und der Bürger von Leitmeritz.

Dieses große Heer griff die aufrührerischen Bauern an, viele wurden erschlagen, gefangen und grausam bestraft, und auch Dalibor, ihr treuer Helfer, wurde in Bande geschlagen. So geriet der junge Schirmherr des unterdrückten Volkes in Fesseln. In Ketten wurde er nach Prag gebracht und in das mittlere Gefängnis in dem neuen Rundturm – hinter dem Hause des Burggrafen über dem Hirschgraben – geworfen.

Dalibor überschritt als erster Gefangener dessen Schwelle, und so ward und wird er nach ihm Daliborka, Daliborturm, genannt.

Auf der Burg und in ganz Prag wurde viel über den jungen Edelmann gesprochen, und zwar nicht nur deshalb, weil er der erste Gefangene in dem neuen Turm war, sondern auch, weil der Grund, aus dem er dahin gekommen war, Aufsehen erregte. Die hoffärtigen Herren frohlockten, weil sie ihn in Gewahrsam wußten, das Volk aber bedauerte ihn.

Ihm selbst war dort bange und traurig zumute. Hinter den dicken Mauern und kleinen Fenstern des Kerkergewölbes war jetzt seine Herrschaft. Daheim auf seiner Feste pflegte er in das weite, herrliche Land zu schauen; nun sah er kaum einen Streifen Himmels und ein Stückchen von dem tiefen, überwucherten Graben unter dem Turm. Die Blätter der Bäume darin färbten sich bereits gülden und rot, ein trübseliger Herbst kam ins Land.

Stille im Turm und Stille ringsumher. Die Vögel waren verstummt, nur der Wind pfiff in den Zweigen der Bäume. Die Blätter fielen, Nebel legten sich auf den tiefen Graben, hüllten ihn ein des Morgens und in der frühen Dämmerung, Regenschauer rauschten vom Himmel.

Der kurze Tag war im Kerker lang, und die Nächte waren schier unendlich. Heimweh und Langeweile suchten den jungen Edelmann heim. Und da beschaffte er sich von der bescheidenen Summe Geldes, die man ihm gelassen hatte und von der er sich verköstigen mußte, eine Geige. Als ihm der Kerkermeister die Fiedel besorgt hatte, begann er darauf zu üben. Nie zuvor hatte er den Bogen geführt; nun legte er ihn kaum aus der Hand. Er lernte alleine spielen, spielte und spielte, die Langeweile verkürzte er sich, die Zeit verging, und sein Spiel ward immer kunstvoller, lieblicher.

Schon pflegten der Kerkermeister und die Söldner der Wache hinter seiner Tür zu stehen und ihm zu lauschen. Schon kamen so manches Mal die Burgherren und Beamten, um sich anzuhören, wie der Ritter von Kozojedy im Kerker spielen gelernt hatte. Schon erzählte man sich in der Stadt davon, schon kamen die Leute herauf, um sich davon zu überzeugen: zuerst die Neugierigen, dann die ewig Ungläubigen. Tag für Tag waren ihrer mehr, bis schließlich am hinteren Burgtor auf beiden Gassen, zwischen denen sich der St. Wenzels-Weinberg erstreckte, immer eine große Menschenmenge seiner harrte.

Das war schon im Frühling, als eine sanfte Mittagsbrise wehte, da die Wipfel und Zweige knospten und blühten und auch der Hirschgraben grünte und von süßem Vogelgezwitscher erfüllt war. Doch herrlicher als der Vogelgesang war die liebliche Stimme der Geige, die aus dem Turme erklang.

Alle wunderten sich, und ein Schauer überlief sie, als aus dem öden, kummervollen Kerker bebend die weichen, süßen und traurigen Klänge ertönten. Desto mehr rührten sie das Herz der Menschen.

Wehmut und Sehnsucht klangen darin, und gleich wandelten sie sich wieder, und es ertönten die bekannten Weisen frommer Lieder. Von Demut, Hoffnung und dem Flehen eines traurigen Herzens sangen sie. Ein andermal wieder hörte man die Klänge der Welt, die Melodeien von Liebesliedern und Kriegsgesängen.

So manches Mal spielte Dalibor die alte Weise von König Johann, vom jungen Klimberg und Plichta von Žerotín, von Bayer von Strakonitz, von all den böhmischen Herren und Edlen, die wie der Urahn des gefangenen Spielmanns mit ihrem König in der Schlacht bei Crécy ihr Leben gelassen hatten.

Gerührt lauschten die Prager vor dem Turm. Und als sie einmal gewahrten, daß aus dem Kerkerfenster an einem Strick ein grober Leinensäckel herabgelassen ward, gaben sie gern und willig, was ein jeder gerade an Groschen und kleinen Münzen bei sich hatte. Jedermann dachte, daß der Ritter von seinem Gelde lebe. Nun sahen sie, daß es schon übel um ihn stand, daß die Not bei ihm eingekehrt war. Der vornehme Mann wollte nicht selber in der Stadt betteln, und ins Gefängnis bekam er keine Gaben. Er hatte nichts mehr als seine Geige.

Doch wann immer er in der Folge spielte, wann immer er den Beutel aus dem Gefängnis hinabließ, jedesmal füllten ihm jene, die unten zu hörten, den Säckel mit Geld und Geschenken, auf daß er nicht Hunger und Not leide. Auch manche mildtätige Bürgersfrau, so mancher Nachbar verschönten ihm das Leben: Ein Kopfpolster schickten sie ihm, Bettzeug und Speise und mehr als eine Kanne guten Trunks. Dafür spielte er den Leuten vor, wenn sie nachmittags oder im Abendgrauen vor dem Turm zusammenkamen. Mit angehaltenem Atem lauschten sie, und wenn sie dann auseinandergingen, ließ sich unter ihnen so manche Stimme vernehmen, so wie dieser Ritter spiele keiner in ganz Prag. Not und Elend hatten Dalibor das Geigen gelehrt. Am Tage spielte er den Leuten vor, sich selbst zumeist des Nachts.

Wenn die Königsburg verstummt und erloschen war, wenn sie wie ein wundersamer graubläulicher Schatten zum Nachthimmel strebte, wenn im Hirschgraben in dem milchigen Licht des Mondes Busch und Baum verstummten, erschollen aus der Finsternis des runden Turmes die lieblichen Klänge von Dalibors Geige. Tränen zitterten darin, Freiheitssehnsucht und Rufe des Zornes. Erleichterung brachten sie, aber die Freiheit brachten sie nicht. Der liebe Gott war hoch oben, der König weit weg, und die Herren kannten kein Erbarmen.

Lange Zeit ließen sie den Edlen von Kozojedy im Kerker schmachten, bis sie ihn schließlich vor Gericht stellten und folgenden Spruch über ihn fällten: Es werde hiermit erkannt, daß Dalibor ein zu Unrecht geraubtes Gut an sich genommen und in seinen Besitz gebracht habe; daß er dadurch unrecht und unedel gehandelt und wider Recht und Ordnung verstoßen habe. Um seiner bösen Tat willen möge er sein Leben verlieren.

Das ward ihm kundgetan, und die Herren achteten es nicht, als er sich verteidigte, sie sollten doch erwägen, wer begonnen, wer als erster sichtliches Unrecht begangen und dadurch das Volk empört hätte und er, Dalibor, habe nur das Volk in Schutz genommen. Doch gerade das war in ihren Augen die größte Schuld und Sünde. So ließen sie das Urteil bestehen; den Tag und die Stunde der Hinrichtung aber hielten sie geheim. In der Nacht zuvor erklang die Stimme von Dalibors Geige zum letzten Mal. Aus der Tiefe des freudlosen Kerkers schwangen und klangen die Töne in die stille Nacht, die letzte Tröstung, das letzte Licht im Dunkel des Leids, und sie erstarben über dem Hirschgraben im Scheine des Mondes.

Als die Prager am nächsten Tag wieder zu dem neuen Turm kamen, erblickten sie den Leinensack am Gitter von Dalibors Kerker nicht mehr. Und der Turm war still und stumm. Als sie fragten, ob Dalibor krank sei, verkündete ihnen der

Kerkermeister, ihm sei schon wohl, denn er sei in der Früh auf dem Burghof enthauptet worden.

„Doch ehe er aus dem Kerker trat“, sagte sein Wärter, „nahm er seine Fiedel von der Wand, betrachtete sie, nahm Abschied von ihr. Dann schritt er mannhaft zum Richtplatz. Dort kniete er nieder und neigte das Lockenhaupt auf den Block. Er starb mannhaft, das glaubt mir, wie ein wahrer Christ.“

So manches Auge ward feucht, als der Kerkermeister dies erzählte. Traurig machten sich die Prager auf den Heimweg und warfen einen letzten Blick auf den stillen Daliborturm.

Und der Turm hinter des Burggrafen Haus beim hinteren Burgtor trägt bis zum heutigen Tage diesen Namen und bewahrt das Andenken des unglücklichen Ritters und ruhmreichen Spielmanns.

Sagen des Ghettos

I

Das Prager Ghetto war ein Teil der Altstadt. Es schmiegte sich an sie, verschmolz mit ihr und war doch von ihr getrennt. Sechs Tore schieden sie voneinander; diese Tore mußten während der Osterwoche Tag und Nacht geschlossen bleiben. Hinter den Toren aber war alles anders: die Häuser waren unterschiedlich, ärmer, unscheinbarer, in alten Zeiten mehr aus Holz als aus Stein, mit bizarren Anbauten, Hausumgängen, Erkern, mit schwarzen, verwitterten Höfen. Die Gassen waren kurz und eng, krumm, schmutzig und ungepflastert. Und überall nur Juden, Menschen mit andern Sitten und Bräuchen und einem anderen Familienleben. Auch durch ihre Tracht unterschieden sie sich von den übrigen. Am auffälligsten waren die gelbe Spitze, in die der Judenhut auslief, und ein gelbes oder rotes Tuchrädchen, das sie auf dem Mantel tragen mußten. Sie lebten in der Erniedrigung und nur in ihrer Judenstadt. Anderswo durften sie in Prag nicht wohnen. Doch sie glaubten, und dieser Glaube ging von Geschlecht zu Geschlecht, daß ihre Stadt älter sei als selbst das stolze Prag, daß ihre Väter hier bereits eine Siedlung gehabt hatten, noch bevor Libuša die Prager Burg gegründet hatte. Und sie erzählten einander auch voller Stolz, daß ihre Altneuschul, ihre Altneusynagoge, auf deren Stufen sie bei einem Rechtsstreit mit Christen auf die Heilige Schrift zu schwören pflegten, älteren Ursprungs sei als der St. Veits-Dom und alle Prager Kirchen.

Jedermann blickte voll Ehrfurcht auf das alte, düstere Gebäude mit den schmalen Fenstern, hohen Giebeln, seinem Backsteindach, vom Alter schon gebräunt und gebleicht, das einsam wie ein Riese über dem Labyrinth der engen Gäßchen stand, ein finsteres Wahrzeichen längst vergangener Jahrhunderte und schwerer Stürme.

Die Juden behaupteten von ihr, daß sie, das Bethaus von Worms ausgenommen, die älteste Synagoge von Europa sei, daß in ihren Grundfesten Steine aus dem zerstörten Tempel von Jerusalem eingemauert wären, daß die Engel sie selbst aus dem gelobten Land hierhergebracht hätten. Damals hätten die Engel, so lautet die Sage, den Ältesten der Prager Judenschaft kundgetan und befohlen, daß die Synagoge in alle Ewigkeit so bleiben möge, wie sie sie ursprünglich erbaut und hierhergebracht hatten, daß niemals etwas an ihr geändert werden solle.

Als aber die Juden später doch versuchten, die Synagoge umzubauen, entgingen sie nicht ihrer Strafe: sie vollendeten ihr Werk nie und wurden entweder bei der Arbeit zum Krüppel, oder sie starben eines plötzlichen Todes.

Doch vom Ursprung der Altneusynagoge wurden auch andere Legenden erzählt. Anfangs hätte hier nur eine hölzerne Synagoge gestanden. Als sie dann zu klein wurde, beschlossen die Ältesten, eine neue, größere aus Stein zu erbauen, und zwar an einer Stelle, wo sich damals ein kleiner, niedriger Hügel erhob.

Als sie ihn aufgruben und abtrugen, stießen sie mit einemmale auf Mauerwerk, auf feste Mauern aus mächtigen Quadersteinen, und je tiefer sie gruben, mit desto größerer Gewißheit erkannten sie, daß dies die Mauern einer uralten Synagoge waren. Und als sie schließlich noch eine mit hebräischer Schrift bedeckte Pergamentrolle fanden, da zweifelten sie auch nicht im geringsten mehr daran.

Damals weilten in Prag zwei Juden aus Jerusalem, und die rieten ihren Prager Glaubensbrüdern, die Synagoge nach Jerusalemer Muster zu bauen und die Fenster außen breiter zu machen, so daß sie sich ins Innere zu durch die ganze Stärke der Mauer verengten, auch rieten sie, das Heiligtum solle tiefer als seine Umgebung liegen, damit man neun Stufen zu ihm hinabsteige, denn es steht geschrieben:

„Aus der Tiefe rufe ich zu Dir, o Herr!"

Und so geschah es. Die Synagoge, die angeblich von dem Baumeister Lirenský auf diese Art erbaut wurde, stand und steht immer noch gleich und unverändert da. Geschlecht um Geschlecht ging vorüber, betete hier und sang Psalmen. Doch auch Ungläubige betraten sie, aber gewaltsam, und entweihten diesen den Juden so heiligen Ort. Zweimal verlosch das „Ner tamid“, das ewige Licht, und der heilige Schrein, der „Aron hakodesch“, von einem kostbaren geklöppelten Vorhang, dem „Poroches“, verhüllt, ward von dem grimmen Christenvolke zerstört.

Das erste Mal unter König Johann von Luxemburg, der in der Synagoge nach verborgenen Schätzen der Juden graben ließ und dessen Knechte hier an die zweitausend Mark Gold und Silber zutage förderten. Unter demselben König war hier auch Blut geflossen und dann wieder unter der Herrschaft seines Enkels, Wenzels IV. Damals, es war zu Ostern des Jahres 1389, hallte das ganze auf zwei achteckigen Säulen ruhende Gewölbe von den kläglichen, verzweifelten Schreien und dem Stöhnen der gemordeten Juden wider. Ihr Blut spritzte hoch an die Wände der alten Synagoge und netzte die heiligen hebräischen Sprüche, die dort geschrieben standen.

Lange gedachte man in der Judenschaft voll Grauen jener furchtbaren Ostertage, und am Jom Kippur, dem Versöhnungstag, wurde dann in der Synagoge für ewige Zeiten eine Selichah, ein Klagelied, auf die Schrecken jener Tage gesungen. Dichter dieses Liedes war Rabbi Awigdor Kara, selbst Augenzeuge jener Verfolgungen.

Der alten Synagoge blieb ein Andenken an diese Tage, denn von jener Zeit wurden ihre Wände nicht mehr getüncht. Keiner putzte sie oder strich sie an, und so dunkelten sie mehr und mehr, bis sie ganz schwarz wurden. Der Rabbi erlaubte nicht, daß jemand sie anrühre, denn es haftete an ihnen das Blut der Märtyrer.

Die alte Synagoge überdauerte auch alle späteren Stürme und Gefahren. Als die Judenstadt vor etwa vierhundert Jahren von einem gewaltigen Brand heimgesucht ward, als alles ringsum loderte und lohte, stand die alte Synagoge unversehrt über dem wogenden Flammenmeer. Das Feuer vertilgte und verzehrte alles in der Runde, von überallher wälzten sich Rauchsäulen und Wolken beißenden schwarzen Qualms heran. Nur auf das Gotteshaus fiel auch nicht ein Fünkchen, und nicht ein einziger Ziegel fiel vom Dach.

Auf seinem dunklen Giebel ließen sich zwei weiße Tauben nieder und harrten hier aus; weder die sengende Glut noch der würgende Qualm vermochten sie zu vertreiben. So lange hielten sie aus, bis alle Gefahr vorüber war. Dann erhoben sie sich plötzlich auf ihren schneeweißen Schwingen und verschwanden in den Lüften.

II

Einmal, vor langer, langer Zeit, der Herbst war schon ins Land gekommen, es ist wohl mehr als vierhundert Jahre her, kehrte der Primas, der Bürgermeister der Judenstadt, Rabbi Jizchak nach Prag zurück. Er fuhr von einem Landstädtchen heim, wo er in Geschäften geweilt hatte.

Er mußte auch ein Stück durch den Wald fahren. Weil er sich aber in der Gegend nicht auskannte und der Kutscher auch nicht, nahmen sie an einer Kreuzung die unrechte Straße und verirrten sich. Sie merkten das recht bald, doch auf den rechten Pfad konnten und konnten sie nicht gelangen.

Es dämmerte bereits, und in dem öden Wald wurde es immer finsterer, bis Weg und Steg sich ganz im Dunkel verloren. Doch da schimmerte vor ihnen zwischen den Bäumen ein bläuliches Licht auf. Kaum hatten sie's erblickt, schon standen sie. Die Pferde waren von selber stehengeblieben. Sie waren unruhig, spitzten die Ohren, schnaubten, dann, als das Licht vor ihnen zu einer alles überflutenden roten Glut anschwoll, begannen sie sich aufzubäumen.

Auch der Kutscher ward von Entsetzen gepackt. Nur der Primas verlor nicht den Mut. Er befahl dem Fuhrmann, den Pferden die Augen zu verbinden und hier zu warten, er wolle nachsehen und sich überzeugen, was es dort gebe. Und er schritt zwischen den Stämmen geradewegs auf das Licht zu, bis er auf einen kleinen Anger gelangte, und da erblickte er etwas gar Seltsames: Er sah einen großen, großen Haufen von Golddukaten und Silberlingen. Zwei graubärtige Zwerge nahmen das Gold und Silber von dem hohen Haufen und füllten es in Säckel.

Beide waren so in ihre Arbeit vertieft, daß sie den Primas gar nicht bemerkten. Der sah ihnen ein Weilchen zu, dann fragte er, wem sie denn die Beutel füllten. Kaum hatte er das gesagt, blickte einer der Zwerge ihn böse an und sagte zornig: „Dir nicht!"

Und fort war er. Und mit einem Schlag war auch das Gold, war auch das Silber auf dem Haufen, waren alle schon gefüllten Beutel verschwunden. Nur ein paar auf dem Boden verstreute Goldfüchse blinkten noch auf der Erde. Der zweite Wichtelmann aber war geblieben, und den fragte der neugierige Rabbi, wem sie die Säckel gefüllt hätten.

„Dir nicht!"

„Und wem denn?"

„Einem aus deinem Volke", erwiderte der Zwerg und fügte hinzu: „Aber du hättest nicht fragen sollen. Dadurch hast du unser Werk gestört und ihm ein Leid getan."

„Wer ist der Glückliche? Bitte, könntest du's mir nicht sagen?"

„Ich darf nicht."

„Wenn nicht den Namen, dann sage mir wenigstens, wie er aussieht, gib mir irgendein Zeichen..."

„Ich darf nichts sagen!"

„Dann sage mir bitte nur die Kleinigkeit, wann, ich meine, zu welcher Zeit er den Schatz bekommen wird."

„Wenn deine Tochter heiratet."

Der Primas stutzte, dann drang er von neuem in den Zwerg.

„Meine Tochter? Meine Tochter! Was geht das meine Tochter an?"

„Du würdest gar nicht glauben, wie sehr es sie angeht."

„Solch ein Schatz! Allmächtiger! Und ich bekomme nichts! So erlaube wenigstens, daß ich die Dukaten hier vom Boden auflese."

„Geben darf ich nichts", lehnte der Wichtel streng des Rabbis Ersuchen ab. „Aber wenn du willst, wechsle sie dir um."

So geschah es. Der Primas legte drei Dukaten hin, kniete nieder und sammelte drei der verstreut umherliegenden Goldstücke des Zwerges auf. Als er sich dann erhob, war alles verschwunden. Das Leuchten war erloschen, der Heinzelmann war weg, ringsum nur das Dunkel des öden Waldes, durch den ein kalter Nachtwind brauste. Rabbi Jizchak wandte sich schnell um und eilte fort von dem geheimnisvollen Ort. Dem Kutscher verschwieg er, was er gesehen hatte, er erzählte ihm etwas und trieb ihn zur Eile an. Die Pferde fürchteten sich nicht mehr, und was gar seltsam war, sie gingen sicher, und binnen kurzem wurde es ringsum hell, sie waren aus dem Wald hinausgefahren und auf dem rechten Weg. Dann trabten sie unaufhaltsam durch die Landschaft, fuhren die ganze Nacht und langten am Morgen vor den Toren der Judenstadt an.

Rabbi Jizchak brachte von seiner Reise große Sorgen mit heim. Wer war der Überglückliche, der solch einen gewaltigen Reichtum erben würde, und was hatte der Zwerg damit gemeint, als er von seiner Tochter sprach? Er dachte nach, besah sich die drei Dukaten aus dem Walde, grübelte, aber vergeblich, und seine brennende Neugierde hörte nicht auf, ihn zu quälen. Schließlich fiel ihm ein, daß er sich vielleicht durch ein Zeichen, einen Fingerzeig Gottes, Gewißheit verschaffen könnte. Und so wickelte er die Dukaten des Wichtels, jeden für sich, in ein Papier und warf einen davon aus dem Fenster auf die Straße.

Er selbst legte sich auf die Lauer, um zu erfahren, wer die Münze aufheben werde. Eine Menge Leute gingen straßauf, straßab an dem Hause des Primas vorüber, doch nicht ein einziger sah sich nach dem Papierchen um. Schon war der Tag zur Neige gegangen, schon wollte der Primas das Geldstück holen lassen, da lief plötzlich ein abgerissener und ziemlich schmuddliger kleiner Junge herbei, sah sich einen Augenblick scheu um, dann plötzlich – ein Sprung – grade auf den Dukaten zu, und er rannte mit ihm davon.

Den Primas verdroß es, daß solch ein kleiner Schmutzfink, solch ein zerlumpter Bub, diesen Schatz gewinnen sollte. Doch er tröstete sich damit, daß dies noch nicht gewiß sei. Am nächsten Tag warf er das zweite Goldstück in Papier eingewickelt auf die Straße, legte sich auf die Lauer und wartete wieder. Und abermals gingen den ganzen Tag Leute vorbei, ohne das Papierchen zu beachten, und wieder kam gegen Abend derselbe

Junge gelaufen, hob die Münze auf und rannte davon. Und so geschah's auch am dritten Tage mit dem dritten Dukaten.

Das war kein Zufall mehr. Das war ein bestimmtes Zeichen. Den Primas freute es nicht sehr, doch sah er darin eine Fügung Gottes. Und nur das wollte er noch erfahren, ob der Knabe gut oder böse sei. Darum befahl er, in der ganzen Judenstadt bekanntzumachen, daß er, der Bürgermeister, drei Dukaten verloren habe, daß jener, der sie gefunden hätte, sie ihm ehrlich zurückerstatten möge.

Kaum hatte der Meschores, der Amtsdiener, dies verkündet, als der arme Junge bereits zum Primas gelaufen kam. Er brachte zwei der Dukaten, was den dritten betraf, bat er um Verzeihung, er habe ihn seiner Mutter geborgt, und die Mutter werde ihn, sobald sie etwas verdient habe, wieder redlich zurückgeben; er hätte alle drei sogleich zurückerstattet, doch hätte er nicht gewußt, an wen. Und dann habe er sie auf so merkwürdige Art gewonnen, denn während dreier Nächte habe ihm gar lebhaft geträumt, er möge zum Hause des Primas gehen, dort werde er, in Papier gewickelt, einen Dukaten finden.

Rabbi Jizchak wunderte sich sehr und zweifelte nicht mehr daran, daß der arme Knabe, Mordechaj war sein Name, der Sohn des armen Juden Schalum Meysl, der erwählte Erbe sei. Er lobte seine Ehrlichkeit, schenkte ihm die übrigen zwei Dukaten und forderte ihn auf, bei ihm zu bleiben, er werde ihn kleiden und unterrichten lassen, als wär' er sein Sohn. Der junge Mordechaj war sehr erfreut, bedankte sich sogleich, mußte jedoch das Anerbieten ausschlagen, denn seine Mutter wäre die ganze Zeit im Laden und sein Vater sei blind.

„Er ist allein zu Hause und hat niemanden, der ihn aus der Schul führen würde. Er geht dreimal täglich hin", fügte der Knabe hinzu.

„Ich zahle ihm einen Begleiter", erbot sich der Primas.

„Ein Fremder wird ihn nie so bedienen wie sein eigener Sohn."

Und der junge Mordechaj blieb nicht beim Primas. Ein paar Tage später kam der Primas zu seinen Eltern und bot ihnen an, ihren Sohn wenigstens jeden Tag für ein paar Stunden zu ihm zu schicken, er wolle ihn als Kaufmann erziehen lassen, damit er ein besseres Leben habe als sie.

„Euer Junge gefällt mir", sagte er, „er ist brav, und wenn er so bleibt, würde ich ihm sogar meine Tochter zur Frau geben."

Schalum und sein Weib, allein schon über den Besuch des reichen Primas erfreut, wurden starr vor Staunen und wollten vor freudiger Rührung ihren Ohren nicht trauen. Dankbar nahmen sie das Anerbieten des Primas an und versprachen hoch und heilig – wie Jizchak es wünschte – zunächst keinem etwas davon zu sagen.

So kam der fünfzehnjährige Mordechaj Meysl in des Primas Haus. Seinen Vater aber führte er alle Tage in die Synagoge, auch seiner Mutter half er, wo er konnte.

Im Lernen wie im Geschäft machte er treffliche Fortschritte, und als er zwanzig Jahre alt geworden war, vermählte ihn Rabbi Jizchak mit seiner Tochter, die den jungen Meysl von Herzen liebgewonnen hatte.

Kaum waren nach der Hochzeit sieben Tage vergangen, ließ der Primas einspannen und fuhr zu den Toren Prags hinaus. Seinen jungen Eidam nahm er mit und fuhr ihn in jenen Wald, wo er vor Jahren die wunderbare Erscheinung gehabt hatte. Dem jungen Meysl hatte er aber nicht gesagt, warum er dorthin fahre, daß er die Säcke voll Gold und Silber holen wolle. Sie verbrachten die ganze Nacht im Forste, bis der Morgen graute. Doch sie erblickten nichts, weder das Leuchten noch die Wichtel.

Unzufrieden, doch nicht ohne Hoffnung, kehrte Rabbi Jizchak nach Prag zurück. Er glaubte, daß sie das nächste Mal mehr Glück haben würden. Doch sie hatten es nicht, und auch als sie das dritte Mal in den Wald fuhren, war ihnen das Glück nicht hold.

Nach einer gewissen Zeit machte sich der Primas mit seinem Schwiegersohn, dem er aber bis zur Stund nichts geoffenbart hatte, wieder in den finstern Wald auf. Doch auch diesmal hatte er kein Glück. Ja, der Primas hatte bereits die Überzeugung gewonnen, daß alles, was er damals gesehen, ein Blendwerk der Hölle gewesen sei, daß ihn Luzifer betrogen hatte, damit er seine

Tochter solch einem armen Teufel zum Weibe gebe. Das grämte den Primas sehr.
Und schließlich vermochte er seinen Verdruß nicht mehr zu verheimlichen. Sein Schwiegersohn, den er sonst immer gelobt hatte, begann ihm zu mißfallen, und der Alte ließ es ihn nun bereits spüren. Er benahm sich immer kühler gegen ihn, ja, oft war er sogar barsch. Der junge Meysl trug das schwer, schließlich entschloß er sich, das Haus des Primas, wo er sichtlich zur Last fiel, zu verlassen. Seine junge Frau verwehrte es ihm nicht, und so zogen sie aus.

Mordechaj Meysl übernahm die Eisenhandlung seiner Mutter und brachte sie bald so in die Höhe, daß sie eine der ersten in der Judenstadt, ja, in ganz Prag war. Der junge Kaufmann mühte sich redlich, und der Herrgott gab seinen Segen dazu. Mordechaj Meysl wurde bald vermögend, doch er wurde nicht stolz und verhärtete sich nicht in seinem Herzen. Er dachte immer an die Armen, verteilte viele Almosen und Gaben und nahm sich der schuldlos Verarmten und in Schulden Geratenen an, die er aus dem Gefängnis löste. Und einmal im Sommer, die Erntezeit war nahe, geschah es, daß ein Bauer in seinen Laden kam, den er nicht kannte. Der Bauer suchte sich allerlei funkelnagelneues Gerät aus, Sensen und Sicheln, doch er fügte sogleich hinzu, er habe jetzt vor der Ernte kein Geld, Meysl möge doch so gut sein und ihm die Ware stunden. Und Meysl, dem der Landmann wirklich ehrlich zu sein schien, gab ihm das Werkzeug, das er sich ausgesucht hatte, auf Borg.

Der Bauer, dadurch erfreut, sagte: „Nun wahrlich, du bist ein braver Mann, daß du mir Unbekanntem vertraust. Weißt du was, ich habe eine alte, furchtbar schwere Eisentruhe zu Hause. Ich kann sie nicht aufmachen, ich hab mich mehr als genug damit geplagt. Und ich brauche sie nicht. Die will ich dir bringen und damit meine Schuld begleichen."

Am dritten Tag kam er mit der Truhe wieder. Sie war wirklich sehr schwer und wog so viel, daß der Bauer allein mit dem Gewicht des Eisens nicht nur seine Schuld bezahlte, sondern noch etwas in bar herausbekam.

Spät am Abend wollte Meysl die eiserne Truhe öffnen. Doch kaum hatte er das Stemmeisen angesetzt, kaum einen Hammerschlag getan, da sprang der Deckel von selber auf. Und unter dem Deckel! Meysl war starr vor Staunen, wie geblendet schaute er auf die Menge Gold und Silber, mit dem die eiserne Truhe bis zum Rande gefüllt war. Der junge Kaufmann frohlockte, doch er besann sich sogleich, klappte den Deckel zu, verschloß die Truhe und sagte keinem, nicht einmal seiner Frau, etwas davon.

Er wartete einen Tag, eine Woche, einen Monat, daß der Bauer sich erinnern werde und seinen Schatz werde holen kommen. Doch Monate vergingen, und keiner kam, keiner meldete sich. Meysl kannte den Bauern nicht, wußte auch nicht, woher er war. Als dann ein Jahr vergangen war, begann Meysl den Schatz als sein Eigen zu nutzen.

Das erste, was er tat, war, daß er zum Oberrabbiner ging und ihm eine große Summe Geldes einhändigte, auf daß dafür eine neue Synagoge erbaut würde. Doch bat er sich aus, daß niemand erfahre, wer das Geld für den Bau gestiftet habe. Doch als das Bauwerk vollendet war und die neue Synagoge eingeweiht wurde, erklärte der Rabbiner in der neuen Schul öffentlich und vor allen, wer sie erbaut hatte, und wies auf Mordechaj Meysl hin, der bescheiden in der Ecke stand.

Alle umringten ihn, priesen und beglückwünschten ihn. Als erster von allen Rabbi Jizchak, sein Schwiegervater. Der versöhnte sich nun mit ihm, und als ihm sein Eidam dann anvertraute, was es mit dem Bauern und seiner Eisentruhe für eine Bewandtnis gehabt, sagte der Primas mit Gewißheit zu ihm: „Den Bauern erwarte nicht mehr! Das war bestimmt einer von jenen Zwergen." Und erst jetzt offenbarte er seinem Schwiegersohn, was ihm vor Jahren in dem Walde zugestoßen war und warum sie nach der Hochzeit und später hingefahren waren.

„Wer hätte das gedacht, daß die Prophezeiung sich so erfüllen würde", rief Rabbi Jizchak. „Dergestalt und so wunderbar! Doch gelobt sei Schadaj, der Allmächtige, in alle Ewigkeit!"

Mordechaj Meysl blieb bis zu seinem Tode ein reicher Mann. Er war aber kein Geizhals, sondern stets ein Gönner seiner Glaubensbrüder und erwies ihnen viel Gutes.

Die Synagoge, die er erbauen ließ, trägt bis auf den heutigen Tag seinen Namen. Außer ihr errichtete er in der Judenstadt ein Rathaus, ein Frauenbad, ein Armenasyl und ein jüdisches Waisenhaus, und daß die krummen und schmutzigen Gassen und Gäßchen des Ghettos gepflastert wurden, ist ebenfalls sein Verdienst. Auch den Friedhof ließ er erweitern und dachte immer und überall an die Armen. Und so hielt er's bis zu seinem Tode im Jahre 1601.

III

Unter der Herrschaft Rudolfs II. lebte in der Judenstadt von Prag Rabbi Jehuda Löw ben Bezalel, ein hochgelehrter und erfahrener Mann. Er war von hohem Wuchs, und darum ward er der „Hohe Rabbi" genannt. Er war nicht nur im Talmud und in der Kabbala trefflich beschlagen, sondern auch in der Mathematik und Sternkunde. So manches Geheimnis der Natur, andern verborgen, war ihm bekannt, und er tat allerlei wunderbare Dinge, so daß die Leute sich über seine Zaubermacht wunderten.

Weit und breit ging von ihm die Sage und drang auch auf die Prager Burg hinauf, an König Rudolfs Hof. Der Hofastronom Tycho de Brahe brachte Jehuda Löw große Wertschätzung entgegen; der Herrscher selbst ward auf gar seltsame Art mit ihm bekannt.

Einst fuhr er in Begleitung berittener Höflinge in seiner Kalesche vom Hradschin in die Altstadt hinunter. Es war gerade in jenen Tagen, als er Befehl gegeben hatte, daß alle Juden Prag verlassen müßten. Rabbi Löw war damals zu Hofe gegangen, um für seine Glaubensbrüder zu bitten, doch er hatte unverrichteterdinge heimkehren müssen, da man ihn gar nicht zum König vorgelassen hatte. Nun harrte er seiner, und zwar in der Mitte der Karlsbrücke stehend, da er sichere Kunde hatte, daß Rudolf hier vorbeifahren werde.

Als die Leute auf der Brücke die prunkvolle königliche Kalesche, die mit vier Pferden in prächtigem, silberbeschlagenem Geschirr bespannt war, und das glänzende Gefolge des Königs erblickten, riefen sie dem Rabbiner zu, er möge sich aus dem Wege scheren. Doch Löw stand da, als wäre er taub, just der königlichen Kutsche im Wege. Da begannen die Leute bereits, den gelehrten Mann böse anzuherrschen und ihn mit Steinen zu bewerfen. Aber die Steine und der Unrat verwandelten sich in Blumen und fielen auf ihn nieder, auf seinen Mantel, sein Haupt, zu seinen Füßen.

Indem war das königliche Gefährt herangekommen. Doch der Rabbi wich nicht einen Fußbreit zurück. Und die Pferde stampften ihn nicht nieder, sondern blieben, obwohl der Kutscher sie nicht gezügelt hatte, von selbst vor ihm stehen.

Da erst setzte sich der Rabbi in Bewegung und schritt mit entblößtem Haupte durch eine Flut von Rosen und anderen Blumen zu dem Wagen hin, kniete vor ihm nieder und bat den König um Gnade für seine Glaubensbrüder. Der König, über seine Erscheinung und das Wunder, das hier geschehen war, erstaunt, befahl ihm, auf die Burg zu kommen. Das war eine große Gnade.

Die zweite Gnade widerfuhr dem Rabbi in der Residenz des Königs, wo seine Bitte gnädig gewährt wurde.

Die Juden mußten nicht in die Verbannung, und Rabbi Löw ward seit jener Zeit mehr als einmal zum König auf die Burg geladen, wo er ihm mit seinen Zauberkünsten so manche Stunde verkürzte. Einmal wünschte König Rudolf, daß ihm Rabbi Bezalel die Urväter Abraham, Isaak und Jakob mit seinen Söhnen zeige. Der Rabbi zögerte, doch schließlich versprach er, dem Wunsche seines Herrschers zu willfahren, doch bat er nur um das eine, daß keiner der Anwesenden lache, wenn die ehrwürdigen Gestalten der Patriarchen erschienen.

Der König und seine Höflinge, die sich in einem abgelegenen Saal versammelt hatten, versprachen es und blickten neugierig in eine tiefe Fensternische, wo im Dunkel der ernste, hohe Rabbi stand. Doch bald verschwand er wie im Nebel, und aus dem grauen Dunst tauchte helleuchtend die hohe

Gestalt eines Greises von übermenschlicher Größe auf, der in ein faltiges Gewand gehüllt war. Er schwebte vor den Augen aller majestätisch vorbei und verschwand dann wieder plötzlich in der grauen Nebelwand. Das war die Gestalt Abrahams. Nach ihm erschienen Isaak, dann Jakob und seine Söhne, Juda, Ruben, Simeon, Isachar und die übrigen, einer nach dem andern erschienen sie, und still und ernst betrachteten der König und sein Gefolge die Urahnen des jüdischen Volkes. Als aber auch Jakobs Sohn Naphtali aus dem Gewölbe auftauchte, ein rothaariger und sommersprossiger Mann, der im Trab vorbeihüpfte, als eile er, um nichts zu versäumen, als jage er den übrigen nach, da konnte sich Rudolf des Lachens nicht erwehren. Doch da verschwanden die Erscheinungen und die graue Wolke, und schon brausten Rufe des Staunens und des Grausens durch die weite Halle.

Die Höflinge sprangen von ihren Sesseln hoch, und alle blickten und wiesen zu der mit Fresken geschmückten Decke empor.

Sie bewegte sich, senkte sich, senkte sich immer tiefer. Immer niedriger ward der hohe Saal. Die Höflinge, bleich wie der Tod, wollten zur Tür, doch sie konnten sich nicht von der Stelle rühren. Wie festgewurzelt waren sie. Alle riefen Bezalel an, auch der König rief nach ihm, er möge dem Sinken der Decke Einhalt tun.

Da trat der Rabbi aus der Nische, hob seine Arme empor und murmelte etwas. Er hatte noch nicht zu Ende gesprochen, da verharrte das Gewölbe und sank nicht mehr weiter. Der König verzichtete auf weitere Erscheinungen. Er eilte hinaus, und alle Höflinge folgten ihm.

Die Decke aber kehrte nicht mehr in ihre ursprüngliche Höhe zurück. Sie blieb so niedrig, wie sie gesunken war. Der König betrat in der Folge niemals mehr diese Halle. Ihre Tür wurde verschlossen, und so blieb sie alle Zeit.

Rabbi Löw ben Bezalel aber fiel dieser Begebenheit wegen nicht in Ungnade. Ja, es geschah, daß auch König Rudolf höchstselbst ihn in seinem Hause besuchte. Solch eine Ehre war der Judenstadt noch niemals widerfahren. Aber Rabbi Löw war dafür auch dankbar und bereitete seinem König und Herrn eine nicht geringe Überraschung.

Löws Haus sah recht unscheinbar aus. Es war alt und unansehnlich. Doch sobald der König mit seinen Hofleuten durch die niedrige Tür in den Empfangssaal getreten war, begann er zu staunen. Das war nicht die Halle eines gewöhnlichen Hauses, das war das kunstvoll überwölbte, mit Fresken geschmückte und mit Stuck verzierte Gemach eines Fürstenpalastes. Und die ansonsten hölzerne Stiege, die zum Maßhaus führte, war aus poliertem Marmor, der freilich nur dort zu sehen war, wo nicht kostbare Teppiche ihn verdeckten. Und die Gäste stiegen diese Treppe nicht zu einem bürgerlichen Maßhaus empor, sondern traten in einen prächtigen Saal, der mit Bildern und kostbaren Tapeten geschmückt war. Durch die offene Seitentür sodann schweifte der Blick auf eine Flucht köstlicher Gemächer, und durch eine der Türen blickte man in eine offene Galerie von welscher Arbeit.

Rabbi Löw, der den König ehrerbietig durch sein Haus geleitete, führte ihn und seine Höflinge in ein Gemach, wo die Tafel gedeckt war, und bat ihn, er möge ihm die Ehre erweisen und seine Gastfreundschaft annehmen. Und der König setzte sich zu Tisch, und der Rabbi bewirtete ihn und alle seine Begleiter mit einem Gastmahl, das der Tafel des Kaisers nicht nachstand. Der König, von der Magie und Kunst ergötzt, durch die Löw sein nicht gar großes Haus erweitert und so prächtig ausgeschmückt hatte, verweilte dort eine geraume Zeit und ging dann äußerst zufrieden fort. In der Folge tat er dem gelehrten Rabbi seine Gunst und Gnade mehr als einmal kund. Und dieser ließ, damit das Andenken an den Besuch des Königs erhalten bliebe, neben seinem Wappen, einer Weintraube, den böhmischen Löwen über dem Portal seines Hauses einmeißeln.

Ein noch größeres Wunder aber als die Erscheinungen der Urväter auf dem Hradschin war der Golem, der Diener Jehuda Löws. Der mächtige Rabbi hatte sich ihn selbst aus Lehm geschaffen und ihn dadurch, daß er ihm den Schem, einen Zettel mit dem hebräischen Namen Gottes, in den Mund legte, zum Leben erweckt.

Der Golem schaffte für zwei. Er bediente, trug Wasser, hackte Holz, fegte das Haus und tat überhaupt alle gröberen Arbeiten. Dabei aß er nicht, trank nicht und brauchte weder Ruhe noch Rast. Doch jedesmal, wenn der Sabbat begann, am Freitagabend, da alle Arbeit ruhen sollte, nahm ihm der Rabbi den Schem aus dem Mund; dann erstarrte der Golem mit einem Schlag, regte sich nicht und stand wie eine Puppe im Winkel, ein toter Klumpen Lehm, der sich erst wieder belebte, wenn der Sabbat zu Ende war und der Rabbi ihm den Zauber-Schem in den Mund gelegt hatte.

Einmal aber, als sich Löw ben Bezalel zum Gang in die Altneusynagoge anschickte, um dort den Sabbat einzuleiten, vergaß er den Golem und nahm ihm den Schem nicht aus dem Mund.

Doch kaum hatte der Rabbi das Bethaus betreten, kaum den ersten Psalm angestimmt, da kamen die Leute aus seinem Hause und der Nachbarschaft ganz entsetzt in die Synagoge gelaufen und berichteten voller Grausen, in abgerissenen Schreien, daß der Golem zu Hause wüte, daß sich keiner an ihn heranwage, da er jeden umbringen würde.

Der Rabbi zögerte eine Weile, denn der Sabbat hatte begonnen, man verlas schon den Psalm. Jegliche Arbeit, jede, auch die kleinste Anstrengung war von dem Augenblick an eine Sünde. Doch hatte er den Psalm, mit dem der Sabbat eingeleitet wird, noch nicht zu Ende gesprochen, die wahre Stunde des Sabbats war noch nicht gekommen. Er erhob sich und eilte in sein Haus. Noch hatte er's nicht erreicht, schon hörte er dumpfes Getöse, dröhnende Schläge. Als er eintrat – die übrigen gingen vor Furcht ein Stück hinter ihm her – erblickte er eine greuliche Verwüstung: zerschlagenes Geschirr, zerbrochene, umgestürzte Tische, Stühle, Truhen und Bänke, verstreut herumliegende Bücher. Hier im Haus hatte der Golem sein Zerstörungswerk schon vollendet. Jetzt war er im Hof am Werk, wo schon Hühner, Hund und Katze tot am Boden lagen, denen er den Garaus gemacht, und wo er gerade dabei war, eine Linde mit mächtigem Stamm aus dem Boden zu reißen. Er war ganz rot im Gesicht, und die schwarzen Locken flatterten ihm um Stirn und Wangen, da er den Baum entwurzelte, als wär's ein Zaunpfahl.

Der Rabbi ging schnurstracks auf ihn zu, hob seine Hände und blickte ihn durchdringend an. Als der Meister den Golem berührte, zuckte der zusammen, seine Augen traten aus den Höhlen, und vor dem gewaltigen Blick blieb er wie festgewurzelt stehen. In diesem Augenblick griff ihm der Rabbi zwischen die Zähne und riß ihm mit einem Ruck den magischen Schem aus dem Munde.

Der Golem stürzte wie vom Blitz gefällt zusammen. Mit einem Schlag fiel er zu Boden und lag leblos da, nur noch ein Lehmklotz, nur tote Materie. Alle in der Runde, alt und jung, schrien freudig auf und traten nun voll Wagemut an den gefallenen Golem heran und verspotteten und beschimpften ihn. Der Rabbi aber atmete erlöst auf, sprach kein Wort und schritt wieder in die Synagoge, wo er im Lichte der ewigen Lampe von neuem den Psalm anstimmte und den Sabbat einweihte.

Der heilige Sonnabend war vergangen, doch Rabbi Löw ben Bezalel legte dem Golem den Schem nimmermehr in den Mund. Und so erwachte der Golem nicht mehr zum Leben. Er blieb ein Lehmklumpen und gelangte auf den Boden unter das Dach der alten Synagoge, wo er dann in Stücke zerfiel.

IV

Jahrhunderte waren vergangen, und in der Judenstadt hatte sich vieles gewandelt. Die strenge Absonderung hatte aufgehört, die Tore waren verschwunden, die Stadt selbst war anders geworden, Gassen, Häuser und Leute.

Nur die Altneuschul blieb, wie sie war, und mit ihr inmitten von Häusern neuerer Bauart, der stille Totenacker. Hier waren alle vergangenen Geschlechter der einstigen alten Judenstadt versammelt, von den ältesten Zeiten, als Prag noch nicht bestand, bis zu der Zeit, da das Ghetto und seine Bevölkerung frei wurden, als hier die letzte Kewurah, das letzte Begräbnis, stattfand und zum letzten Mal an einem offenen Grabe das Totengebet für die Verstorbenen gesprochen wurde.

Im Schatten von uralten Bäumen und Fliederbüschen ragt eine Menge steinerner Denkmäler auf, schlichte und prunkvolle, glatte Steintafeln, senkrecht aufstrebend und in Form eines Giebels zusammenlaufend. Und auf allen sind allerlei Zeichen und Wappen zu sehen: eine Weintraube, welche die jüdische Abstammung im allgemeinen bezeichnet, ein Waschbecken, das davon kündet, daß hier ein Nachkomme des Stammes Levi ruht, Hände, das Zeichen des Aron-Geschlechts. Und da das Bild einer Jungfrau, dort das Konterfei eines Löwen, Wolfs, Hirsches und andrer, je nach dem Namen des Verstorbenen.

Überall Inschriften in hebräischen Lettern, kurze und lange, die der Nachwelt Namen, Geschlecht und Todesjahr des Verstorbenen und Angaben über sein Leben überliefern.

Verschiedene merkwürdige Namen kann man da lesen: hebräische, deutsche und aus älteren Zeiten, aus dem 16. Jahrhundert, als die Juden sich mehr zum tschechischen Volk bekannten, auch viele tschechische Namen. Hier ruht ein Jude namens Krása, dort ein Čech, Černý, hier eine Jüdin namens Sladká, Čárka, Mamila, Libuša, Sláva, dort ein Nezamysl, Máta, Vlk, daneben ein Dobruška und viele andre.

In alten Zeiten, als hier noch die Toten zur letzten Ruhe bestattet wurden, pflegten die Juden immer heimlich allerlei Münzen auf die Grabmale zu legen, Nedawoth (Liebesgaben) für die Armen, die sich schämten, um Unterstützung oder Almosen zu bitten. Jetzt liegen auf manchen Denkmälern, hier mehr, dort in geringerer Zahl, kleine Steinchen, doch alle sind zum Zeichen der Verehrung da. Wer von den Gläubigen das Grab besucht, legt ein Steinchen darauf, und die Häuflein künden davon, wer im Gedenken der Menschen weiterlebt und wen man mit den Worten segnet: „Secher zaddik liwrachah“ – „Gesegnet sei das Andenken des Gerechten“.

Alle Geschlechter der einstigen Judenstadt sind hier versammelt: arme, reiche, vergessene und berühmte. Hier ruht der gelehrte Rabbi Awigdor Kara (gest. im Jahre 1439), der Dichter des Klagelieds auf das große Gemetzel unter König Wenzel IV., hier ruht Mordechaj Meysl, der Sohn Schalums, der große Wohltäter seiner Glaubensgenossen (gest. im Jahre 1601), auch der berühmte Rabbi Jehuda Löw ben Bezalel (gest. im Jahre 1609) und andre hervorragende Männer der jüdischen Gemeinde.

Alle ruhen im Schatten der duftenden Sträucher, und nichts stört ihren Schlaf. Doch einer ist hier, der nicht einmal im Garten der Toten die ewige Ruhe gefunden hat, und das fromme „Schalom alejchem“ (Friede sei mit dir) weht wirkungslos über sein Grab.

Dieser Jude hatte sich in seiner Jugend seinem Stamme entfremdet. Er hatte den christlichen Glauben angenommen und war sogar Priester geworden. Er war Kaplan in St. Veit gewesen. Doch dann, als sein letztes Stündchen schlug, erinnerte er sich seiner Herkunft und bekam Sehnsucht danach, im Totengarten in der Judenstadt zu ruhen. Denn es war dort auch ein junges jüdisches Mädchen begraben, das er einst in seiner Jugend geliebt hatte. Und so starb er als Jude, und die Juden begruben ihn, wie er sich's gewünscht, in der Nähe seiner Liebsten. Doch die Ruhe, deren er zu seinen Lebzeiten gewiß wenig genossen hatte, fand er auch im Grabe nicht. Jeden Abend stand er aus dem Grabe auf und mußte zur Moldau hinunter, wo ein Kahn mit einem grausigen Sensenmann als Ruderer seiner harrte.

Durch das Dunkel oder auch im Mondenschein, je nachdem wie die Nächte waren, fuhren sie ans andre Ufer. Hier stieg der treulose Priester aus, und sein Fährmann begleitete ihn auf die Burg, in den St. Veits-Dom hinauf. Dort setzte sich der Priester an die Orgel und spielte; der Sensenmann trat die Bälge dazu. Flehende Kirchengesänge, reuevolle Psalmen klangen durch das stille, dunkle Gewölbe des Doms. Das Schluchzen des Priesters war in diesen herzinnigen Tönen, und er bat Gott, er möge ihm verzeihen. Doch ungehört verhallte sein rührendes, klägliches Flehen. Als es auf dem St. Veits-Turm eine Stunde nach Mitternacht geschlagen hatte, verstummte die Orgel, und traurig kehrte der Organist wieder zum Flusse zurück.

Der Knochenmann setzte ihn abermals über, und der Priester kehrte auf den Friedhof seiner Väter zurück, heim in sein Grab, um sich in der nächsten Nacht wieder zu erheben und über den Fluß zu fahren und in St. Veit reuevolle Weisen zu spielen.

Traurige Stätten

In der Nacht auf den einundzwanzigsten Tag des Monats Juni des Jahres 1621 war Prag von Bangigkeit und Wehmut erfüllt, und Furcht und Grauen krampften die Herzen der Menschen zusammen. Alle Gassen waren wie ausgestorben, alle Häuser geschlossen, keiner durfte auf die Straße; nur Patrouillen fremder Söldner zogen durch die Stadt. Schwer dröhnte ihr Schritt und Tritt, und drohend klirrten ihre Waffen.

Dunkle Nacht, auf dem Altstädter Ring standen Fuhren, von denen Leute Bretter und Balken abluden, und sie trugen sie in die Mitte des Platzes, wo Zimmerleute am Werk waren. Dumpfe Axtschläge und das Pochen der Hämmer dröhnten durch die Grabesstille. Im Dunkel der Nacht, beim Flackern der Fackeln wuchs höher und höher ein großes Gerüst empor und war dann in dem kalten, fahlen Lichte des Morgengrauens vollendet. Es war mit schwarzem Tuch überzogen, und an der einen Seite ragte ein Holzkreuz empor.

Es war ein Blutgerüst. Noch war es leer. Doch als die Sonne aufging, dröhnte ein Kanonenschuß von der Burg, das Zeichen zum Beginn der Hinrichtung. Da war der Platz bereits von kaiserlichen Söldnern, Fußvolk und Reitern umstellt, und auf dem traurigen Schafott standen bereits die dunklen, vermummten Gestalten der Totengräber und der Henkersknechte.

Dann erschien der Henker Jan Mydlář selbst.

Danach nahmen die kaiserlichen Richter ihre Plätze ein. Nun riefen sie den Namen des ersten der verurteilten Direktoren auf, welche die letzte Nacht im Altstädter Rathaus im Gewahrsam verbracht hatten; schon schritt Graf Schlick mannhaft zur Richtstatt.

Im Heere ward die Trommel gerührt, in den Häusern herrschte bange Stille; die treuen Tschechen bebten vor Leid, sie weinten und beteten für die böhmischen Herren und ihre bürgerlichen Gefährten im Direktorium, die auf diesem finsteren Blutgerüst oder daneben am Galgen starben. Und es waren ihrer siebenundzwanzig!

An jener Stelle des Altstädter Rings, wo dies geschah, waren vorzeiten im Pflaster sechzehn große, im Viereck angeordnete Steine zu sehen. Die alten Böhmen setzten, wenn sie an dieser Stelle vorbeigingen, nie ihren Fuß auf die Quadersteine. Immer gingen sie ihnen aus dem Weg oder umschritten sie aus Ehrfurcht vor dem traurigen Ort und dem vergossenen Blut der böhmischen Herren. An jener Stelle pflegen, so geht die Sage, die hingerichteten Adligen und Bürger zu erscheinen, und zwar einmal im Jahr, in der Nacht vor dem Tage, an dem sie hier auf dem Richtplatz ihr Leben gelassen. Sie versammeln sich alle, an ihrer Spitze der älteste von ihnen, der fast neunzigjährige Herr Kaplíř von Sulevic, hinter ihm Herr Budovec von Budov, ein Herr mit langem grauem Barte, der alte Konecchlumský, Kochan von Prachov, Herr Christoph Harant, Diviš, Černín, Herr von Michalovice, die Herren Schlick, Otto von Los, Ritter von Bílá, Hošťálek, Jesenský, Vodňanský, Vokáč, Georg Řečický, Kobr, Jizbický und die übrigen Greise – ihrer waren zwölf – und auch die jüngeren, und der jüngste von ihnen, der kaum vierzigjährige Jan Kutnaur, der heldenhaft und singend sein Leben ließ. Alle versammeln sie sich an der Hinrichtungsstätte und begeben sich dann still, wortlos über den Ring in die Theinkathedrale. Dort knien sie vor dem Altare nieder und empfangen fromm das Abendmahl in beiderlei Gestalt. Und dann verschwinden sie.

*

Zu jener Zeit standen auch in der Mitte des Viehmarktes, des heutigen Karlsplatzes, Häuser, und eines wurde „Beim Schlosser“ genannt. Etwa dreißig Schritt von diesem Anwesen ragte auf freiem Platze ein Stein empor, fünfviertel Ellen hoch und eine Elle breit. In diesen Stein war ein Kreuz eingemeißelt, darunter ein Totenkopf und die Jahreszahl 1627 eingegraben.

An dieser Stelle, bei diesem Stein, fanden, so erzählt die Sage, in alten Zeiten – und zwar zur nächtlichen Stunde – Hinrichtungen statt. Auch sollen hier in jenem Jahre 1627 einige Priester durch das Henkersschwert gestorben sein und im Jahre 1743 einige böhmische Herren. Die ließen dafür ihr

Leben, daß sie sich dem bayrischen Kurfürsten Karl Albert angeschlossen hatten, als er sich im Bunde mit den Franzosen Prags bemächtigt und sich im St. Veits-Dom zum König von Böhmen hatte krönen lassen.

Zu diesem Stein, der bis ins neunzehnte Jahrhundert an dieser Stelle stand, führte vom Rathaus ein unterirdischer Gang, der von hier aus weiterging und unter dem ganzen Viehmarkt bis zum Haus des Doktor Faust verlief.

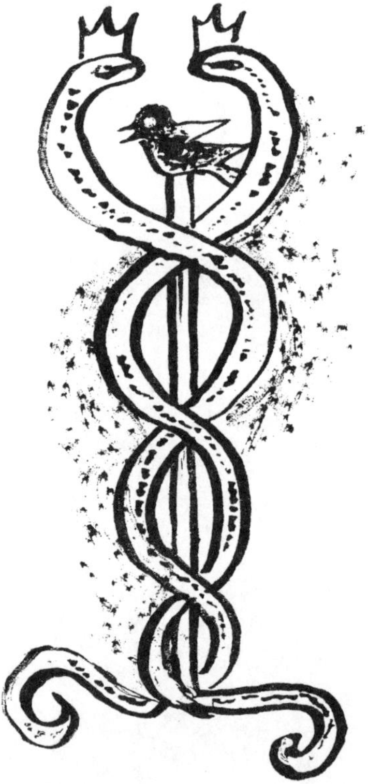

Doktor Faustens Haus

Dieses altertümliche Haus stand am Ende des Viehmarktes, an der Ecke gegenüber dem Emmauskloster.

Lange, lange Zeit wohnte keiner mehr darin, und darum sah es düster und verfallen aus. Das einst rote Dach war gedunkelt, der Putz von den Wänden gebröckelt, die Fenster waren von Staub und Regen trüb, wie blind, voller Spinnweben. Das schwere Eichentor, mit gewaltigen Nägeln beschlagen, öffnete sich nie, nicht einmal die Pforte darin, und keiner blieb davor stehen, um nach dem kunstvoll geschmiedeten Klopfer zu greifen, der daran hing.

Hinter dem Tor war es still und leer; kein Hund bellte, kein Hahn krähte. Und vor dem Tor wucherte Gras zwischen den Steinen. Trüb und öde lag auch der Garten, der sich hinter dem Hause und an seiner Seite längs der Straße hindehnte. Keiner pflegte ihn. Keine Beete gab's darin, keine Blumenrabatten oder Gemüsebeete. Auch die Gartenpfade waren verschwunden, mit Gras überwuchert. Überall Unkraut, hoher, üppiger Rasen, in dem die alten Ahorne, Linden und Obstbäume versanken, deren Stämme und Zweige mit Moos und Flechten bewachsen waren.

Nur im Frühling, wenn die Bäume erblühten, wenn der üppige Rasen mit Butterblumen besät war, als wären's Dukaten, wenn Hundspetersilie und Schierling hell zwischen den Halmen blinkten, sah es hier ein wenig heiterer aus.

Im Herbst aber konnte man dort das Gruseln lernen, wenn das Laub fiel, wenn es den ganzen Garten verwehte, wenn der Himmel, von finsterem Gewölke schwer, sich niedriger wölbte und der Sturmwind durch die kahlen Wipfel pfiff, daß es in der frühen Dämmerung dunkel ward unter den Bäumen und im ganzen Hause!

Eine seltsame Trauer ging von dem Garten und dem Hause aus, und eine merkwürdige Furcht befiel die Menschen bei ihrem Anblick. Denn es war ein fluchbeladener Ort, und in der Nacht ging hier der Geist des Doktor Faustus um, der nach dem Tode wie zu seinen Lebzeiten keine Ruhe fand.

Hier hatte vor langen Zeiten Doktor Faustus gehaust, hier hatte er schwarze Magie getrieben, in seinen Zauberbüchern studiert, den Teufel angerufen und ihm seine Seele verschrieben. Dafür diente ihm der Leibhaftige und erfüllte alles, was der Doktor wünschte und begehrte. Dann aber, als seine Zeit abgelaufen war, sagte der Gottseibeiuns: „Genug, nun komm!"

Doch Doktor Faust wollte noch nicht; er wehrte sich, wie er konnte und wie er's verstand. Er murmelte Zauberformeln und Beschwörungen, doch alles war vergebens. Der Teufel packte ihn am Kragen, ergriff ihn, hielt ihn in den Klauen, und als Faust sich wehrte, stürzte er mit ihm hinaus, doch nicht durch die Tür, sondern schnurstracks durch die Decke. Und so wie Faust gelebt, so ist's ihm auch im Tode ergangen – dem Teufel hatte er sich verschrieben, der Teufel hat ihn geholt.

Das Loch aber, das er in die Decke gebrochen hatte, blieb. Man hatte es zwar einige Male zugemauert, aber jedesmal war das Mauerwerk bis zum Morgen wieder eingestürzt, und wiederum gähnte dort eine schwarze Öffnung wie zuvor. Schließlich gab man den Versuch auf, denn die Leute bekamen's mit der Angst zu tun, besonders als in dem Hause Faustens Geist umzugehen begann. Jede Nacht erschien er, spukte, und so hielt's auch der beherzteste Mieter in diesem Hause nicht aus.

Dann zog dort keiner mehr ein, und das alte Gebäude blieb leer. Es verödete, verfiel. Keiner setzte seinen Fuß hinein, jeder ging ihm lieber aus dem Wege, besonders abends oder des Nachts. Einmal aber, es war im Herbst, es dämmerte bereits, blieb ein junger Mann, ein Student, vor dem Tore des Faust-Hauses stehen.

Daß er nicht im Überfluß lebte, sah man an seinem abgetragenen Dreispitz, dem schäbigen Mantel, an den bis auf die Knie abgewetzten Hosen, an den gestopften Strümpfen und den abgetretenen Schuhen.

Er war arm wie eine Kirchenmaus. Er hatte nicht einmal mehr ein Dach über dem Kopf. Zahlen konnte er nicht, darum war ihm gekündigt worden. Er wanderte durch Prag, suchte ein Quartier aufzutreiben, bat, man möge ihm den Mietzins stunden, doch überall wurde er abgewiesen, nirgends nahm man ihn auf. So war er den ganzen Tag lang herumgelaufen, bis er müde, erschöpft vor Doktor Faustens Haus stand. Er wußte selber nicht recht, wie er hierhergekommen war.

Es dunkelte, ein Sprühregen fiel, und ein feuchtkalter Wind blies. Der fadenscheinige Mantel des Scholaren reichte, obwohl bis zum Halse zugeknöpft, nicht aus, ihn zu wärmen, und die elenden Schuhe schützten nicht gegen die Nässe. Der Student bebte schon am ganzen Leibe vor Kälte. Der Regen fiel immer dichter, der Herbstabend war angebrochen, und wo sollte er übernachten?

Er wußte nicht, wo sein Haupt zu betten. Er sah sich um, dann heftete er seine Blicke auf das alte, düstere Haus.

Von hier werden sie mich nicht fortjagen, dachte der junge Mann, und Bitternis befiel ihn. Eine Weile zögerte er, dann nahm er die Klinke in die Hand, die Pforte gab nach, und schon stand er in dem gewölbten Hausflur. Er war trocken, und der Wind wehte hier nicht. Und nachdem er sich bis dorthin gewagt hatte, so wagte er sich auch weiter.

Über die Treppe, auf der zur Rechten in einer Reihe von Nischen merkwürdige Statuen standen, gelangte er zu einem Gang. Er war lang, und sein Ende verlor sich in der Finsternis. Längs des Ganges erblickte er aber eine Reihe dunkler Türen, die in die einzelnen Gemächer führten. Still und leer war's hier, nur aus dem Hof und dem verlassenen Garten scholl das Brausen des Windes herüber.

Der Student besann sich eine Weile, dann trat er kühn in das nächste Zimmer. Die Dunkelheit war hier noch dichter, da die Wände zur Hälfte mit einer Eichentäfelung bedeckt und alle Möbel, ein alter Tisch, ein Schrank und einige Bänke längs der Wände aus dunklem Holze waren. Neben dem Tisch schimmerte schwarz ein Sessel mit hoher Lehne. Der Student stand eine Weile bei der Tür, dann ging er weiter und ließ sich zu guter Letzt in dem Lehnstuhl nieder. Er sah sich um, wartete, lauschte. Doch nichts rührte sich in dem Hause, und es erschien auch niemand.

Nur der Wind brauste draußen, und der Regen trommelte ans Fenster.

Der Student in dem Lehnstuhl harrte, horchte, bis ihn die Müdigkeit übermannte und die Stimme des Windes und des Regens ihn in den Schlaf lullte. Er schlummerte ein.

Er schlief bis elf, verschlief Mitternacht, die Geisterstunde, schlief bis zum hellen Morgen, und nichts, nicht das geringste störte seinen Schlaf. In der Früh wunderte er sich, wo er war, und als er sich erinnerte, wie ruhig er die Nacht verbracht hatte, faßte er Mut. Er ergriff nicht das Hasenpanier, sondern trat wohlgemut in das Nebenzimmer. Möbel standen darin, und einige verblichene, altersgeschwärzte Bilder hingen an der Wand, auf denen nur noch die düsteren Gesichter bärtiger Männer klarer zu erkennen waren. Von seinem einstigen Bewohner jedoch, von Doktor Faust, war auch hier keine Spur.

Erst im dritten Zimmer fand er etwas. Hier stand unter einem Baldachin aus verblichenem Damast ein altes Bett, auf der Erde lagen verschossene Kissen, zwei umgestürzte bereits staubbedeckte Stühle und ein aufgeschlagenes Buch in gelbem, einst weißem Pergamenteinband. Und in der Decke ein Loch! Schwarz klaffte es, wie gewaltsam und mit einem Schlag in die Decke gestoßen.

Da stutzte der Student. Er erinnerte sich dessen, was er gehört hatte, und nun sah er, daß in dem Zimmer wohl noch alles so war, wie es gewesen, als der Teufel Faust in die Hölle entführt.

Die Stühle hatte er, so schien's, umgeworfen, das Buch anscheinend nach dem Teufel geschleudert. Der Student getraute sich gar nicht, es zu berühren, und verweilte auch nicht lange.

Im Nebenzimmer erblickte er nichts Besonderes, nur eine Holztreppe, die von der Decke hing. Er betrat sie, stieg hinauf, bis er vor dem Eingang eines Gewölbes stand.

Als er seinen Fuß auf die letzte Stufe gesetzt hatte, vernahm er hinter sich ein Geräusch. Er erschrak und erstaunte. Die Treppe aber, die er hinaufgestiegen war, schrumpfte zusammen, als wäre sie aus Papier, und verschwand in der Decke. Dann stand er in einem neuen Raum, größer als alle andern, die er zuvor durchschritten hatte. Vor Verwunderung darüber vergaß er die Stiege und wie er hierhergekommen war.

Das Gemach war geräumig, und auf seine gewölbte Dekke waren die Sternbilder der Sonne, des Mondes und andrer

Planeten und Himmelszeichen gemalt. An den Wänden standen dunkle Regale voll altertümlich gebundener Bücher, kleiner und großer, und Tische mit allerlei kleinen Metalltiegeln und Glasgefäßen, auch Fläschchen, teils leer, teils mit roten, goldenen, blauen und hellgrünen Tinkturen gefüllt.

In der Mitte des großen Zimmers stand ein langer Tisch, der mit grünem Tuch bespannt war.

Auf dem Tisch glänzten kleine Kupfer- und Messinggefäße, allerlei Meßgeräte, daneben lagen vergilbte Pergamente und Papiere, rein und auch beschrieben, und ein aufgeschlagenes Buch unter einem Zinnleuchter, in dem eine schon etwas heruntergebrannte Kerze stak. Alles sah so aus, als wäre jemand vor langer Zeit fortgegangen.

In diesem Gemach verweilte der Student am längsten. Als er dann wieder zu der Öffnung trat, durch die er gekommen war, und seinen Fuß auf ihren Rand setzte, schnellte die Holztreppe wieder von selber hinunter, so daß er ungehindert hinabsteigen konnte. Aus der unteren Stube jedoch begab er sich nicht mehr in Faustens Schlafgemach. Durch eine zweite Tür gelangte er in eine Vorhalle; dort erblickte er das Standbild eines schönen Knaben, der eine Trommel am Riemen trug. Als der Student dicht an ihn herantrat und die Trommel berührte, regte sich der Knabe, als wäre er lebendig, und begann die Trommel zu schlagen. Die Stöcke wirbelten nur so, und das Fell dröhnte, daß die Fenster klirrten. Der Junge trommelte und trommelte, und der Student lief erschrocken auf den Gang hinaus.

Von hier eilte er in den Hausflur, auf den öden Hof, wo ganz am Rande des Gartens ein Brunnen stand. Seine Sandsteinquadern waren mit gelber Flechte und grünem Moos bewachsen, und das abgefallene Laub der Ahornbäume und Linden bedeckte rot und gelb den Brunnen und die verblichene Steinstatue eines wunderlichen Ungeheuers. Auch den Garten durchschritt der Student; doch er verweilte nicht lange.

An solch einem trüben Herbstabend war ihm unter den alten Bäumen, zwischen Schlehdornbüschen und Gestrüpp nicht gerade fröhlich zumute. Er kehrte wieder ins Haus zurück. Dort war es schon still. Der Knabe hatte aufgehört zu trommeln. Doch der Student ging nicht zu ihm, sondern in das große Gewölbe und besah sich hier Pergamente und Papiere. Darunter fand er eine glatte Schale aus schwarzem Marmor und darin einen Silbertaler, pur, glänzend, wie neu.

Er freute sich, doch er erschrak zugleich. Eine Weile stand er davor und überlegte, was er damit anfangen solle. Er selbst hatte keinen roten Heller in der Tasche, und der Hunger machte sich bemerkbar. Wenn aber Faust oder der Teufel selbst...!

Er zögerte, fürchtete sich, aber dann nahm er den Taler doch und ging in die Stadt. Abends kam er wieder, satt, aber voll Furcht, daß in der Nacht ein Geist erscheinen könnte. Er ließ sich wie tags zuvor wieder in dem Lehnstuhl nieder, um hier zu übernachten. Er schlief zwar nicht so bald ein wie am vorigen Abend, und in der Nacht wachte er auf. Doch weder Faustens Geist kam noch der Teufel.

Als er sich dann neuerlich die Bibliothek und die Apparate auf dem Tisch besah, fand er auf der schwarzen Marmorschale abermals einen Taler. Gestern war nur ein Taler dort gelegen, den hatte er genommen und in der Stadt gewechselt, etwas Kleingeld hatte er noch in der Tasche, und nun glitzerte auf der schwarzen Schale, wie vom Himmel gefallen, abermals ein Taler, funkelnagelneu. Der war gewiß für ihn.

Doktor Faust oder irgend jemand ist dir gewogen, überlegte der Student, nahm die Münze und steckte sie ein.

Noch am Vormittag ging er fort und kehrte mit dem Rest des zweiten Talers in der Tasche erst am Abend zurück. Und wieder schlief er in dem Haus und wieder so friedlich wie tags zuvor. Am Morgen dann machte er sich sogleich in die Bibliothek auf und trat an den Tisch. Er war da, der Taler, glänzend, wie neu geprägt, und lag wiederum auf der schwarzen Schale.

Der Student zweifelte nicht mehr daran, daß er für ihn bestimmt war, und steckte ihn ohne weiteres ein.

Und so fand er jeden Morgen einen Taler vor. Der Student brauchte gar nicht so viel für den täglichen Bedarf. Was ihm übrigblieb, legte er zur Seite, bis er das Geld für einen neuen Anzug, einen neuen Mantel und neue Schuhe beisammen hatte. Dabei ging es ihm recht gut. Um eine Wohnung brauchte er sich nicht zu sorgen. Fürchtete er sich doch nicht mehr in Faustens Haus, er hatte sich an die stille Klause gewöhnt, in der irgendein Geist für ihn sorgte, sich ihm aber niemals zeigte. Für den Winter hatte er dort im Hof und im Garten Holz genug. Er heizte, legte zu, bis das Feuer – unten in der Kammer im Ofen oder oben in der Bibliothek im Kamin – angenehm brannte und knisterte.

Er las und las in den Büchern aus Faustens Bibliothek und aus den Bänden, die er auf dem großen Tische gefunden hatte, wie auch aus jenen, die unten im Schlafzimmer lagen. An die letzten wagte er sich erst ziemlich spät heran; doch dort fand er auch das meiste, lauter Drudenfüße, wunderliche magische Zeichen und Beschwörungsformeln. Und voll Furcht begann er darin zu lesen, und manchmal standen ihm ob dieser Hexerlektüre die Haare zu Berge.

Manchmal war ihm in seiner Einsamkeit auch bange. Doch auszuziehen, hatte er keine Lust. Er hatte hier seine Ruh, lebte bequem – und dann täglich einen Taler ohne Arbeit! Seine Kameraden auf der Hochschule, wohin er immer seltener und seltener zu kommen pflegte, wunderten sich, was mit ihm geschehen sei, wie er sich verändert habe, was er für ein Geck geworden sei. Als sie hörten, wo er wohnte, waren sie starr vor Schreck und Staunen und wollten, als er sie einlud, nicht zu ihm kommen. Schließlich lockte die Neugier manche von ihnen hin. Er führte sie durch das ganze Haus, vom Hausflur bis zum Oberstock, durch den Vorraum, die Zimmer, die Bibliothek, zeigte ihnen das Schlafgemach mit dem frisch gemachten Bett, denn er selbst schlief bereits darin, das mit einem Teppich verdeckte und gestopfte Loch in der Decke, ging mit ihnen durch den Garten und zeigte ihnen alles, worauf er selbst während seines Aufenthaltes in dem alten Hause gestoßen war.

Und sie erzählten voll Staunen von den Wundern der geheimnisvollen Wohnung, von dem Knaben, der von alleine trommelte, von merkwürdigen Statuen, die leise sangen, von einer ehernen Jungfrau, die sie mit Wasser begossen hatte, von der wunderbaren Klinke zu einem der Zimmer, die Funken sprühte und die dem, der sie berührte, einen Schlag versetzte, von der Stube, in welche die Treppe von selber hinabschwebte und wieder von selbst zur Wölbung emporschnellte, und von den wunderlichen Apparaten und Zauberbüchern. Auch von der Eisentür unter dem Hause, hinter der ein langer, dunkler Gang in die „Unterwelt" führte.

Nur von der schwarzen Schale und dem weißen Taler erzählte er nichts. Doch er lachte seine Bekannten aus, als sie ihn warnten, er möge hier nicht bleiben, alles zu seiner Zeit, mit einmal werde ein Unheil über ihn kommen, der böse Geist wolle ihn in die Falle locken.

Und sie redeten nicht ins Blaue hinein. Der Köder lag in der schwarzen Schale.

Jeden Tag hatte er einen Taler, brauchte sich um nichts zu kümmern, nichts zu tun. Er gewöhnte sich an Komfort und Müßiggang, begann allerlei Kurzweil zu ersinnen, besser zu leben, sich zu putzen, die Ausgaben wuchsen, das Geld in der Schale aber wurde nicht mehr. Nun genügte ihm der Taler nicht mehr.

Der Student gewöhnte sich die Bescheidenheit ab. Er vergaß, wie elend es ihm gegangen, bevor er hierhergekommen war. Und zum Arbeiten hatte er keine Lust mehr. Er vertraute auf die Bücher, auf jenes, das in der großen Stube auf dem Tisch lag, wie auch auf das, welches er im Schlafzimmer gefunden hatte. Darin stand, wie man Geister beschwor und Dämonen herbeirief. Sie selbst waren ihm bisher nicht erschienen, sie hatten ihn in Frieden gelassen, und er hatte sie auch bis zur Stund nicht selber gerufen. Er hatte Angst gehabt, sich davor gescheut. Erst jetzt trieb ihn die Goldgier dazu. Silber genügte ihm nicht mehr, nicht einmal an einer vollen Schale Taler hätte er genug gehabt; Gold wollte er, und dazu sollten ihm die Bücher verhelfen.

Einmal praßte und zechte er den ganzen Tag in Prager Kneipen und warf das ausgeborgte Geld hinaus; dabei forderte er seine Gefährten, feuchtfröhliche Kumpane, prahlerisch auf, nur zu trinken und nicht zu sparen, denn morgen werde er noch mehr Geld haben, lauter Gold, und nicht geborgtes, sondern sein eigenes, er werde den Geist, der ihm bisher gedient, zwingen, Dukaten und nicht bloß lumpige Taler zu geben.

Spät am Abend ging er heim. Einige seiner angeheiterten Kameraden wollten mit ihm gehen. Er aber verwehrte es ihnen und meinte, heute müsse er allein sein, denn er habe heute Nacht eine wichtige Arbeit vor. Sie schauten ihm nach, wie er eintrat, wie die Pforte in dem schweren Tor hinter ihm zufiel. Und dann sah ihn keiner mehr; weder sie noch sonst jemand. Weder an der Universität, noch in seiner wüsten Gesellschaft ward er jemals wieder gesehn.

Als einige seiner Bekannten, die schon bei ihm in Faustens Haus gewesen waren, ihn dahin suchen gingen, fanden sie ihn nicht vor. Im Hause war es leer und still, alles einsam und verlassen. Von dem Studenten nirgends eine Spur. Nur im Schlafzimmer erblickten sie ein zerwühltes Bett, die Kissen auf dem Boden zerstreut, auseinandergefegte Kleider, einen in Fetzen gerissenen Mantel, umgestürzte Stühle, auf dem Fußboden, aufgeschlagen, das alte Zauberbuch und daneben einen umgeworfenen Leuchter mit einer abgebrannten Kerze darin.

Das ganze sah aus, als hätten hier zwei miteinander gerungen. Und in der Decke! Der Teppich war fortgerissen und lag schmutzig und zerfetzt am Boden. Offen gähnte das schwarze Loch. An seinem Rande sahen sie dunkle Flecke an der Decke, wie von verspritztem Blut, und es war kein schwarzes Blut, sondern frisches, kürzlich vergossenes.

Alle bekreuzigten sich und flohen entsetzt aus dem Haus. Es grauste ihnen, da sie sahen, wie gräßlich ihr Gefährte ums Leben gekommen war. Gewiß hatte er den bösen Geist heraufbeschworen, ihn voll Hochmut gerufen, und der Leibhaftige hatte ihn geholt und war mit ihm durch das Loch in der Decke verschwunden, durch das er vorzeiten mit Doktor Faust in die Hölle gefahren war.

*

Soviel von deinen Schätzen an uralten Sagen, o Mütterchen Prag!

In dir ruhen unsere ältesten Erinnerungen. Du bist das Haupt und das Herz unsres Vaterlandes. Dein Ruhm und deine Schmach waren der Ruhm und die Schmach des ganzen

Tschechenvolkes. Lieb und teuer bist du allen treuen Böhmen. Seit uralten Zeiten stehest du da, Mutter der böhmischen Städte, und die Jahrhunderte ließen deine Schönheit noch hehrer erblühn.

Herrlich und voll Anmut ruhst du im Glanze der Sonne, bezaubernd wie aus dem Märchen, wie ein lieblicher Traum im Mondenschein, und die Jahrhunderte sprechen durch dich, daß unser Herz schier aufhört zu schlagen.

Leb nun wohl! Behüt dich Gott, du Sitz unsrer Könige!

Weiter schreiten wir, in andere Ecken und Enden des Böhmerlandes auf den Spuren der Jahrhunderte, ihren Widerhall zu vernehmen in den Sagen aus alter Zeit.

Leb wohl, Mütterchen Prag! Du goldenes Prag der Slawen.

Andere Sagen und Legenden

Legenden um Žižka

I.

Begeben wir uns vorerst hinab in den Süden des Böhmerlands. Siehe, in jenen Gegenden liegt ein stiller Winkel, der einsame Hof von Trocnov, in der Nähe eines kleinen Dorfs. Ringsum Wiesen, Felder, Eichenwald und dunkle Haine, hinter denen in der Ferne, gen Sonnenuntergang, blau die Berge von Krummau schimmern.

Bleib stehen, Wanderer, und betrachte das hölzerne Rittergehöft mit den bemoosten, altersgrauen Dächern im Schatten der Bäume. Hier verbrachte seine Jugend der größte Held und Feldherr des tschechischen Volkes.

Und dort steht sein Vaterhaus!

Unweit hinter dem Hofe, hinter den kleinen Teichen, neben dem Acker am Rande des Waldes stand vorzeiten auf einem Wiesenhang eine mächtige Eiche, und unter dieser Eiche ward er geboren. Es war im Sommer zur Erntezeit, als die Edelfrau von Trocnov hinausging, um nach den Schnittern zu sehen.

Hier erblickte ihr Sohn Jan Žižka das Licht der Welt und wurde an Geist und Willen stark wie diese Eiche. Und er wuchs heran und gedieh im Hofe von Trocnov und seiner einsamen Umgebung. In seinen Jünglingsjahren soll er in Prachatice die Schule besucht haben, jene Schule, in die auch der arme Knabe Jan Hus aus Husinec ging. Der wanderte jeden Tag längs des Flusses Blanice zur Schule und rastete oft, wenn er müde war, auf einem Felsblock an seinem Ufer, der hier bis auf den heutigen Tag zu sehen ist.

Als Jan, genannt Žižka, zum Manne herangewachsen war, erbte er nach dem Tode seines Vaters den Hof von Trocnov. Doch lange lebte er nicht in Frieden. Er geriet in Händel mit Heinrich von Rosenberg, dem allgewaltigen Herrscher und mächtigen Herrn in diesen südlichen Gegenden des Landes, der sich selbst dem König mit Waffengewalt widersetzte. Dieser Herr von Rosenberg mißachtete gröblich die Rechte seiner Nachbarn aus dem Ritterstande, und so geschah es, daß der junge Edle von Trocnov, auf seine Ehre und Unabhängigkeit bedacht, zu den Waffen griff und der geschworene Feind des Herrn von Rosenberg auf Krummau und der Bürger von Böhmisch-Budweis wurde, mit denen er ebenfalls in Fehde lag.

Doch der Kampf war ungleich. Der unvermögende Landedelmann vermochte nicht, den mächtigen Herrn und die reiche königliche Stadt zu überwinden. Er rächte sich, wie er konnte. Und als ihm die Feinde in diesem Ringen den Hof niederbrannten, all seine Habe vernichteten, flüchtete er in die Wälder und führte den ungleichen Kampf weiter, bis Freunde sich seiner annahmen und beim König ein gutes Wort für ihn einlegten.

Und so kam er durch die Gnade König Wenzels IV. im Jahre des Herrn 1409 nach Prag an den Hof und trat hier in seine Dienste. Er wurde Kammerherr der Königin Sophie. Nach einiger Zeit machte er sich in die polnischen Lande auf, um den Polen Waffenhilfe wider den Deutschritterorden zu leisten. Am 15. Juli im Jahre des Heils 1420, kämpfte er mit vielen Tschechen und Mährern im polnischen Heer in der Schlacht bei Tannenberg, wo die Deutschritter furchtbar aufs Haupt geschlagen wurden.

In der Schlacht bei Tannenberg hat Žižka heldenhaft gefochten, und dabei ist ihm ein Auge ausgestochen worden. Nachdem er dann längere Zeit in Polens Königreich geweilt hatte, kehrte er in die Heimat, wieder an den königlichen Hof nach Prag zurück. Als Kammerherr der Königin Sophie begleitete er sie oft in die Bethlehem-Kapelle zu den Predigten des berühmten Magisters Jan Hus von Husinec. Ihn, wie auch seine Lehre, schloß der Ritter von Trocnov glühend ins Herz. Da er ein Mann von ernstem Sinne war, stimmte er ihm aufrichtig bei, wenn der Prediger von Bethlehem die mannigfachen Ausschweifungen und Mißstände der damaligen weltlichen und geistlichen Gesellschaft rügte.

Darum war Žižka, als der fromme Magister in Konstanz in einen grausigen Kerker geworfen, als er an Händen und Füßen in Ketten geschmiedet und dann zur Schmach und Schande des ganzen Tschechenvolkes am Scheiterhaufen verbrannt wurde, über das unselige Los des Unglücklichen von tiefem Kummer erfüllt. Nicht nur Mitleid und Schmerz loderten in Žižkas Herzen auf, auch Grimm und Empörung gegen alle Feinde des Meisters, die fremden und die einheimischen. Und Žižka sann oftmals nach über den kläglichen Tod Meister Jans und den Tod seines Freundes, des Magisters Hieronymus von Prag. So manches Mal wandelte er, ganz in gramvolle Gedanken versunken, auf dem Hof des Vyšehrad, der Königsburg, einher.

Einmal begegnete ihm König Wenzel dabei. Als er ihn in Gedanken versunken sah, fragte er ihn, warum er sich gräme.

Da erwiderte der Ritter von Trocnov: „Gnädiger König, es tut mir leid, herzlich leid, daß unsre tschechischen Prediger und unsre treuen Führer, dem Geleitbrief des Kaisers zuwider, so ungerecht verbrannt worden sind. Wer könnte da wohl fröhlich sein!"

Worauf der König entgegnete: „Lieber Jan! Können wir's nun noch ändern? Wenn du einen Weg weißt, so sühne die Tat. Wir wollen dir's gerne gönnen."

Und Žižka nahm – so erzählt die Sage – den König beim Wort und sagte, er wolle es tun. Und er tat es auch.

II

Damals waren fast alle Prager, wie auch die Mehrheit des Volkes, für die Lehre des Magisters Jan Hus begeistert und auch dafür, daß das Heilige Abendmahl in beiderlei Gestalt empfangen werde.

Als die Pfarrer der Prager Kirchen es ablehnten, Brot und Wein zu reichen, da trat – es war unweit der St. Apollinarikirche – Ritter Nikolaus von Hus an der Spitze einer großen Menschenmenge auf der Straße vor König Wenzel hin und bat ihn, eine größere Anzahl von Kirchen an jene zu geben, die das Abendmahl in beiderlei Gestalt zu nehmen wünschten.

Der König erschrak vor diesem mächtigen Volksauflauf, verbannte Nikolaus von Hus aus Prag, besetzte das Neustädter Rathaus mit neuen Ratsherren und befahl den Pragern, am St. Martinstag all ihre Wehr und Waffen, Spieße, Hellebarden, Armbrüste, Harnische, Sturmhauben und Schilde auf den Vyšehrad zu bringen und diese Waffen dort vor den König niederzulegen.

Die Ratsherren waren über diesen Befehl äußerst erschrokken. Sie fürchteten, daß der König, wenn sie nicht gehorchten, gewaltig ergrimmen würde. Und die Waffen abliefern und so ihre Macht schmälern, das wollten sie auch nicht. Doch in dieser Not gab ihnen Jan Žižka einen guten Rat, und zwar den, daß die Schöppen die Bürgerschaft zusammentrommeln und ihr bekanntmachen sollten, daß diese Anordnung nicht von ihnen stamme, sondern vom König. Zugleich empfahl er ihnen anzuordnen, daß ein jeder seine Wehr und Waffen anlege, um gemeinsam in Reih und Glied auf den Vyšehrad zu marschieren.

Wenn der König sie so sah, würde er ihnen gewiß nicht befehlen, die Rüstung abzulegen und die Waffen fortzuwerfen. Und so geschah's auch.

Am St. Martinstag zogen alle Prager in voller Rüstung auf den Vyšehrad, und Jan Žižka selbst, desgleichen ritterlich gewappnet, führte sie als ihr Feldhauptmann an. Als sie alle unter ihren Fähnlein in Harnischen und in Waffen auf dem Burghof standen, daß ihre Reihen und Kolonnen in der Sonne blinkten, und der König baß erstaunt und beunruhigt aus dem Fenster auf sie hinabsah, forderten die Ratsherren den Herrn von Trocnov auf: „Sprich, Bruder Žižka!"

Und er trat aus der Reihe, trat vor den König und sprach: „Gnädiger König! Hier stehen wir, deine Untertanen, ein jeglicher in Wehr und Waffen, haben sie gebracht, wie du uns zu befehlen geruhtest. Hier sind sie, hier hast du sie, unser gnädiger Herr, nun geruhe zu befehlen, wohin damit. Wohin immer du uns zu senden geruhst, gegen jeden Feind wollen wir mit Freuden marschieren und Deine Gnaden und dies Königreich mannhaft, mit Leib und Leben schirmen."

Der König, dadurch beruhigt, lächelte und sprach: „Du sprichst gut, Bruder. Befiehl also dem Volke, wieder umzukehren, ich vertraue euch, mag ein jeder nach Hause gehen, wie er gekommen ist."

Und alle kehrten in völliger Ordnung zum Neustädter Rathaus zurück, wo sie auseinandergingen. Wehr und Waffen trugen sie wieder nach Hause und hatten den König nicht erzürnt. Dazu hatte ihnen der Ritter von Trocnov mit seinem guten Rat und seiner klugen Rede verholfen.

Und von dem Tage war Žižkas Wort in der Prager Ohr. Und noch mehr, als König Wenzel im Jahre 1419 gestorben war.

Das waren damals schlimme, schwere Zeiten, denn viele und mächtige Feinde hatten sich wider das Tschechenvolk verschworen. Der schlimmste von allen war Sigmund, der König von Ungarn, der Bruder des verstorbenen Herrschers. Dieser Sigmund hatte öffentlich erklärt, er wolle das ganze Ungarnland dafür geben, wenn im Lande Böhmen kein einziger Tscheche mehr am Leben bliebe.

Damals, als es um das Verderben des böhmischen Königreiches und die Austilgung der tschechischen Sprache ging, stand dieser fürtreffliche Tscheche aus dem Ritterstande auf, der gar tapfere einäugige Jan Žižka von Trocnov, der sich fortan vom Kelch nannte.

Der erhob sich von Gottes Gnaden und zog wider die Feinde seines Volkes zu Felde und wider jene, die mit ihnen einig und zugleich Feinde des Meisters Jan Hus waren und wider jene, die das Abendmahl nicht in beiderlei Gestalt nahmen. Überall rief er wider sie zu den Waffen auf, daß alle, so nicht zu jung waren oder zu alt, zur Stund sich erhöben. Er rief zu den Waffen und sprach ihnen Mut zu, daß keiner wehklage in dieser Zeit der Anfechtungen, daß alle mannhaft sich dem Feind entgegenstellten und nicht dran dächten, daß sie klein und die andern groß, daß sie wenige gegen viele, Ungepanzerte gegen Geharnischte seien.

Das Rückgrat seines Heeres waren Bauern, mit ihnen trug er in vielen Schlachten und Kämpfen über gepanzerte Ritter und geübte Söldner den Sieg davon. Und nie verlor er ein Gefecht. Aber nicht nur durch seine Kraft, die durch Begeisterung und seine Feldherrnkunst wuchs, sondern auch durch List besiegte er seine Feinde oftmals.

So zog er im März des Jahres 1420 mit all seinem Kriegsvolk, mit Schwestern und Schleuderern, insgesamt zählten sie höchstens vierhundert Köpfe, von Pilsen nach dem neugegründeten Tábor. Streitwagen hatte er nur zwölf und der Reitpferde nur drei. Und da verfolgten ihn die Herren, die im Dienste des Ungarnkönigs standen, von zwei Seiten. Die einen eilten ihm von der Stadt Písek nach, und die Herren des Pilsener Gaus, die der Strakonitzer Großmeister des Johanniterordens anführte, zogen ihm von Strakonitz entgegen.

Als Žižka durch Štěken marschiert war und durch eine Wiesenlandschaft zwischen vielen Teichen hindurch gen Sudoměř zog, holten ihn die Herren ein, so daß er nicht weiter zurückgehen und der Übermacht nicht entkommen konnte. Waren ihm doch zweitausend Mann, alles Reiter, auf den Fersen und alle gut und schwer gepanzert. Furcht und Grauen ging von ihnen aus. Doch Žižka verlor nicht den Mut. Mit seinem schwachen Haufen, der zumeist nur mit Dreschflegeln bewaffnet war; zog er sich hinter einen Teich zurück, Škaredý, der Häßliche, geheißen, der damals abgelassen war. Er stellte hier seine Streitmacht in Schlachtordnung auf und ließ die Wagen zu dem hohen Deich einschwenken. Hier befahl er auch, so wird erzählt, den Frauen seiner Schar, ihre Schleier, Tücher und Gewänder auf den weichen Grund des Teiches ins Gras und ins Schilf zu legen.

Und kaum war dies geschehen, erschienen bereits die Haufen der Eisernen Ritter, und Felder und Wiesen ringsum und der weite Teich wimmelten von den schweren Reitern, deren Wehr und Waffen in der Sonne blitzten und über deren Häuptern zahlreiche Wimpel im Winde wehten.

Es war am Mariä-Himmelfahrtstag, nachmittags um die Vesperzeit, als die Eisernen Ritter von allen Seiten wie ein Wespenschwarm über die einfache, aus dem Deich und den Wagen gebildete Feste Žižkas herfielen. Voll Freude und mit wildem Geschrei jagten sie dahin. Sie frohlockten, daß sie keine Hand zu rühren, keinen einzigen Schwertstreich und Lanzenstich zu tun brauchten und daß sie Žižkas Haufen nur mit ihren Rossen bedrängen mußten, um ihn zu Brei zu stampfen und mit den Hufen ihrer Rosse zu zermalmen.

Doch bis zu dem Damm konnten sie mit ihren Pferden nicht gelangen. Darum saßen sie ab, und ihre Hauptmacht rückte durch den Teich vor.

Schwer fiel's den Eisernen Rittern, durch den schwankenden Grund zu waten. Sie rutschten aus, und dann, dicht vor dem Damm, begannen sie zu fallen. Sie verstrickten sich mit ihren Sporen in die Schleier, Tücher, Gewänder, und je heftiger sie sich aus diesen Netzen herauszuwinden suchten, desto mehr verwickelten sich ihre Beine darin, desto schwerer fiel ihnen das Aufstehen, desto öfter stürzten sie hin. Und von hinten wälzten sich immer neue Reihen heran, welche die vorderen bedrängten, so daß sie nicht mehr weiter konnten. Das Treffen kam zum Stehen, Unordnung und Verwirrung trat ein, und da fielen die Brüder über sie her, hieben auf sie ein, schlugen sie mit den Dreschflegeln nieder, daß die Platten der Brünnen klirrten, daß die Helme krachten.

Und es hub ein fürchterlich Streiten an, und große Verwirrung, Furcht und Grauen erfaßten die Eisernen Herren, insonderheit, als ein nie gesehenes Wunder geschah: Obwohl es noch früh zur Vesperzeit war, so ging die Sonne plötzlich unter, als wär' sie hinter dem Berge verschwunden. Und sogleich trat große Finsternis ein, daß keiner wußte, wen er schlug. In dem Dunkel hauten und hieben die Eisernen Ritter selbst aufeinander los, bis sie den Rückzug antreten mußten. Und sie zogen in verschiedener Richtung und mit großem Schaden und mit großer Schande ab, und viele sagten sich voll Trübsal und Grimm: Meine Lanze sticht sie nicht, mein Schwert schlägt sie nicht, und meine Armbrust trifft sie nicht.

Žižka blieb die Nacht über auf der Walstatt und zog dann im Morgengrauen weiter gegen Tábor, wo er ohne fürdere Unbilden hingelangte und rühmlich und mit großer Ehre empfangen ward.

Bei Sudoměř hatte sich Žižka mit den Gewändern und Tüchern der Frauen gegen die zahllose feindliche Reiterei aus der

Klemme geholfen. Ein andermal stellte er dem Feind dadurch eine Falle, daß er dreizackige Eisen mit scharfen Spitzen auf der Erde verstreuen ließ. Als dann die Ritter gegen seine Streitmacht heransprengten, jagten sich ihre Rosse die scharfen Zacken der Eisen in die Hufe. Und dann wurden sie plötzlich lahm oder bäumten sich auf, scheu geworden von dem jähen und heftigen Schmerz, sprengten aus der Reihe und machten die andern Pferde hinter ihnen kopfscheu, so daß das Treffen ins Wanken kam und der ganze Haufe in Verwirrung und Unordnung geriet.

Oft täuschte Žižka seine Gegner auch dadurch, daß er den Rossen seiner Reiterei die Hufeisen verkehrt anschlagen ließ, um den Feind in die falsche Richtung und auf die unrechte Fährte zu locken. Die größte Hilfe in der Schlacht waren seine Wagen, hinter denen er, wenn die Lage es erforderte, sein zumeist aus Fußvolk bestehendes Bauernheer verschanzte. Diese Wagenburgen machten ihn berühmt.

Žižka lehrte sein Kriegsvolk, diese Streit- und Proviantwagen zu ordnen und in verschiedene Formationen – in Form einer Hacke, einer Harke, einer Sense und andrer den Bauern bekannter Zeichen – in Schlachtordnung aufzustellen, Rad an Rad zu einem mächtigen Wall zusammenzufügen, wie es jeweils nach Zahl und Stärke der Feinde oder der Lage des Schlachtfeldes erforderlich war.

Geriet er dann einmal in Bedrängnis, ließ er, wenn er auf einer Anhöhe stand, einen Teil der Vorratswagen mit Steinen volladen und sie, vom Feinde unbemerkt, hinter dem ersten Treffen seiner Reiterei aufstellen. Wenn der Feind dann unten am Fuße des Hügels zum Angriff ansetzte, trat die Reiterei auf Žižkas Befehl auseinander, damit die Wagen, die inzwischen gewendet worden waren, freie Bahn hatten. Und dann wurden die schweren Wagen, mit grobem Gestein beladen, den Hang hinabgerollt. Sie fuhren, fuhren, die Räder drehten sich je länger, je schneller, die Wagen ratterten, zitterten, dröhnten mit wilder Macht, daß die Erde unter ihnen erbebte. Keiner konnte sich ihnen entgegenstellen, keiner sie aufhalten, sie rasten dahin, bis sie ihr Ziel erreichten, bis sie krachend in die Reihen der Feinde stürzten. Sie zermalmten, durchbrachen die Reihen, fällten, erschlugen, was ihnen in den Weg kam, und wenn sie auch umfielen, so verbreiteten sie auch im Sturze Tod und Verderben. Und ehe der Feind zur Besinnung gekommen war, befahl Žižka bereits seinen Kriegern, zum Sturmangriff vorzugehen, wie es im Jahre 1424 in der Schlacht gegen die Prager bei Malešov geschah.

Žižka selbst pflegte auf einem weißen Roß zu reiten; er war zu jener Zeit ein schon älterer, breitschultriger Mann von mittlerer, aber hagerer Statur und hatte ein rundes, breites Gesicht mit einer Binde über dem linken Auge und einem kurzgestutzten Bart. Während der Schlacht ritt er in Helm und Harnisch einher, den Streitkolben des Feldhauptmanns in der Faust; sonst pflegte er eine runde, pelzverbrämte Mütze zu tragen, unter der sein Haar bis auf den dunklen ärmellosen Mantel wallte. Darunter trug er einen Rock – und Stiefel an den Füßen.

Wenn er, von seinen Unterführern umgeben, vorbeiritt, schritt vor ihm ein Priester einher, der in einem gespaltenen Stab eine hölzerne Monstranz trug. Der Priester war mit einem Chorrock angetan, denn alle Priester Žižkas trugen einen solchen und lasen die Messe im Ornat. Er sah es ungern, wenn die Priester von Tábor ohne Chorhemd, in gewöhnlichem Rock und Stiefeln, ministrierten. Darum pflegte er sie, so wird berichtet, „Schuster" zu nennen, und sie wiederum nannten seine Priester spöttisch „Leinweber".

Viele Städte und Burgen eroberte Žižka, und überall gönnte er die Beute den Brüdern. Er selbst behielt, so wird erzählt, nichts für sich, außer den „Spinnweben". Er pflegte angeblich, wenn er eine Stadt erobert hatte, zu sagen, die Brüder sollten ruhig ihrer Beute nachgehen, er werde bloß die Spinnweben ausfegen. Das waren die Schinken- und Speckseiten, welche in den Kaminen hingen. Die fegte er alle aus, die mächtigen Schinken, Schweinskeulen und Speckseiten ließ er auf die Wagen laden und führte sie mit, damit er in der Zeit der Not für sich und die Brüder die nötigen Vorräte hatte.

III

Bruder Žižka war ein gestrenger Rächer des Meisters Jan Hus. So manche Kirche, so manches Kloster und so manche Burg seiner Gegner brannte und riß er unbarmherzig nieder. Doch er wußte sich auch zu erbarmen. So in Prag, als er mit seinem Kriegsvolk vor das St. Annenstift gezogen kam, um es zu zerstören. Da fiel an der Klosterschwelle eine Nonne, eine Verwandte von ihm, vor ihm auf die Knie und bat ihren Oheim um Gottes willen, er möge sich doch ihrer, ihrer Ordensschwestern und des Klosters erbarmen. Žižka hatte Mitleid und Erbarmen, und das St. Annenkloster blieb unversehrt.

Schlimmer erging es dem großen Stift von Sedlec bei Kuttenberg. Žižka gab es seinen Leuten zur Plünderung frei, doch befahl er, die große, prächtige Stiftskirche zu schonen, die von wahrhaft kunstvoller Bauart war. Doch einer der Soldaten gelangte bis unter den Dachstuhl, legte dort Feuer, so daß die ganze Kirche in Brand geriet. Als der Rauch sich hinauswälzte und die Flammen aufloderten, machte Žižka ein fürchterlich finstres Gesicht; gleich fragte er, wer die Kirche in Brand gesteckt hätte, er möge sich melden. Žižka versprach dem, der's getan, viel Gold. Und der Brandstifter kam und rühmte sich seiner Tat. Da befahl der ergrimmte Feldherr, man möge ihm das Gold geben, zuvor aber schmelzen und ihm das geschmolzene Erz in die Kehle gießen. So leid war's Žižka um die herrliche Kirche.

Ein groß' Ungemach hatte Žižka vor der Burg Vlčinec zu erleiden, die er belagerte, als er zu dem Berg Ostaš hinter Police an der Mettau zog, wo die Schlesier die Policer Hussiten so grausam gefoltert und niedergemetzelt hatten. Die Burg Vlčinec stand inmitten von Wäldern, stand auf einem hohen Felsgrat oberhalb der Stelle, wo der Ždárský-Bach in die Mettau mündet. Die Burg selbst war fest und überdies durch Zaubermacht geschützt, denn alle Kanonenkugeln prallten von ihren Mauern ab. Die Hussiten zielten gut, ihre Geschütze dröhnten unermüdlich, bei Tag und oft auch bei Nacht, daß die Wälder ringsum wie vom Donnergrollen widerhallten. Aber alles vergebens. Die Kugeln prallten von den Mauern, Bastionen und dem Burgfried ab wie Erbsen.

Nichts andres blieb übrig, als das Feuer einzustellen. Als die Geschütze verstummt waren, vernahm man in Žižkas Lager Musik von der Burg. Jemand spielte dort auf der Geige. Es war der Spielmann, den sie schon vordem, als sie feuerten, in einem der kleinen Turmfenster hatten stehen und spielen sehen.

Da befahl Žižka dem besten Schützen, einen Pfeil auf ihn abzuschnellen. Der Schütze nahm seine Armbrust, zielte, drückte ab – und mit einem Schlag verstummte die Geige, und der Schütze verschwand vom Fenster. Und da befahl Žižka, sofort aus allen Kanonen auf die Burg zu feuern; kaum hatte die erste Kugel eingeschlagen, gleich stob der Mörtel auf, gleich rieselte das Gestein, und bald gähnte in der Mauer eine große Bresche. Bevor die Sonne untergegangen war, hallte der Jubel der siegreichen Brüder durch die eroberte Burg.

Sie zerstörten sie, steckten sie in Brand, und sie leuchtete ihnen die ganze Nacht und überflutete mit ihrem purpurnen Flammenschein die umliegenden Wälder und Höhen. Die Burg verbrannte und alles darin, auch der zaubermächtige Spielmann, der sie mit seiner Kunst so brav verteidigt hatte.

Nur Ruinen blieben übrig, auch sie wurden später vom Wald überwuchert, vom Unwetter zerstört. Heute sind sie kaum mehr zu sehen. Vlčinec ist dahingeschwunden, und wo einst die Zaubergeige erklang und Žižkas Feldschlangen dröhnten, vernimmt man nur das Rauschen des Waldes.

Derart zog Žižka durch Böhmen wider die Freunde und Verbündeten König Sigmunds zu Felde. Und es ergaben sich ihm viele Städte, und er eroberte so manche Burg. Im Jahre 1421 belagerte er die Burg Rábí in der Pilsner Gegend. Dieser Burg hatte er sich bereits früher einmal bemächtigt, sie aber nicht besetzt. Doch als er nun seine Mannen zum Angriff führte, ward er, als von den Mauern auf sie geschossen wurde, von einem Pfeil schwer ins Auge, in sein einziges sehendes Auge getroffen.

Der Ritter Sezema Kocovský von Kocov soll der Schütze gewesen sein, der mit seinem Bolzen den ruhmreichen Führer traf. Doch es wird auch erzählt, Žižka sei bei dem Angriff ein Splitter von einem Birnbaum ins Auge gedrungen, in den sich ein feindliches Geschoß tief eingebohrt hatte.

Die Verwundung war so schwer, daß Žižka mit knapper Not am Leben blieb. Drum ließ er sich zur ärztlichen Behandlung nach Prag bringen, und mit ihm fuhr Matthias Louda von Chlumčany, der Hauptmann von Tábor, ein gelehrter Mann, der Žižka, so wird erzählt, in seinem Haus „Beim schwarzen Lamm“ in der Prager Altstadt gesund pflegte.

Die Ärzte zogen hier Žižka das Geschoß aus dem Auge, doch das Augenlicht konnten sie ihm nicht mehr zurückgeben. Und so war er auf beiden Augen blind.

Auf das Tor der Burg Rábí, wo ihn das Unheil ereilt hatte, wurde später ein Bild gemalt. Links auf diesem Bilde war Žižka in voller Rüstung zu sehen, wie er, mit dem Streitkolben in der Hand zu Pferde sitzend, eine Heerschar zum Sturme führt. Rechts davon war ein Turm mit einem Tor abgebildet, und auf dem Turm sah man Kocovský, wie er den Pfeil vom Bogen schnellt. Unter dem Bild stand das Gespräch verzeichnet, das er mit Žižka führte.

„Bist du’s wohl, Bruder Žižka?“

„Ich bin’s.“

„Decke das Bloße“, erwiderte Kocovský, womit er Žižkas Antlitz meinte.

Seit jenem Tage konnte Žižka sein Volk nicht mehr allein, hoch zu Roß in den Kampf führen. Doch Schlachten und Gefechte lenkte er so vortrefflich wie zuvor. Neben einem großen Banner, auf dem das Zeichen des Kelches prangte, saß er hoch auf seinem Wagen und ließ sich fahren. Die, welche bei ihm saßen, wie auch seine Unterführer, besonders seine lieben treuen Brüder, Herr Viktorin von Poděbrady, der Vater König Georgs, Jan Bzdinka und Kuneš von Bělowic, beschrieben ihm die ganze Lage, wo Felsen und Hügel waren, wo Wald und Wiesen, wo Ebene, Forst oder Tal. Vor der Schlacht berichteten sie ihm alles ganz genau und erzählten ihm auch während des Kampfes, was vorging, wie es mit dem Feinde stand.

Žižka erteilte danach seine Befehle und – siegte über die Bundesgenossen des Ungarnkönigs in Böhmen und Mähren. Von hier aus zog er eines Tages spornstreichs gegen König Sigmund ins Feld, und zwar zu Anfang Oktober im Herbst des Jahres 1423.

Nachdem er vier Reihen von Wagen und soviel Geschütze, wie er nur konnte, zusammengebracht hatte, machte er sich über die Grenzberge des Königreichs Böhmen nach Ungarn auf. Und wo seine Krieger ihren Fuß hinsetzten, dort verheerten sie das Land und zahlten den Ungarn und ihrem König die unchristlichen Grausamkeiten und Gewalttaten heim, die sie, besonders im Jahre 1420 und zu andren Zeiten, in Böhmen begangen hatten, als sie weder Frauen noch Säuglinge schonten.

Und Žižka drang durch das Oberland, zwischen Komorn und Gran bis zur Donau hinab, vor. Überall flohen die Leute vor ihm und trieben ihr Vieh weg. So pflegte es zu geschehen, daß er nicht genug Vorräte hatte, daß es besonders an Fleisch oft mangelte. Auf dieser Heerfahrt rückte er auch in ein Dorf an der Donau ein. Es war verlassen, keinen Menschen trafen sie dort an. Verfolgen konnten Žižkas Soldaten die Dorfbewohner nicht, denn sie waren alle auf Booten und Kähnen nach einem nahen Eiland inmitten der Donau geflüchtet. Dahin hatten die Leute auch all ihr Vieh fortgetrieben und nur ein paar Kälber und kleine Ferkel in den Stallen zurückgelassen, die sie nicht mehr über das Wasser auf die Insel hatten in Sicherheit bringen können.

Die Ungarn auf dem Eiland freuten sich, wie geschickt sie ihr ganzes Vieh vor den Tschechen gerettet hatten, sie wurden übermütig, da sie sich in Sicherheit wähnten. Sie riefen von der Insel über das Wasser nach dem Dorf hinüber, grölten, nickten den Tschechen spöttisch zu und schrien, sie sollten nur kommen, da gäbe es Vieh genug, denn sie wußten wohl, daß die Hussiten weder Boote noch Kähne hatten.

Doch Žižka brauchte sie nicht. Er überlistete die Magyaren auf andre Art. Er befahl in der Dämmerung, die Brüder sollten die Kälbchen und Schweinchen, die sie in dem Dorf gefunden hatten, ans Ufer der Donau führen und sie hier schlagen und dafür sorgen, daß die Kälblein blökten und die Schweinchen so durchdringend wie möglich quiekten.

Und die Tiere am Gestade des Stroms vollführten ein gar liebliches Geschrei: ein Muhen und Grunzen und Quieken, daß einem die Ohren davon gellten. Diese Töne drangen über das Wasser auf die Insel und wirkten besonders auf die Kühe und Säue. Vom Mutterinstinkt getrieben, erhoben sie sich plötzlich und sprangen in wilder Hast ins Wasser.

Vergebens riefen die Ungarn sie zurück, fluchten, verfolgten sie. Aber auch die übrigen Tiere konnten sie, mochten sie auch fluchen, wie sie wollten, nicht zurückhalten, denn kaum sahen diese die ersten von ihnen über den Fluß schwimmen, so stürzten sie sich ebenfalls in den Strom. Der wimmelte von Vieh, und im Wasser und am Ufer ringsum erscholl das Gebrüll: ein Blöken, Muhen, Meckern und Quietschen, bis schließlich das ganze Stimmengewirr von dem fröhlichen Geschrei der Leute Žižkas übertönt wurde, die das nasse, vom Wasser glänzende Vieh als leichte Jagdbeute zu den lodernden Feuern ins Lager führten und trieben.

Bis zu jenem Tag setzten die Ungarn Žižka keinen nennenswerten Widerstand entgegen und hinderten ihn nirgends sonderlich am Vormarsch. Sie wollten, daß er sich sicher fühlen und möglichst tief ins Land eindringen solle, damit sie dann mit ihrer Übermacht über ihn herfallen und ihn aufreiben konnten. Doch er merkte wohl, daß es nicht ratsam sei, weiter vorzudringen, und wandte seine Wagen wieder zur mährischen Grenze zurück.

Doch da begann für ihn ein schwerer Feldzug, denn es setzte ihm ein großes ungarisches Reiterheer nach, das viele Geschütze hatte. Die Ungarn griffen ihn von allen Seiten an und trachteten, wo sie nur konnten, sein Lager zu bedrängen. Arge Unbill bereiteten sie ihm auch, als er mit den Seinen über den Strom setzte. Doch der blinde Führer vereitelte durch seinen Scharfsinn all ihre Anschläge, wies sie überall ab, bis er glücklich nach Mähren gelangte.

Dieser ungarische Feldzug war eine der ruhmreichsten Waffentaten, die Žižka je vollbrachte, denn von dem Tage an, da er zu streiten begann, war diese Heerfahrt die schwerste. Doch Gott der Herr half ihm, aus Ungarn auszuziehen.

Als er durch Mähren nach Böhmen heimgekehrt war und über Leitomischl vor Hohenmaut gezogen kam, befahl er, Rast zu machen. Denn es ging auf Mittag zu, die Zeit der Ruhe und des Mittagbrots. Er selbst war auch müde. Da machten ihm die Brüder, die ihrem lieben Führer einen Liebesdienst erweisen wollten, ein Plätzchen zurecht, wo er in aller Bequemlichkeit speisen und rasten konnte.

Jeder Soldat füllte seinen Helm einmal oder mehrmals mit Erde und schüttete ihn an der ausersehenen Stelle aus. Hunderte und Hunderte Helme voll Erde häuften sich da, und eh eine Weile vergangen war, ragte hier ein flacher Hügel empor. Hierher führten sie ihren geliebten Žižka, und er speiste dort zu Mittag. Nach dem Mittagessen zog das Heer weiter. Doch die kleine aus Erdreich aufgeschüttete Anhöhe zerstörten sie nicht; die blieb stehen und hat sich bis auf den heutigen Tag hier erhalten, und bis auf den heutigen Tag wird der Hügel überall in der Umgebung „Žižkas Tisch" genannt.

IV

Als Žižka mit Heeresmacht nach Mähren zog, belagerte er unterwegs Stadt und Festung Přibyslav. Da erkrankte er im Lager an der Beulenpest. Doch er war nicht lange krank. Als er sah, daß er nimmer aufstehen werde, befahl er seine lieben, treuen Tschechen in Gottes Hut und vertraute sie Herrn Viktorin von Poděbrady, dessen Sohn Georg er der Überlieferung nach aus der Taufe gehoben hatte, Kuneš von Bělovice und Jan Bzdinka an mit der letztwilligen Verfügung, daß sie die göttliche Wahrheit immerdar schirmen mögen.

In jenen traurigen Stunden weilte auch Žižkas Schreiber, Jan Lauda, an seinem Lager und Michael Koudele von Žitenic, in dessen Armen Žižka am Mittwoch vor St. Galli – am 11. Oktober 1424 – unter einem Birnbaum verschied, wie eine alte Überlieferung berichtet. Andere erzählen jedoch, er sei unter einer Eiche gestorben, so wie er unter einer Eiche geboren ward. Und da wollte es allen schier das Herz abdrücken vor Kummer und Leid. Damals vergossen die alten Krieger, bärtige, abgehärtete und heldenhafte Männer, Tränen, und Žižkas Volk nannte sich fortan die „Waisen", als wäre sein Vater gestorben.

Der Leib des toten Feldherrn wurde in der Heiligen-Geist-Kirche in Königgrätz zur letzten Ruhe bestattet. Später wurden seine sterblichen Überreste von hier nach Tschaslau überführt und dort in der St. Peter-und-Pauls-Pfarrkirche beigesetzt. Sein Grab befand sich an einem Kirchenpfeiler unweit des Seitenaltars.

Dem Grab gegenüber hing ein Steinteller.

Von dem Teller wurde erzählt, Žižka habe von ihm gegessen; andere wieder berichten, Žižkas Priester habe darauf das Abendmahl in beiderlei Gestalt gereicht.

So schied Bruder Jan Žižka vom Kelch aus dieser Welt, der Sieger von Sudoměř, Vožic, auf dem Žižkaberg, bei Kuttenberg und Deutsch-Brod, auf dem St. Gotthardsberg bei Hořic, bei Malešov und anderswo, der Schöpfer der hussitischen Kriegskunst, dem sich so viele Städte und Burgen ergaben und der selbst nie besiegt ward, wenn er „nicht nur für Gottes Gebot, aber insonderheit auch für die Befreiung der böhmischen und slawischen Sprach'" zu Felde zog, wie er selbst sagte.

Als er gestorben war, ließen die Grätzer ihn auf seinem weißen Roß, in Ritterrüstung und mit dem Streitkolben in der Hand auf ihre Fahne malen, so wie er zu seinen Lebzeiten über das Schlachtfeld zu reiten pflegte. Und wenn die Grätzer sich unter diesem Banner schlugen, verloren sie niemals eine Schlacht.

*

Keiner der berühmten Männer der tschechischen Geschichte blieb so tief und lebendig in der Erinnerung des Volkes wie der Held von Trocnov. Auch der Ort, wo er gestorben war, blieb im Gedenken der Menschen. Žižka-Feld nannten und nennen die Leute diesen Ort, und ungepflügt blieb er durch alle Zeiten.

In späteren Jahrhunderten, als das Andenken des ruhmreichen Helden auf allerlei Art getrübt ward, wollte man das Feld umbrechen. Man versuchte es, ackerte ein Stück um, doch man pflügte es nicht zu Ende.

Die Tiere, die vor den Pflug gespannt waren, erkrankten bald und gingen ein.

Und so blieb Žižkas Feld brach. Doch dann sproß darauf eines Tages ein Fliederbusch empor. Er wuchs, wurde größer und breiter, so daß der Bauer, dem das Grundstück gehörte, ihn ausmerzen wollte. Kaum hatten seine Leute den ersten Schlag mit der Hacke getan, glitt sie ab und traf einen Knecht ins Bein. Man nahm eine Axt, doch kaum hatte sie einen Hieb getan, so glitt die Axt vom Stiel und verletzte jenen, der den Hieb in den Strauch geführt hatte. Und so blieb der Fliederbusch stehen. An jener Stelle wurde später ein Žižka-Denkmal errichtet, in das die Namen der siegreichen Schlachten des Feldherrn eingemeißelt sind.

Im Gedenken des Volkes hat sich auch die Stelle unweit des Hofes von Trocnov erhalten, wo Žižka unter der Eiche geboren wurde. Diese Eiche stand jahrhundertelang, und das Volk hielt sie in Ehren. Später, nach der Schlacht am Weißen Berge, wurde Žižka dem Volk als ein grausamer, blutrünstiger Barbar geschildert.

Doch die Kunde erhielt sich im Volke, daß er ein unüberwindlicher Krieger war und übernatürliche Kräfte besaß. Diese Kraft und Stärke suchten die Menschen auch an dem Ort, wo er geboren ward – in der Eiche selbst. Sie kamen dahin, sich ein wenig davon zu holen, sie sägten die Äste des Baumes ab, schlugen Späne aus dem Stamm, um Stiele für Äxte und Hämmer daraus zu machen.

Denn sie glaubten, sie würden wuchtigere, mächtigere Schläge führen und länger am Werk aushalten. Als die Eiche dann eingegangen und von dem Stamm nur ein Stumpf übriggeblieben war, pilgerten Schmiede und Landleute hierher und schlugen Nägel darein. Sie waren überzeugt, daß sie dadurch Stärke und Rüstigkeit gewännen. Zugleich aber vernichteten sie auch den Stumpf, indem sie sein Holz forttrugen, um Stiele und Griffe zu ihrem Handwerkszeug daraus zu machen. So verkam der mächtige Eichenstumpf, bis nur ein kleiner Rest davon übrigblieb. Und als auch dieser vermodert war, kamen die Leute hierher und holten sich Späne, um damit wenigstens die Axtstiele und die Griffe der Schmiedehämmer festzukeilen.

Heutzutage ist keine Spur mehr von der Eiche zu sehen. Doch das Volk glaubte und glaubt oft noch heute, daß alle Bauwerke in Böhmen und Mähren, vor allem die Klöster und Burgen, die im Lande durch Kriege, besonders durch den Dreißigjährigen Krieg, vernichtet wurden, durch Žižkas Macht gefallen wären. Und wo es einen alten Wall gibt, mag er auch aus uralten Zeiten stammen, so meint das Volk, er sei ebenfalls aus Žižkas Zeit.

So erzählen sich die Leute von den alten Wällen in der Umgebung von Luže, es wären Žižkas Schanzen. Wer den gewaltigen Erdwällen bei Kopidlno einen Besuch abstattet und die Leute, die in ihrer Nachbarschaft wohnen, befragt, was sie von dieser uralten Schutzmauer wissen, vernimmt: „Das sind alttschechische Schanzen aus der Zeit, als Žižka hier kämpfte.“ Auch die Orte, wo er auf seinen Feldzügen sein Lager aufgeschlagen hatte, von wo er den Angriff begann und wo er rastete, hat sich das Volk gemerkt und von Geschlecht zu Geschlecht gut im Gedächtnis behalten.

Bei Richenburg gibt es einen Teich namens Spálinec, das heißt Brandteich. Er heißt deshalb so, weil Žižka an jener Stelle angeblich die im Kloster von Podlažic gefangenen Mönche verbrennen ließ.

In Richenburg selbst gibt es einen Žižka-Felsen. Das ist ein steiler Felsgrat gegenüber der Burg. Er ist durch einen engen Talgrund von ihr geschieden. Žižka hätte, so wird erzählt, den mittleren Teil des Felsens aushöhlen lassen, hier sodann seine Geschütze aufgestellt und von da gewaltig auf die Burg feuern lassen, in deren Mauern bis auf den heutigen Tag zwei Steinkugeln aus den hussitischen Geschützen zu sehen sind. Fern von hier, im Nordwesten des Königreichs Böhmen, bei Flöhau, erhebt sich ein Hügel, bis zum heutigen Tage Žižka-Höhe geheißen, weil der Held dort einst sein Lager aufgeschlagen hatte.

Und über die Grenzen des heutigen Böhmens hinaus, in der Grafschaft Glatz, die zu jenen Zeiten zu Böhmen gehörte, sieht man an der Straße von der Stadt Radek nach Albendorf am Ende des Waldes einen Felsen und auf dem Felsen einen Stein, der einem menschlichen Kopf mit Helm und mit einer Binde über dem Auge ähnelt. Dieser Fels wird bis auf den heutigen Tag „Žižka-Haupt“ genannt.

In Náchod gibt es auch einen Žižka-Tisch. Das ist ein großer, runder Steinblock auf einem groben Sandsteinsockel, der am Fuße des Mauerturms auf dem Schloßberg steht. Früher stand neben diesem Tisch eine steinerne Bank, heute steht sie etwas weiter unten. An diesem Tisch habe Žižka angeblich gespeist, als er durch das Glatzer Land aus Mähren heimkehrte. Die Burg von Náchod belagerte er nicht. Er soll nur gesagt haben, dieses Wespennest sei nicht der Mühe wert.

Außer diesem Žižka-Tisch gibt es in der Grätzer Landschaft noch einen dieser Art. Unweit von Všestary, Rosnic und Probluz, in der Nähe von Königgrätz, dehnt sich dunkel der Forst Bor. In jenen Gegenden erhebt sich ein nicht sehr hoher Hügel namens Homole, das ist Zuckerhut, und sein Gipfel, der mit Gras bewachsen ist, wird Žižkas Tisch genannt. An jedem seiner vier Enden steht eine Linde, und in der Mitte der Kuppe wächst eine Eberesche. An dieser Stelle hatte Žižka einst, als er von Kuttenberg nach Königgrätz zog, Rast gemacht. Damals lagerte sich sein Heer rund um den Berg, auf seinem Gipfel sodann stellten seine Krieger einen Tisch für ihren Führer auf. Der Tisch soll golden, das Tafelgerät silbern gewesen sein. Als Žižka an diesem Tisch zu Mittag speiste, stimmten die Soldaten ringsum Gesänge an. Und nach dem Mittagsmahl sodann vergruben sie das Tafelgerät, wie es ihr Führer befohlen, und zogen gen Königgrätz weiter.

Der goldene Tisch und das silberne Geschirr sollen bis auf den heutigen Tag dort vergraben sein. Doch ist es bisher noch keinem gelungen, den Schatz zu heben.

Dafür werden ziemlich viele „Žižka-Hufeisen" gefunden. Wo irgendein tief in der Erde vergrabenes Hufeisen gefunden wird, da glaubt das Volk, es stamme aus Žižkas Zeiten. Mit Gewißheit erkennen die Menschen sie an den Löchern. Die Löcher in den Hufeisen aus Žižkas Zeiten sind nämlich immer rund.

So wie es Žižka-Tische, Žižka-Wälle und Žižka-Felsen gibt, gibt es auch Žižka-Bäume. Zumeist Linden, in deren trautem Schatten sich der müde Feldherr zur Ruhe niederließ, wie unter der alten Linde von Krčín und anderswo.

So ist in Erfüllung gegangen, was einstmals ein alter Chronist über Jan Žižka schrieb: „Sein Ruhm verbreitete sich in viele und ferne Länder der Erde, währt bis auf den heutigen Tag und wird auch nach uns dauern."

Die Bergknappen von Kuttenberg

I

Zu Žižkas Zeiten gelangte Kuttenberg unter tschechische Verwaltung. Damals wurden dort im Welschen Hofe Groschen geprägt, auf deren einer Seite ein böhmischer Löwe und die Inschrift:

Groschen des tschechischen Volkes

prangte, und auf deren Kehrseite das Bild der Bundeslade, des Kelches und die Inschrift:

Zum Ruhme des kämpfenden Gottes
zu sehen war.

Damals erfüllte sich von neuem die Weissagung Libušas von den Bergwerken. Zum zweiten Mal verfielen sie, und zum zweiten Mal blühten sie wieder auf. Besonders unter König Georg von Poděbrady, seligen Angedenkens, und dann unter König Vladislav II. Jagello.

Da ward so manche neue Ader entdeckt, so manches neue Bergwerk errichtet, viele Schächte wurden vertieft und viele Stollen in den Felsen getrieben. Die Bergarbeiterschaft mehrte sich, die Zechen wimmelten nur so von Knappen, und ihr frommer Gesang erscholl aus zahlreichen Schuppen, in denen die Häuer sich sammelten und betend oder singend warteten, bis ihre Schicht an die Reihe kam, was ihnen durch Klopfzeichen mitgeteilt wurde. Der Segen der Arbeit und des Erzes machte sich auch in der Stadt bemerkbar. Kuttenberg blühte auf, kam in die Höhe. Und mit dem Bergbau gedieh auch das Handwerk. Es gab Geld und Verdienst. Häuser wurden gebaut, und zu jener Zeit schuf auch Matthias Rejsek in Kuttenberg sein berühmtes Werk, das St. Barbara-Münster. Edelleute ließen sich in der Stadt nieder, Fremde, Kaufleute kamen in großer Zahl von auswärts hierher; auf allen Straßen und Plätzen herrschte Lärm und reges Getriebe, und am lebhaftesten ging es im Welschen Hofe zu, wo der Oberste Münzmeister des Königreichs Böhmen amtierte, der Hofmeister für Kuttenberg, die Bergmeister, die Grubenschreiber und andre seiner Beamten, wo auch der königliche Bergwerkssteuereinnehmer seine Kanzlei hatte und wo zuzeiten auch der König selbst residierte.

Unter den Kanzleien und unter den prächtigen königlichen Gemächern befanden sich Kellergewölbe voll Edelerz und die Werkstätten der Präger und Münzer, wo aus dem Silber, das in den Hütten gewonnen und in Barren gegossen ward, die glänzenden böhmischen Groschen geprägt wurden.

Kuttenberg blühte und war nach Prag die erste Stadt im Königreiche. Damals, unter Vladislav II., erinnerten sich die Bürger von Kuttenberg der treuen Tschechen, die vor Jahren dafür, daß sie das Abendmahl in beiderlei Gestalt genommen hatten, von den Ratsherren, welche damals über die Stadt herrschten, unbarmherzig und zumeist bei lebendigem Leibe in die Gruben gestürzt worden waren. Und sie bargen aus den alten Schächten, zumeist aus der Grube beim Kouřimer Tor, die Gebeine jener Böhmen, um sie nun in Ehren zu begraben. Hier wurde auch, o Wunder, ein Körper gefunden, der zwar nicht vollständig war, aber solch einen reinen und lieblichen Duft ausströmte, wie die trefflichste Myrrhe.

Darob entstand eine große Aufregung in der Stadt, und alle sprachen einstimmig davon, daß dieser Leib, der schon so viele Jahre in dem tiefen Schacht geruht hatte und der solch einen Duft ausströmte, nur ein Zeichen der Gnade Gottes sein könne. Ja, gewiß sei's der Leib des Jan Chodek, des einstigen Pfarrers von Kouřim, der mit seinen drei Priestern zu Tode gefoltert und wie Hunderte und aber Hunderte andrer Tschechen in diese Grube geworfen worden war.

Dieser wunderbare Fund wurde im Jahre des Heils 1492 getan, doch nachdem die Bürger von diesem frommen Staunen ergriffen worden waren, bemächtigte sich ihrer alsbald eine Erregung andrer Art. Ein Sturm brauste über Kuttenberg hin, und zwar aus der Tiefe der Erde, wo die Unzufriedenheit gärte, wo der arme Mann durch seine Mühe und Arbeit den Reichen und Mächtigen Reichtum und Wohlstand gewann. Der Schoß der Erde gab so viel Erz her, daß die königliche Schatzkammer Silber in Hülle und Fülle und das Bergvolk genügenden Verdienst hätte haben können. Doch einige Leute in ihrer Habgier vergingen sich am König wie auch am Bergmann, denn die Bergbaubeamten sandten nicht alles Silber nach Prag und schmälerten noch dazu den Lohn der Knappen.

Tief in der Erde, in einem dunklen, kahlen Stollen, durch den das rötliche Licht der rußenden Grubenlampe flackerte, schafften die Häuer im Bergkittel fleißig und unermüdlich und brachen mit Eisenschlegel, Fäustel und Fimmel das kostbare Erz.

Ansonsten pflegte der Bergmann diese schwere Arbeit ruhig und ohne Unterlaß zu verrichten. Er hatte im großen und ganzen keine Sorgen, außer, daß er in der Einsamkeit, in der Finsternis von Zeit zu Zeit in das Dunkel horchte und im Schein des flackernden Lichtes manches Mal unversehens innehielt, wenn in der Totenstille unverhofft eine fremde Stimme ertönte, die ihn gedehnt und traurig dreimal beim Namen rief, oder daß er sich umsah, ob aus der Tiefe des dunklen Stollens nicht ein Hämmerling trete, ein Wichtel im Bergmannskleid, eine Elle groß, die Grubenlampe am Gürtel, die Schlegel in der Hand, ein Männlein mit funkelnden Augen, das die Bergleute zu necken, aber auch zu guten Erzadern zu führen pflegte.

Nun aber hatten die Knappen andre Sorgen. Das harte Unrecht, das die Herren ihnen zufügten, bereitete ihnen Kummer, und es grämte sie, daß die Beamten ihnen für ihre schwere, mühsame Arbeit ständig den Verdienst schmälerten. Schon bekamen sie kaum die Hälfte ihres einstigen Lohns, obwohl ihnen in der Arbeit keinerlei Erleichterung gewährt wurde. Für dieses bescheidene Entgelt konnten die Knappen nicht mehr gehörig für ihre Familien sorgen; so mancher litt bereits Not.

Und da kochte ihnen das Blut in den Adern. Sie klagten einander ihr Leid, und keiner hielt damit hinter dem Berge, woran er bei der Arbeit dachte, wozu er entschlossen war: so könne das nicht mehr weitergehen, es könne und dürfe nicht so bleiben, daß sie arm würden und die Herren Beamten und Grubenpächter reich. Auch um den König waren sie besorgt. Denn sie sahen, wieviel Erz und wieviel pures Metall in den

Gruben gefördert, wieviel reines Silber ausgeschmolzen wurde und um wieviel weniger die Beamten nach Prag zu senden pflegten.

Zuerst verlangten sie, daß Abhilfe geschaffen werde. Doch weder die Bergbeamten noch die Schöppenmeister und Gemeindeältesten erhörten sie. Wenn die Bergleute sich versammelten, um über ihre Beschwerden zu beraten, trieben der Stadtvogt mit seinen Bütteln oder die Söldner aus dem Welschen Hofe sie auseinander. Darum besprachen sich die Knappen im geheimen und beschlossen, Sendboten zum König zu schicken, der damals auf der Burg von Buda in Ungarn weilte.

Begierig und voller Aufregung warteten sie, mit welcher Botschaft ihre Vertrauensleute heimkehren würden. Denn sie hofften, ja, freuten sich, daß der König, wenn er von ihren Kümmernissen erführe, wenigstens alle Mißstände würde untersuchen lassen, auf daß er sich überzeugte, wie berechtigt ihre Klagen waren. Gewiß würde er ihnen auch zu ihrem Recht verhelfen.

Ebenso heimlich wie die Abgesandten des Nachts von Kuttenberg fortgezogen waren, so kehrten sie auch dahin zurück. Es war an einem Abend des Monats Juli im Jahre 1496.

Jedermann eilte auf den Platz vor dem Welschen Hof hinaus. Alle Männer, die nicht unter Tag waren, auch viele Frauen liefen hier zusammen, viele freuten sich schon, daß die Herren im Hofe ihr blaues Wunder erleben und daß sie zahm werden würden.

Doch die Herren wurden nicht demütig, aber auch die Bergleute verloren nicht den Mut, obwohl die Berichte aus Ungarn ungünstig waren. Der König tat nichts für sie, hatte sich ihrer nicht angenommen, die Abgesandten der Knappen gar nicht gehört. Man hatte sie nicht zu ihm vorgelassen. Diese Kunde aus dem Ungarland kam gänzlich unerwartet. Und die Sendboten legten dar, daß man die Bergleute bei Seiner Majestät angeschwärzt hätte, ja, sie seien beim König in Ungnade gefallen, die Herren vom Hofe hätten ihnen gesagt, sie sollten lieber nach Hause eilen, damit man sie nicht am Ende noch in den Kerker stecke.

Die Sendboten konnten nicht zu Ende sprechen.

Ringsumher war's, als ob ein Blitz aus heitrem Himmel einschlüge. Aus allen Kehlen erscholl ein wilder Schrei der Enttäuschung und des Grimms. Hunderte, Tausende Fäuste reckten sich drohend wider den Welschen Hof, und Tausende Kehlen beschimpften und verfluchten ihn. Dort seien die Rebellen und Lügner und Diebe, nur bedrücken und anschwärzen, das verstünden sie.

Als auf den Zinnen der Burgmauer ein Grubenschreiber erschien und zu der Menge reden wollte, grollte von neuem ein Donner, daß der Schreiber sich eilig verzog. Sogar der Münzmeister selbst mußte unverrichteterdinge abziehen. Als er die Knappen aufforderte, auseinanderzugehen, schrien sie ihm zu, er möge ihnen beim König Gehör verschaffen, daß ihnen ihr Recht werde, sonst wollten sie die Gruben im Stich lassen, mochten die Herren doch selbst darin fördern.

Überall in der Stadt schlossen die Leute Fensterläden und Türen, überall bemächtigte sich ihrer Furcht und Entsetzen, und die ganze Nacht tat kaum jemand ein Auge zu.

Denn die Kumpel rebellierten die ganze Nacht, rotteten sich zusammen, rüsteten sich zum Auszug, führten Frauen und Kinder aus ihren Hütten, trommelten und riefen ihre Kameraden zusammen, die noch im Stollen und bei der Grubenarbeit waren. Weder die königlichen Beamten noch die Schöppenmeister konnten's ihnen verwehren, vermochten sie auseinanderzutreiben, denn ihre Kriegsknechte waren zu schwach gegen so viel Tausende rasender, empörter Männer. Ja, die Stadtältesten und die Herren aus dem Welschen Hof waren froh, daß die Brüderschaft sich fortscherte, denn sie fürchteten, daß es zu Blutvergießen kommen und die Stadt in Flammen aufgehen könnte.

Als wälzten sich dunkle Ströme dahin, so strömten die Bergleute unter ihrer Fahne mit ihrem Arbeitsgerät, viele in Waffen, im frühen Morgengrauen durch die Straßen von Kuttenberg zum Tor hinaus, und alle sangen mit einer Stimme, daß die Fenster klirrten, das Lied „Ihr treuen Christen, bauet stark auf das Abendmahl Christi". Sie sangen es, obwohl's auf Anordnung des Königs unter Todesstrafe verboten war.

Die Bergleute zogen aus der Stadt, an die sechstausend waren ihrer, und machten schließlich auf dem Spitzberg zwischen den Hügeln Malín und Kaněk halt. Hier schlugen sie ihr Lager auf und begannen sogleich, wie ihre Ältesten sie angewiesen hatten, rund um das Lager einen Graben auszuheben und einen Wall aufzuschütten.

In Kuttenberg wurde es stiller, doch die Bürger beruhigten sich noch nicht. Die Furcht vor den Bergleuten blieb und die Angst, daß ein großes Verhängnis über die Gruben hereinbrechen könnte, daß sie ohne Arbeiter bleiben würden. Doch die Herren im Welschen Hofe und die Schöppenmeister waren über die Vermessenheit der Knappen erbost.

Sie wollten sie zur Arbeit zwingen, wollten sie bestrafen und demütigen.

Und so schrieben sie viele Briefe, schrieben sie schnell und versiegelten sie, die Schöppenmeister und die Beamten des Königs, und gaben sie reitenden Boten mit, die sie auf flinken Rossen in verschiedene Richtung davontrugen.

II

Ein Tag verging, der zweite, der dritte Tag verrann und wieder ein Tag, und die Bergleute lagerten noch immer in ihrer Verschanzung auf dem Hügel und warteten in einem fort, daß die Herren von Kuttenberg eine Abordnung zu ihnen entsenden würden, um zu verhandeln, sie ersuchen würden, zurückzukehren, die Arbeit wieder aufzunehmen und ihnen dafür die Beseitigung der Mißstände anbieten würden. Doch keiner kam, niemand zeigte sich auf dem Wege zu ihnen. Schon brach der Abend des fünften Tages an. Auf den Wällen rings um das Lager standen junge Kumpel in Waffen, sie wachten und hüteten den Schlaf ihrer Genossen.

Im Lager aber schliefen die Brüder der Zunft, besonders die älteren, sorgenvoll ein.

Sie ahnten, daß die Bürger von Kuttenberg etwas im Schilde führten, und rechneten damit, daß sie sich auf dem Hügel nicht mehr lange würden halten können, denn ihre Vorräte gingen zur Neige. Spät schlummerten sie ein, doch war's ihnen nicht vergönnt, die ganze Nacht durch zu schlafen.

Am Morgen hub ein großes Geschrei an. Die Wachen am Wall riefen Alarm, ein großer Haufe sei im Anzug.

Als die Ältesten auf die Wälle stürzten, erblickten sie im Morgengrauen einen dunklen Haufen von Reitern und Fußvolk. Sie kamen von Mitternacht, von Kolín her.

Da plötzlich riefen die Wachen von der andern Seite der Schanzen, ein anderer Haufe wäre zu sehen, der ihnen von Tschaslau in die Flanke rücke. Kaum hatten sie es ausgesprochen, und schon wälzte sich aus der Stadt Kuttenberg selbst eine große Heerschar ihnen entgegen und marschierte den Bergleuten geradewegs in den Rücken, und aus dieser Abteilung scholl Trommelwirbel und das Schmettern von Fanfaren, und eine Fahne wehte über den Häuptern der Krieger wie über den Köpfen jener, die aus den Nachbarstädten im Anzug waren.

Schon war ersichtlich, daß die Feinde sie von allen Seiten einkreisen und umzingeln wollten, denn die Bürger von Tschaslau und von Kolín hatten aus Kuttenberg ganz schreckliche Berichte über die Kumpel erhalten, daß sie sich angeblich bereit machten, alle Bürger hinzumorden, daß sie die Schächte und alle Gruben zerstören wollten.

Die Hilfstruppen waren noch dabei, sich am Hange zu ordnen und in Schlachtordnung aufzustellen, da zog ein neuer, starker Haufe von Reisigen heran; die kamen aus Poděbrady, darunter viele Reiter. Als sie am Fuße des Hügels haltmachten, erkannten die Knappen auf dem Berge, daß die Abteilung vom Hauptmann der königlichen Burg Poděbrady, Oněk Kamenický von Topice, angeführt wurde.

Das hohe Feldlager der Bergleute war umzingelt, der Abhang vom Feind überschwemmt, denn er wimmelte vom Heer der Gegner. An die Viertausend hatten sich hier zusammengerottet und vereinigt. Die Knappen auf den Bergen standen so, wie die Ältesten sie aufgestellt hatten, in Haufen geordnet hinter den Schanzen, und harrten, Waffen und Hämmer in der Faust, des Angriffs der Feinde. Denn sie hatten beschlossen, den Kampf nicht selbst zu beginnen. Aber um Gnade bitten oder sich ergeben, das wollten sie nicht.

Doch manchen kam in den Sinn, daß sie verhandeln sollten, zwar nicht mit den Kuttenbergern, sondern mit dem Burghauptmann von Poděbrady, der war ein Beamter des Königs und pflegte mit seiner Majestät zu sprechen. Oněk Kamenický wisse sicherlich nicht, was in Kuttenberg geschehen war, warum sie hierher ausgezogen waren. Wenn sie ihm alles erklärten, so nähme er sich ihrer vielleicht an und würde ihnen erwirken, daß sie zum König zugelassen würden, oder er würde ihre Beschwerden vielleicht selber dem Könige vortragen.

Und siehe, der Hauptmann von Poděbrady ritt in voller Rüstung aus seinem Haufe hervor und lenkte die Schritte seines Rosses spornstreichs zu ihren Gräben hin! Und da gingen ihm die Ältesten vor die Schanze entgegen, und einer von ihnen, der graubärtige Opat, der für die Bruderschaft immer zu sprechen pflegte, legte dem Hauptmann dar, daß sie kein Blut vergießen wollten, sondern nur ihr Recht verlangten, und namentlich, daß seine Majestät der König sie anhören möge.

„Wenn dem so ist“, sagte der Hauptmann, „so kommt mit mir nach Poděbrady, und ich werde bei seiner Majestät zu erwirken versuchen, wonach ihr begehrt.“

„Wir würden gerne gehen“, sagte Opat, „aber wir fürchten um unser Leben.“

„Es wird euch nichts geschehen, glaubt mir aufs Wort und kommt mit mir.“

Da beschlossen die Ältesten, auf sein Ritterwort vertrauend, mit ihm zu gehen. Und sie teilten der Bruderschaft alles mit, was abgemacht worden war, nahmen Abschied von ihren Familien und gingen: Opat und sein Bruder Viktorin, die Brüder Simon und Pruša, Duchek, Černý, Kůžel, Holý, Želva, Andreas Němec, Veit Krchňavý, Lana von Hlouška, Mládek und Klad. Die übrige Bruderschaft mit ihren Familien sodann trat den Rückzug nach Kuttenberg an, um dort abzuwarten, bis ihr Streit von dem König geschlichtet worden wäre, wie man ihnen versprochen hatte.

Die Ältesten der Bruderschaft begaben sich mit Oněk Kamenický und seinem Kriegsvolk nach Poděbrady. So manches Mal schweifte ihr Blick nach Kuttenberg zurück, und unfroh schauten sie vor sich hin, denn sie gingen nicht im vollen Vertrauen, hatten sie doch keine Sicherheit, waren in der Macht der Herren.

Doch sie glaubten, daß der Ritter sein Wort halten werde.

Als sie auf Poděbrady angelangt waren, wies ihnen der Hauptmann die Wachstube als Wohnung zu und ließ sie mit allem Nötigen anständig versehen. Auf dem Burghof konnten sie frei spazierengehen. Aus dem Schloß aber, in die Stadt, durften und konnten sie nicht. Die Zugbrücke war den ganzen Tag hochgezogen.

Am dritten Tage nahm Oněk sie in ein kurzes Verhör und versprach ihnen, sogleich zwei reitende Boten mit einem schriftlichen Bericht zum König zu senden, indessen sollten sie sich in Geduld fassen; sobald vom König Bescheid käme, und so Gott will, gute Kunde, werde er sie sogleich verständigen.

Den Bericht an den König hatte er aber indessen schon abgesandt; und da er von den Kuttenbergern bestochen war, sandte er einen Bericht, der mit jenem übereinstimmte, den die königlichen Beamten aus dem Welschen Hofe schon vordem erstattet hatten. Oněk Kamenický schrieb, daß die Bergleute gefährliche Rebellen wären und daß sie Kuttenberg, dies Kleinod seiner Majestät und des ganzen Königreichs Böhmen, wohl um ein Haar vernichtet und zerstört hätten. Bevor die Boten zurückkehrten, ritt er nach Kuttenberg und teilte hier den Herren mit – damit sie ihm Dank zollten – was er getan hatte, was geschehen werde, daß der König auf seinen Bericht hin die Bergleute gewiß zum Tode verurteilen werde, die Herren sollten ihren Bergleuten schon die Totenhemden bereitlegen.

Und sie legten sie bereit, zuvörderst aber einen stattlichen Haufen Silbers für den Hauptmann von Poděbrady, und dann im geheimen dreizehn weiße Leinenkittel als Totenhemden für die zur Hinrichtung bestimmten Ältesten der Bergmannsgilde.

Als Oněk nach Poděbrady heimgekehrt war, kamen die Boten aus Ungarn zurück. Sie sprengten spät am Abend in den Burghof ein, doch die Bergleute erfuhren nichts von ihrer Ankunft. Am folgenden Tag berief der Hauptmann Andreas Němec, Holý und Veit Krchňavý zu sich. Er ersuchte sie, sich nach Pürglitz zu begeben, man wäre dort auf Erz gestoßen und möchte gerne wissen, ob es ergiebig sei, sie möchten es also, da sie mit Erz und Gestein wohl vertraut seien, selbst untersuchen.

Die derart überlisteten Knappen schenkten dem Burghauptmann Glauben und machten sich, nachdem sie von ihren Genossen in der Hoffnung auf ein baldiges und so Gott will besseres Wiedersehen Abschied genommen hatten, auf den Weg.

Sie ahnten nicht, daß sie die übrigen nicht mehr wiedersehen würden, daß ihr Begleiter einen Uriasbrief für den Burggrafen von Pürglitz bei sich trug, der besagte, daß sie auf der Feste hingerichtet werden sollten, und sie ahnten auch nicht, daß ihre Wächter darum auch drei Hinrichtungskittel mit in den Wagen genommen hatten.

Am dritten Tage, nachdem die drei weggefahren waren, ließ der Hauptmann die übrigen zehn, welche bis zu jenem Augenblick nicht wußten, daß die Boten aus Ungarn schon Nachricht gebracht hatten, zu sich rufen. Es war zeitig in der Früh, am Freitag nach St. Lorenz, am elften August. Die Ältesten der Gilde wunderten sich, warum sie der Herr so früh am Morgen rufen ließ; vielleicht waren soeben die Sendboten eingetroffen. So dachten sie und freuten sich.

Doch sie wurden nicht in die Kanzlei geführt, sondern auf den Hof vor dem Söller, der sich, auf drei Bögen ruhend, unmittelbar neben der Kanzlei des Hauptmanns erhob. Und rund um den Burghof, auf dem noch der Schatten des Morgens ruhte, über dem die Türme und Dächer, aber bereits von den goldenen Strahlen der Augustsonne überflutet, zum Himmel strebten, standen überall Kriegsknechte in voller Rüstung, die Spieße in der Hand. Und es waren ihrer viele.

Die Ältesten stutzten, besonders als sie angewiesen wurden, hier auf dem Hof vor dem Söller stehenzubleiben. Doch sie warteten nicht lange. Aus der Amtsstube trat Oněk Kamenický von Topic höchstselbst, einen schwarzen Samthut mit goldener Feder auf dem Kopf, eine goldene Kordel über der Brust, mit einem schwarzen Mantel und schwarzen Beinkleidern angetan; hinter ihm der Stadtrichter von Poděbrad und die Burgbeamten.

Der Hauptmann aber hielt eine Urkunde in der Hand und verkündete den Knappen streng, Seine Majestät der König habe bereits seinen Willen kundzutun und zu befehlen geruht, daß alle, wie sie hier stünden, und auch jene, die nach Pürglitz gesandt worden waren, als Rebellen vom Leben zum Tode gebracht werden sollten.

Den Bergleuten, den alten und den jungen, gerann das Blut in den Adern. Sie konnten kein Wort hervorbringen; nicht vor Entsetzen, sondern vor Empörung über diese himmelschreiende Ungerechtigkeit, daß der Hauptmann so schändlich und arglistig an ihnen gehandelt hatte. Dann schrie einer, und dann schrien alle empört, welch ein schändlicher, treuloser Verräter er sei, so stehe er zu seinem Wort als ein wahrer Edelmann.

Oněk, finster wie ein Regengewölk, gab den Söldnern stumm einen Wink; sie ergriffen die Knappen und führten sie in die Wachstube zurück, wo bereits die Henker und ihre Gesellen bereitstanden. Es waren ihrer zwei, Sochor, der Scharfrichter vom Schloß, und Kolouch, der Scharfrichter der Stadt. Nun mußten die Verurteilten weiße Hinrichtungsgewänder anlegen, zwei Priester kamen zu ihnen, um sie auf ihren letzten Gang vorzubereiten.

Bald danach, es war neun Uhr früh, wurden sie, zwei und zwei, gefesselt von der Burg hinweggeführt. An der Spitze einer starken Bedeckung ritt Hauptmann Kamenický zu Pferde, und hinter ihm schritt zu Fuß der Vogt mit seinen Schergen einher.

Unterdessen war's in der Stadt ruchbar geworden, was auf dem Schloß vor sich ging, und schon hatte sich eine große Menschenmenge angesammelt und schritt hinter dem traurigen Zuge her.

Alle murrten über das Urteil, noch mehr aber über den Hauptmann, und alle bedauerten auch von Herzen die armen und gequälten Delinquenten, die barfuß und in weißen Totenhemden ihren letzten Gang antraten.

Finster ward's ihnen vor Augen, und das Läuten des Sterbeglöckleins drang wie durch Nebel an ihr Ohr.

Sie schritten dahin wie in einem furchtbaren Traum. War das schreckliche Ende doch so plötzlich, so unverhofft gekommen.

Keiner von ihnen hatte daran gedacht, denn der Hauptmann hatte sie fast bis zu dieser Stunde getröstet, daß alles gut werden würde.

Für all das Unrecht noch den Tod! Und was wird mit ihren armen Kindern geschehen, ihren armen Kindern daheim und ihren Frauen? Das war eine schändliche Grausamkeit! Das war doch nicht möglich! So ging es ihnen empört durch den Sinn. Doch die Fesseln, das weiße Totenhemd, die Stimmen der Glokken... Aber das war wohl alles nur, um sie zu schrecken. Die Herren wollten sie mit Todesangst bestrafen. Am Richtplatz aber, wenn sie anlangten, würde der Hauptmann ihnen verkünden, daß sie begnadigt wären. So meinten sie, mit diesem letzten Fünkchen Hoffnung trösteten sie sich.

Sie schritten von der Burg Poděbrady zur Elbniederung hinab, überschritten die Brücke, passierten das Dörfchen Kluk, gelangten an einen traurigen Ort in den Fluren zwischen den Gemeinden Polabí und Kluk.

Hier war die Richtstatt. Ein alter Birnbaum breitete seine mächtige Krone über sie aus; ein Stückchen weiter ragte eine gewaltige Eiche empor, die den Birnbaum noch überschattete. Ihre mächtigen Zweige neigten sich unten am Stamm tief hernieder, bis sie fast den Rasen berührten.

Bei dieser Eiche machte der Zug halt, bei dieser Eiche rief der Hauptmann von Poděbrady dem Henker Kolouch vom Pferde zu: „Richte!"

Dies einzige Wort vereitelte die letzte Hoffnung der Knappen. Jetzt begriffen sie, daß sie nicht mehr heimkehren würden. Alles ringsum, alles war furchtbare Wirklichkeit, nicht nur eine List, um sie zu schrecken. Dies war ihr letzter Weg, hier ihre letzte Rast, und dann – die Ewigkeit.

Ihr Zorn erlosch, Gram und Leid betrübten das Herz der Knappen, und ihre Seele, den irdischen Staub nun lassend, erhob sich zum Himmel. Denn dort allein gab es Gerechtigkeit.

Wie auf Verabredung knieten sie alle auf einmal nieder und begannen aus tiefster Seele zu beten:

„Vater unser, der du bist im Himmel, der du das Unrecht kennst, das einem jeglichen von uns getan ward, sende deinen

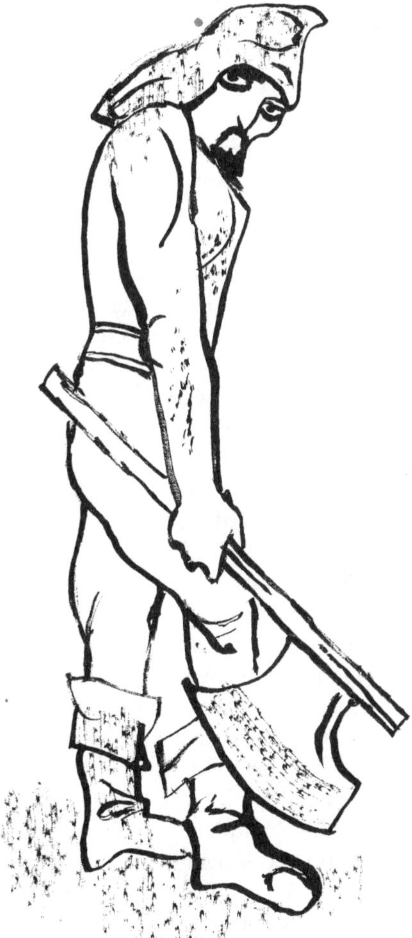

himmlischen Tau hinab, auf daß er unser unschuldig Blut fortspüle!" Ihre Stimme voller Ergriffenheit tönte durch die tiefe, traurige Stille. Alle im Zuge wurden von Rührung ergriffen. Auch der Henker Kolouch.

Das schon entblößte Schwert in der Hand, schleuderte er's unter den Birnbaum ins Gras und rief ergriffen voll Empörung aus: „Ich richte sie nicht!"

Und so trat der Henker Sochor vor, der dem Hauptmann, seinem Herrn, nicht widersprechen konnte, und vollzog, was der unbarmherzige Burggraf befahl.

Als erster kniete Simon der Ältere unter einem der gewaltigen Äste der knorrigen Eiche nieder. Wie ein Baldachin schwebte er zu seinen Häupten. Im Schatten des Baumes, in grünlichem Dämmerschein blinkte das Henkersschwert auf. Ein Blutstrom sprudelte hoch und netzte, überflutete den Eichenzweig, so daß es schien, als ob nach einem Regenschauer rote Tropfen von ihm niederrannen.

Nach Simon fiel Pruša, sein jüngerer Bruder, auf die Knie, dann Černý, Opat und sein Bruder, alle zehn, einer nach dem andern. Als der letzte leblos auf den blutüberströmten Rasen sank, zeigte sich plötzlich ein Wölkchen am klaren Himmel. Und das wuchs und breitete sich unheimlich aus und war bald zu einem gewaltigen schwarzen Gewölk angewachsen, das den ganzen Himmel bedeckte. Aus dem Dunkel der Wolken donnerte es, als spräche die Stimme Gottes in seinem Zorne, ein Sturmwind fegte mit einem Schlag durch die Wipfel der Eiche, stemmte sich gegen den Birnbaum, rüttelte an ihren Kronen, daß ihre Zweige, wild hin und her geschüttelt, gewaltig zu rauschen begannen.

Das Volk auf dem Richtplatz gedachte des Gebetes der armen Bergleute, das kaum verklungen war; die Menschen bekreuzigten sich, liefen voll Furcht und Grauen nach Hause, und alle wiederholten ganz verstört: „Ein Gottesgericht! Das ist ein Gottesgericht!"

„Gott hat sie erhört! Der Unschuldigen Stimme erhört!"

Kaum hatte man die toten Knappen in einer Grube verscharrt, begann es zu regnen, ein furchtbarer Wolkenbruch ging hernieder. Der Hauptmann selbst rutschte, als er in den Schloßhof sprengte, mit seinem Roß im Tore aus und stürzte zu Boden.

Der Regen rauschte den ganzen Tag, die ganze Nacht und wieder Tag und Nacht und so ohne Unterlaß in einem fort, neun Tage und neun Nächte, bis die ausgetrockneten Bäche zu Flüssen anschwollen und die Wassermassen rund um Poděbrady und um Kuttenberg die Äcker fortrissen.

Zu der Zeit war auch die Hinrichtung der drei Bergleute auf Pürglitz schon vollzogen. Doch alle drei kamen dort nicht um. Veit Krchňavý zerriß, als seine zwei Gefährten bereits enthauptet waren, seine Fesseln und betäubte den Henker mit einem groben Stein. Dann floh er in die Wälder und war gerettet. Denn wer sich damals des Henkers erwehrte, durfte weder festgehalten noch verfolgt werden und war dem Tode entronnen.

III

Doch jene, die mit den Knappen so ungerecht verfahren waren, blieben nicht ohne Strafe.

König Vladislav, der auch König von Ungarn war, vernahm, als er aus Ungarn wieder nach Böhmen heimgekehrt war, von gerechten Leuten die reine Wahrheit über das Poděbrader Blutgericht. Sobald er nach Kuttenberg gekommen war, wo er im Welschen Hof residierte, lud er den Hauptmann von Poděbrady, Oněk Kamenický, vor und verhörte ihn streng, so auch die Bergbeamten.

Auch Veit Krchňavý, der sich als einziger der Bergleute gerettet hatte, wurde vor Gericht geladen, um Zeugnis abzulegen, wie die Herren mit den armen Knappen verfahren waren. Oněk Kamenický von Topic wurde, da er verstockt leugnete, auf die Folter gespannt, und da hielt der Herr Königliche Hauptmann die Pein nicht aus. Er starb auf der Folterbank. Auch alle übrigen, die an dem Verbrechen teilhatten, ereilte die verdiente Strafe.

Doch seit der grausamen Hinrichtung der unschuldigen Bergleute gingen die Bergwerke viele Jahre nicht recht, und es mußte fast die Arbeit eingestellt werden. Auf dem Richtanger, wo die Knappen ihr Leben ausgehaucht hatten, geschah etwas Merkwürdiges. Auf der Eiche, unter der die Hinrichtung stattgefunden hatte, wuchsen seit jener Zeit Eicheln von eigenartigem, ungewöhnlichem Aussehen: Sie hatten die Form einer Bergmannskapuze. Doch wuchsen sie nur an einem Zweig dieser Eiche, auf dem, der von dem Blut des Hingerichteten besprengt worden war und der von jener Zeit an rötliche Blätter trug.

Es geschah, daß in Zeiten der Mißernte nicht eine einzige Eichel an der ganzen mächtigen Krone des alten Baumes hing, doch dieser Ast trug immer Früchte. Die Eicheln von der Form einer Bergmannskapuze wurden sehr gesucht.

Von nah und fern kamen Leute, um sich welche zu holen, trugen sie als Andenken fort, ja faßten sie in Silber und Gold und trugen sie als Amulett am Halse und meinten, die wundersamen Eicheln würden sie vor Zauber und Hexerei beschützen und ihnen Glück bringen.

Solche Eicheln wie diese wuchsen nirgendwo, an keiner Eiche, außer auf dem Baum beim Dorfe Kluk, unter dessen Krone die Kumpel von Kuttenberg zur Hinrichtung geführt worden waren. Die alte Eiche auf der Richtstatt sodann stand bis in die zweite Hälfte des achtzehnten Jahrhunderts neben der Kirche, doch ward sie dann durch einen furchtbaren Sturm entwurzelt und gefällt. Ihre jüngere Gefährtin unweit des Dorfes Kluk wurde im Jahre 1842 ausgegraben.

Die Weisse Dame

Tag für Tag verrinnt, Sommer um Sommer vergeht, und schließlich kommt der Tod. Manchmal steht er lange vor der Tür, ehe er plötzlich, unverhofft eintritt. Doch manchmal kündigt er sich an, bevor er das Leben verkürzt. So glaubte man, und man glaubt es bis zum heutigen Tag, daß es Vorzeichen des nahenden Todes gäbe, daß man seltsame Töne höre, wenn das letzte Stündchen geschlagen hat.

Die Stimme eines Käuzchens, ein geheimnisvolles Klopfen oder ein Ton, als ob jemand mit einer Gerte gegen die Tür, gegen das Fenster geschlagen hätte, und andere Zeichen kündigen dem Menschen den nahen Tod an. Das sind allgemeine Omen. Doch manchen Adelsgeschlechtern soll durch besondere Zeichen verkündet worden sein, daß einer von ihnen in Bälde den Weg aller Menschen gehen werde.

Wenn einer der Edlen von Strojetitz sterben sollte, erblickte er einen weißen Sperling, und waren die Tage eines Herrn von Příchov gezählt, so vernahm er plötzlich den Ton eines Jagdhorns, Hundegebell und Pferdegewieher. Wenn der große schwarze Schrank auf der Burg Rábí plötzlich, mir nichts dir nichts, zu beben begann, wenn ein dumpfes Geräusch von ihm ausging, dann holte der Tod gewiß bald einen der Herren aus dem Geschlechte der Ritter Dlouhoveský, Častolaz oder Chanovský. Die Herren von Černín pflegten vor ihrem Tode ein seltsames Geräusch, als ob jemand Sand oder Kies ausschüttete, zu vernehmen, die Freiherrn von Lobkowitz hörten Glockenklang, und wenn jemand von den Herrn von Kolovrat das Zeitliche segnen sollte, standen Schweißtropfen auf dem Grabstein in der Kirche von Ročov, unter dem ihr einst berühmter Ahnherr ruhte.

Manchen Geschlechtern pflegte die Weiße Dame zu erscheinen. So den Herren Berka von Duba, den Herren von Lipé, den Freiherren von Schwammberg, besonders aber den Herren von Grätz und von Rosenberg. So war's auf Schloß Teltsch und auf der Burg von Bechin, der Burg von Krummau, im Schloß von Grätz und dem von Wittinggau.

Wann immer sie erschien, konnten die Leute an jenem Ort irgendein frohes oder trauriges Ereignis erwarten. Entweder es wurde einer geboren, oder jemand starb, oder es wurde in dem Geschlecht eine Hochzeit gefeiert. Und immer erschien sie in einem blütenweißen Gewand, eine ernste Dame von hoher Gestalt, das Haupt mit einem Schleier verhüllt, wie eine Witwe. Nur wenn ein trauriges Ereignis eintreten sollte, pflegte sie, so erzählt die Sage, schwarze Handschuhe zu tragen.

Sie erschien zu verschiedenen Zeiten des Tages: manchmal genau zur Mittagstunde, zumeist aber des Nachts. Auf dem Schloß von Neuhaus soll sie zur Mittagstunde gesehen worden sein.

Auf dem alten, verlassenen Turm huschte sie hoch oben vorbei, schwebte aus einem Fenster heraus, zu dem es keinen Zugang gab, denn die Holztreppe, die einst hierhergeführt hatte, war schon längst bei einem großen Brande vernichtet worden.

Als die Menschen rings um das Schloß und in der Stadt die geheimnisvolle weiße Erscheinung sahen, auf sie zeigten, verschwand sie nicht mit einem Schlag.

Die Weiße Dame blieb ein Weilchen am Fenster stehen, dann verschwand sie langsam, es schien, als ob sie in den Turm versank, ward kleiner und kleiner, bis sie verschwand. Des Nachts pflegte sie ebenfalls ganz in weiß, mit einem weißen Schleier, ernst, aber nicht furchtbar, zu erscheinen. Sie wandelte gemächlich durch die Gänge oder schritt, die Schlüssel am Gürtel, hastig dahin, als wär' sie in Eile, von Gemach zu Gemach, das eine schließend und das andre öffnend. Doch tat sie keinem etwas zuleide. Wenn ihr auf diesem geheimnisvollen Spaziergang jemand begegnete und sie grüßte, dankte sie ernst, entweder schweigend durch ein Kopfnicken oder mit einem Wort für den Gruß. Und da klang ihre Stimme wie ein Säuseln, wie das Wehen eines leisen Winds.

Besondere Fürsorge legte sie für die miteinander verschwägerten Geschlechter der goldenen und der roten Rose an den Tag, die Herren von Grätz und von Rosenberg, mit denen sie zu ihren Lebzeiten durch Blutsbande verbunden gewesen war.

Im Jahre 1539 wurde Herrn Jost von Rosenberg, der damals von einer schweren Krankheit heimgesucht war, auf der Burg Krummau sein jüngstes Söhnchen, Peter Wok, geboren.

Er war der letzte männliche Nachkomme seines altehrwürdigen Geschlechtes. Das Knäblein wurde von einer Kinderfrau und einer Amme betreut, die ständig bei ihm waren. Doch außer ihnen hatte er noch eine andre sorgsame und freundliche Wärterin.

Die erschien jede Nacht, wenn die ganze Krummauer Burg, gewaltig aufragend über der Moldau, verstummte, da alles, auch die Amme, schlief. Es war die Weiße Dame. Die Fenster der Kemenate, darin der kleine Peter in der Wiege lag, waren geschlossen, die Tür desgleichen, sie bewegte sich nicht, doch plötzlich stand, wie vom Himmel gefallen, die weiße Erscheinung inmitten der Kammer. Und als sie dort stand, da wurde es hell, als ob die Strahlen des Mondes in vollem Glanz in die Stube fielen.

Die Weiße Dame blieb an der Wiege stehen, die mit einem luftigen, auf vier Säulen ruhenden Baldachin überdacht war, schob die Vorhänge beiseite, neigte sich zur Wiege hinab und betrachtete den Sprößling des alten Stammes derer von Rosenberg.

Die Kinderfrau und die Amme saßen daneben und schliefen. Sie rührten sich nicht einmal. Wenn das Bübchen dann weinte, nahm's die Weiße Dame auf den Arm, wiegte es, liebkoste, streichelte und küßte es, lachte es an, bis es sich beruhigt hatte, bis das Kind wieder eingeschlummert war. Dann verschwand sie, wie ein Mondstrahl entschwebt...

Doch einmal erwachte die Amme. Sie konnte kein Wort hervorbringen vor Entsetzen. Bebend betrachtete sie die geheimnisvolle Erscheinung und erkannte sogleich, daß es die Weiße Dame war, von der sie so viel gehört hatte. Vor Schreck, daß die Weiße Dame dem Kind etwas antun könnte, rührte sie sich nicht vom Fleck. Als die Weiße Dame dann plötzlich verschwunden war, rüttelte die Amme ihre Gefährtin wach und tat ihr mit abgerissenen Worten kund, was sie gesehen hatte, was geschehen war, und beide waren mit einem Sprung bei der Wiege. Doch es war nichts geschehen. Das Bübchen mit lieblich erglühten Wangen schlief wie ein Ratz und erwachte erst am Morgen frisch und munter und fühlte sich den ganzen Tag wohl.

In der folgenden Nacht warteten die Ammen voller Besorgnis. Sie ließen sich, als sie den kleinen Peter in den Schlaf gelullt hatten, wie tags zuvor an der Wiege nieder. Doch sie selbst taten kein Auge zu, sie warteten, blickten zur Tür, nach den Fenstern, erschraken über jedes Geräusch, bis es plötzlich – auf dem Burgfried schlug es soeben Mitternacht – in der Kammer licht wurde und in dem bleichen Schein die Weiße Dame vor ihnen stand.

Sie schritt zu der Wiege, schaute hinein, nahm das Söhnchen, als es weinte, heraus, schaukelte es, wiegte es auf dem Arm, dann auch in der Wiege, bis es wieder eingeschlafen war. Darauf verschwand sie wie tags zuvor, und die erschrockenen Ammen wußten beide nicht, wo und wie sie entschwunden war. Doch es schien ihnen, als hätte sie sich irgendwo an der Wand in Dunst aufgelöst. Und das Kind war gesund, schlief friedlich wie im Paradies.

Der Schreck verflog, ließ nach, und in der folgenden Nacht warteten die beiden Frauen schon ruhiger. Und es geschah wie das letzte Mal. Wieder erschien die Weiße Dame, pflegte das Kind, verschwand, und die Wärterinnen schliefen dann bald wieder ein und wachten nicht mehr vor Aufregung bis zum Morgen, wie in der vorigen Nacht. Als die Weiße Dame dann Nacht für Nacht kam und immer so freundlich für das Söhnchen ihres Stammes sorgte, harrten die Frauen ihrer nicht mehr und schliefen ruhig, so wie sie des Abends eingeschlummert waren. Nun vertrauten sie der Weißen Dame bereits und fürchteten sich nicht.

Doch es geschah, daß eine der Ammen erkrankte; und so wurde an ihrer Stelle eine andre angenommen: Die wachte des Nachts auf, erblickte die weiße Erscheinung und erschrak derartig, daß sie sich nicht zu mucksen wagte. Als sie am Morgen ihrer Gefährtin davon erzählte, beschwichtigte die sie, sie möge schweigen, sie solle am nächsten Tage bloß ruhig schlafen, die Weiße Dame werde das Kind für sie behüten. Doch der Amme schien das nicht geheuer, sie wiederholte, daß sie dem Geist nicht traue, sie könne das vor Gott und dem Grafen nicht verantworten, wenn dem Bübchen etwas geschähe.

Auch in der nächsten Nacht schlief sie nicht ein und erwartete begierig die Mitternachtsstunde, ob die Weiße Dame wohl wieder erscheinen werde. Und sie kam. Und genauso wie am Vortag und an anderen Tagen zuvor: Sie ging geradewegs zur Wiege, und als das Bübchen sich dort hören ließ, hob sie es gleich empor und nahm's auf den Arm, um es zu wiegen.

Doch da stellte sich ihr die neue Amme wie eine Gluckhenne, die ihre Küken beschützt, entgegen und nahm der Weißen Dame das Kind aus den Armen. Und sie nahm es ihr fort, entriß es ihren Händen. Die Weiße Dame wehrte sich nicht. Sie stand vorgeneigt, finster dreinblickend da, musterte streng das kühne Weib und sprach zu ihr: „Weißt du wohl, du Vermessene, was du tust? Ich bin die Verwandte dieses Säuglings und habe ein Recht auf ihn! Doch ihr werdet mich niemals mehr erblicken!"

Und im selben Moment gewahrte die Amme sie bereits bei der Wand, und als die Weiße Dame darüber das Kreuz schlug, öffnete sich die Wand, und die Erscheinung verschwand.

Von der Weißen Dame war keine Spur mehr zu sehen; der helle Glanz war erloschen, tiefe Finsternis hüllte die Kemenate ein.

Die Amme, die sich einigermaßen von ihrem Schrecken erholt hatte, vermochte das Knäblein nur mit Mühe zu Bett zu bringen. So schlotterten ihre Knie.

Die Weiße Dame jedoch sah sie nimmer wieder. Weder sie noch ihre Gefährtinnen, nie mehr kam sie, um das Söhnchen des Stammherrn auf dem Arm zu wiegen. Als der Knabe herangewachsen war, hörte er auch von seiner geheimnisvollen Pflegerin, auch davon, wie sie von seiner Wiege verschwunden war. Oft ging die Rede davon, bis Herrn Peter Wok einmal einfiel, die Wand in seinem einstigen Schlafzimmer durchbrechen zu lassen, und zwar an jener Stelle, wo die Weiße Dame einst entschwunden war. Als die Maurer hier ein Stück von der Wand aufbrachen, stießen sie auf einen großen Schatz.

Es war das Erbe der Ahnen. Als Herr Peter Wok den Hort in seine Schatzkammer brachte, gedachte er dankbar der Weißen Dame, die ihm den Weg zu dem Gold und den Kleinodien gewiesen hatte.

Auch Herrn Joachim, dem letzten männlichen Sproß derer von Grätz, die mit den Herren von Rosenberg verwandt waren, erwies die Weiße Dame einen Dienst.

Im Jahre 1604 wurde Herr Joachim von einer schweren Krankheit befallen; doch keiner ahnte, daß er nicht mehr lange zu leben hatte. Es war im Winter, im Monat Januar. Eines Nachts, draußen tobte ein heftiger Sturm, er pfiff über die Höfe, daß die Fensterscheiben klirrten, wurde der Beichtvater des Herrn Joachim plötzlich aus friedlichem Schlafe gerissen.

Es schien ihm, als ob ihn jemand riefe. Er sprang auf, und kaum hatte er sich eilig angekleidet, tat sich die Tür auf, und vor ihm stand, wie ein lichter Schatten, die Weiße Dame im Dunkel und sprach mit ernster Stimme: „Säume nicht und folge mir!"

Er wollte Feuer schlagen und Licht anzünden.

„Suche kein Licht!" sagte die Weiße Dame. Sie ergriff eine Laterne, hauchte ihr Glas an, und alsbald erstrahlte in der Lampe ein heller Schein, der das ganze Zimmer erleuchtete. Mit dem Licht ging die Weiße Dame hinaus und schritt rasch, augenscheinlich in Eile, durch den langen Gang der Kapelle zu. Der Priester folgte ihr.

Als sie das kleine Heiligtum betraten, erstaunte er nicht wenig. Die Kapelle war erleuchtet, Kerzen brannten auf dem Altare wie bei der Messe. Die Weiße Dame gab dem Kaplan einen Wink, er möge das Sakrament der letzten Ölung nehmen, und führte ihn dann gradewegs zu Herrn Joachims Schlafgemach. Vor der Tür aber verlosch das Licht, und die Weiße Dame verschwand. Der Priester hatte begriffen. Eilig trat er in das Gemach. Die Wärterinnen, welche den kranken Herrn behüten und pflegen sollten, schliefen fest, und ihr Herr rang mit dem Tode. Und da war ihm der Pfarrer zu Diensten und versah ihn mit der letzten Ölung.

Auf dem Schloß von Neuhaus fand früher – eine eigenartige Erinnerung an die Weiße Dame – alljährlich die Verteilung von süßem Brei, ein Gastmahl der Armen, statt.

Jedes Jahr diente das hohe Küchengewölbe im roten Turm den Armen der ganzen Herrschaft. Am Dienstag und Mittwoch vor Gründonnerstag flackerte dort in dem riesigen Herd ein großes Feuer. Darin standen auf Dreifüßen Töpfe und andre Gefäße, und darüber hing ein mächtiger Kessel. Von früh bis abends wurde hier gekocht, zumeist Fische in großer Menge.

Das Feuer wurde geschürt, daß die mächtigen Rauchschwaden hoch zum Gewölbe emporwallten, wo sie durch fünf Öffnungen in die oberen Räume abzogen. Nachdem der Rauch auch die Räucherkammer passiert hatte, gelangte er dann durch besondere Kamine, die sich nach oben verengten, ins Freie.

Am Gründonnerstag in der Früh, es war zwischen sieben und acht, wurde auf dem alten Rundturm die Glocke geläutet. Sie rief die Bürger der Stadt, die Landrichter aus den Dörfern, die Förster und andre herbei, die bei der Speisung mithelfen und für Ordnung sorgen sollten. Draußen vor dem Schloß und überall in der ganzen Stadt wimmelte es von einer großen Menge von Gästen. Sie kamen in Pelzen und Röcken und Mänteln aus grobem Tuch, und ihre Zahl nahm ständig zu. Von allen Seiten wälzten sich ständig neue Haufen herbei. Viertausend kamen ihrer hier immer zusammen, in manchen Jahren fünftausend und mehr, und als die Not größer wurde, besonders nach dem Dreißigjährigen Kriege, kamen ihrer bis an die neuntausend herbei.

In der Menge ging es lebhaft zu; Lärm und Geschrei erscholl, und das Echo dieses Stimmengewirrs drang bis ins Schloß.

Und das Rauschen der Menge wurde noch lauter, als um neun Uhr zum zweiten Male die Glocke ertönte und verkündete, daß alles bereit sei, daß jeder der Helfer seinen Platz einnehmen solle. Dann wurde die Glocke zum dritten Male geläutet, und da war's, wie wenn ein Hochwasser die Deiche durchbricht. Von allen Seiten ertönte Lärm und Geschrei, alles wälzte und drängte sich zum Schloßtor hin. Doch nur ein Teil wurde in den ersten Hof eingelassen, und sofort wurden alle anderen Tore geschlossen und dort Wachen aufgestellt.

Jene, welche den ersten Schloßhof betraten, bekamen hier Semmeln, und in die mitgebrachten Töpfe und Kannen wurde ihnen Bier verzapft. Dann führte man sie zur Küche, und jeder wurde mit Brot und einem Stück gesottenen Karpfen versehen; im letzten Hof sodann setzten sich die armen Gäste zum Mahle nieder. Sie speisten eine fette Suppe, Fischrogen und -innereien und Würzfleisch, zum Nachtisch sodann süßen Brei aus Weizengries, mit warmem Bier und Honig eingemacht und mit Mohnöl begossen.

Nachdem sich die ersten satt gegessen hatten, wurden sie durch eine Pforte, die scharf bewacht wurde, damit keiner wiederkäme, aus dem Schloß entlassen. Das wiederholte sich so lange, bis alle beschenkt und gesättigt waren.

Das erste Armenmahl dieser Art soll die Weiße Dame dazumal gegeben haben, als sie noch nicht als guter Geist auf der Burg von Grätz umging, sondern zu ihren Lebzeiten als sorgfältige Herrin und Wirtschafterin hier regierte.

Damals wurde ein Teil der alten Burg umgebaut. Die Weiße Dame, die aufs Feld ging, um bei den Schnittern nach dem Rechten zu sehen, pflegte auch den Bau zu inspizieren. Dabei spornte sie die Werkleute an, sich zu sputen, und versprach ihnen, sie sollten, wenn sie fleißig wären, süßen Brei bekommen. Aber nicht nur ihnen versprach sie den Brei, sondern sie versprach, daß auch ihren Nachkommen zum Andenken an die fleißigen Vorfahren für ewige Zeiten solch ein Schmaus bereitet werden würde. Der Bau wurde im Spätherbst vollendet, und die Herrin gab, wie sie versprochen hatte, ein Festmahl.

Und als das Werkvolk, dessen eine solche Menge war, daß kein Gemach ihnen genug Raum bot, draußen im Freien an den vollen Schüsseln Platz genommen hatte, begann es plötzlich zu schneien, und der Schnee fiel auch auf den süßen Brei.

Darum hat, so erzählt die Sage, die Weiße Dame angeblich bestimmt, daß dieses Mahl hinfort zu Frühlingsanfang, am Gründonnerstag, stattfinden solle. Und so geschah es dann auch jahrhundertelang.

Die Weiße Dame ist schon lange nicht mehr erschienen. Und in den Höfen des Schlosses Neuhaus ist es am Gründonnerstag still. Lebhaft erinnert uns hier an die Armen die alte, hochgewölbte Küche und ihr breites, durch ein Steinkreuz unterteiltes Fenster, durch das vor Zeiten an alle Armen der Herrschaft der süße Brei ausgegeben wurde.

Doch noch einen Raum gibt es hier, in dem die Erinnerung an die Weiße Dame wach wird: die schmucke Marienkapelle auf dem dritten Burghof, unweit der Kemenaten der einstigen Freifrauen von Grätz. Eine altertümliche Tür führt zu ihr, und an den Wänden prangen lauter alte Gemälde: hier die Jungfrau

Maria mit herrlichem Goldhaar und einem Engel, dort die Herren und Damen des Geschlechts derer von Grätz, vor der Mutter Gottes kniend, dort Engel, Heilige, und an dem blauen Gewölbe und an den Wänden die Wappen der Herren von Grätz, ihrer Gemahlinnen und weißliche Schilder mit verblichenen alttschechischen Inschriften.

Hier in diesem stillen Heiligtume, vor dem zierlichen Altar mit den geschnitzten Bildern, pflegte, so wird erzählt, auch die Weiße Dame zu knien. Hier betete sie zu Gott für ihr ganzes Geschlecht, und ihre Liebe welkte auch im Tode nicht. Die trieb sie aus der Gruft, von ihr geleitet, besuchte sie die Wohnsitze ihrer Enkel, sorgte für deren Kinder, warnte, verkündete Freud und Leid, wie sie der Strom des Lebens bringen sollte, und verheimlichte ihnen auch nicht das Ende ihrer Tage und Jahre, wenn es nahe war und sie zu ihren Vätern eingehen sollten.

Der Rosenanger

In einem stillen Winkel des Böhmerlandes, inmitten von wogenden Getreidefeldern, hinter denen dunkle Kiefernhaine rauschen, ist eine kleine Matte verborgen, kaum mehr als zwanzig Schritt in der Länge und an die fünfzehn Schritt breit. An ihren Rändern wuchern niedrige Sträucher voll prächtiger roter Rosen. Diese Rosen sind von ganz besonderer Art. Man findet sie sonst nirgendwo in der weiten Umgebung. In anderem Boden gedeihen sie nicht. Man verpflanzte sie, aber sie faßten nicht Wurzel. Dann wollte man sie ausjäten; man grub sie aus, und übers Jahr grünten sie wieder. Sie wuchsen üppig weiter und verbreiteten sich über die ganze Wiese.

Ihnen verdankt dieser einsame Ort, durch das Leid unserer gottesfürchtigen Vorfahren geheiligt, seinen Namen. Das ist der Rosenanger auf der Anhöhe unweit des Dorfes Morašic, eine gute Stunde Wegs von Leitomischl nach Westen.

Ein gar lieblicher Ausblick öffnet sich von hier auf die jungen Wälder, zwischen denen der Turm von Makov durchschimmert, auf schmucke Dörfer, die ringsum im Grünen leuchten, besonders aber nach Osten auf die Hügel und waldigen Höhen bei Böhmisch Trübau und auf Schloß Leitomischl, ein prächtiges Bauwerk.

Dort residierten vor vierhundert Jahren, als noch die alte Burg stand, die Herren Kostka von Postupic, die treuen Schirmherrn der Böhmischen Brüder. Zu diesem Schloß stand die ganze Brüdergemeinde, und auch in der Stadt war die Mehrzahl der Einwohner Böhmische Brüder.

Als Ferdinand I. den Widerstand der Stände gebrochen hatte, beschlagnahmte er auch Herrn Kostkas Herrschaft und Burg Leitomischl, und die Brüder aus der Stadt und Umgebung mußten in die Verbannung gehen. Dazumal ward auch der Älteste der Brüdergemeinde, Jan Augusta, gefangengenommen. Er hatte sich als Bauer verkleidet in der Umgebung von Leitomischl verborgen gehalten. Doch eines Tages verriet er sich selbst. Er vergaß seine Bauerntracht und zog, so wird erzählt, ein rotes Seidentuch aus seiner Brusttasche, um sich den Schweiß von der Stirne zu wischen. Dies sahen die Knechte des Hauptmanns Schöneich, der zu jener Zeit Verwalter des Schlosses Leitomischl war. Sie nahmen Augusta fest, brachten ihn nach Leitomischl, von wo er mit seinem Schreiber, dem Bruder Bílek, auf die Festung Pürglitz gebracht wurde.

Dort saßen sie dann über vierzehn Jahr' in strengem Gewahrsam.

Nach Jahren, unter König Maximilian, dem Sohne Ferdinands, kamen freiere Zeiten. Die Brüder kehrten aus der Verbannung zurück und ließen sich wieder in Leitomischl und der Umgebung nieder. Doch der Freiheit erfreuten sie sich nicht lange. Denn ein schweres Unwetter zog herauf, das sich im Jahre 1618 entlud. Großes Leid kam während des dreißig Jahre währenden Krieges über das Tschechenland, am schlimmsten aber war's nach der Schlacht am Weißen Berge.

Wer nicht katholisch war oder wer seinem ketzerischen Glauben nicht entsagen wollte, mußte das Land verlassen. So auch die Brüder aus Leitomischl und der Umgebung. Bevor sie jedoch aufbrachen, kamen sie überein, sich alle noch einmal heimlich zum gemeinsamen Gottesdienst zu versammeln, denn öffentlich durften sie's nicht mehr, und auch gemeinsam von ihrem Vaterland Abschied zu nehmen. Für diese Zusammenkunft wählten sie den Anger inmitten des Waldes bei Morašic.

Der Sicherheit wegen versammelten sie sich bei Nacht dort in den dunklen, schweigenden Wäldern, unter dem Sternengewölbe des ewigen Himmels; hier empfingen sie zum letzten Male auf heimischem Boden das Abendmahl in beiderlei Gestalt, hier beteten sie ein letztes Mal zu Gott und sangen fromme Lieder.

Und dann nahmen sie alle gemeinsam Abschied von ihrer Heimat. So mancher grub zum Andenken eine Handvoll Erde aus dem Boden des Vaterlandes, so mancher küßte die Erde, von den Tränen der Brüder benetzt. Und aus diesen Tränen erblühten dann die Rosen, um Zeugnis abzulegen von der Treue und Liebe zu Glauben und Vaterland.

In jener Nacht sollen sie auch, als der Gottesdienst zu Ende war, den goldenen Kelch vergraben haben, aus dem sie das

Heilige Abendmahl empfangen hatten, und dieser Kelch liegt noch heute tief in der Erde auf dem Anger verborgen.

Im Laufe der Zeiten vergaß das Volk die Brüder, doch die Stätte, wo sie Abschied genommen, hielt es in Ehren. Der Anger war früher größer und dunkler, und tiefer die Wälder, die ihn umgaben. Heute sind von dem Forste nur kleine Wäldchen und weite Fluren übrig; auch von dem Anger ward ein Stück unter den Pflug genommen, so daß nur eine kleine Wiese übrigblieb. Auch diese wollte man bebauen, in ein Feld verwandeln, so wie sich schon ringsum überall fruchtbare Gefilde dehnten. Zwischen diesen Fluren lag der Anger wie verloren und war nur im Wege. Daher sollte er verschwinden.

Doch als ob die Vorsehung selbst um diesen Ort besorgt gewesen wäre, geschah etwas Merkwürdiges hier, wie am Žižka-Feld bei Přibyslav. Sie pflügten den Anger um, doch der Pflug zerbrach, oder das Pferd verreckte.

Schließlich wurde dort Flachs gesät. Er ging auf, blühte, man riß ihn aus, wässerte ihn, trocknete und brach ihn; da fing er plötzlich Feuer. Davon geriet das Brechhaus und der ganze große Hof in Brand, der dem Bauern gehörte und der den Rosenanger mit Flachs bebaut hatte. In der Feuersbrunst kam auch die blutjunge Tochter des Bauern um. Von dieser Zeit an getraute sich niemand mehr, den Rosenanger umzupflügen.

Als im Jahre 1813 die Russen auf dem Vormarsch gegen Napoleon I. hier vorbeizogen, da fragte mancher von ihnen, was es mit dem Rosenanger für eine Bewandtnis hätte. Als die Leute es ihnen erzählten, sprangen sie vom Pferd und begaben sich auf den Knien bis auf den Anger, wo sie dann inbrünstig beteten.

Auch eine alte Prophezeiung gibt es, die sich auf den Rosenanger bezieht, auf dem, so heißt es, eine Schlacht geschlagen werden soll, so grausig, daß das Blut durch die „Wiegen" fließen wird.

Und dann werden sich dort sieben Könige treffen und ewigen Frieden schließen. Hier unter Rosen, an der Stelle, wo die Böhmischen Brüder, die Gegner von Krieg und Blutvergießen, von ihrem Vaterlande Abschied genommen hatten.

Auf dem Anger blühen die Rosen, gemächlich woget ringsum das Korn auf den Fluren, Lämmerwolken ziehen darüber hin. Still ist's hier und lieblich, doch unwillkürlich gedenkst du der Väter, und daran, welch ein Kummer ihnen das Herz abdrückte, als die bittere Stunde des Abschieds gekommen war, als sie mit Tränen den Boden der Heimat tränkten, und du verstehst erst dann wahrhaft die einfachen Verse eines böhmischen Verbannten:

„Gott segne dich, mein Heimatland,
Gar traurig Abschied nehme ich von dir..."

Und du siehst im Geiste den Zug der armen Auswanderer auf dem Weg in die Verbannung noch einmal haltmachen und mit tränendem Auge auf das geliebte, gesegnete Land zurückschauen, wo ihre Wohnstätten waren, ihr liebreich Vaterland.

Das Gottesgericht

I

Die wichtige Straße, die durch den Böhmerwald über Taus nach Deutschland führt, wurde seit uralten Zeiten von den Choden bewacht, einem kernigen, wetterfesten, furchtlosen Volke. Ihre Dörfer: Lhota, Pocínovic, Kýčov, Medákov, Tlumačov und Warta, Újezd, Draženov, Postřekov, Chodov und Klenč, einstmals ganz am Rande der königlichen Grenzforste gelegen, sind über Berge und Täler verstreut und breiten sich längs der Grenze auf einem etwa sechs Meilen langen Landstrich aus, über den alle wichtigen Pfade und Übergänge verliefen.

Die Choden, die altböhmischen Grenzwächter, gingen die Grenze ab und achteten darauf, daß die Nachbarn die Grenze nicht verletzten, die böhmischen Wälder nicht unberechtigt abholzten, daß sie nicht darin jagten und sich nicht des Waldfrevels schuldig machten. Zu Zeiten feindlicher Einfälle verteidigten sie die Straßen und Wege, warfen Gräben aus, bauten Bollwerke und Verhaue und kämpften in allen Schlachten und Gefechten, die in ihrem Bereich geschlagen wurden.

Eine treue Gefährtin war ihnen die Tschekana, eine hölzerne Streitaxt mit langem Stiel. In späteren Zeiten dienten ihnen Flinte und Karabiner, und große und starke Hunde waren ihre zuverlässigen Begleiter. Die Choden trugen immer Waffen, auch in Zeiten, da den andern Bewohnern des Königreichs Böhmen das Waffentragen nicht gestattet war.

Wann immer der Böhmenkönig ihre Landschaft passierte, begrüßten ihn die Choden in voller Rüstung unter ihrem Banner; dieses war weiß und zeigte einen Hundskopf. Nachdem sie ihren Herrscher nach altem Brauch mit einem Fäßchen Honig bewirtet hatten, geleiteten sie ihn als Ehrenwache durchs Gebirge über die Grenze.

Für ihren schweren und oft gefahrvollen Dienst genossen die Choden besondere Rechte und Vergünstigungen. Sie waren von jeher ein freies Volk und hatten außer ihrem König keine

Obrigkeit über sich. Sie leisteten weder Frondienst noch andere Untertanendienste, die Wälder, die sie beschützten, durften sie frei nutzen und auch frei darin jagen.

Sie hatten ihr eignes Gericht auf ihrer Burg zu Taus. An der Spitze dieses Gerichtshofes stand der Landrichter des Chodenlandes, der vom König eingesetzt war. Auf der Burg von Taus wurde auch ihr Banner aufbewahrt sowie das Siegel und die Privilegien, die ihnen die Könige Johann von Luxemburg, Karl IV., Wenzel IV., Georg von Poděbrady und andere verliehen hatten.

Zuletzt übten die Choden ihren Wehrdienst im Jahre 1620 aus, indem sie an der bayrischen Grenze an geeigneten Stellen Verhaue errichteten. Damals scholl zum letzten Male der Anruf der chodischen Wachen durch die tiefen Forste des Böhmerwaldes, damals wehte zum letzten Mal das weiße Banner, mit schwarzem Rand und mit dem Hundskopf geschmückt, über den Häuptern der böhmischen Grenzwächter.

Dann kam die Schlacht am Weißen Berge.

Die Flut dieses großen Unheils überschwemmte auch die abgelegenen Bergtäler des freien Chodenlandes. Am vierzigsten Tag nach der Hinrichtung der böhmischen Herrn auf dem Altstädter Ring zu Prag, wurden die Choden durch eine Urkunde Karls von Liechtenstein als Vertreter des Kaisers an Wolf Wilhelm Lamminger, Freiherrn von Albenreuth, abgetreten, der einer der kaiserlichen Kommissäre bei dem furchtbaren Trauerspiel des 21. Juni 1621 gewesen war.

Neun Jahre später wurden die Choden an denselben Lamminger für 56.000 Gulden als unumschränktes erbliches Gut verkauft. Der neue Herr wollte ihre Rechte und Privilegien nicht anerkennen und verfuhr mit ihnen wie mit Leibeigenen und hörigen Untertanen. Doch die tapferen Choden schwiegen nicht und wollten nicht so einfach und kampflos ihre Freiheit und ihre von den Väter ererbten Privilegien preisgeben. Sie führten einen Prozeß gegen ihre neue Herrschaft, die sie nicht anerkennen wollte. Der Streit währte lange. Wolf Wilhelm Lamminger war indessen gestorben, und der Rechtsstreit ward erst unter der Herrschaft seines Sohnes Maximilian zu Ende geführt, der den Prozeß schließlich gewann.

Den Choden wurde das Urteil zugestellt, und darin wurde erkannt: Ihr Ansuchen werde ein für allemal verworfen, ihre Privilegien seien null und nichtig, ihnen selbst sodann werde unter Androhung schwerer Strafe ewiges Schweigen auferlegt.

Das war im Jahre 1668.

Das Urteil schüchterte die Choden gewaltig ein, und lange Zeit herrschte in ihrer Gegend Grabesstille. Aber die Stille währte doch nicht ewig. Die Choden vergaßen ihre Privilegien nicht, vergaßen nicht ihre einstige Freiheit, und ihre Vertrauensmänner hüteten die alten Urkunden, welche die böhmischen Könige ihren Vorfahren verliehen hatten, wie den köstlichsten Schatz. Solange sie diese besaßen, so glaubten sie noch immer, es sei nicht alles verloren und sie könnten doch vielleicht noch einmal ihre Rechte geltend machen. Doch der Herr von Trhanov erfuhr, womit sich die „Chodenhunde" trösteten. Darum befahl er, daß ihm die alten Urkunden ausgeliefert werden sollten. Dadurch wurden die Choden nur noch in ihrer Meinung bestärkt, daß ihre Majestätsbriefe noch immer Gültigkeit hätten. Warum würde ihr Herr sie dann sonst fordern! Und so gehorchten sie nicht und gaben die Briefe nicht heraus. Da drohte ihnen Lamminger mit Gewalt, und mit Gewalt auch entriß er ihnen die Chodischen Privilegien. Es geschah in Újezd, wo sie derzeit verborgen waren. Aber alle bekam er doch nicht in seine Gewalt. Zwei der Urkunden, und zwar die wichtigsten, retteten die Choden und begannen dann auch den Streit mit dem „Lomikar" von Trhanov, wie sie den Lamminger nannten.

Zuvörderst schickten sie im Jahre 1692 eine Deputation zum Kaiser. Die Kunde, daß der Kaiser die Sendboten freundlich empfangen habe, ließ die Choden wieder Mut und Vertrauen gewinnen. Es festigte sich der Glaube, daß ihr Recht siegen werde. Vor der Verkündung des Urteils verweigerten sie dem Herrn auf Trhanov jegliche Dienste und kamen nicht mehr zur Fronarbeit. Lamminger verklagte sie und schilderte ihr Gebaren als aufrührerisch und gefährlich, so daß im Februar 1693 der Pilsner Kreishauptmann Hora in das Chodenland entsandt wurde.

Die Choden aller Dörfer wurden nach Trhanov, dem Wohnsitz ihres Herrn, berufen. Weiß leuchtete der Schloßhof, voll von den Joppen und Mänteln der Choden. Dicht gedrängt standen sie da, Mann an Mann; ein schwarzer breitkrempiger Hut neben dem andern, hier und dort eine Lammfellmütze oder eine Kappe. Alle harrten begierig, was ihnen der Kreishauptmann verkünden werde. Die überwiegende Mehrheit von ihnen erwartete mit Gewißheit die frohe Kunde, daß der Rechtsstreit zu ihren Gunsten ausgegangen sei.

An einem Fenster über dem Schloßhof erschien endlich ein Herr in langer Lockenperücke und goldbesticktem Rock. Der Kreishauptmann war's. Mit ihm trat einer seiner Beamten ans Fenster, und der verlas den schon ungeduldig harrenden Choden den amtlichen Bescheid: Ihrer Rechte seien sie schon längst verlustig, auch sei ihnen ewiges Schweigen auferlegt worden, welches sie mißachtet und sich dadurch schuldig gemacht hätten, so daß sie Strafe verdienten. Doch werde ihnen nichtsdestoweniger verziehen werden, falls sie alles sein lassen und ihrer Herrschaft fürder gehorchen wollten.

Die Choden waren über dieses Urteil furchtbar enttäuscht. Ein Wunder, daß sie nicht über Lamminger herfielen. Ihre Gesinnung brachte in diesem Augenblick ein junger Bauer aus Újezd, Jan Sladký, genannt Kozina, zum Ausdruck, der vor allen andern die Rechte der Choden verteidigte. Er sagte dem Kreishauptmann ins Gesicht, das, was ihnen soeben verlesen worden wäre, glaube er nicht, dieweil es gegen jegliches Recht verstoße.

Und so gehorchten sie nicht und führten den Streit um ihre Freiheiten weiter. Ihre Beschwerden wurden zwecks neuerlicher Überprüfung an das Appellationsgericht nach Prag verwiesen, und zugleich wurde ihnen befohlen, daß sie sieben rechtschaffene und vertrauenswürdige Männer zu dem erwähnten Gericht nach Prag entsenden sollten. Außer dem alten Christoph Hrubý, dem Friedensrichter von Dražinov, war Jan Sladký Kozina einer ihrer hervorragendsten. Doch beim Prager Appellationsgerichtshof wurde mit ihnen nicht über die alten Privilegien, sondern über ihren Ungehorsam gegenüber Lamminger und über ihre Ausschreitungen verhandelt, welche in den Berichten und Klagen außerordentlich aufgebauscht waren. Die Choden wiederum verlangten ihr Recht. Als Beweis dafür zeigten sie die zwei wichtigen, noch erhaltenen Majestätsbriefe vor. Das Gericht aber riß die Siegel von den Urkunden ab, zerschnitt die Pergamentrollen zum Zeichen, daß all das nichts mehr gelte, und verlangte von den sieben Vertrauensmännern, sie sollten sich unterwerfen und dem Lamminger, als ihrer Obrigkeit Treue und Gehorsam schwören. Als sie dies nicht taten, wurden sie in den Kerker geworfen.

Indessen geschah es, daß Lammingers Verwalter Koš, nach dem Wunsch und Willen seines Herrn handelnd, die Chodischen Bauern durch sein gewalttätiges Vorgehen dermaßen reizte, daß sie ihn und seine Diener tätlich angriffen.

Er war nämlich in Dražinov gewaltsam in Christoph Hrubýs Hof eingedrungen, um sich einiger Briefe zu bemächtigen, die von den Sendboten aus Wien dahin geschickt worden waren.

Als er dasselbe in Újezd tun wollte, rotteten sich die Leute gegen ihn zusammen. Der Verwalter Koš befahl den herrschaftlichen Jägern, die ihm das Geleit gaben, in das Volk zu schießen. Doch die Leute von Újezd entwaffneten die Jäger, nahmen den Amtmann gefangen, und Koš gelang es nur mit Mühe, auf seinem Roß zu entkommen. Das war Wasser auf Lammingers Mühle. Zugleich forderte er Militärhilfe an. Und die Soldaten kamen auch wirklich angerückt. Zuerst nach Újezd.

Doch die Újezder hatten das Dorf verlassen, bevor die Soldaten kamen, und rotteten sich in den Wäldern bei Hammer zusammen. Dort stießen die Choden aus den Nachbardörfern zu ihnen. Sie wurden jedoch gezwungen, sich vor der Übermacht nach Pocínovic zurückzuziehen. Dort kam es dann zu einem Gefecht zwischen ihnen und den sie verfolgenden Truppen.

II

Mehr als einer der Choden verblutete dort für die alte goldene Freiheit, aber vergebens. Sie mußten der Übermacht weichen. Über siebzig Gefangene wurden in die Kerker von Pilsen, Thein und Mies verschleppt und wie Diebe und Landstreicher geschlagen. Die übrigen Choden sodann wurden – die

Ernte stand gerade vor der Tür – dorfweise nach Trhanov auf das Schloß gerufen, und dort mußten alle Bauern und Häusler auf das heilige Evangelium schwören, daß sie und ihre Nachkommen Untertanen und Leibeigene Seiner Gnaden, des hochwohlgebornen Herrn Lamminger von Albenreuth und seiner Erben, sind und bleiben, daß sie die Ungültigkeit ihrer einstigen Rechte und königlichen Privilegien anerkennen, daß sie das ihnen befohlene ewige Schweigen einhalten werden. Schwer war der Gang nach Trhanov. Schweigend, bedrückt und beklommen warteten die Choden vor der Kanzlei, daß man sie hereinrufen würde. Die meisten hatten schon den Mut verloren, und wer sich noch nicht unterwarf, der wußte wohl, daß jeder Widerstand vergeblich war. Mit dumpfer Stimme sprachen sie die Eidesformel; manch einem blieb das Wort im Halse stecken, so manche Stimme bebte. Ihre Vertrauensmänner, Kozina, Christoph Hrubý und die andern, saßen noch immer in Prag im Neustädter Rathaus gefangen. Auch in sie drangen die Herren, daß sie dem Edlen von Albenreuth den Untertaneneid leisteten. Und auch sie gaben ihn, als sie vernahmen, was sich daheim ereignet hatte. Doch nicht alle. Der alte Hrubý und Kozina unterschrieben nicht. Der sprach zu den Herren: „Der Lamminger kann uns zur Fron zwingen, aber wie soll ich sagen, daß unser Recht nicht gilt? Unser Recht hat seine Gültigkeit nicht verloren. Doch das wollen wir Gott überlassen."

Jene, die unterschrieben hatten, durften nach Hause gehen. Der alte Schultheiß von Draženov und sein Neffe Kozina aber blieben im Gefängnis.

Doch Lamminger war auch jetzt noch nicht zufrieden. Die Strafe, welche das Appellationsgericht den Choden auferlegt hatte, genügte ihm nicht. Er legte Berufung ein und klagte beim Kriminalgericht. Und er hatte Erfolg. Das Kriminalgericht fällte das Urteil, daß Christoph Hrubý, Kozina und Čtverák als die Haupträdelsführer gehängt werden sollten, die übrigen Führer der Choden sodann sollten an den Pranger gestellt werden und ihre Kühnheit mit schwerem Kerker büßen.

In Wien wurde das Urteil bestätigt, doch mit dem Unterschied, daß nicht drei, sondern nur einer gehängt werden sollte. Inzwischen starb Christoph Hrubý, einst der geachtetste Schultheiß des ganzen Chodenlandes, im Prager Gefängnis. Es blieb zu entscheiden, ob Čtverák oder Kozina vom Leben zum Tode gebracht werden solle, das Gericht aber bestimmte Kozina, dieweil er äußerst beredt und daher gefährlich und von allen der verstockteste sei, da er nicht hatte um Gnade bitten wollen.

Er wurde also nach Pilsen gebracht, damit das Urteil dort vollstreckt werde. Als der Tag der Hinrichtung nahte, befahl Lamminger, daß achtundsechzig Choden aus allen Dörfern des Chodenlandes, ein jeder mit seinen kleinen Kindern, nach Pilsen zu kommen hätte, um zuzusehen, wie Kozina bestraft wurde, auf daß sie und ihre Kinder es sich merkten, auf daß bis ins vierte und zehnte Glied erzählt werde, wie Aufstand und Rebellion gegen den Herrn von Trhanov bestraft wurden.

Er selbst kam auch nach Pilsen, um Kozina sterben zu sehen. Der bereitete sich mannhaft auf seinen schmählichen Tod vor und tröstete sich damit, daß Lamminger zwar beim weltlichen Gericht gewonnen hatte, daß aber dort droben, vor Gottes Stuhl, wiederum er, Kozina, siegen werde, weil seine Sache gerecht war und er unschuldig sterben mußte.

Am Tage der Hinrichtung, es war der 28. November des Jahres 1695, kam eine Unmenge Volks aus der Stadt und Umgebung in Pilsen zusammen. Die Menge wälzte sich hinter dem Verurteilten her, dem seine Familie, seine Landsleute, achtundsechzig Choden, das Geleit gaben, meist hochgewachsene und stattliche Männer in Mänteln, in Pelzen, doch ohne Streitaxt. Sie führten ihre Kinder an der Hand, schritten düster einher und betrachteten voll Mitleid den unglücklichen Kozina. Er war von der langen Kerkerhaft abgemagert, doch er ging, von Soldaten umgeben, festen Schrittes und trug das Haupt hoch.

Der Zug wälzte sich zur Stadt hinaus. Die Trommel, mit schwarzem Tuch überzogen, dröhnte dumpf, und ihr dunkler Klang verschmolz mit dem kläglichen Geläute des Sterbeglöckleins. Auf einer Anhöhe hinter der Stadt war ein Galgen errichtet. Soldaten umstellten ihn, und in dem von ihnen abgeriegelten Raum standen die Ratsherren und Beamten; auch

Offiziere zu Pferde, der Kreishauptmann Hora und an seiner Seite Lamminger von Albenreuth.

Hierher wurde Kozina geführt. Alles ringsum verstummte. Nur das Schluchzen und Weinen von Kozinas Angehörigen und seinen Landsleuten zerriß die traurige Stille. Der junge Bauer selbst stand unter dem Galgen, küßte das Kreuz, das ihm ein Priester darbot, und sein Blick schweifte zum letzten Mal in die Runde, über seine Leute und über die Menge hin. Und da gewahrte er unter den Offizieren zu Pferde auch jenen, der an allem schuld war – den Lamminger. Kozina reckte sich empor, blickte ihm ins Gesicht und rief mit erhobener Stimme, die hell durch die klare Luft des kalten Wintertags hallte: „Lamminger! Lamminger! Nach Jahr und Tag werden wir miteinander vor Gottes Stuhl stehen! Dort wird sich zeigen, wer von uns...“

In diesem Augenblick hatte der kommandierende Offizier seine Fassung wiedergewonnen. Sein blanker Degen blitzte durch die Luft, der Henker riß den Schemel weg, und Kozinas Stimme verstummte auf ewig. Jan Sladký, genannt Kozina, war nicht mehr unter den Lebenden.

Totenbleich starrte Lamminger ihn an, dann wandte er plötzlich sein Pferd und ritt schnell in die Stadt. Die Choden und das Volk ringsum lagen auf den Knien und beteten voll Inbrunst und Ergriffenheit für den Toten. Es weinten und schluchzten nicht nur die Leute aus dem Chodenland, sondern auch die Fremden und wiederholten einander voll Erregung die Worte des Choden, mit denen er den Herrn von Trhanov vor Gottes Gericht geladen hatte.

III

Lamminger kehrte von Pilsen nicht mehr auf Schloß Trhanov zurück. Er sandte einen Eilboten zu seiner Frau, sie möge ihm nach Pilsen folgen, wo er sie erwarten wolle. Auf das Schloß von Trhanov kam er erst wieder übers Jahr, im Herbst. Alle, die ihn sahen, sagten, er habe sich stark verändert, er sei ganz hager, und seine Wangen seien eingefallen. Er war auch mißmutiger und strenger denn je. Nie ritt er wie früher alleine aus, sondern stets nur noch in Begleitung. Er traute den Choden nicht.

Daheim sodann pflegte er, wenn er allein war, offensichtlich unruhig und in Gedanken versunken, oft und lange in seinem Gemach auf- und abzuschreiten. Auch hatte er schlaflose Nächte, und wenn er einschlief, pflegte er zu schreien und zu stöhnen, von schrecklichen Träumen geplagt. Kozinas Worte gingen ihm nicht aus dem Sinn, und er zählte die Tage. Schon war beinahe ein Jahr vergangen, und nichts war geschehen. Schon begann er sich zu trösten, daß der Bauer nur gedroht habe. Doch dann kamen wieder Stunden, da er an ihn dachte, denken mußte, da ihm Kozina im Traume erschien, bleich, mit flammendem Blick, ihn vor Gottes Gericht rufend.

Um sich zu zerstreuen, lud Lamminger viele Gäste auf das Schloß von Trhanov, veranstaltete große Jagden, an die sich lärmende Gelage anschlossen. Den Choden aber ließ er nichts nach. Sie mußten Frondienst leisten, und wenn er mit seinen Gästen jagte, mußten sie in den Wäldern, in denen einst ihre Väter selbst als Herren gejagt und gewaltet hatten, den Herren das Wild zutreiben. Der Oktober war schon vergangen, der November kam ins Land.

Zu dieser Zeit saß Lamminger eines Abends nach der Jagd mit seinen Gästen an der Tafel; draußen zog ein Gewitter herauf. Lamminger war guter Laune, denn er freute sich in letzter Zeit besonders, daß Kozina doch nur in den Wind gesprochen habe, denn wenn bis jetzt nichts geschehen sei, so werde auch nichts mehr passieren, er werde auch den November überstehen, wie er all die Monate bereits überstanden hatte. Auch war er vom Weine angeheitert, und gleich begann er laut darüber zu reden, worüber er sonst vor den Leuten nie sprach, über die Frist, die ihm Kozina gesetzt hatte. Dann lachte er darüber, rief schließlich hoffärtig aus: „O Kozina, du schlechter Prophet! Ein Jahr ist um, du bist dort, ich aber immer noch hier."

Doch kaum hatte er diese Worte gesprochen, sank er plötzlich in seinen Sessel zurück.

Im gleichen Augenblick brach draußen ein Sturm los, daß die Bäume vor den Fenstern mächtig rauschten, im Herrengemach öffnete sich von selbst die Tür, die Fenster klirrten, und durch den Speisesaal schritt langsam eine bleiche Gestalt.

Der Herr von Trhanov schwieg nun schon. Mit verdrehten Augen lag er leblos am Boden. Er war dahin gegangen, wohin Kozina ihn gerufen hatte. Die Herren und Damen in der Runde zitterten und bebten vor Entsetzen.

Die Kunde von Lammingers Tod verbreitete sich mit Windeseile durch das Chodenland, und überall priesen die Leute die göttliche Gerechtigkeit, gedachten voll Innigkeit Kozinas und wiederholten immer wieder: „Ein Gottesgericht! Ein Gottesgericht!"

In der Kapelle zu Klenč senkten sie Herrn Lamminger von Albenreuth in die Gruft, und der Fluch der Choden begleitete ihn. Gleich nach der Beisetzung verließ seine Witwe mit ihren Töchtern Schloß Trhanov und kam nimmermehr zurück. Binnen eines Jahres verkaufte sie Trhanov samt Kout und Riesenberg sowie die übrigen Güter der Herrschaft.

Der tapfere Jan Kozina blieb bei allen seinen Landsleuten in gesegnetem Andenken, die nach seinem Tode auf ihren weißen Joppen schwarze Schnüre zu tragen begannen, zum Zeichen der Trauer. Das Chodenvolk erzählt bis zum heutigen Tag, wie Kozina unschuldig hingerichtet ward, und daß er ein Heiliger wäre.

Die Sage von Jánošík

I

Králova Hole über den weiten Wäldern, über dem herrlichen Tal des oberen Hron, ist ein hoher Berg und ein denkwürdiger Berg. Seine mächtige Kuppe ist unbewaldet, kahl; das Brausen des Winds verebbt fast nie auf dieser sonnigen Höhe. Und in Sonne und Sturm, im Nebel und wenn der Donner grollt, steht auf dem Králova Hole einsam ein steinerner Tisch, verwittert und alt; verlassen ragt er aus Gras, Knieholz und Heidekraut empor. Einst, schon lang, lang ist's her, pflegte er Gäste zu haben, und die weiten kahlen Berge ringsum hallten von Lärm und Geschrei wider. Das war zur Zeit, als der Herrscher des Ungarnlandes höchstselbst, der lustige König Matthias, hierherzukommen pflegte.

Jedesmal, wenn er in der Umgebung, in den Liptauer Bergen, in den Wäldern von Altsohl, Bären und Wildeber jagte, hielt er mit seinem Gefolge hier Rast: der König im Jagdkleid, ein goldenes Horn an der Hüfte, die Herren Magnaten in prächtigen Dolmans mit glänzenden Gürteln, mit Mützen aus kostbarem Pelzwerk und mit Federn geschmückt, den Speer in der Hand und den Hirschfänger an der Seite, wettergebräunt, mit glatten Wangen, aber gewaltigen Schnauzbärten. Sie kamen, nahmen an dem steinernen Tische Platz, und zu ihren Füßen lagerten sich die Meuten ihrer Jagdhunde, der Bärenbeißer und Saufinder, die kurz atmend die kühlende Luft einsogen. Diener und Leute aus dem Tal trugen aus Körben Speise und Trank auf, viele Flaschen, und der König tafelte hoch droben, hoch droben mit seinen Herren.

Voll Entzücken schweifte sein Blick über die Berge, die ihn umgaben, über weite Hänge und tiefer über dunkle Forste und grüne Täler, von goldenem Licht überflutet, in dem weit und breit weiße Kastelle blinkten und die roten Dächer der Schlösser leuchteten über die Hütten und Höfe der Dörfer, über das liebliche slowakische Land.

So war es unter König Matthias gewesen.

Nach seinem Tode jedoch wurde es still auf dem Královo Hole, und der steinerne Tisch stand lange und lange verlassen im Sturm. Indessen hatte sich in den Tälern und Ebenen am Fuße der Berge vieles gewandelt. Herrenwillkür wucherte in den Schlössern und Kastellen und Knechtschaft und Unmut in den Dörfern. Dem Volke wurde großes Unrecht zugefügt. Die Herren, der Landadel, bedrängten es mit Fron, Steuern und Zehnten, und Zwangsrekrutierungen ließen die stattlichen Burschen nimmer ruhig schlafen.

So arg war es, daß es schlimmer nicht sein konnte. Das junge Volk verließ die Scholle der Väter und floh vor den Quälereien der Obrigkeit aus den stillen Tälern in die Berge. Dort wurden die Hörigen zu „Berggesellen", dort waren die Wälder ihre Kammern und die kahlen Karpatenberge ihre freien Felder. In jenen traurigen Zeiten pflegte es auf dem Královo Hole wieder lebendig zu werden, und wieder saß um den steinernen Tisch ein Hauptmann mit seinem Gefolge. Doch war es kein König, sondern ein „Berggeselle", Jánošík aus Tarchova im Obertrenschiner Gau, und sein Gefolge bestand nicht aus Magnaten, den großmächtigen Herren in Dolmans und mit silberbeschlagenen Gürteln, sondern ihm gehorchte eine Rotte von elf braven Gesellen in breitkrempigen Hüten, in grünen Hemden und Hosen aus weißem Tuch mit breiten Gürteln und Bundschuhen. Auch trugen sie keine Degen, keine kostbaren Waffen, sondern ein Messer in der Scheide an der Seite, zwei Pistolen hinter dem Gürtel, eine Streitaxt in der Hand und einen Karabiner über der Schulter: Surovec, Adamčík, Hrajnoha, Potúčik, Garaj, Uhorčík, Tarko, Mucha, Ďurica, Michalčík und der kluge Dudelsackpfeifer Ilčík.

Nicht nur zur Herbstzeit machten sie hier auf dem Královo Hole Rast und setzten sich an den steinernen Tisch, sondern sie gingen von Gottes liebem Frühling bis in den öden Winter hinein auf die Jagd. Denn Jánošík führte sie zu Überfällen wider die Herren, um Unrecht zu sühnen und die Armen und Unglückseligen zu beschützen. Er hatte Mitleid mit dem schwer unterdrückten slowakischen Volke, dem auch er entstammte. Da er ihm nicht helfen konnte, so rächte er's wenigstens.

Auch sich selbst rächte er. Auch er hatte von der Herrschaft viel Schmach und blutige Gewalttat erlitten, er und sein Vater, der nicht wußte, was ein gutes Leben ist, und der nur den einen Wunsch gehabt hatte, daß seinem Sohn ein besseres Leben beschieden sein möge, als ihm selbst vergönnt war. Deshalb schickte er seinen Sohn, einen aufgeweckten und gewitzten Jungen, in die Schule, wie es ihm ein Verwandter, ein Pfarrer, geraten hatte. So studierte denn Jánošík – in Käsmark, so wird erzählt – Latein, und was dazu gehört, um einstmals auch Seelsorger zu werden. Der Vater opferte alles für ihn, sparte sich's selber vom Munde ab. Doch dem Magnaten, seiner Obrigkeit, war dies ein Ärgernis; er war aufgebracht, weil der alte Bauer seinen Sohn zum Herrn machen, ihn aus der Leibeigenschaft befreien wollte. Daher verfolgte er den alten Mann, wo er nur konnte. Und die Herrschaft vermochte damals viel, ja alles, durfte auch Unrecht und Unbill zufügen, und keiner zog sie zur Rechenschaft, keiner bestrafte sie dafür.

Wenn Jánošíks Vater bei fleißiger Arbeit auf seinem Felde weilte, mußte er so manches Mal ganz plötzlich und unverhofft alles stehen – und liegenlassen und immer gerade dann, wenn die Arbeit am dringendsten war, wenn er die Wiese mähte oder Heu trocknete, wenn er das Korn schnitt oder es in Garben band. Gerade dann ließ ihn der Herr rufen, und der Bauer mußte auf dem Herrschaftlichen schaffen. Dort mußte er so lange fronen, bis sein Heu verregnet und muffig geworden war oder bis das Korn zu sprießen begann. Auch mit dem Zehnten war es ein Kreuz. Nichts war der Herrschaft recht, nichts, was er ablieferte, war nach ihrem Sinn. – Wenn er ein Huhn oder eine Gans brachte, jagten sie ihn jedesmal aus dem Kastell, das Federvieh wäre zu mager, zu klein, er möge besseres, gut gemästetes bringen.

So und ähnlich quälten und verfolgten sie den alten Bauersmann. Doch seines Sohnes wegen ertrug er alles geduldig, und wenn er zuweilen voll Bitternis war, wenn er sich manchmal keinen Rat mehr wußte, tröstete er sich immer mit seinem Jan: Der wird ein Herr werden, gegen den werden sie machtlos sein und der wird gewiß auch ihm alles vergelten, damit es ihm, dem alten Vater, wenigstens auf seine alten Tage vor seinem Tode ein wenig besser gehe.

Indessen lernte Jan mit Lust und Liebe und kam in der Schule gut voran. Doch da ward er eines Tages ganz plötzlich aus seinen Studien gerissen. Ein Bote kam aus dem Heimatdorf gelaufen, er solle nach Hause kommen, die Mutter sei schwer krank, sie werde wahrscheinlich sterben, er möge sich sputen, um von ihr Abschied zu nehmen, wie sie es sehnlichst verlange und wünsche.

Jánošík, er war damals einundzwanzig Jahre alt, machte sich gleich auf den Weg. Kaum war er nach Hause gekommen, kaum war er in die Kammer getreten und hatte seine Mutter begrüßt, gleich trat ein braunhäutiger Heiduck mit schwarzem Schnauzbart in die Stube und befahl ihnen streng, morgen aufs Herrschaftliche Heu trocknen zu kommen, der Alte und der Junge, der Bauer und der Student. Jánošík beachtete in seiner Betrübnis um die todkranke Mutter den Büttel kaum. Noch weniger kümmerte er sich um das, was er zu bestellen hatte.

Der alte Vater aber hatte alles gehört und wohl verstanden, doch diesmal zögerte auch er, obgleich er sonst immer aufs Wort gehorchte. Seine Frau war am Erlöschen, jeden Augenblick konnte sie sterben. Der Heiduck hatte es ja selber gesehen und würde es gewiß in der Kanzlei berichten. Einmal dürfte es ja nicht so schlimm sein, wenn er nicht kam, da doch solch ein ernster Grund vorlag. Und Jánošík? Dazu hatte er ihn nicht aus der Stadt heimgerufen, damit er zur Fron gehe, er, ein Student, beinah schon ein Priester. Und vom Krankenlager der sterbenden Mutter hinweg! Vielleicht werden die Herren wenigstens einen Funken Menschlichkeit haben und sich erbarmen.

Doch sie erbarmten sich nicht.

Gegen Mittag kam der Heiduck wieder angestürmt, aber nicht mehr allein, sondern mit einigen Gesellen. Sie schimpften, schrien, achteten nicht der todkranken Frau. Mann und Sohn schlugen sie vor ihren Augen in Bande und schleppten sie drei Dörfer weit aufs Schloß. Dort, in einem Kellergewölbe, standen bereits die Folterbänke bereit, auf denen Bündel biegsamer Haselruten lagen.

Da wartete auch schon der Lehensherr. Als er den Bauern und seinen Sohn erblickte, ergrimmte er, schalt und ließ sie auf die Bänke legen und mit Riemen festbinden. Er selbst sodann setzte sich in einen Stuhl, zündete seine Pfeife an, schlug die Beine übereinander und befahl: „Los, schlag zu, und du, Amtmann, zähle! Jedem hundert Hiebe, aber saftige. Und du", damit wandte er sich mit einem rohen Grinsen an Jánošík, „wirst schon sehen! Das gibt ein Latein. Ich werde dich lehren, ein Herr zu sein!"

Die Heiducken schlugen unbarmherzig, unchristlich drein, bis der alte Bauer ohnmächtig wurde; und bevor der Amtmann volle hundert gezählt hatte, verschied er in Schmerzen.

Der Sohn hielt die Schläge aus. Dieweil er aber danach weder aufstehen noch sich auf den Beinen halten konnte, luden sie ihn mit dem Leichnam des Vaters auf eine Mistfuhre und brachten sie nach Hause in ihr Heimatdorf. Die Mutter war noch am Leben, doch als sie ihren Mann und Sohn dergestalt wiedersah, übermannte sie der Schmerz, und sie verschied.

Jánošík aber verschwand, sobald er sich nur ein wenig erholt hatte und zu Kräften gekommen war, spurlos aus dem Dorf. In die Stadt, in die Schule, kehrte er nicht mehr zurück. Er schlug sich in die Berge.

Dort hielt er sich bei den Schäfern und in einsamen Sennhütten verborgen, und dort ward ihm auch auf wunderbare Art Hilfe zuteil.

Einmal ging er mit einem Napf von der Almhütte zu einem einsamen Brünnlein, um Wasser zu schöpfen. Sein treuer Hund, sein einziges Erbe aus seinem Vaterhaus, folgte ihm.

Die Quelle sprudelte unter einem Felsen hervor, ringsum sodann wuchs dichtes Gebüsch und Hagedorn.

Auf dieses Gebüsch fuhr Jánošíks Hund los, während sein Herr, am Brünnlein kniend, Wasser schöpfte. Doch als der Hund so wütend losbellte und in das Gestrüpp stieß, schaute sich Jánošík um, und es schien ihm, als habe jemand in dem Dickicht gewimmert. Er sprang rasch auf, rief den Hund heran, scheuchte ihn fort, dann drang er selbst in das Gesträuch.

Da erblickte er inmitten einer Flut von Heckenrosen eine weiße Fee. Sie war schön und lieblich anzuschauen. Und schon stand sie, ganz in weiß, vor Jánošík und dankte ihm von Herzen, daß er den Hund weggejagt hatte. Dann fragte sie den Jüngling, was er sich von ihr wünsche, sie möchte sich ihm gern erkenntlich zeigen. Jánošík besann sich nicht lange.

„Kraft!" rief er. Er brauchte sie, denn er rüstete sich, die grausamen Herren für alle Unbill zu strafen, die sie dem Volke zugefügt hatten. Da gab ihm die Fee einen Zaubergürtel mit einer wunderwirkenden Ader und eine Streitaxt, durch die er Kraft gewann für hundert Mann. Wenn er die in der Faust schwang, so konnte ihn keiner überwinden.

II

Von jenem Tag an wurde Jánošík zum Freibeuter und Rebellen und zog aus, sich und das im Elend schmachtende slowakische Volk zu rächen. Dafür wurden er und seine Kameraden von allen Bedrückten nur die braven Gesellen genannt, und überall war man ihnen gewogen.

In Zeiten der Gefahr gewährten ihnen die Leute sicheren Unterschlupf in den Almhütten und unten in den Dörfern. Dort verbrachten die Burschen auch die Zeit, wenn das Frostwetter eintrat, wenn Berge und Wälder in hohen Schneewehen versanken. Sie blieben den Winter über als Knechte bei guten Bauern oder auch in anderer Verkleidung in Unterschlupfen verborgen.

Doch sobald die Buchenhaine wieder in Knospen prangten, heidi, dann ging's in die Berge und wieder in den Kampf. Doch Jánošík gelüstete es nicht nach Blut. Er selbst brachte keinen ums Leben und ließ auch keinen umbringen. Nur auf die Reichen und Mächtigen hatten er und seine Gesellen es abgesehen.

„Gib Gott deine Seele und uns dein Geld!" So drohten sie und ließen ihre Waffen blitzen. Am schärfsten nahm Jánošík die grausamen Herrn, die Edelleute, aufs Korn. Wenn er einen überfiel, trat er vor ihn hin und donnerte ihn an: „Heraus, Herr, mit dem Geld, das du durch Bauernschwielen gewonnen hast!"

Wenn sie etwas bekamen oder nahmen, so teilte Jánošík die Beute in elf Haufen und gab jedem der Gesellen seinen Teil;

seinen eigenen Anteil gab er den Armen und Elenden oder verbarg ihn in Felsen, in Höhlen und in alten Bäumen, so daß er große Schätze an Geld, Tuch und allerlei Waffen besaß. Einen Haufen Kremnitzer Dukaten guter Prägung soll er auch in Gruben vergraben haben, damit das Geld keinem nutze, weder den Herren noch den Rebellen. Oft hielt er sich in einer Höhle auf dem Berg Vapor auf, wo er auch seinen Hort aufbewahrte. Vom Vapor soll er eine Riemenbrücke gebaut haben, die nach Nový Hrad führte, und auch das steile Hradová soll ihn des öfteren beherbergt haben.

Jánošík liebte Musik und Gesang. Oft saß er des Abends in einer Schäferhütte unter den Hirten und lauschte mit Vergnügen, wenn einer von ihnen auf seiner Schalmei zu blasen begann. Er sah es auch gern, wenn die Mädchen bei der Heumahd sangen; taten sie's nicht, so bat er sie, ihm etwas vorzusingen, und dann pflegte er sie reich, wohl auch mit Gold zu belohnen.

War er mit seinen Gesellen allein, und sie machten an einem sicheren Orte ein Feuer an, im Wald, in einer dunklen Mulde oder hoch oben auf dem Královo Hole, dann befahl er dem munteren Ilčík, mit seinem Dudelsack aufzuspielen. Ilčík ergriff seinen Dudelsack mit den drei Pfeifen und spielte und spielte, bis es über Berg und Wald durch die stille Nacht hallte und die ganze Rotte vergnügt wurde. Da hellte sich selbst Jánošíks ernstes, ja düsteres Antlitz auf, und er saß da und rauchte aus seiner mit Fischbein ausgelegten, mit Messing und Kupfer beschlagenen Pfeife.

Doch manchmal ging's zu so später Stunde auf dem Královo Hole viel stiller zu. Das war, wenn einer der Rotte einen fahrenden oder wandernden Studenten hierhergebracht hatte, den er auf einem Waldweg angehalten und gefangengenommen hatte. Jeder der Gesellen tat das, denn er wußte, daß er Jánošík damit eine Freude machte. Der Student, ob jung, ob älter, erbleichte und bebte vor Furcht, wenn er im Scheine des Wachtfeuers die bewaffneten Freibeuter um den steinernen Tisch sitzen sah, von knurrenden oder wild bellenden, bösen Wolfshunden umgeben. Doch die Hunde mußten still sein, Ilčík legte den Dudelsack auf einen Stein, und auch die Gesellen wurden alle mucksmäuschenstill. Nur Jánošík redete den Studenten an. Er fuhr ihn nicht an, herrschte ihn nicht an, sondern sprach lateinisch wie ein Pater. Er fragte ihn aus, prüfte ihn, ergötzte sich an seinem Staunen und seiner Verlegenheit, lachte, wenn der Student nichts zu antworten wußte, lobte ihn aber, wenn er gute Antworten gab. War der Student im Studium fortgeschritten, befahl er ihm, zu den Gesellen zu sprechen, ihnen eine Predigt zu halten.

Die Burschen legten zu, das Reisig knisterte, der Rauch stieg in die Finsternis empor, hoch schlugen die Flammen zum Himmel und erleuchteten den Kahlenberg und die Kuppen der Bergriesen, die sonst im Dunkel der Nacht versanken. Der Student mußte auf einen Felsblock steigen und mir nichts, dir nichts mit seiner Predigt beginnen. Ernst und eindringlich sprach er über das christliche Leben, über gute Taten, über die ewige Vergeltung.

Ringsum war es still wie in einer Kirche. Und hier, hoch oben in den Bergen, unter dem Sternenhimmel war ihnen feierlich und erhaben zumute wie in einem Dom. Bei einem solchen Gottesdienst geschah es nicht selten, daß die Gesellen voll tiefer Rührung schluchzten und selbst ihr Führer gedankenvoll sein Haupt neigte, wenn der Prediger über den Tod zu sprechen anhub, dem Ende allen Seins. Sobald der Student seine Predigt beendigt hatte und alle „Amen“ gesagt hatten, ließ sich auch Jánošík noch hören und redete seinen Gefährten ins Gewissen, daß sie nun, da sie Gottes Wort vernommen, sich noch mehr dessen bewußt sein sollten, welche Aufgabe ihnen zuteil geworden sei, keinem grundlos ein Leid zu tun und nur Unrecht zu sühnen.

Dann erwies er dem Prediger-Studenten viel Ehre, bewirtete ihn, so gut er konnte; wenn er ihn dann am Morgen entließ, schüttete er ihm Dukaten in den Hut oder befahl den Gesellen, ihm Tuch für einen neuen Anzug anzumessen. Und die Burschen brachten einen Ballen Tuch und maßen mit einer großen, gewaltigen Elle: von einer Buche zur andern, und die Buchen waren alt und hatten mächtige Stämme und standen weit voneinander entfernt, so daß der Prediger seinen Lohn kaum forttragen konnte.

Auf dem Královo Hole weilte Jánošík am liebsten, das war sein liebstes Plätzchen. Hier schlug er sich auch mit den Söldnern dreier Gaue, als die Herrschaften Truppen und Heiducken gegen ihn aussandten, um ihn zu fangen. Doch sie bekamen ihn nicht, ja, sie ergriffen schmählich das Hasenpanier. Denn Jánošík mit seiner Streitaxt, die für hundert Mann hieb, hatte sie ganz allein in die Flucht geschlagen.

Von Zeit zu Zeit hielt er sich auch anderswo auf, im Prosečná Tal und im Tal der Rimava, wo er im Gefecht einen General tötete, der sechshundert Soldaten angeführt hatte. Als der General gefallen war, flohen sie allesamt. Jánošík pflegte auch oft in Verkleidung durch das Land zu streifen. Hier wanderte er als Bettler von Dorf zu Dorf, dort wieder kam er, als Mönch verkleidet, in die Stadt. So manches Mal kam er auch zu Pferde als Edelmann auf ein Schloß geritten, ließ sich bewirten, nahm dann alles, was er wollte, bestrafte auch oft den hoffärtigen Herrn und ritt mit seinen als Diener und Heiducken verkleideten Freibeutergesellen wieder von dannen.

Bald war er hier, bald dort. So meldete er beispielsweise in Liptau durch einen dreieckigen Fehdebrief seine Ankunft, um schon andern Tags wie aus dem Boden gewachsen aufzutauchen, wo man ihn nicht erwartet hatte – wohl auch am andern Ende der Slowakei.

Wenn ihm seine Feinde an einer Stelle eine Falle gelegt hatten, entschlüpfte er wie ein Aal oder saß im nahen Dorf in der Schenke und vergnügte sich dort mit seinen Gesellen. Er trank und sang mit ihnen, um dann ganz plötzlich zu verschwinden. Da erst erfuhren die Herren, wo er gewesen war, was er getan hatte, daß sie ihn schon beinah in den Händen gehabt hätten.

So streifte er manches Jahr durch die Berge, an den Herren sich rächend, eine Hilfe den Armen und Schutz und Schirm der Bedrängten. Zu seinen Zeiten wurden in vielen Schlössern und Kastellen die Untertanen besser behandelt: nicht aus Barmherzigkeit, sondern weil die Herren vor Jánošíks Rache bangten.

Doch schließlich ward er durch Verrat überwältigt. Sein Dudelsackpfeifer verriet den Herren, wo er sich verbarg, wie sie ihn fangen könnten. Diesem Verräter half für einen Judasgroschen ein gewisser Bauer dabei. Der Bauer und Jánošík waren gut bekannt. Und so lud er einmal zur Winterszeit den Freibeuter auf seinen Hof und holte den Gast gleich ab. Jánošík vertraute dem Bauern, setzte sich zu ihm in den Wagen, ohne Verrat zu ahnen. Als sie abstiegen, nahm der Bauer Jánošík arglistig die Streitaxt weg. Im Hause aber lauerten schon Heiducken und Soldaten.

Als Jánošík in die Stube trat, rutschte er aus und fiel hin, denn man hatte ihm Erbsen unter die Füße gestreut. Kaum war er zu Boden gesunken, so stürzten sich die Feinde sogleich über ihn, warfen ihn nieder und schlugen ihn in Bande. Aber kaum hatten sie ihn gefesselt, gleich sprang er auf, zerriß seine Ketten, hieb mit ihnen auf die Soldaten und Heiducken ein und lachte sie aus: „Wie viele Büttel gehen auf ein halbes Maß?" Schon ging's ihnen übel, schon wichen sie zur Tür zurück. Da schrie ein verhutzeltes altes Weib vom Ofen her: „Haut ihn in den Gürtel!"

Gleich hieb ein Soldat auf den Gürtel ein und traf mit einem Streich die Zauberader in Jánošíks Gürtel, den ihm die Fee geschenkt hatte. Sobald das Äderchen gesprungen war, erlahmte seine Kraft, Jánošík konnte sich ohne Streitaxt der Übermacht nicht mehr erwehren.

Dies geschah in Klenovec bei Tisovec, beim Bauern Blaha. Jánošík wurde gebunden, auf einen Wagen geladen und ins Gefängnis gebracht. Zuerst nach Hrachovo, einem alten Kastell im Tal der Rimava, dann auf Schloß Vranov bei Liptavský St. Niklas. Dort lag er im Kerker, mit Ketten an die Wand geschmiedet. Und seine Fesseln wurden nur gelockert, wenn man ihn zur Folter führte. Traurig, voll Wehmut, saß er in dem grausigen Gefängnis, doch er trauerte nicht um sich und sein Leben, sondern um seine Genossen und am meisten um sein armes Volk. Voll Wehmut und Sehnsucht dachte er an die Freiheit und daran, wie er mit seinen Gesellen auf dem Královo Hole gesessen, wie er mit ihnen durch die grünen Wälder, über Berg und Tal gezogen war, im Morgenrot, unter den Sternen, bei Tag und bei Nacht, im Mondenschein. Doch wenn er an sein Volk dachte, seufzte er tief: „Oh, mein unselig Volk, wer wird sich deiner nun annehmen? Du, allmächtiger Gott, bleibst mit ihm, steh du ihm bei!"

So grämte und härmte er sich, bis er schließlich in Liptavský Sv. Mikuláš vor Gericht gestellt wurde; und dort ward er zum Tode verurteilt, das war am dreizehnten Tage des Monats März im Jahre des Heils 1713. Von Soldaten eskortiert, von einer großen Volksmenge begleitet, schritt er zum Galgen. Ein letztes Mal sah er die Berge, die Wälder, ein letztes Mal die göttliche Sonne, er, der so jung und voll Leben war. Doch er verlor nicht den Mut; tapfer schritt er einher, stolz trug er sein Haupt hoch, und viermal umtanzt' er den Galgen, damit die Herren sahen, daß er den Tod nicht fürchtete.

So starb Jánošík, der brave Berggesell.

III

Und Jánošíks allmächtige Streitaxt?

Die verbargen, verschlossen die Herren, als sie sich ihrer bemächtigt hatten, hinter sieben Türen.

Doch die Axt blieb in diesem Kerker nicht still. Von selber begann sie in die Türen zu schlagen, hieb und hieb, bis sie sich durchgeschlagen hatte. Als sie die erste Tür gespalten hatte, begann sie die zweite zu zersplittern, dann die dritte. Und so schlug sie sich auch durch die übrigen Türen. Doch als sie die siebente zu zerschlagen begann, da ward Jánošík zum Tode geführt. Und als die Streitaxt die siebente Tür gesprengt hatte, da war es schon zu spät. Jánošík war schon im Jenseits. Da verschwand die Axt in die Berge, die freien Berge, und dort, wo Jánošík einst so gerne geweilt hat, auf dem Královo Hole, blieb sie, in eine Pappel eingeschlagen, stecken.

Und seine Kameraden?

Die fanden ein gar trauriges Ende. Ohne Jánošík vermochten sie sich der Übermacht nicht zu erwehren. Einer nach dem andern wurde gefangen und in den Kerker geworfen und starb im Gewahrsam, oder es erging ihm wie seinem Führer. Am grausigsten starb Jakob Surovec, der wurde aufs Rad geflochten, und nichts half ihm mehr, auch nicht sein Karabiner mit doppeltem Lauf und einem Hahn in der Mitte, den er sich selbst verfertigt hatte und mit dessen donnernden Doppelschüssen er einst seine Feinde und die Reisenden zu schrecken pflegte.

Die Freibeuter, die Berggesellen, fielen, doch ihre Namen hat das Volk im Gedächtnis bewahrt. Und am besten und mit der größten Dankbarkeit den ihres Führers, den Namen Jánošík. Und auch die Stätten, wo er zu weilen pflegte, seine Pfade und Höhlen. Aber am meisten spricht das Volk von seinen Schätzen, die er in die hohlen Stämme alter Bäume zu schütten pflegte, wie sein Geselle Hrajnoha es in die Eiche am Fuße des Weißen Bergs getan hat oder auch in steile Felsenschluchten.

In so manchem slowakischen Dorfe hängen in den Hütten auf Glas gemalte Bilder der braven Gesellen in grünen Hemden, mit breitem Gürtel und weißer Hose, die Schäferaxt in der

Hand, das Gewehr über der Schulter. Und wenn an langen Winterabenden der alte Bauer von vergangenen Zeiten berichtet, fängt er gewiß an, von Jánošíks braven Gesellen zu erzählen und zeigt auf die Bilder an der Wand, auf den Dudelsackpfeifer, den Surovec, der die Schäferaxt über dem Kopf schwingt, auf Hrajnoha, der auf dem Bild gerade junge Buchen und Tannen überspringt und all die andern, am häufigsten aber auf Jánošík.

Und der Greis erzählt von seiner gewaltigen Kraft, was er gelitten hat, wie er sein Volk rächte, was sein Lohn dafür war und wie ihn die Herren ums Leben gebracht haben.

Still ist's in der Stube, nur ab und zu zittert ein Seufzer durch die Luft. Alle trauern um den braven Gesellen. Und der grauhaarige Bauer hebt die Hand und fügt hinzu: „Ihr guten Götter! Das hatte er davon, daß er sich seiner slowakischen Brüder annahm. Aber es gibt eine alte Weissagung, glaubt es mir, daß Jánošík dem Slowakenland einst wieder zu Hilfe kommt. Und dann gibt's bessere Zeiten. Ach, wenn er nur schon käme!“

Aus alten Weissagungen

Wenn euer Auge tränenfeucht erglänzt,
Wenn schwere Zeiten euch befallen,
Dann bring ich euch das Hoffnungsreis,
Dann soll weithin Prophetenwort erschallen.

K. J. ERBEN

Es schliesst sich das Buch der alten Sagen

Vergangener Ruhm strahlt aus ihnen; doch auch das dumpfe Echo einstiger Stürme vernimmt man darin. Die schwarzen Schatten schwerer Zeiten legten sich über die Jahrhunderte und ruhten lange auf ihnen, und manches davon ist bis zum heutigen Tage zu spüren.

Schlimm stand's um die Lande der Böhmischen Krone, daß einem angst und bange ward, und am schlimmsten war's, als das Volk in Knechtschaft fiel. Unfrei war es, und gepeinigt ward es durch grausame Steuern, grausame Fron. Die sogen ihm alles Mark aus den Knochen, alle Kraft aus den Adern, bis es erniedrigt und gedemütigt den Nacken beugte und in Ergebenheit nur einen Deut von der Herren Gunst und Gnade zu erhaschen suchte.

In dieser Zeit der Leibeigenschaft, der Schläge und Plagen, suchten Kriege und Hunger das hörige Bauernvolk heim. Seine Muttersprache ward schändlich geschmäht und zum Untergang bestimmt.

Schlimm waren diese Zeiten, die Menschen wollten schier verzweifeln, und ihr von schweren Heimsuchungen bedrücktes Gemüt erhoffte nur von Gott, durch ein Wunder, Hilfe.

Die Wurzeln dieser Hoffnung fanden in den alten Chroniken und in den Sagen von besseren Zeiten Nahrung, und auf dem geheimnisvollen Baum uralter Prophezeiungen sprossen stets neue Triebe.

Sie gediehen in den Sommernächten, im Dunkel alter Linden, wo das ganze Volk Gott seine Leiden klagte, sie sprossen aber auch an Winterabenden, in der trüben Dämmerung oder beim Scheine des ärmlichen Herdes, da der Großvater der längst vergangenen Zeiten gedachte. Sie entfalteten sich in der Dämmerstunde oder in dem heiligen Frieden von Sonntagnachmittagen, da ein alter Schriftkundiger aus dem Volke seinen Nachbarn erzählte, wieviel Grauen noch über Land und Leute kommen werde, bevor eine neue, bessere Zeit anbricht.

Wer es hörte, erbebte in seiner Seele. Doch in der Betrübnis grünte bereits die Knospe des Trostes, voll von Wunderduft und Zaubermacht, und aus dem Nebel der geheimnisvollen Weissagungen wehte ein linder Hauch und ließ die Liebe zum Vaterland nicht verlöschen, welche die Last der Anfechtungen oft zu ersticken drohte.

Die prophetische Stimme Přemysls vom Stadicer Pfluge und die Weissagungen, die die Fürstin Libuša, von Sehergeist erleuchtet, verkündet hatte, die Worte, die den Lippen der Sybilla entströmten und das, was der blinde Jüngling in der Zukunft gewahrte, auch die Hoffnung auf den heiligen Wenzel, den Erben des Böhmerlandes, das alles tröstete die Armen, spendete ihnen Trost, Ruhe und Frieden, verlieh ihnen neue Kräfte.

Höret nun diese Weissagungen wie auch jene, die nur in manchen Gegenden entsprangen, wie ein Jungbrunnen aus dem verdorrten Felsen entspringt. Geschlecht um Geschlecht kam hierher, um mit dem Tau des Prophetenwortes seinen welkenden Mut zu erfrischen und seine Seele, die in der Glut der schweren Zeit schmachtete.

Höret nun die alten Weissagungen.

Die Weissagungen der Sibylla

I

Als Sibylla, die Königin von Saba, eine Jungfrau von scharfem Verstand und erlauchtem Geiste, davon reden hörte, wie wundersam weise der König Salomo sei, befiel ihr Herz große Sehnsucht nach ihm, und sie wollte ihn sehen und hören. Darum beschloß sie, sich zu ihm nach Jerusalem aufzumachen.

Nachdem sie ein großes Gefolge von Jungfrauen und Reisigen prächtig ausgestattet und ausgerüstet hatte, befahl sie, zahlreiche köstliche Geschenke auf Kamele zu laden, und machte sich dann auf den Weg.

Ihr Königreich und ihre Stadt Saba lagen im Süden von Afrika, zweihundertvierzigundeine Meile weit von Jerusalem. So zog sie denn aus ihrer Stadt und aus ihrem Reich, zog durch das Mohrenland und Ägypten am Gestade des Roten Meeres entlang, durch die Arabische Wüste, bis sie in Salomos Königreich gelangte.

Als die junge Königin dann vor Jerusalem ankam, stieg sie von ihrem Wagen und ging barfuß in die Stadt, um so zu bekunden, daß sie diesen Ort für heilig halte. Sie schritt also barfuß bis an den Bach Zedron, über dem ein Baumstamm lag. Die Königin von Saba aber schritt nicht darüber hinweg, wie es die andern zu tun pflegten, sondern fiel auf die Knie, küßte den Stamm und durchwatete dann den Bach an einer andern Stelle.

Als sie danach am Fuße des Kalvarienbergs stand, warf sie sich, wie von Leid übermannt, zu Boden und lag so mit gefalteten Händen volle drei Stunden lang. Als sie sich dann wieder erhoben hatte, blickte sie zum Kalvarienberg empor und rief schluchzend: „Seid mir gegrüßt, ihr heiligen Stätten! Heilig seid ihr, und heilig bleibt ihr, bis in alle Ewigkeit, bis ans Ende der Welt!“

Salomo, nachdem er von der Ankunft der Königin von Saba erfahren hatte, kam ihr mit seinem ganzen Hofstaat, in all seiner Pracht entgegen, empfing sie huldvoll und mit großen Ehren und sprach: „Willkommen, lieber Gast!“

Sibylla folgte ihm an seinen Hof. Dort öffnete sie ihre Schätze und schenkte sie dem König; Gold in großen Mengen, Edelsteine und herrliche Gefäße von kunstvoller Arbeit, auch köstliche Gewürze und Balsam.

So verweilte die Königin neun Monate in Jerusalem, und der König wies ihr in seinem Palaste herrliche, luftige und wohlriechende Kemenaten an, die in einem lieblichen Garten gelegen waren, und bewirtete sie, wie es einer erlauchten Königin geziemte. In vielen Gesprächen erkannte der König, daß die jungfräuliche Königin weise und geistvoll war, und als sie des öfteren auch von künftigen Dingen sprach, ersuchte er sie, sie ihm zu offenbaren.

Einmal, als sie im Schatten alter Zedern, Oliven und Zypressen in Salomos Garten saßen, der in Schönheit prangte und wo ein erbaulicher Frieden herrschte, da blickte Sibylla in die Zukunft und hub an, von ihr zu sprechen.

Zuerst kündete sie dem König das Schicksal seines Landes, daß sein Königreich nach seinem Tode werde in zwei Teile zerfallen, auch würden das Volk und seine Könige Gott den Herrn verlassen und dafür werde ein Fremdling ins Land kommen und Volk und König in das ferne Land Babylon in Gefangenschaft führen.

Der Ruhm Jerusalems werde vergehen, und der Tempel, den er, Salomo, erbaut, werde zerstört werden, wie auch die ganze Stadt. Doch nach vielen Jahren, da das Volk Israel in Demut Buße tun und seinen einen und einzigen Gott anrufen wird, werden bessere Zeiten kommen: Das Volk wird in sein Vaterland heimkehren und Jerusalem und seinen Tempel erneuern.

„Doch eigene Könige wird es nicht mehr haben, sondern fremde, heidnische und zuletzt solche aus dem Römervolke. Zu jener Zeit, wisse, o König, wird der Messias geboren werden, der große Wunder vollbringen wird. Die Seinen aber werden ihn nicht erkennen, sondern ihn verhöhnen und zum Tode führen. Er wird den Kreuzestod sterben. Das schwere Kreuz wird er selbst tragen, den Berg der Leiden, das Kreuz wird aus Adams Baum gemacht sein, der einst im Paradies gestanden hat und dessen Stamm jetzt über dem Bach Zedron liegt. Und es werden durch den Messias und seinen Tod viele Stätten geheiligt werden, so der Kalvarienberg, auf welchem der Heiland Gott dem Herrn seine Seele befehlen wird.

Nach dem Martyrium des Messias wird die Rache Gottes des Herrn über Jerusalem kommen, das köstliche Gerät, welches du dem Tempel geschenkt, wird als Beute nach Rom gebracht werden. Christus aber wird siegen über das heidnische Rom, und seine Lehre wird sich über die ganze Welt verbreiten und währen bis zum Jüngsten Tag."

Sibylla verstummte und sagte an diesem Tage nichts mehr. Der König aber erwog, als sie ihn verlassen hatte, all diese Dinge im Geiste, ließ dann seinen Schreiber rufen und sagte ihm alles, was Sibylla prophezeit hatte, und der Schreiber zeichnete es auf. Der König aber verwahrte, was geschrieben war, bei seinen andern Pergamenten.

II

Andern Tags, als der König mit Sibylla wieder im Garten saß, bat er sie, ihm zu sagen, wie es andern Ländern ergehen würde, ehe der Tag des Jüngsten Gerichtes anbrach.

Und Sibylla sagte, daß die Christen sich mehren und Kaiser und Könige haben, die Juden aber dagegen an Zahl abnehmen würden und die Herrschaft verlieren. Doch die Christen würden im Laufe der Zeiten der Sünde verfallen und sich dem Laster ergeben. „Kein Glaube und Vertrauen wird sein unter ihnen. Der Mund wird anders reden und das Herz anders fühlen. Das Recht wird verkauft werden, und der arme Mann wird bedrückt, geplagt und verlassen sein. Und Gott wird viele Zeichen senden als Warnung für die Menschen, auf daß sie sich bessern mögen. Falls sie jedoch nicht gehorsam sind, wird Gott der Herr ein Drittel der Menschheit vertilgen um ihrer Gottlosigkeit willen." Und Sibylla erklärte, was dies für Zeichen sein würden. Und als sie ihre Rede beendet hatte, begab sie sich in ihre Gemächer. Salomo aber ließ wiederum alles aufzeichnen, was er gehört hatte, und verwahrte es bei seinen Schriften.

Am dritten Tag kam Sibylla abermals in den stillen Garten und begegnete dort unter Tamarisken, Oliven und Zypressen wieder dem König. Es war früh am Morgen, die Sonne ging hinter den Bergen auf. Der König begann wieder von den künftigen Dingen, und da verlangte Sibylla von selbst, er solle seinen Schreiber herbeirufen, damit er alles aufzeichnen möge, was sie sprechen werde, und dies Schriftstück solle sodann für ewige Zeiten aufbewahrt werden.

Als sie von der Zukunft begann, wandelte sich das Antlitz der weißgekleideten jungen Königin, ihre Augen begannen von prophetischem Feuer zu erstrahlen. Unter den Bäumen stehend, vom Sehergeist erleuchtet, sprach sie:

„O König! Der Herr hat dich mit hohem Geist begabt, daß keiner vor dir und keiner nach dir an Weisheit dir gleichkommt, wiewohl es viele Kaiser und Könige geben wird auf Erden. Die werden neue Reiche gründen. Eines dieser Länder und Königreiche wird berühmt und trefflich sein und mit Brot gesegnet. Das ist das Tschechenland, dort werden auch Hopfen und Wein im Überfluß gedeihen. Das Volk dieses Landes wird viele Städte erbauen, eine davon groß über die Maßen, so daß mehr als tausend Häuser darin stehen werden.

Sie wird berühmt sein als die Hauptstadt des Landes, denn Könige werden in ihr wohnen. Doch auch mancherlei Greuel und Sünden werden von ihr ausgehen. So lange werden die Leute dieses Landes Unrecht begehen, bis Gott ihnen ihren König nehmen und ihnen einen andern aus fremdem Geschlechte bestimmen wird. Dieser wird sie derart verfolgen, daß sie nach einiger Zeit sehnlichst wünschen werden, wieder einen König ihres Stammes und ihrer Sprache zu haben.

In das Tschechenland werden sich Scharen von Fremdlingen einschleichen, die viel Übles mit sich bringen. Und ein König nach dem andern wird das Volk mit Frondienst bedrükken, so daß die Leute vier Tage der Woche für die Herrschaft arbeiten müssen, für sich aber nur zwei Tage schaffen können. Einer dieser Könige wird unerhörte Neuerungen einführen, was dem gemeinen Volke anfangs gefallen wird; doch unter dem Deckmantel neuer Verordnungen werden die alten Rechte

aufgehoben werden. Um dieser Neuerungen willen wird das Bauernvolk den König loben, den Ständen aber werden sie nicht gefallen. Auch wird unter seiner Regierung einem jeden die Ausübung seines Glaubens frei gestattet sein, denn er wird die Geistlichkeit nicht lieben, und viele Kirchengüter werden unter seiner Herrschaft eingezogen werden.

Dieser König wird auch allen Boden neu vermessen lassen, und dem Volke wird die Fron erleichtert werden. Den König aber wird ein früher Tod ereilen. Er wird auf seinem Lager sterben und nicht in der Schlacht. Dieser Tod wird dem Volke seltsam erscheinen, und es wird glauben, daß der Verstorbene noch lebe.

Nach ihm wird ein König kommen, der von den vorigen Neuerungen viele aufheben wird. Nach seiner kurzen Regierungszeit wird ein junger König den Thron besteigen, unter dessen Herrschaft große Kriege stattfinden werden. Das Bauernvolk wird gezwungen werden, sein Korn umsonst herzugeben und fast seine ganze Ernte abzuliefern. Auch wird man viele zum Kriegsdienst zwingen, so daß fünferlei Kriegsvolk im Lande sein wird, ein jegliches mit andrem Namen, und das Werkvolk wird es nähren und mit Kleidung versehen müssen.

Zu dieser Zeit werden in den böhmischen Landen auch Mißernten eintreten, und Gott wird viele Feuersbrünste, Sturmwinde, Hagelschläge, Schneewehen und Sturmfluten herabsenden.

Von Jahr zu Jahr wird es schlimmer und schlimmer werden, daß es jung und alt bereuen wird, auf dieser Welt zu leben und am meisten das gemeine Volk, besonders da so große Kriege hereinbrechen werden, daß mancher Bauer auch seinen letzten Sohn wird zum Kriegsdienst hergeben müssen.

Aber trotz alledem wird das Volk sich nicht bessern. Es wird in seiner Untugend und Torheit verharren, und es wird eine große Wandlung in Kleidern und Sitten geben. Da wird Gott der Herr sich erzürnen und sie derart strafen, daß alle Städte verheert und verdorben werden. Nur Tábor, Aussig, Soběslav und Mělník werden dem Untergang entgehen, wenn sie zu Wahrheit und Recht stehen werden. Kuttenberg wird in die Erde versinken, Pilsen, Saaz, Königgrätz, Kouřim und Tschaslau und andre königliche Städte werden vom Feind zerstört werden.

Das stolze Prag sodann wird der Herr über alle andern strafen. Durch Feuer und schreckliche Hochwasser wird er's heimsuchen, und der Feind wird seinen Untergang noch vollenden. Seine Ruinen werden von Fichtenwald und Hagedorn überwuchert sein, und Marder und Füchse werden ihre Höhlen darin haben. Die einst ruhmreiche Stadt wird derart veröden, daß nach Jahren ein Fuhrmann vorbeifahren, auf der Karlsbrücke anhalten, mit dem Knall seiner Peitsche die Grabesstille zerreißen und zu seinem Söhnchen also sprechen wird: Hier stand voreinst die große Stadt Prag, und dort hat einst das Altstädter Rathaus gestanden!

Vorher aber, bevor es zu diesem traurigen Ende kommt, werden sich diese grauenvollen Zeiten sicherlich durch allerlei Zeichen ankündigen: Den Menschen werden die Tage verkürzt werden, die Sonne wird nicht so scheinen, wie sie sonst geschienen, ein Winter wird auf den andern folgen, so daß die Leute ihr Getreide in Pelzen mähen werden.

Dann werden Kriege kommen, und daraus werden so unerhörte Steuern erwachsen, daß das Volk nicht imstande sein wird, sie zu bezahlen. Dafür wird man es verfolgen, mit Stockhaus und Knute bestrafen, bis es sich also wird vernehmen lassen: Wir gaben euch, solange wir hatten, ihr Herren. Nun haben wir nichts mehr, alles habt ihr uns genommen und habt uns nicht einmal so viel gelassen, damit wir uns mit unsern Kindern satt essen können.

Diese Reden aber werden nichts fruchten, und die Herren werden die Steuern eintreiben ohn' Erbarmen. Da wird das gemeine Volk fest zueinanderstehen und sagen: Ihr Herren, gebt statt unser selbst euer Geld und Gut, denn ihr habt schon allzuviel aus uns herausgepreßt.

Wir können nicht mehr zahlen, denn wir haben nichts mehr!

Da werden die Stände viele Männer ins Gefängnis werfen; aber das gemeine Volk wird sich erheben, und es wird ein blutiger Kampf entbrennen, und das Volk wird rufen: Besser ist's, in der Schlacht zu fallen, als die eignen Kinder Hungers sterben zu sehen.

Solche Strafen wird Gott den Herrschenden auferlegen, weil sie ihre Untertanen durch große Steuern und harte Fron gepeinigt haben.

Wenn das Land dann so in Unruhe ist und seine Bevölkerung in Fehde und Zwist liegen wird, werden es von vier Seiten mächtige Feinde umzingeln, die dann plötzlich in das Land einfallen werden. Und es wird eine Schlacht entbrennen in allen vier Himmelsrichtungen, und die ganze Heeresmacht der Feinde wird wider die Krieger des Landes streiten. Von der Hauptstadt bis an den Berg Blaník wird das Blutbad reichen, wo sich das Heer lagern wird. Und dort wird die wahre Schlacht beginnen.

Aber schon vorher wird der Feind, gegen den Blaník ziehend, so viele Gottlose vernichten, daß nur noch so viel Menschen am Leben bleiben, daß sie leicht unter einer Wagenplane Platz finden könnten.

Wo die große Schlacht geschlagen wird, dort glitzert ein Teich. Vorher aber werden die Störche und andre Vögel alles Schilf und Dickicht von ihm forttragen, so daß er schon einige Jahre vor der Schlacht beim Blaník leer und ausgetrocknet sein wird. In dieser Schlacht wird er sich so mit Blut füllen, daß er die Dämme überschwemmen wird. Da wird ein großes Geschrei anheben, Pferdegewieher, Trommelwirbel, solch ein Grollen der großen und kleinen Geschütze, daß der schreckliche Lärm vierundzwanzig Meilen weit zu hören sein wird. Der Kampf selbst wird ganze zwölf Tage dauern. Am dreizehnten Tage aber wird Gott seinen Getreuen Hilfe senden: Aus dem Berge Blaník wird ein Heer ausziehen, das Gott dort verborgen hält. Sobald dies Heer erscheinen wird, wird die Feinde Angst und Grauen befallen, und sie werden die Flucht ergreifen. Gottes Heer wird große Wunder vollbringen und die Feinde verfolgen, die auf der Flucht Prag derart zerstören werden, daß keine Spur von ihm übrigbleibt. Sie selbst aber werden aus dem Lande gejagt werden und fliehen bis nach Köln am Rhein; dort aber wird dann auch das Heer aus dem Blaník verschwinden – nur Gott allein weiß wohin – denn es wird in den Blaník nimmer zurückkehren, und keiner wird es je wiedersehen. Nach der Schlacht am Berge Blaník wird auch der Teich wieder austrocknen, am sechzehnten Tage aber werden die Getreuen, die am Leben geblieben, sich hier versammeln. Und sie werden sich freuen und frohlocken, einander umarmen und sich wundern, daß Gott sie errettet hat. Dann werden sie zu dem Teich gehen, wo sie furchtbar viele erschlagene Menschen und Rosse erblicken werden, welche die Vögel des Himmels in alle Winde tragen, denn es wird nicht genug Menschen geben, um die Leichen und das Aas zu verscharren. Den Getreuen aber, die hier versammelt sind, wird ein Priester auf einem Baumstumpf inmitten des Teiches die Messe lesen; und sie werden Gott loben und preisen.

Dann wird ein jeder in seine Behausung heimkehren, und es wird Einigkeit herrschen unter ihnen, echte Liebe, und alle werden eines Herzens sein, die Herren und das ganze Volk. Und es werden kommen fünfzig gute und fruchtbare Jahre, und im böhmischen Königreiche wird alles gar wohlfeil sein: ein Scheffel Korn für sieben Groschen, ein Scheffel Weizen für zwölf Groschen, eine alte böhmische Pinte Bier für zwei Kreuzer und ein Pfund Hirschfleisch desgleichen. Alles wird es im Überfluß geben, und überall wird Frieden herrschen und Gottes Segen..."

Königin Sibylla verstummte. Salomo, begierig über alle Dinge prophetische Kunde zu erhalten, bat sie, ihm noch zu verraten, wann der Tag des Jüngsten Gerichts anbrechen werde. Da erwiderte ihm Sibylla:

„Mein König, das ist mir nicht bekannt, denn das hat Gott nicht einmal seinen Engeln verkündet. Aber ich sage dir, o König: Du hast viele Diener, gute und böse. Gibst du den schlechten soviel wie den guten?"

„Die guten sollen's gut haben, die bösen aber, die sollen bestraft werden", entgegnete der König.

Und da sprach Sibylla: „Gut geantwortet hast du, o König. Wenn also die Menschen Gutes tun werden, so wird Gott die Frist verlängern. Werden sie jedoch sein Ärgernis erregen, so wird er die Jahre und Tage, die er von der Erschaffung der Welt an bestimmt hat, verkürzen.

Nur so viel weiß ich über das Jüngste Gericht zu künden. Ehe Gott der Herr daherkommt, werden viele, viele Zeichen und Wunder geschehen an Sonne und Mond, am Himmel und auf Erden."

Sie schwieg und dann fügte sie noch hinzu: „Das ist meine Weissagung, o König Salomo! Verwahre sie gut, auf daß sie erhalten bleibe, denn viele Zeitalter werden vergehen, und dann werden meine Worte Bestätigung finden. Und spätere Geschlechter werden sich überzeugen, daß Sibylla dir wahre Weissagungen verkündet hat."

Und König Salomo, weise und erfahren, beugte voll Demut das Knie vor der jungen Königin, die vor ihm auf einer Stufe stand unter Tamarisken, Zypressen und Oliven, in dem lieblichen Garten, den eine milde Brise und ein zarter Duft durchwehten und über dem hell und licht der Morgenhimmel strahlte.

Die Prophezeiung des blinden Jünglings

Als Kaiser Karl IV., König von Böhmen, im Jahre des Heils 1368 aus Deutschland über Nürnberg in seine Heimat zurückkehrte und die Grenze des Böhmerwaldes erreichte, vernahm er, daß in dem Dorfe Kout, unweit von Taus, ein Jüngling lebe, der blind von Geburt, gottesfürchtig und mit Sehergeist begabt sei und in der ganzen Umgebung großes Ansehen genieße.

So ritt denn Karl IV. in das Dorf, und als er zur Hütte des blinden Jünglings kam, stieg er vom Pferde und trat in die Stube, wo er den blinden Knaben am Tische sitzen sah.

„Sei gegrüßt, ehrwürdiger Jüngling!" redete ihn der Herrscher an.

Der Jüngling dankte für den Gruß und sagte: „Heil dir, mein Kaiser, du heiliger Mann, unser König!"

„Warum nennst du mich heilig, mich, einen sündigen Menschen?" fragte der Kaiser. „Und wieso weißt du, daß ich der Kaiser bin? Du bist blind und konntest doch nicht wissen, daß ich dich besuchen komme."

„Du bist wahrhaft ein Mann Gottes", erwiderte der Blinde, „du beweisest es durch deine Taten. Das arme Volk, dessen du dich annimmst, wird es bezeugen. Und auch die majestätischen Dome, die du erbaut hast und noch bauen wirst, zeugen davon. Das ganze Land erblüht unter deiner Hand, denn ein gütiger Vater bist du deinem tschechischen Volke.

Du sorgst dich um das Volk, um seine Sprache, doch ehe noch dreihundert Jahre vergangen sind, wird die tschechische Sprache geschmäht und erniedrigt werden."

Also sprach er und lud den Kaiser ein, sich zu ihm an den Tisch zu setzen. Karl IV. tat dies, plauderte eine Weile mit dem blinden Knaben und sagte dann schließlich: „Lieber Jüngling, ich glaube, Gott hat deinen Augen das Licht genommen, damit du in das Dunkel der Zukunft siehst. Daher sage mir, was du schon vorher angedeutet hast: Wie wird es meinem Vaterland ergehen. Wie lange noch wird der Ruhm meines Königreichs währen?"

Der Jüngling sprach kein Wort, ergriff aber ein Stück Kreide und schrieb folgende Buchstaben auf den Tisch:

K. W. S. A. L. G. W. L. F. M. R.

Als er dies geschrieben hatte, sagte er: „Jeder Buchstabe bedeutet einen König. Das sind die Namen deiner Nachfolger. Nach deinem Tode, unter der Herrschaft deines Sohnes, wird ein Bürgerkrieg ausbrechen, und es wird ein groß' Blutvergießen geben. Aber Kriegsruhm und Beute werden im Lande bleiben, und das Böhmerland wird keinen Schaden nehmen, sondern es wird sich wider viele Feinde ruhmreich zu wehren wissen.

Aber dann werden die Tschechen im Laufe der Zeit in Zuchtlosigkeit und Uneinigkeit verfallen, und es wird eine große Sittenverderbnis eintreten. Fremdlinge, Deutsche, Welsche und Franzosen werden ihnen lieber sein als ihre Brüder, und die Tschechen werden in wunderlich und hoffärtig erdachten Kleidern einhergehen. Die Ratsherren werden Bestechungsgelder nehmen, die Gerechtigkeit wird zuschanden werden, denn die Richter werden nur nach Stand und Rang, nach Ansehen und Reichtum ihr Urteil fällen.

Die Stimme der Armen wird ungehört verhallen, und Recht und Ordnung werden mit Füßen getreten werden. Und Gott wird ergrimmen. Die Menschen werden zwar die Zahl der Felder mehren, aber es wird doch nicht mehr Brot geben, denn Gottes Segen wird nicht ruhen auf dem Lande der Tschechen. Zu dieser Zeit werden unerhörte Steuern, Abgaben und Frondienste kommen, ein Krieg wird dem andern folgen, den Frauen werden die Männer, den Kindern die Väter gewaltsam entrissen und zum Kriegsdienst gezwungen werden. In jener Zeit werden die weltlichen und die geistlichen Obrigkeiten die tschechische Sprache hassen, Fremde werden Prag beherrschen, und gar viele Tschechen werden sich soweit vergessen und versündigen, daß sie ihre Muttersprache verleugnen und sich ihrer schämen werden. Zu jener Zeit wird auf einem Berg im Kouřimer Kreise das Laub auf den Bäumen vom Wipfel verdorren und eine große Hungersnot ausbrechen. Dann werden sich so viele Feinde gegen die Tschechen erheben, daß sie wie ein Regenschauer,

Die Prophezeiung des Havlas Pavlata

Als Havlas Pavlata, ein Bürger des Städtchens Vysoká, das am Fuße des Riesengebirges liegt, sterben sollte, war sein Alter hundertundfünfzehn Jahre. An seinem Sterbelager standen seine Söhne und Töchter, Enkel und Urenkel. Und der Greis segnete sie alle, nahm Abschied von ihnen und sprach zu ihnen also:

„Meine lieben Söhne und Töchter, meine Kinder und Freunde, ich muß jetzt für ewig von euch Abschied nehmen, denn ich werde bald das Zeitliche segnen. Lange genug bin ich auf dieser Erde gewandelt, hundertundfünfzehn Jahre hat mir Gott vergönnt. Und es gab in diesem Zeitalter viele gute und fruchtbare Jahre unter unserm König Vladislav, und wir haben viele Groschen und weiße Heller, auch Taler, Kreuzer und Kronen gespart.

Auch ihr, meine Söhne, werdet noch manchen Taler zurücklegen. Doch dann wird eine schreckliche Pest und eine nie gekannte Teuerung ins Land kommen. Ehe noch fünfzig Jahre um sein werden, wird eine neue Pestplage über das Land hereinbrechen, und die wird so schlimm sein, daß auch in den Bergen die Menschen aussterben und die Wölfe in die Dörfer kommen und in die Fenster der Hütten äugen werden, und sie werden heulen, als lebte dort keine Menschenseele mehr.

Doch danach wird erst die wahre Pest ausbrechen; sie wird langsam, gleich im Winter zu Fastnacht beginnen und bis zur nächsten Weihnacht anhalten und so viele Menschen töten, daß das Korn noch am St. Wenzelstag auf den Feldern stehen wird, mancherorts sogar noch am St. Martinstage, denn keiner wird sein, der es einbringen könnte. Und dann wird der Tag des Jüngsten Gerichts nahen.

Gleichzeitig wird auch in Böhmen ein großer Krieg ausbrechen, viel größer und schrecklicher noch als je unter Žižka. Die Tschechen selbst werden sich entzweien, werden Ferdinand zu ihrem König machen. Merkwürdige Völker, Welsche, Niederländer, Franzosen und Deutsche werden in das Land kommen und den Tschechen all ihr gutes Geld forttragen und in den böhmischen Bergen nach Edelsteinen suchen.

Vor diesem Verhängnis wird eine große Unaufrichtigkeit und mancherlei Unrecht herrschen im böhmischen Königreiche. Die Herren werden das leibeigene Volk erbarmungslos unterdrücken, und es wird bei ihnen und ihren Amtleuten keine Gerechtigkeit geben. Selbst wider Gott werden sie lästern und sagen, eine Handvoll Macht sei mehr wert als ein Sack voll Gerechtigkeit.

Drum werden sich die Bauern gegen ihre Obrigkeit erheben, die Adligen von ihren Schlössern jagen und sie erschlagen. Noch vor dieser Verheerung wird eine furchtbare Kälte einsetzen, gewaltige Schneemassen werden vom Himmel fallen, und mächtige Winde werden über das Land stürmen. Ja, es werden sogar noch größere Fröste eintreten als zu jener Zeit, da ich, Havlas Pavlata, bei Rokytnic meinen Meiler brannte. Damals konnte es ein Bär der großen Kälte wegen im Wald nicht aushalten und kam an meinen Meiler, um sich zu wärmen.

In jener Nacht war es grimmig kalt, und der Bär wärmte sich von der einen Seite, und ich stand auf der andern und warf ihm Brot zu. Mein ganzes Brot, das ich hatte, zerbröckelte ich und warf es ihm zu. So kam der Bär in der nächsten Nacht wieder, und ich fütterte ihn abermals mit Brot. Er fraß sich satt und wurde zahm. Als die dritte Nacht kam, erschien der Bär aufs neue, aber da hatte ich schon eine Birkenrute bereit.

Ich gab ihm wieder Brot und streichelte ihn und zog ihm dann die Rute durch die Nüstern und führte ihn bis zu uns nach Vysoká. Später brachte ich ihn nach Prag, und mein Freund ging mit mir. Damals herrschte strenger Frost, doch noch grimmigere Kältezeiten werden kommen, als sie damals in meinen jungen Jahren waren.

Was soll ich euch noch erzählen? Traurig ist's, was ich euch verkündet, doch die Menschen werden es erleben und werden erkennen, daß ich die Wahrheit gesprochen habe.

An diesen Heimsuchungen und diesem Verderben werden die Tschechen selber schuld sein, denn es wird eine absonderliche Wandlung mit ihnen vorgehen, und sie werden weder der guten Sitten achten noch an den Herrgott denken und an die Schrecken des Jüngsten Gerichts.

Meine lieben Söhne! Ihr werdet noch ein paar bessere Jahre erleben; das wird noch unter unserm König Vladislav sein. Dann wird Ferdinand kommen.

Gleich nach Ferdinand und auch schon zu seiner Zeit werden die schweren Jahre beginnen. Unter König Matthias und unter König Friedrich wird es am schlimmsten sein, und die Menschen werden sich sehnlichst wünschen, lieber nicht auf der Welt zu sein.

Diese Kriege werden so lange dauern, bis ein König kommt, und sein Name wird Ambestas sein. Dann werden bessere Zeiten eintreten, und man wird diesen König mit zweierlei Namen nennen: Es wird ein guter und frommer König sein.“

Also sprach Havlas Pavlata über das künftige Unheil des Böhmerlandes, seine Händel und Zwiste und seine Könige, die da kommen sollten.

Allerlei Weissagungen

Am Fuße der Ruinen von Burg Pottenstein ragte ein riesiger Felsblock aus der schäumenden Flut der wilden Adler. Inmitten des Stromes ragte er empor, dem ständigen Ansturm der reißenden Wellen preisgegeben. In der Zeit der Frühlingsschmelze oder auch im Herbst maßen an ihm die Leute aus der Umgebung den Stand des Wassers. Manchmal rötete sich der Stein; aus den Höhlungen seiner Oberfläche rann rotes Wasser und floß und rieselte an seinen Seiten herab wie kleine Blutrinnsale. Da erschrak das Volk, denn das rote Wasser kündete schwere Zeiten an: Krieg, Hungersnot oder Pest.

Seit einer Ewigkeit schon stand dieser Steinblock im rauschenden, brausenden Wildwasser der Adler; doch auch seine Stunde sollte dereinst schlagen.

„Es wird eine Elster kommen, den Stein zerhacken, und da wird eine große Not über Böhmen hereinbrechen. Der Feind wird in das Land einfallen, das Volk unterdrücken, und schlimme Krankheiten werden über es herfallen.

So lautete eine alte Prophezeiung.

Im Jahre 1866 wurde auf der Pottsteiner Herrschaft ein großer Bau durchgeführt. Da man große Steine benötigte, ließ der Gutsverwalter den Steinblock im Fluß unter der alten Burg mit Pulver sprengen. Den alten Leuten war es leid um den verwitterten Stein, und sie prophezeiten nichts Gutes.

Und siehe da! Nicht lange darauf fielen die Preußen ins Land ein. Die alte Prophezeiung wurde im Gedächtnis der Menschen wieder lebendig, und jeder sah, daß die Weissagung sich erfüllt hatte. Eine Elster hatte den Stein zerhackt. Der Verwalter hieß nämlich Elster. Es gab Krieg, und die bösen Krankheiten ließen auch nicht auf sich warten.

*

In längst vergangenen, uralten Zeiten stand über dem Flusse Adler, dort, wo sich heute die Stadt Kostelec erhebt, eine herrliche Kirche. Im Turm dieser Kirche hing eine goldene Glocke.

Aber die Kirche, der Turm und die Glocke versanken in die Erde, als das Volk allzusehr sündigte.

Doch einst wird die Kirche wieder am gleichen Orte über dem Tal erglänzen und die goldene Glocke wieder erklingen, um ein neues goldenes Zeitalter einzuläuten. Bevor jedoch diese Zeit kommt, wird der Wind Samenkörner auf den Hang hinter dem Fluß wehen, junge Kiefern werden emporsprießen, und ein dunkler Wald wird heranwachsen. Erst wenn die Kiefer, die am Waldrand steht, verdorrt und ihre Wurzeln vermodert sein werden, wird eine schwarze Wildsau kommen, ihre Wurzeln ausscharren und auch die goldene Glocke darunter ausgraben.

*

Der Oškobrh, ein geheimnisvoller Berg, mit grünen Hainen bestanden und weißen Felsblöcken besät, erhebt sich über einer flachen Ebene, etwa eine halbe Stunde Wegs von Poděbrady. Im Schatten seiner Eichen und Ahornbäume, im Schatten von Ulmen, Riedgras, Rüstern und glatten Birken, an einem Ort, wo Haselsträucher, Bergahorn und Seidelbast in dichtem Gewirr wachsen, gedieh die geheimnisvolle blaue Blume und so manches seltene, wundertätige Heilkraut.

Auf den Gipfel des Berges stieg einst Libuša durch einen hölzernen Gang, den man für sie von der Burg Libice aus auf die Bergeskuppe gezimmert hatte. Der Schoß des Berges birgt ein Geheimnis: Ein heiliges Heer schlummert darin. Es schläft und wird erwachen und aus dem Innern des Berges hervorstürmen, wenn über Böhmen die höchste Not hereinbricht.

Dann wird über die weite Ebene am Fuße des Berges der Lärm einer grimmen Schlacht erschallen. Vom Norden her aus dem Nachbarland wird ein Heer kommen und das gesamte Königreich arg heimsuchen. Zwischen den Bächen Cidlina und Mrlina wird die letzte Schlacht ausgefochten werden, und der Nachbarkönig wird aufs Haupt geschlagen werden und die Flucht ergreifen.

Wenn der fremde König dann mit dem Rest seiner Streitmacht aus dem Lande flieht, wird er im Schatten einer alten Föhre im weiten Feld hinter Náchod bei Hronov, unweit der

Grenze, Rast machen. Er und sein ganzes Heer werden hier rasten, denn er wird nur so viel Männer haben, als ihrer Platz finden, auf einer Trommel zu sitzen. Da werden sie dann am Fuße der rotstämmigen Kiefer zum letzten Mal auf böhmischem Boden rasten. Dann werden sie über die Grenze ziehen, und das Königreich Böhmen wird von ihnen Ruhe haben in alle Ewigkeit.

*

Stürme und Kriege werden kommen, daß das Blut in Bächen fließen wird; doch zu guter Letzt wird das Böhmerland den Frieden finden, und Schwert und Degen werden ruhen. Das wird geschehen, wenn die Rosensträucher am Rande des Rosenangers die ganze Matte überwachsen haben werden. Dann werden hier sieben Könige zusammenkommen und auf dem Anger zwischen den Rosen einen heiligen, ewigen Frieden schließen, und es wird wohl sein in unserm Vaterland.

*

Alles ist vergänglich und hat seine Zeit, auch die Welt. Auch ihre Wunder werden ein Ende nehmen. Das wird geschehen, wenn das steinerne Kreuz auf dem Hügel bei Solnic, das Jahr für Jahr ein wenig in die Erde versinkt, ganz in der Tiefe versunken sein wird.

*

Hoch auf dem Berge Bor, an der Grenze der Grafschaft Glatz, sitzt eine steinerne Jungfrau und hat ein Hemd auf dem Schoß, das nicht fertiggenäht ist. Jedes Jahr am Karfreitag, wenn in der Kirche die Passion gesungen wird, macht die steinerne Jungfrau einen Nadelstich.

Jahr für Jahr einen einzigen Stich. Wenn sie den letzten getan haben wird, wenn sie das Hemd fertiggenäht hat, dann wird alles vergehen, was unter der Sonne ist, dann kommt der Jüngste Tag.

Die Ritter im Blaník

Höret nun die letzte der alten Sagen und die Weissagung, die der blinde Jüngling dem König Karl unter Segenswünschen verkündet hat.

Sehet den Blaník, den hohen Berg im Gewande dunkler Wälder, die ihn vom Gipfel bis zum Hange nach allen Seiten umwallen. Ernst, fast düster, schaut er auf die weltenferne Landschaft hinab, auf ihre Hügel und ihre kargen Ebenen. Weit und breit ist sein Gipfel sichtbar, und die Leute aus der Umgebung blicken oft forschend zu ihm empor. Ist er von dunklen Wolken verhüllt, so gibt es Regen und Sturm, ist er aber bläulich klar, verspricht er beständiges Wetter.

Auf dem Gipfel des Blaník erblickt man im Schatten von Buchen, Tannen und Fichten uralte Steinwälle, die meist schon verfallen sind.

Moos und Gestrüpp haben sie überwuchert, und von der hölzernen Burg, die sie einst geschützt hatten, findet man heute keine Spur mehr.

Aber unter den Wällen, im Berge selbst, schlummern bewaffnete Ritter, das St. Wenzelsheer, sie schlafen und warten, bis der Tag kommt, da man ihre Hilfe braucht und sie zum Kampf gerufen werden.

Unterhalb der felsigen Bergesspitze, am östlichen Hang, ist ein Felsen, der die Form eines gebrochenen Bogens hat. Dort befindet sich der Eingang in den Berg, denn dort entspringt auch ein Quell. In diesem Born tränken die Ritter aus dem Blaník ihre Pferde, wenn sie von Zeit zu Zeit im Mondenschein aus dem Felsen hinausgeritten kommen auf den Anger, der inmitten der Wälder liegt. In solchen Nächten vernimmt man in der Umgebung ein dumpfes Dröhnen, gedämpften Trommelschlag und das Schmettern von Fanfaren. Gegen Morgen wird es plötzlich wieder still. Die Ritter und Rosse verschwinden in dem Felsentor und verlieren sich im Schoße des geheimnisvollen Bergs. Nur auf dem Anger bleibt ein Andenken an den nächtlichen Reiterreigen: unzählige Spuren von Pferdehufen.

Doch in den Felsengewölben, in welchen das St. Wenzelsheer schlummert, hat schon mehr als einmal ein Sterblicher Einlaß gefunden.

So mähte einmal ein Mädchen am Hange des Blaník Gras. Plötzlich stand ein Ritter vor ihr und forderte sie auf, mit ihm zu kommen, um im Berg aufzuräumen. Das Mädchen fürchtete sich nicht. Das Tor des Berges stand offen. Sie erblickte große Gewölbe, von mächtigen Pfeilern getragen, an denen Waffen hingen. Eine tiefe Stille, wie in einem Dom, herrschte in allen Gemächern, die in einem geheimnisvollen gelblichen Dämmerschein lagen.

An den Wänden standen in Reihen gesattelte Rosse an den Krippen; an den steinernen Tischen in den Hallen saßen Ritter, das Antlitz über den Tisch geneigt. Sie schliefen, und ihre Pferde standen reglos da, schüttelten nicht die Köpfe, scharrten nicht mit den Hufen, zuckten nicht mit den Schweifen.

Das Mädchen trat ein, sah sich um, doch niemand regte sich. Da begann sie zu fegen. Die Arbeit ging ihr schnell von der Hand, und in einer Weile hatte sie alles rein gemacht. Auch jetzt hielt sie keiner an, keiner sprach, keiner erwachte. Sie ging, wie sie gekommen war, und als sie nach Hause kam, fragte man sie, wo sie so lange gewesen wäre.

Sie wunderte sich und sagte, sie komme ja wie sonst jeden Tag zu dieser Zeit. Sie erstaunte höchlich, als man ihr sagte, es wäre schon ein Jahr vergangen, seit sie zur Heumahd auf die Wiese gegangen war, und sie wäre ein ganzes Jahr fort gewesen. Da erzählte sie, wo sie hingeraten war, und alle verstanden nun, warum ihr ein Jahr wie ein kleines Weilchen vergangen war. Am dritten Tage aber war das Mädchen tot.

So wie das Mädchen hatte der unbekannte Ritter auch den Hufschmied von Louňovic in den Berg geladen, auf daß er ihm sein Pferd beschlage. Der Schmied ging, und als er fertig war, gaben ihm die Ritter Kehricht in einen Sack. Doch er war zornig über den kargen Lohn und schüttete ihn am Fuße des Berges aus. Zu Hause erfuhr er dann, daß man ihn schon beweint hatte, weil er spurlos verschwunden gewesen und man ein ganzes Jahr nichts von ihm gewußt hatte.

Da erzählte er, was ihm zugestoßen war, und als er dann den Sack ausschüttelte, fielen drei Dukaten heraus. Nun erst sah er, was er weggeworfen hatte. Gleich lief er zu dem Tor des Blaník zurück, wo er den Kehricht ausgeschüttet hatte. Aber vergebens. Er fand weder Kehricht noch Dukaten.

So wird auch von einem Hirten erzählt, der ein verlaufenes Schaf suchte und sich dabei in den Blaník verirrte. So auch von einem Jüngling, der ebenfalls so lange wie der Hirt, nämlich ein Jahr, in dem Berge war, ohne eine Ahnung davon zu haben.

Aber das alles ist schon lang, lang her... Der Blaník ist verschlossen und blickt ernst, fast düster auf die einsame, weltabgelegene Landschaft hinab, und es ist, als ob auf ihm und der ganzen Umgebung die Wehmut banger Gedanken ruhte. Das Heer des heiligen Wenzel schläft. Noch ist die Zeit nicht gekommen, daß es erwacht. Das wird erst in der Stunde der höchsten Gefahr geschehen, da sich so viele Feinde auf unser Vaterland stürzen werden, daß sie das ganze Königreich auf den Hufen ihrer Rosse davontragen könnten.

Zu jener Zeit wird es allerlei Zeichen geben: Die Wipfel der Bäume im Walde des Blaník werden verdorren, auf dem Gipfel des Berges wird eine alte, verdorrte Eiche grünen, und der Quell im Felsen wird derart anschwellen, daß er als Wildbach zu Tale stürzen wird. Dann wird in der Gegend zwischen dem Blaník und Načeradec eine große blutige Schlacht entbrennen. Der ausgetrocknete Teich, an dessen Ufern der alte, verdorrte Baum vor der Schlacht zu grünen beginnt, wird sich mit Bächen vergossenen Blutes füllen. Und ein großes Weinen und Wehklagen wird anheben um dieses verzweifelten Streites willen, doch die Tschechen werden sich heldenhaft wehren wider den stärkeren Feind. Im entscheidenden Augenblick wird sich der Blaník auftun, die Ritter werden in voller Rüstung aus dem Berge hervorsprengen, der heilige Wenzel auf seinem weißen Roß wird sie anführen, und sie werden den Tschechen zu Hilfe eilen.

Der Feind, von plötzlicher Furcht befallen, wird, wie von bösen Geistern gehetzt, gegen Prag fliehen, und dort wird dieser furchtbare Kampf zu Ende gefochten werden. Und er wird so grimmig sein, daß das Blut in Strömen fließen wird, vom

Strahov bis zur Karlsbrücke. Da wird der heilige Wenzel auf seinem weißen Roß, sein Banner in der Hand, die Tschechen anführen und alle Fremden und Feinde des Königreiches aus dem Lande jagen. Und Prokop, der heilige Abt, mit seinem Hirtenstabe wird ihm dabei helfen.

Dann wird heiliger Friede herrschen, und das böhmische Landwird sich von seinen Wunden erholen. Viele Tschechen werden zwar im Kampf gefallen sein, doch jene, die übrigbleiben, werden ganze Männer sein. Die Fehler ihrer Vorfahren, wie auch die eignen Mängel erkennend, werden sie fest zueinanderstehen, und kein Feind wird sie jemals mehr zu Boden zwingen.

*

Das sind die Sagen längst vergangner Zeiten und die uralten Weissagungen über das Böhmerland.

Werde glücklich, o geliebtes Vaterland! Mögen deine Geschlechter stark sein, mögen sie alle Anfechtungen überwinden und ihr heiliges Erbe hochhalten: die Muttersprache und ihr altes gutes Recht.

Möge dein Volk groß und gewaltig werden durch Arbeit und Glauben, auf daß es immerdar voll Kraft sei und fest wie ein Fels.

Anmerkungen

Die Schreibweise der tschechischen Personennamen wurde, außer bei dem Fürsten Tschech, nach dem das Land und Volk den Namen erhielt und die auch dem deutschen Leser schon in dieser Form geläufig sind, beibehalten.

Seite

18: *Veles* – slawischer Gott der Herden, Beschützer des Viehs, Liebhaber der Musik.

24: *Einen runden, hohen Totenhügel* – das Grab des Urvaters Tschech soll bei Chiněves unweit des Georgsbergs gewesen sein. Im 18. Jahrhundert forschten einige Liebhaber alter Denkmäler in der Kirche von Chiněves nach dem Grabe, doch sie fanden keine Spur davon. Andere wieder gruben auf dem Berge Želiv östlich von Chiněves, aber auch ihr Bemühen war vergeblich. (Anm. d. Autors Alois Jirásek)

27: *Hniezdo (Gnesen)* – der Sage nach der älteste Sitz der polnischen Fürsten. Der Name stammt von dem slawischen Wort hnízdo – Nest. (Anm. d. Autors)

31: *Libušín* – jetzt ein Dorf bei Smečno in der Rakonitzer Gegend. (Anm. d. Autors)

44: *Zličaner Mark* – die Zličaner waren südlich der Elbe in der Gegend von Kouřim und Libice ansässig. Im Westen erstreckte sich ihr Siedlungsgebiet bis Mochov und südwärts von dieser Stadt.
Pšover Mark – die Pšover siedelten in der Gegend von Pšov (dem heutigen Mělník) und St. Boleslav (Altbunzlau) bis nach Mimoň (Niemes) und dem Jeschken, ihre Südgrenze bildete die Elbe.
Lucker – diese siedelten nördlich von der Linie Georgsberg – Theusing an der mittleren Eger, im Norden erstreckte sich ihr Siedlungsraum bis hinter Kaaden, Komotau, Brüx, im Osten reichte er bis hinter Trebnitz.
Leitmeritzen – siedelten nördlich vom Georgsberg, östlich von Trebnitz, südlich von Aussig an der Elbe, westlich von Auscha.
Netolitzen – siedelten an den Flüssen Blanice, Volyňka und Votava.
Doudleber – ihre Siedlungen lagen südlich von Soběslav bis Wittingau, Kaplitz und Krummau, im Westen grenzte ihr Land an die Netolitzen.

49: *Pflugscharre* – ein langer dicker, unten mit einer scharfen Eisenspitze beschlagener Stock, mit dem der Lehm von der Pflugschar gekratzt wurde. (Anm. d. Autors)

50: *Hochgeehrte und geadelte Sippe* – die Nachkommen des Geschlechts der Staditzen lebten, wie der Chronist Dalimil berichtet, bis zur Zeit König Wenzels I. in Staditz. Wenzel I. (1230–1253) schämte sich seiner bäurischen Abstammung und „ließ sein Geschlecht aus Staditz vertreiben und das Dorf deutschen Siedlern übergeben". In Staditz bestand seit Menschengedenken ein Freihof, der königlicher Besitz war. Johann von Luxemburg verpfändete ihn, Karl IV. sodann bewahrte davon für sich und die künftigen Könige Böhmens das sog. Přemyslfeld und ordnete an, daß die Besitzer von Staditz jedes Jahr und auch anläßlich der Königskrönung Nüsse von Přemysls Haselstrauch an den Hof des Königs nach Prag abliefern sollten. Das „Přemyslfeld" oder „Königsfeld" liegt ein Stück südwestlich von Staditz. Noch zu Beginn des 18. Jahrhunderts lag es brach, denn das Volk war der Meinung, seine Saat wäre nicht von Segen begleitet. Jetzt steht hier ein im Jahre 1841 von Graf Erwin Nostitz errichtetes Denkmal mit der Inschrift

HIER WARD PŘEMYSL VOM PFLUGE ZUM
HERZOG BERUFEN ERRICHTET MDCCCXLI.

Zu dieser Inschrift wurden 1945 die Worte eingegraben:

IN DEINE HÄNDE HEIMGEKEHRT IST DIE
HERRSCHAFT, OH, TSCHECHENVOLK. 1945.

Das Denkmal erhebt sich an der Stelle, wo einst Přemysls Haselstrauch grünte. Früher war es mit einem Holzzaun umfriedet. An dem Haselstrauch sollen grüne Nüsse gewachsen sein, von denen keine taub oder wurmstichig war. Vor etwa fünfzig Jahren vertrocknete dieser Strauch, aber seine Sprößlinge wuchsen im Garten einer Mühle beim Flusse Bielina. Doch im Jahre 1845 schwemmte das Hochwasser diesen Garten fort und vernichtete auch den Haselstrauch. Östlich von Staditz wird der Fels gezeigt, in dem der Sage nach Přemysls Ochsen verschwunden sind. Hinter dem Fluß sodann, etwa dreihundert Schritt nördlich des Dorfes, entspringt unter hohen Linden der sog. Přemysl- oder Königsquell. (Anm. d. Autors)

Die Schuhe aus Lindenbast – der Chronist Kosmas (Dekan von Prag, er starb 1125) bezeugt in seiner lateinischen Chronik, daß Přemysls Bastschuhe „in der Schatzkammer auf dem Vyšehrad bis auf den heutigen Tag und in alle Ewigkeit aufbewahrt werden". Wenn auf dem Vyšehrad ein neuer Fürst den Thron bestieg, wurden ihm und dem Volk Přemysls Bastschuhe gezeigt. So geschah es in der Folge auch bei der Königskrönung, doch wurde dieser Brauch von der Krönung König Wenzels I. an auf Geheiß des Königs unterlassen. Die Schuhe selbst haben sich auf dem Vyšehrad bis ins 15. Jahrhundert, bis zu den Hussitenkriegen, erhalten. (Anm. d. Autors)

56: *Birkenberg* – bei Příbram; von Ende des 15. Jahrhunderts an waren hier Bergwerke, in denen Silber und Blei gefördert wurde.

Eule – Ort in Böhmen; das Gold wurde hier anfangs geschlämmt, die Förderung unter Tag begann unter König Wenzel I. im zweiten Viertel des 13. Jahrhunderts.

57: *„Die Bergeshöh mit dreigezacktem Gipfel"* – drei Hügel nördlich von Kuttenberg. „So wird das Erz dreimal erblühn und dreimal welken fort", das heißt, die Förderung wird dreimal in Verfall geraten und dreimal wieder einen Aufschwung nehmen. Die Silbergewinnung sank zum erstenmal, als Přemysl Otokar II. (1253–1278) ein Heer gegen Rudolf von Habsburg sammelte und alle in den Gruben benötigten Pferde, fünfhundert an der Zahl, aus den Kuttenberger Silberzechen fortführen ließ. Unter seinem Sohn nahm der Bergbau einen trefflichen Aufschwung. Der König förderte dort ungeheure Mengen an Silber zutage. Zum zweitenmal verfielen die Kuttenberger Zechen zur Zeit der Hussitenkriege. Danach kamen sie unter König Georg von Poděbrady (1458–1471) und König Vladislav II.-Jagello (1471–1516) wieder auf die Höhe, verfielen jedoch in der Folge, besonders in der zweiten Hälfte des 16. und zu Beginn des 17. Jahrhunderts, bis dann der Dreißigjährige Krieg ihren völligen Niedergang brachte. Das war der dritte geweissagte Fall, daß aber die Kuttenberger Zechen wieder einen Aufschwung genommen hätten, das ist noch nicht geschehen. (Anm. d. Autors)

Zinnwald – Ort in Nordböhmen; die dortigen Zinnbergwerke standen im 16. Jahrhundert in großer Blüte.

62: *Auf der Burg Libice* – sie lag am Flusse Cidlina unweit von Poděbrady. Libice ist einer der ältesten Orte in Böhmen, in der zweiten Hälfte des 10. Jahrhunderts war die Burg Residenz des Fürsten Slavník (gest. 981), der in Ost- und Südböhmen herrschte. Erst die Geschichtsschreiber des 14. Jahrhunderts begannen Libice mit Libuša in Verbindung zu bringen.

71: *Ctirads Gefährten* – sie wurden, so wird erzählt, auf dem Felsenhügel bestattet, auf dem heute inmitten eines Gottesackers das St. Matthäus-Kirchlein steht. (Anm. d. Autors)

Auf das Rad geflochten – der Ort, wo Ctirad der Sage nach hingerichtet wurde, heißt heute Weißer Felsen, früher wurde er „Beim Ctirad" genannt, und alte Leute nennen ihn wohl noch heute so. (Anm. d. Autors)

82: *Wo der treue Šemík begraben liegt* – der Historiker Beckovský (1658–1725) erzählt, daß einer alten Sage zufolge auf dem Berg Zlíchov die Hufspuren Šemíks gezeigt werden an der Stelle, wo vormals die Rundkirche des heiligen Philipp und Jakob stand. Die Rotunde verschwand später; die Kirche, die heute hier steht, stammt aus dem 18. Jahrhundert. Die Leute von Neumětely halten Šemíks Grab in großen Ehren. Niemand darf es unehrerbietig berühren, denn wenn das Grab beschädigt würde – so lautet ein alter Aberglaube – dann träfe das ganze Dorf ein großes Unglück. Als in den sechziger Jahren des vorigen Jahrhunderts ein Prager Archäologe an Šemíks Grab Forschungsarbeiten durchführen wollte, rottete sich die ganze Bevölkerung zusammen und vertrieb ihn mit Gewalt. Auf Šemíks Grabstein ist die Inschrift zu lesen: „HIER IN NEUMĚTELY GLAUBTE MAN UND GLAUBT MAN, DASS HIER ŠEMÍK, RITTER HORYMÍRS TREUES ROSS, BEGRABEN LIEGT". Viele vermeinen, in dem Stein, über dem sich das Denkmal erhebt, die Umrisse eines Pferdekopfs zu erblicken. Unter der Schwelle der Kirche von Neumětely soll Horymírs Schatz vergraben sein. (Anm. d. Autors)

84: *Levý Hradec* – ehemalige Burg nordwestlich von Roztoky bei Prag, oft Wohnsitz der Prager Fürsten.

83: *Vlastislav* – die Burg Vlastislav stand in der Leitmeritzer Gegend, im Kreis Lobositz. Die Berge Medvědí und Přípetí, von denen der Chronist Kosmas berichtet, heißen bei seinem Nachfolger Dalimil Přípek und Lovos. Die oben erwähnte alte Burg, deren Wälle sich erhalten haben, stand in der Nähe des Dorfes Vlastislav auf einer Anhöhe über dem Bach. In neuerer Zeit wurden dort mancherlei Funde gemacht. So wurde z. B. ein urzeitlicher Amboß ausgegraben und andres mehr. (Anm. d. Autors)

86: *In allen fünf Gauen des Luckerlandes* – das Land der Lucker war, wie der Chronist Kosmas berichtet, in fünf Gaue eingeteilt. Der fruchtbarste und vornehmste lag in der heutigen Saazer Ebene und hieß Luka (Wiesen). Von ihm hatte das ganze Volk seinen Namen. Der zweite Gau erstreckte sich längs des Flusses Březnice oder Brocnice (heute ein Wildbach bei Blšany), der dritte in der Gegend von Komotau, am Rande des Flüßchens Úzká, das sich bei Postelberg in die Eger ergießt, der vierte Gau umfaßte einen Teil des Kreises Elbogen, der fünfte sodann die waldigen Gegenden an der oberen Mies. (Anm. d. Autors)

98: *Čestmírs Grab* – der Ort, wo Čestmír der Sage nach begraben liegt, befindet sich bei Tursko auf einer Anhöhe, die im Volksmund „Na Kršli" genannt wird. Zu Zeiten des Chronisten Hájek (gest. 1553) stand an dieser Stelle eine Eiche, die „Eiche des starken Ritters". Ein anderer Historiker, G. Dobner (1719–1790), erzählt, er habe in den Gefilden von Tursko einen Felsblock gesehen, der der Sage nach von fernher auf das Grab des Helden Čestmír gewälzt worden sei. Südöstlich von der erwähnten Anhöhe wird eine Stelle in den Feldern „Beim Erschlagenen" genannt. (Anm. d. Autors)

102: *Haaropferfest* – ein altslawischer Brauch, bei dem den Knaben im Alter von sieben Jahren zum ersten Mal das Haar geschnitten wurde zum Zeichen des Übergangs von der Kindheit zum Knabenalter. (Anm. d. Autors)

Dragúš – die Burg Dragúš stand wahrscheinlich auf einem niedrigen Felsgrat über der Eger, etwa in der Nähe der Stadt Postelberg. (Anm. d. Autors)

108: *Přemysl... der als erster hier bestattet ward* – das alte Haus am Ufer des Botič, am Fuße des Vyšehrad, dessen Fassade mit wenig geschmackvollen Bildern der fünf heidnischen Tschechenfürsten, des Fürsten Vratislav und des heiligen Wenzel geschmückt war, stand, so erzählt die Sage, an der Stelle, wo sich einst die Grabstätte der heidnischen Fürsten Böhmens befand. Der Ort wurde angeblich „An der Gruft" genannt. Die Grabstätte des gemeinen Volkes „Die große Gruft", befand sich der Überlieferung nach auf der Anhöhe, wo heute das Emmaus-Kloster steht. An der Stelle, wo einst der Sage zufolge das Standbild der Göttin Morana aufragte, gründete der heilige Wenzel ein Kirchlein, das dem heiligen Kosmas und Damian geweiht war und bis auf den heutigen

Tag vor der Emmaus-Kirche steht. Die Kapelle stammt in ihrer heutigen Gestalt aus dem 17. Jahrhundert. (Anm. d. Autors)

109: *„Die Schatten sah ich längst vergangner Zeiten..."* – Zitat aus dem Gedicht „Die Krone des heiligen Wenzel" von Jaroslav Vrchlický, aus der Sammlung „Bruchteile eines Epos" (1886).

111: *Feste Hrutov* – unweit von Leitomischl; heute alte Burgstätte.
Straße nach Trstenitz – alte Handelsstraße, die von Mähren nach Böhmen führte.

112: *Fürst Bořivoj* – ließ sich mit seiner Gemahlin Ludmila, die später heilig erklärt wurde, etwa im Jahre 874 vom Erzbischof Methodius taufen.
„Hospodine, pomiluj ny" („Oh, Herr im Himmel, liebe uns") – ältestes tschechisches geistliches Lied aus dem zweiten Viertel des XII. Jahrhunderts.
Zum Gedenken des heiligen Klemens — St. Klemens war ein Schüler der Apostel Peter und Paul, Bischof von Rom und Papst; im Jahre 101 starb er den Märtyrertod. Der Bruder des Bischofs Methodius, Zyril, entdeckte im Jahre 861 auf der Cherson-Halbinsel das Grab des Heiligen, und die beiden Apostel brachten dann die sterblichen Überreste St. Klemens' nach Böhmen und Mähren, wo sich daraus ein Klemenskult entwickelte.

126: *Als dann unter Kaiser Joseph die Leibeigenschaft bedeutend gemildert wurde* – durch das Robotpatent aus dem Jahre 1775 wurde die Willkür der Obrigkeit bei der Eintreibung von Frondiensten beschränkt und den Leibeigenen teilweise Erleichterung verschafft, im Jahre 1780 sodann wurde durch ein kaiserliches Patent die Leibeigenschaft aufgehoben.

129: *Otto, genannt der Schwarze* – Fürst von Olmütz, Neffe König Vratislavs I. und Enkel Břetislavs I., machte nach dem Rechte der Primogenitur seine Ansprüche auf den Fürstenthron geltend.
Vetter Soběslav – Soběslav I. (1125–1140), jüngster Sohn König Vratislavs I.
Kaiser Lothar – Lothar III. (1127–37), deutscher König und Kaiser des im Jahre 962 von Kaiser Otto I. gegründeten Heiligen Römischen Reiches Deutscher Nation.

130: *Weitrach* – einst böhmische Grenzburg mit Dorf, seit 1179 zu Österreich gehörig.
Burg von Glatz – im X. Jahrhundert böhmische Grenzburg gegen Polen, liegt in der Grafschatz Glatz, die bis zum Jahre 1742 zu Böhmen gehörte.

131: *Gaugrafen* – oder Gespane – oberste Befehlshaber und Vögte der den königlichen Burgen unterstehenden Gebiete.

132: *St. Adalbert* – starb im Jahre 997 den Märtyrertod. Er wurde von den heidnischen Preußen ermordet.
Vrbčany – Dorf nördlich von Kouřim.
Das Banner Slavníks – das Geschlecht der Slavníks wurde im Jahre 995 auf der Burg Libice gewaltsam ausgerottet; dadurch wurde der Stammesherrschaft in Böhmen ein Ende gemacht und das ganze Land unter der Herrschaft der Přemysliden vereinigt.

135: *Markgraf Albrecht, genannt der Bär* – Markgraf von Brandenburg (1100–1170).
Heinrich von Groitzsch – nach der Burg Groitzsch bei Leipzig. Er war ein Enkel König Vratislavs I. und ein Neffe Soběslavs I.

138: *Mit ihren Königen Bela und Stephan* – König Bela IV. von Ungarn, aus dem Geschlecht der Arpatiden (1235–70). Stephan IV., König von Ungarn (1270–72).
Sekelyi-Magyaren – ungarischer Stamm, früher in Nordrumänien ansässig.
Kumanen – Nomadenvolk türkischer Abstammung, lebte im XI., XII. und XIII. Jahrhundert in den Steppen am Schwarzen Meer und drang Ende des XI. Jahrhunderts bis nach Westrumänien vor.

139: *Vítkovicen* – ein reiches und mächtiges alttschechisches Adelsgeschlecht, das in Südböhmen ansässig war.

140: *Fouragieren* – im Kriege die Beschaffung von Futter für Pferde, Saumtiere und Schlachtvieh.

142: *Die fünf Märtyrerbrüder* – Benedikt, Matthias, Isaak, Christian und Johann, Ordensbrüder, lebten als Eremiten in Polen und wurden im Jahre 1004 von Räubern zu Tode gemartert. Die sterblichen Überreste dieser Mönche brachte Fürst Břetislav I. (1034–1055) zugleich mit den Gebeinen des heiligen Adalbert und seines Bruders Radim (Gaudentius), der Erzbischof war, aus Gnesen nach Böhmen. (Anm. d. Autors)

145: *Die Sage von Bruncvík* – die kurzweilige Erzählung von Bruncvík war bei den alten Tschechen sehr beliebt und wurde oftmals im Druck herausgegeben. Ihr erdachter Held erhielt sich auch in der Überlieferung des Volkes. Manche sind der Ansicht, daß mit Bruncvík König Vladislav I. (1109–1125) gemeint war, andre aber, daß es Přemysl I. (1197–1230) war. Auch die sogenannte Roland-Säule auf einem Pfeiler der Karlsbrücke, deren Oberteil von den Schweden im Jahre 1648 abgeschossen und dann im Jahre 1884 wieder renoviert wurde, wird vom Volk Bruncvík genannt. (Anm. d. Autors) Die alte böhmische Sage von Bruncvík hat viel Ähnlichkeit mit der deutschen Sage von Heinrich dem Löwen. Darauf deutet auch der Name des böhmischen Helden Bruncvík (Braunschweig) hin. Auch das Volksbuch von Herzog Ernst enthält Motive dieser Sage.

163: *Kloster Opatovice* – Stift südlich von Königgrätz, wurde im Jahre 1086 gegründet.

164: *Monte Cassino* – berühmtes Benediktinerkloster südwestlich von Rom.

169: *Jan Městecký von Opočno* – der letzte Sproß des alten Adelsgeschlechts der Herren von Dobruška, starb im Jahre 1431; er war ein gewalttätiger Kriegsmann.
Magister Jan von Jesenice – Magister der freien Künste und Doktor der Rechte, Freund und Verteidiger des Meisters Jan Hus.

170: *Herr Otto von Bergau* – Angehöriger eines deutschen Adelsgeschlechts, das im XIV. Jahrhundert nach Böhmen einwanderte.

172: *Oreber Bruderschaft* – militärische Bruderschaft in der ersten Zeit des Hussitentums, nach dem Beispiel der Bruderschaft von Tábor gebildet. Ihren

Namen hat sie von ihrem Sammelplatz, einem Berg östlich von Königgrätz, dem sie den alttestamentarischen Namen Oreb gab.
Diviš Bořek von Miletín – Angehöriger eines alten Adelsgeschlechts, einer der gewählten Landeshauptleute. Nach dem Jahre 1431 verhandelte er jedoch mit König Sigismund, kämpfte im Jahre 1434 in der Schlacht bei Böhmisch Brod auf der Seite der Herren und erhielt später für seine Sigismund geleisteten Dienste unter andrem auch die Güter des Klosters von Opatovice. Er starb etwa 1437.

174: *Maximilian – Maxmilian II.* – regierte 1564–76.
Kaiser Ferdinand der Zweite – regierte 1619–37.

183: *Stift und Kirche „Na Slovanech"* – es handelt sich um das bekannte Emmauskloster.

186: *Das Münster war vollendet* – das Äußere der Karlskirche hat sich nicht in seiner ursprünglichen Gestalt erhalten, denn es hatte in den Hussitenkriegen stark gelitten und war in der Folge, während des Einfalls der Passauer und durch spätere Ausbesserungen, gröblich beschädigt worden. Seine herrlichen Zierate wurden bis auf das Portal entfernt. Die Wölbung aber hat sich in ihrer ursprünglichen Gestalt erhalten. (Anm. d. Autors)
Im Jahre 1611 fielen die Truppen des streitbaren Bischofs Leopold von Passau in Böhmen ein. Kaiser Rudolf II., von dem die utraquistischen Stände im Jahre 1609 den sogenannten Majestätsbrief erzwungen hatten, wollte mit Hilfe Leopolds seine unbeschränkte Macht wiederherstellen. Leopolds Versuch, Böhmen unter seine Herrschaft zu bringen, wurde durch König Matthias und die böhmischen Stände vereitelt.

188: *Als die Karlsbrücke erbaut war* – Karl IV. erlebte es nicht mehr. Im Jahre 1406 wurde die Brücke schon befahren, war aber noch nicht ganz vollendet. Damals stand auch der Brückenturm auf der Altstädter Seite noch nicht. (Anm. d. Autors)

189: *Bei diesem Kreuze...* – das Holzkreuz wurde im Laufe der Zeit öfters erneuert. Im Jahre 1657 wurde hier ein ehernes Kruzifix errichtet. Im Jahre 1696 wurde ein Jude angeklagt, das Kreuz verspottet zu haben, wofür er von dem Königlich Böhmischen Appellationsgerichtshof dazu verurteilt wurde, im Halbkreis über dem Kreuz die stark vergoldete hebräische Inschrift „Heilig, heilig, heilig..." anbringen zu lassen. (Anm. d. Autors)
Bartmann – der Bartmann ist unzweifelhaft noch ein Denkmal von der alten Königin-Judith-Brücke. Der Bartmann diente früher als Wasserstandsmesser. Wenn das Wasser dem Bartmann bis zur Nase stand, so war das ein großes Hochwasser. Im Jahre 1481 bedeckte das Wasser sogar fast seinen ganzen Kopf. (Anm. d. Autors)

190: *Johann Rotlöw* – ein reicher Bürger der Prager Altstadt, war vom Jahre 1371 an Verwalter der königlichen Bergwerkseinkünfte in Kuttenberg.

191: *Rotlöw wohnte darin* – König Wenzel IV. kaufte Rotlöws Haus und schenkte es im Jahre 1383 der Karls-Universität an Stelle des Hauses des Juden Lazarus, in dem sie bisher untergebracht war. (Es stand in der Prager Altstadt, an der Ecke der heutigen Meyslgasse.) Von der Zeit an wurde und wird das einst Johann Rotlöw gehörige Haus Karolinum genannt. Das Palastgebäude wurde 1718 von Franz Kaňka umgebaut und hat dadurch stark gelitten. Von dem ursprünglichen Bauwerk hat sich der Erker der St. Kosmas- und Damian-Kapelle erhalten. (Anm. d. Autors) – Nach 1945 wurde das Karolinum wieder in seiner ursprünglichen Gestalt restauriert.

203: *Als König Wenzel sich mit den Großen des Reiches entzweit hatte* – schon im Jahre 1394 kam es das erste Mal zu einer Verschwörung gegen den König.

206: *Schock Groschen* – alte Währungseinheit, ursprünglich sechzig, später auch mehr Groschen.

208: *Jan Želivský* – ursprünglich Mönch, ein beredter Prediger der Utraquistenpartei, die um die Erhaltung der Einheit zwischen den Pragern und den Taboriten bemüht war. Am 9. März 1422 wurde er auf Befehl der Prager Ratsherren hingerichtet.

209: *Der Tod des Königs rettete den Turm* – der St. Veits-Turm, der nicht mehr die ursprünglich bestimmte Höhe erreicht hatte, wurde durch die furchtbare Feuersbrunst im Jahre 1541 stark beschädigt. Nach diesem Brand wurde er mit einer Kuppel im Barockstil versehen, die sich stark von dem gotischen Stil des Turmes unterscheidet. (Anm. d. Autors)

König Wenzel fand nicht einmal nach seinem Tode Ruhe – der Leichnam König Wenzels wurde von der Neuen Burg auf den Vyšehrad und von dort in den St. Veits-Dom überführt. Weil er wegen der Unruhen in der Stadt nicht mit allem Gepränge beigesetzt werden konnte, wurde er im Kloster von Königsaal begraben. Nach Jahren erst wurden seine sterblichen Überreste in der Königsgruft auf der Prager Burg zur letzten Ruhe gebettet. (Anm. d. Autors)

Matthias von Arras – gebürtiger Franzose, der erste Baumeister des St. Veits-Doms, starb 1352.

211: *Die Altstädter Turmuhr* – die astronomische Turmuhr, das sogenannte Horologium (tschechisch „Orloj"), zeigte ursprünglich vierundzwanzig Stunden an. Die erste Stunde wurde von Sonnenuntergang an gerechnet. Zu Ende des XV. Jahrhunderts begann man auch in Böhmen, das sogenannte deutsche oder Halbhorologium zu benützen, dessen Zifferblatt nur zwölf Stunden hatte. Bis ins XVII. Jahrhundert fanden in Böhmen beide Arten von Turmuhren Verwendung, schließlich wurde im Jahre 1623 amtlich die ausschließliche Benützung des Halbhorologiums angeordnet. Die astronomische Turmuhr auf dem Altstädter Rathaus ist, einer Variante der Sage zufolge, das Werk des blinden Jünglings. In Wirklichkeit stammt sie aber aus der Zeit König Vladislavs II., aus dem Jahre 1490, und ist das Werk des Meisters Hanuš, eines berühmten Astronomen, der sie dann mit seinem Schüler Jakob in Gang hielt. Jan Táborský aus Klokotsberg (1500–1572) studierte an der Prager Universität Mathematik und Astronomie; war seit 1552 Verwalter der Turmuhr und schrieb ein Werk mit dem Titel „Beschreibung der Prager Turmuhr" (1570).

212: *Meister Hanuš* – über sein Leben und Wirken ist nichts bekannt; als Schöpfer der Altstädter Turmuhr bezeichnet ihn nur die Sage.
221: *Dalibor von Kozojedy* – zu dem Bauernaufstand der Untertanen des Ritters Adam Ploskovský von Drahonice kam es im Jahre, 1496. Ritter Dalibor von Kozojedy wurde 1498 vom Landesgerichtshof zum Tode verurteilt und am 13. März 1498 hingerichtet.
224: *Und da beschaffte er sich von der bescheidenen Summe Geldes...* – die Strafgefangenen jener Zeit mußten sich selbst verpflegen. Wer kein Geld hatte oder wen Freunde oder Bekannte nicht unterstützten, der litt Hunger. Für solche armen Häftlinge pflegten die Frauen der Häscher um Almosen bitten zu gehen. Mancherorts wurden die Gefangenen selber an einer Kette und in Fesseln von Haus zu Haus geführt, um sich die nötige Speise zu erbetteln. Auch pflegten sie aus den Fenstern des Kerkers Beutel und Schnappsäcke auszuhängen, in die barmherzige Leute allerlei Gaben taten. (Anm. d. Autors)
229: *Ihre Altneusynagoge* – das ursprüngliche alte Gotteshaus wurde durch Umbau zu einem neuen umgestaltet, trotzdem überragt es an Alter alle anderen Synagogen, daher der Name Altneuschul oder Altneusynagoge. Die Synagoge wurde zweimal umgebaut, und zwar nach den großen Feuersbrünsten von 1142 und 1316.
Das Bethaus von Worms – eine der ältesten Synagogen in Deutschland aus dem XI. Jahrhundert.
231: *„Aus der Tiefe..."* – Vers des 130. Psalms des Alten Testaments.
Die furchtbaren Ostertage – den Anlaß zu dem großen Judenpogrom gab die Verhöhnung eines christlichen Geistlichen in der Judenstadt; obwohl die Schuldigen sogleich verhaftet und bestraft wurden, überfiel das Volk aus Rache das Ghetto, steckte es in Brand und plünderte es. Damals sollen an die dreitausend Menschen erschlagen worden sein.
236: *Mordechaj Meysl* – (1528–1601), Verwalter der Landesedelsteinsteuer.
239: *Gäßchen des Ghettos* – die Meyslgasse in der Prager Josephstadt, dem einstigen Judenviertel, trägt noch heute seinen Namen. (Anm. d. Autors)
Jehuda Löw ben Bezalel – (1520–1609), war Landesrabbiner in Mähren und in Polen, dann Oberlandesrabbiner von Böhmen; gründete in Prag eine Talmudhochschule.
Kabbala – jüdische Geheimlehre.
König Rudolf – Rudolf II., herrschte von 1576–1611.
Tycho de Brahe – eigentlich Tyge Brahe (1546–1601), berühmter dänischer Astronom, Hofastronom Kaiser Rudolfs.
242: *Maßhaus* – der größte gemeinsame Raum oder Saal, von dem Türen in die einzelnen Kammern und Zimmer führten. (Anm. d. Autors)
244: *Als Prag noch nicht bestand* – viele behaupten dies auf Grund der Inschrift auf dem Grabstein der Sara, der Gemahlin des Josef Katz, eines Priesters aus dem Geschlechte Arons, wovon der Name Katz, eine Abkürzung von Kohen zaddik (ehrwürdiger Priester) zeugt. Auf dem erwähnten Grabstein ist die Jahreszahl 606 eingemeißelt. Andere jedoch meinen, es solle 1606 bedeuten.

Das letzte Begräbnis – die Beschränkungen, unter denen die Juden zu leiden hatten, wurden unter Kaiser Joseph II. stark gelockert. – Auf dem alten jüdischen Friedhof fanden bis zum Jahre 1781 Beisetzungen statt. (Anm. d. Autors)

249: *Direktoren* – Mitglieder des sogenannten Direktoriums, der Ständeregierung Böhmens. Sie bestand aus dreißig Mitgliedern und wurde im Jahre 1618 gewählt. Je ein Drittel der Direktoren entstammte dem Hochadel, dem Ritterstand und dem Bürgertum.

250 *Quadersteine* – als der Altstädter Ring 1848 neu gepflastert wurde, wurden die meisten dieser Steine entfernt. Auch die übrigen sind in neuerer Zeit verschwunden. (Anm. d. Autors)

251: *Karl Albert* – (1679–1745), Kurfürst von Bayern. Er erkannte die Thronfolge Maria Theresias in den österreichischen Erblanden nicht an, fiel im Jahre 1741 in Österreich und in Böhmen ein, eroberte Prag und ließ sich hier im Dezember 1741 zum König von Böhmen krönen. Ein Jahr später wurden jedoch die bayrischen und französischen Truppen durch die österreichischen Streitkräfte wieder aus Böhmen vertrieben und in den Jahren 1743–44 Bayern selbst von ihnen besetzt.

253: *Doktor Faustens Haus* – mehrere Besitzer und Bewohner dieses Hauses, das eine lange Geschichte hat, befaßten sich mit der Alchimie, so auch Fürst Wenzel von Oppau, dessen Geschlecht das Haus im XIV. und XV. Jahrhundert gehörte. Unter Rudolf II. wohnte in dem Haus seit 1590 der englische Alchimist Eduard Kelley, im XVIII. Jahrhundert Josef Mladota von Solopysky, der mit seinen Versuchen seine Freunde in Erstaunen setzte. Aus dieser Zeit stammen wohl auch die geheimnisvollen Sagen, die das Haus umgeben und dann in Verbindung mit der Gestalt des Doktor Faust gebracht wurden.

265: *Der einsame Hof von Trocnov* – heutzutage steht er ganz einsam da. Das Dörfchen Trocnov ist schon längst verschwunden. Er liegt in der Nähe von Borovan, 13 km südöstlich von Böhmisch-Budweis.

Heinrich von Rosenberg – stand an der Spitze der Erhebung des Adels gegen König Wenzel IV.

266: *Deutschritterorden* – wurde zu Ende des XII. Jahrhunderts als letzter der großen Kreuzritterorden gegründet. Seine Aufgabe war der Kampf gegen die Ungläubigen. In Europa begann er sich politisch durch den Kampf gegen die heidnischen Preußen bemerkbar zu machen. Er kolonisierte das slawische Preußenland und gründete dort viele Städte. Im XIV. Jahrhundert kämpfte der Orden gegen Polen, das sich bemühte, sich seinen Zugang zum Meer zu erhalten, hauptsächlich jedoch gegen Litauen. Die Vereinigung Polens und Litauens im Jahre 1386 unter dem Zepter König Vladislav Jagellos und die Christianisierung Litauens waren der Beginn des Niedergangs der Ordensmacht. Durch die Niederlage in der Schlacht bei Tannenberg im ehemaligen Ostpreußen wurde dem Orden die erste empfindliche Schlappe beigebracht.

267: *Nikolaus von Hus* – königlicher Burggraf auf der Burg Hus bei Husinec, war später einer der radikalen Führer der Taboriten (starb im Dezember 1420).

269: *Vom Kelch* – vom Jahre 1421 hatte Žižka eine hölzerne Feste in der Nähe von Leitmeritz in Besitz, die er Kelch nannte.

270: *Der Strakonitzer Großmeister des Johanniterordens* – Großmeister war der höchste Rang der Ritter des heiligen Johann von Jerusalem, auch Johanniter- oder Maltheserritter genannt. Die Stadt Strakonitz gelangte zu Beginn des XV. Jahrhunderts in ihren Besitz. Der damalige Großmeister war Heinrich von Grätz.

274: *Wo die Schlesier die Hussiten von Police so grausam gefoltert und niedergemetzelt hatten* – im Mai 1421 fiel eine große schlesische Streitmacht (etwa 20 000 Mann) in Böhmen ein; in der Umgebung von Police, Trautenau und Náchod metzelten die Angreifer die Bevölkerung nieder oder schlugen den Leuten Füße, Hände und Nasen ab. Police wurde dabei in Schutt und Asche gelegt.

275: *Sezema Kocovský von Kocov* – Angehöriger einer alten Adelsfamilie; der Schütze war jedoch wahrscheinlich sein Bruder Zdeněk.
Matthias Louda von Chlumčany – Feldherr und Diplomat aus dem Landadel; starb 1460.

276: *Decke das Bloße* – er meinte damit, Žižka möge sein Gesicht schützen, denn sonst war er ganz in Harnisch. Unter diese tschechische Inschrift wurde später eine lateinische, Žižka mißgünstige, hinzugefügt. Der Erzbischof von Gran und Kanzler von Ungarn, Ladislaus, hatte sie, als er auf Rábí weilte, hier anbringen lassen. Sie lautete: „Zisska sub hac turri jaculo percussus, ocullum, qui tantum unus erat, perdidit atque operam. Caesus ut oppressit patriamque fidemque, vehente Daemone (sie meritus) caeca Barathra petit. – Žižka, unter diesem Turm von einem Pfeil getroffen, verlor das einzige Auge, das er noch hatte, und mit ihm auch den schweren Streit. Dafür, daß er dann, blind, Vaterland und Glauben bedrückte, trägt ihn nun der Teufel nach Verdienst in die Finsternis der Hölle." (Anm. d. Autors)
Viktorin von Poděbrady – (1403–1427).
Jan Bzdinka – sein eigentlicher Name war Jan Hvězda von Vicemilice, Mitkämpfer Žižkas und nach seinem Tode Hauptmann der Taboriten; er starb im Jahre 1425.
Kuneš von Bělovice – nach Žižkas Tod wählten ihn die Waisen zum obersten Feldhauptmann ihres Heeres.

279: *„Žižkas Tisch"* – an der Straße von Luže nach Neuschloß liegt das Dorf Bílý kůň. Unweit davon steht Žižkas Tisch, ein runder, mit Rasen bewachsener Erdhügel. Er ist etwa ein Meter hoch und acht Meter breit. Die Kuppe ist fast ganz flach. Rund um den Tisch verläuft ein seichter Graben mit einem Damm. Am äußeren Rand des Grabens steht eine Reihe von Pflaumenbäumen, am Rande des Dammes sodann eine zweite, so daß die beiden Baumreihen einen doppelten Kranz um Žižkas Tisch bilden.

Die Besitzer dieses Grundstücks halten es seit alters her in Ehren. Auch glauben sie, und dieser Glaube ist sehr alt, daß denjenigen ein Unglück träfe, der an Žižkas Tisch Hand anlegen würde. (Anm. d. Autors)

Dessen Sohn Georg – Georg von Poděbrady wurde am Tage des hl. Georg (am 23. April) 1420 geboren. (Anm. d. Autors)

Michael Koudele von Žitenice – Ratgeber und Freund Žižkas.

280: *Sein Grab befand sich...* – bei Žižkas Gebeinen, die in einem Holzsarg beigesetzt sind, wurden auch verschiedene Denkwürdigkeiten, darunter Žižkas Streitkolben aufbewahrt. Auf das Grab des großen Feldherrn wurde ein Grabstein gesetzt, in den sein Bild eingemeißelt war. Die lateinische Inschrift auf seiner Gruft, die jedoch späteren Datums ist, lautete: „Die Jovis ante festum Galli vita functus Johannes Žižka a Calice, rector rerum publicarum laborantium in nomine et pro nomine Dei. Hoc templo conditus est." (Am Donnerstag vor St. Gallus starb Jan Žižka vom Kelch, der Führer des Volkes, das im Namen und für den Namen Gottes zu Felde zog. In dieser Kirche ist er begraben.) Als die Kirche im Jahre 1522 niederbrannte und dann die Fundamente für ihren Neubau ausgehoben wurden, stieß man auf Žižkas Gebeine. Bei dieser Gelegenheit wurden die in dem Sarg gefundenen Andenken vernichtet. Nur sein Streitkolben hat sich erhalten. Dieser, eine mittelgroße eiserne Waffe von zwei Spannen Länge, ist an einer sogenannten „Stöckelkette" über Žižkas Grab aufgehängt. (Anm. d. Autors)

Dem Grab gegenüber... – dieser Gruft gegenüber hängt an einem Pfeiler, an dem Kettenglied, in dem gewöhnlich der Schließhaken zu sein pflegt, ein Steinteller, eine Spanne und vier Finger lang, eine Spanne und einen Finger breit und einen Finger dick. Im XVI. Jahrhundert wurde Žižkas Grab mit vielen ihm zu Ehren verfaßten Inschriften geschmückt. Unweit vom Grabe des großen Hussitenführers stand ein zusammenlegbarer Altar mit den Bildern von Hus und Žižka. Auf dem Rahmen dieser Bilder standen lateinische Verse, die Žižka rühmten. Im Jahre 1622 nach der Schlacht am Weißen Berge, ließ Herr Wilhelm vom Vřesovice, der Münzmeister von Kuttenberg, das Grab des ruhmreichen Helden und Heerführers zerstören. (Anm. d. Autors)

Für die Befreiung der böhmischen und slawischen Sprach'... – So sagt er selbst in seiner Heeresordnung aus dem Jahre 1423. (Anm. d. Autors) Das war die älteste böhmische Heeresordnung, das Protokoll des Kongresses zu Deutsch-Brod, das Manifest der Bruderschaft Žižkas, ein Dokument der revolutionären Errungenschaften, durch die sich die hussitischen Streitkräfte von den feindlichen Armeen unterschieden.

282: *Kloster von Podlažice* – wurde in der ersten Hälfte des XII. Jahrhunderts gegründet und von den Taboriten im Jahre 1421 zerstört.

287: *Fimmel* – ein scharfer Eisenkeil.

Grubenpächter – so wurden die Bürger genannt, die auf eigene Rechnung aus der Grube förderten. Das gewonnene Silber, später das geförderte Erz, mußten sie an die Königliche Münze und an die königlichen Silberhütten verkaufen. (Anm. d. Autors)

288: *Welscher Hof* – ehemaliges Münzamt und Münzprägerei, später Sitz der Bergwerksämter, des Münzmeisters und zuzeiten auch königliche Residenz. *Schöppenmeister* – einer der zwölf Ratsherren von Kuttenberg, die sich allmonatlich im Amt des Schöppenmeisters ablösten.

289: *„Ihr treuen Christen, bauet stark auf das Abendmahl Christi“* – das bedeutsamste lithurgische Lied der Taboriten. Zur Zeit Vladislavs II. wurde es durch neue Strophen ergänzt, die die Empörung der Anhänger der konservativen Partei hervorriefen und zu seinem strengen Verbot führten.

294: *Uriasbrief* – nach der biblischen Erzählung von König David und seiner Geliebten und späteren Gemahlin Bathseba. Urias war der Mann Bathsebas, und David schickte ihn mit einem Brief an seinen Feldherrn in den Krieg, in dem geschrieben stand, er möge Urias in der Schlacht in die erste Linie stellen, damit er falle.

299: *Gingen die Bergwerke viele Jahre nicht recht...* – im Jahre 1515 erbaute an dieser Stelle der Prager Bürger Andreas Prachovec eine kleine Holzkapelle. Als die dann verfiel, erbauten die Bürger von Poděbrady und von Kuttenberg hier im Jahre 1662 gemeinsam eine Marienkirche, in der die Gebeine der enthaupteten Bergknappen beigesetzt wurden. Seit den Zeiten Leopolds I. pflegte hier ein Klausner zu wohnen. Unter Kaiser Joseph II. wurde die Kirche aufgelöst und verkauft, doch die Poděbrader, die sie erwarben, erhielten und erneuerten sie. An die Enthauptung der Bergleute erinnern hier zwei kleine Bergmannsstatuen und zwei Bilder der Hinrichtung mit Inschriften. Über der Tür des Kirchleins befindet sich eine Inschrift, die von der erwähnten Hinrichtung berichtet. Diese Aufschrift meldet, der Hinrichtung hätte auch der „Herzog von Münsterberg“ beigewohnt. Doch das ist ein historischer Irrtum. Fürst Heinrich von Münsterberg, der Sohn König Georgs, hatte an den oben erzählten Ereignissen nicht teil. (Anm. d. Autors)

301: *Die Weiße Dame* – das Volk erzählt so manche Legende von der Weißen Dame. Doch ist sie in jenen Sagen nicht aus dem Geschlecht der Herren von Grätz, sondern ein geheimnisvolles Wesen, das an den Ufern von Gewässern umgeht, den Menschen erscheint, die Kinder schreckt und auch den Tod ankündet. Mancherorts wird sie auch Perta, Parychta, in Mähren Sperechta genannt, welche Namen von dem deutschen Berchta kommen. Der Geschichtsschreiber Balbín meinte, die Weiße Dame wäre Berchta von Rosenberg gewesen, die mit Johann von Liechtenstein vermählt war. In dieser Ehe mußte sie so viel Leid ertragen, daß sie schließlich ihren grausamen Gemahl und seine rücksichtslose Familie verließ. Sie lebte dann auf Krummau und bei ihrer Tochter in Wien und starb 1476, drei Jahre nach ihrem Gemahl. Ihr Porträt und das Bild ihres Gemahls, die auf Schloß Neuhaus aufbewahrt werden, sind bestimmt nicht echt, denn sie stellen Menschen aus dem XVI. Jahrhundert dar.

Frau Berchta war nie – wie Balbín behauptet – die Erzieherin der Waisen des Herrn Meinhard von Grätz (gest. 1449), konnte es gar nicht gewesen sein, denn sie lebte damals bei ihrem Gemahl auf Schloß Mikulov. Eher scheint der Wahrheit zu entsprechen, daß Margarete, die Tochter des Burggrafen von Maidburg, die Gemahlin Heinrichs von Grätz (gest. 1362), die Ursache für die Entstehung der Sage von der Weißen Dame war. Margarete von Grätz wurde, nachdem sie Witwe geworden war, Nonne des Damenstifts von Krummau. Von hier pflegte sie sicherlich manchmal in ihrem weißen (Nonnen)-Gewand zu ihrem Sohn nach Grätz auf Besuch zu kommen und sich den Leuten als Weiße Dame zu zeigen. (Anm. d. Autors)

309: *Das erste Armenmahl* – die Speisung oder wie man in alten Zeiten zu sagen pflegte „Die Atzung der Armen", wobei im XVI. Jahrhundert ein jeder der Beschenkten auch eine kleine Gabe in barer Münze (einen halben Dinar) erhielt, wurde unter Kaiser Joseph II. eingestellt und eine Stiftung für die Armen der Czerninschen Güter errichtet. (Anm. d. Autors)

311: *Als Ferdinand I. den Widerstand der Stände gebrochen hatte* – zum Aufstand der böhmischen Stände gegen Ferdinand I. (1526–1564) kam es im Jahre 1547 im Zusammenhang mit dem Kampf, den Ferdinands Bruder, Kaiser Karl V., mit den deutschen protestantischen Fürsten führte. Die Stände forderten insbesondere, der König möge ihre Macht und ihre Rechte nicht beschränken und verlangten, daß er die Unabhängigkeit ihrer Landtage garantiere. Weiter forderten sie, daß Ferdinand nicht gewaltsam in die religiösen und kirchlichen Angelegenheit des Landes eingreife. Nach der Niederlage der deutschen protestantischen Fürsten brach Ferdinand den Widerstand der böhmischen Stände und der drei Städte von Prag (Kleinseite, Altstadt und Neustadt) und bestrafte die Führer und Teilnehmer des Aufstands sowie die Städte, die sich daran beteiligt hatten, hart. Nachdem er drei Mandate gegen die Böhmischen Brüder erlassen hatte, begann deren Verfolgung und Massenauswanderung ins Ausland.

Jan Augusta – (1500–1570), seit 1532 Bischof der Gemeinde der Böhmischen Brüder. Er bemühte sich um die öffentliche Anerkennung der Brüdergemeinde und arbeitete auf eine Annäherung mit dem Luthertum und der Utraquistenpartei hin. Im Jahre 1547 wurde er unter dem Verdacht, an der Vorbereitung der Ständeerhebung beteiligt gewesen zu sein, in den Kerker geworfen und erst 1564 entlassen.

312: *Bruder Bílek* – (1516–1581), Prediger der Böhmischen Brüder und Vertrauensmann Augustas. Im Jahre 1561 wurde er aus dem Gefängnis entlassen. Er schrieb ein Werk mit dem Titel „Das Leben des Jan Augusta", in dem er dessen Gefängniszeit schildert.

315: *Choden* – (tschechisch: choditi – gehen). Der Name stammt daher, weil sie die Grenze abgingen. (Anm. d. Autors)

Hundskopf – nach ihrem Banner wurden die Choden auch „Hundsköpfe" genannt. (Anm. d. Autors)

316: *Karl von Liechtenstein* – nach der Schlacht am Weißen Berge kaiserlicher Kommissar, später Statthalter in Böhmen; unter seinem Vorsitz wurden siebenundzwanzig Führer des Aufstandes gegen Ferdinand II. zum Tode verurteilt.

317: *Majestätsbriefe* – Urkunden, durch die der Herrscher gewisse Privilegien oder Freiheiten erteilte.

325: *Hole* – (slow.) Kahlenberg.
König Matthias – König von Ungarn (1608–1619), war 1611–1619 auch König von Böhmen.
Magnat – Angehöriger des ungarischen Hochadels.
Dolman – (türk.) Husarenpelz.

343: *Sibylla* – Mit dem Namen Sibylla wurden allgemein Frauen bezeichnet, die künftige Dinge voraussagten. Plato weiß von einer solchen zu berichten, in andern Quellen wurden ihrer neun genannt. Im Mittelalter waren ihrer zwölf bis vierzehn bekannt. Die berühmteste war die Sibylla von Kum, die dem römischen König Tarquinius dem Stolzen neun Prophetenbücher zum Kauf anbot. Als der König nicht zahlen wollte, was sie verlangte, verbrannte sie die ersten drei Bücher, verlangte aber für die übrigen sechs ebensoviel wie ursprünglich für die neun Rollen. Und als der König den geforderten Preis wieder nicht zahlen wollte, warf sie weitere drei der Pergamente ins Feuer. Schließlich zahlte Tarquinius für die letzten drei den Preis, den sie anfangs für alle neun gefordert hatte. Diese Rollen wurden dann auf dem Kapitol in Rom aufbewahrt, fielen aber im Jahre 83 v. u. Z. den Flammen zum Opfer.
Von diesen Büchern unterscheiden sich die Prophezeiungen der Sibylla, die zwischen dem I. und IV. Jahrhundert unserer Zeitrechnung in griechischen Hexametern geschrieben wurden. Sie waren das Werk mehrerer Verfasser. Diese griechischen Weissagungen wurden ins Lateinische übertragen und – zumeist aus der lateinischen Fassung – in fast alle europäischen Sprachen übersetzt. Die älteste böhmische „Weissagung der Sibylla" stammt, soweit bekannt, aus dem XV. Jahrhundert und wird im Prager Nationalmuseum aufbewahrt. Nach dieser Prophezeiung wurde eine andre Weissagung verfaßt, die sich mit den Geschicken des Landes Böhmen befaßt und der auch die in unsrem Buche enthaltene Weissagung entnommen ist.
Diese zweite Bearbeitung wurde auch, zweifellos im XVI. oder XVII. Jahrhundert, in Reime gebracht und des öfteren im Druck herausgegeben. Das Sibylla-Lied hat folgendes Motto:

Hör Sibilla, die Prophetin,
Welche wunderbaren Dinge,
Sie dem Böhmerlande weissagt,
Trug ist's nicht, nur Wahrheit, glaubt's mir.
Leset dieses Lied, o Leute,
Und die Wahrheit sollt ihr hören,

Mög't den Himmel nicht betören.

Das Lied selbst fängt so an:

In deinem Namen, heilig, heilig,
Jesus Christus, unser Herr,
Stimme ich an diesen Sang,
Zu der Tschechen Besserung.
Ach, ihr Tschechen, kommt zuhauf,
Gute Leute höret drauf,
Was euch nunmehr wird verkündet,

344: *Der Zukunft Dinge nun gekündet.* (Anm. d. Autors)

356: *Ludwig, ein Ungar* – (regierte 1516–1526), Sohn König Vladislavs aus dem Geschlecht der Jagellonen.

Ferdinand, ein Spanier – Ferdinand I. wurde im Jahre 1526 zum König von Böhmen gewählt, er selbst war Habsburger, seine Mutter aber eine spanische Prinzessin.

Maximilian, ein Böhme – Maximilian II. (regierte 1564–1576).

Rudolf, Maximilians Sohn – er war ebenfalls ein Habsburger, seine Mutter war Anna, Vladislavs Tochter und Schwester König Ludwigs. *Eine Königin wird den Thron besteigen* – Maria Theresia (1740–1780). Unter ihrer Regierung wurden mehrere lange und schwere Kriege geführt.

359: *Havlas Pavlata* – die Prophezeiung des Havlas Pavlata ist in einer Handschrift aus dem XVII. Jahrhundert enthalten, die in der Wiener Hofbibliothek aufbewahrt wird und auch von F. Menčík im Druck herausgegeben wurde. Die Prophezeiung selbst ereignete sich, dem Manuskript zufolge, um das Jahr 1500 herum und wurde, wie dieselbe Handschrift bezeugt, im Jahre 1510 von dem Pfarrer Simon Derdarda, „Prediger in der Kirche des Herrn im Städtchen Vysoká" aufgezeichnet. (Anm. d. Autors)

Weiße Heller – hießen die ersten Münzen, die in Kuttenberg geprägt wurden, weil sie so silberweiß glänzten.

Das Jüngste Gericht – im XVI. Jahrhundert war die Meinung verbreitet, daß der Jüngste Tag schon nahe sei. (Anm. d. Autors)

362: *Unter König Friedrich...* – Friedrich von der Pfalz war König von Böhmen von August 1619 bis zur Schlacht am Weißen Berge im November 1620.

367: *Blaník* – in der Umgebung der Stadt Vlašim, bei dem Städtchen Louňovice erheben sich nebeneinander zwei Berge, die beide Blaník genannt werden. Auf dem kleineren von ihnen, dem Kleinen Blaník, schimmern die Ruinen einer Kapelle, die unter Kaiser Joseph II. aufgehoben wurde. Der höhere, der Große Blaník, über 600 m hoch, ist der sagenumwobene Berg. Auf dem Blaník stand einst eine hölzerne Königsburg. König Wenzel IV. trat die Burg Blaník seinem Vetter Prokop ab, und als er im Jahre 1402 in Wien eingekerkert wurde, nahm Siegismund, der König von Ungarn, Prokop als Parteigänger Wenzels gefangen, zog mit ihm vor die Feste Blaník, ließ ihn an ein Vorwerk binden und auf ihn schießen, bis die Burg sich ergab. – Im Jahre 1799 veröffentlichte V. M. Kramerius, der erste tschechische Publizist, ein kurzweiliges Buch mit dem Titel „Zdeněk von Zásmuky mit seinen Gesellen oder von den Rittern, die im Blaník gefangen sind". In diesem Buch wird die ursprüngliche, schlichtere Sage um die Erzählung von Zdeněk von Zásmuky bereichert, die Kramerius nach irgendeiner fremden Vorlage bearbeitet hat. Das Buch über Zdeněk von Zásmuky fand großen Anklang, und dadurch verschmolzen auch im Volk die Abenteuer des Herrn von Zásmuky mit der Sage von den Rittern im Blaník. Dieser Stoff diente dem tschechischen Dramatiker V. K. Klicpera auch als Vorlage für sein Theaterstück „Blaník". (Anm. d. Autors)

Da man ihre Hilfe braucht – ähnliches wie vom Blaník wird auch von dem schon erwähnten Berge Oškobrh, dem waldigen Berge Turov bei Hronov in der Náchoder Landschaft, vom Weißen Berge u. a. erzählt. Ähnliche Sagen gibt es auch anderswo. So in Frankreich und in Deutschland von Karl dem Großen, in Deutschland auch von Friedrich Barbarossa, der im Kyffhäuser schlummert. Die Polen erzählen von einem Heer, das in dem Berge Babia gora schläft, auch von der Streitmacht Boleslav des Großen, die in der Tatra schlummert. Auch in Schlesien und in Litauen gibt es ähnliche Sagen. Es hat den Anschein, daß der Ursprung all dieser Legenden in Asien zu suchen ist, von wo sie sich in der Zeit der Kreuzzüge nach dem Westen verbreitet haben. (Anm. d. Autors)

Boleslav der Große – lebte 967–1025, der erste König von Polen, Eroberer und Organisator des polnischen Reiches.